U0596629

一本书写不尽人生酸甜苦辣与爱恨悲欣，亲爱的孩子，你的书让暮年的妈妈重新活一次。

——马琳（作者妈妈）

轻履者行远

Those who walk with
grace travel far

行远

高煜／著

中国出版集团
东方出版中心

图书在版编目（CIP）数据

轻履者行远 / 高煜著． -- 上海：东方出版中心，
2024. 10 （2025. 6 重印）.
ISBN 978-7-5473-2567-4

I. I247.5

中国国家版本馆 CIP 数据核字第 2024LF9731 号

轻履者行远

著　　者　高　煜
责任编辑　冯　媛
封面设计　徐　凯

出 版 人　陈义望
出版发行　东方出版中心
地　　址　上海市仙霞路345号
邮政编码　200336
电　　话　021-62417400
印 刷 者　上海盛通时代印刷有限公司

开　　本　710mm×1000mm　1/16
印　　张　29.5
字　　数　385千字
版　　次　2025年1月第1版
印　　次　2025年6月第2次印刷
定　　价　78.00元

版权所有　侵权必究
如图书有印装质量问题，请寄回本社出版部调换或拨打021-62597596联系。

序（一）

愿高贵、美好的灵魂轻轻地飞扬

陈思和

暑假，我放下手边的其他工作，集中时间读完高煜的自传体小说《轻履者行远》。一部二十五六万的作品，内容也不艰涩，却花了我差不多整块的一周阅读时间。读这部小说倍感沉重，精神上仿佛经历了一次艰难跋涉，时时不忍读下去，需要停顿下来，慢慢平息内心的波澜。直到读完，胸腔里郁积之气仍然难以排遣，它触痛了我内心深处的某些隐痛，久久不能释怀。于是我想为这部小说写点什么，写点我的感情，来悼念一个电光石火般的年轻生命。

以前，我并不认识高煜。

记得是去年年底将近的时候，我在复旦邮箱里收到一封信，写信人的名字是陌生的，她自称是西安财经大学高煜老师的学生，说是受高煜老师的母亲马琳女士之托，给我写信，希望能得到我的联系方法，因为马琳女士不会用电子邮件。我一时感到突兀，但从来信里获知两条确实的信息：一是高煜老师已经去世；二是马琳女士找我，是为了完成她的女儿高煜生前的一个心愿。于是我就回信把手机号告诉了对方。大约过了一个多月，我又收到这位学生的来信，说马琳女士要直接给我写信，需要我的通信地址……再接下来，我就被感染了大多数人都被感染过的那种病毒，一直到今年新学期开学，我都在家里养病，没能收到马琳女士寄往复旦大学的信件。四月的一天，我突然接到马琳女士的短信，说她已经启程来上海，希望约个时间见面。她到上海那天是4月20日，我很记住那一天的日期。第二天我去了马琳下榻的旅店，拿到了这本书稿。马琳女士向我诉说了女儿高煜抗癌三年，在生命最后的岁月里忍受病痛写下这部小说的经过。她希望我为小说写序，说这是高煜生前的心愿。马琳还告诉我，高煜原来计划写十三章，达三十万字，但在癌细胞全身扩散以后，最后两章大约五六万字无法完成，所以小说还是一部未完稿。为这样一部用生命谱写的作品写序，我觉得义不容辞，于是当即就接受了马琳女士的要求，我说我们一起来完成高煜的愿望吧。

　　高煜生于1983年。与这个时代所有的80后青年人一样，享受了独生子女应有尽有的宠爱与优质培养，人生道路一帆风顺，如果说稍有一点"特殊"的话，就是高煜的父母都在公安、司法机关工作，对孩子的教育偏于严格，期待也偏高了一点。这对孩子的成长当然是有励志作用的，培养了孩子勇于攀登险峰的强大主体——在遭受命运残酷打击的时候，高煜仍然时时想着要自强不息，要成为父母的骄傲。如果在正常环境下，我们完全可以设想，高煜阳光地生活到今天，也才不过40岁，仍然处在人生的鼎盛阶段。她一定已经完成了出国攻博的学业，顺利解决了高级职称，早早出版了学术专著，也完全可能成长为本专业的学科带头人。可惜善妒的命运偏就没有给她这些本来属于她应该得到的机会。她在32岁那年被发现癌症以后，正常的人生进程被彻底打断。接下来整整三年的抗癌生活，把她的生命从原本的理想境界迅速推向伤残、痛苦和绝境，向死而生的人生本质一下子尖利而狰狞地突显在她的面前，考验她的意志。所谓向死而生是一种关于人生终极的哲学思考，也是一种人生面对死亡必然性的感悟，这本来具有普遍性，不过是人在一般状态下，比较多的强调生的意义而回避死的终极性。唯有面临生死存亡时刻，才会感受到面对死亡的紧张和迫切。这一点，在高煜生命的最后三年，她是真切地意识到了，而且凭着很高的悟性破了这个难题。正如高煜所说的：

"人性的光辉，恰恰在于通往终点的人生旅途，尽管无常难测、徒劳艰辛，尽管残缺遗憾，还是要义无反顾，百转千回，看星途璀璨、大漠落日，乘大风破急浪、跋崇山越峻岭，只管风雨兼程，一路向前。这正是人生最绚烂最厚重的美丽。"我很喜欢这段话，她虽然用的是稚嫩的散文笔调，却揭示出人生的重要哲理：人生的终点并不重要，人生在奔向终点途中所受到的辛苦艰难也不重要，重要的是人在这一切过程中的自觉，其意义就在于自觉的存在着。这样来看高煜的人生，32岁以前和以后之间划出了一条分水线。之前她所获得的鲜花美酒般的娇宠和成绩，都不过是命运施与她的小恩小惠，之后，当她身患绝症、来日无多的时候，她对人生意义的认识，才变得自觉、有为，甚至悲壮。之前她的人生轨迹是顺着命运前行，然而之后的人生是逆着命运而行，她自觉抗争命运，她对学生们公布自己的抗癌经历时所说："2015年10月，我确诊为乳腺癌。我一共做过两次手术，七次化疗，二十五次放疗。我一直努力恢复，计划在大家毕业典礼的时候，坦然说出这些，也在你们即将进入社会的时候给予力量……生病以来的23个月，我每天记录，现在有41万字的日记；出院后每天保持运动800卡路里；睡前看一集美剧；另外，一本近20万字的半自传体小说初稿即将完成；同时自驾8万公里，全部编辑成图文游记。如果时间还够，我想把自创'单词记忆九步法'的雅思、四级、六级、考研词汇也整理出来。如果我还有时间……"（引自2017年9月10日，教师节。高煜向同学们发出的第一条微博）。[1]如果说，我们每一个人都是顺着"由生到死"的生命轨迹在不自觉地前行，那么，我们从高煜最后的三年生命轨迹里可以清晰地看到，她是有意识地"向死而生"，即已经获知了命运终结，她仍要奋起抗争，要放大生命"活着"的每一天的时间内涵，用"死"来激活生命内在的活力，尽其所能来拉开与人生终点的距离。这每一步都是极其艰难的，失败的；但这每一步也

---

[1] 这是高煜自2017年9月公布的数据，在小说的结尾部分提到：主人公在整个抗癌过程中，一共经历了两次手术，七次化疗，六十五次放疗。

都是超凡卓绝的，无比英雄的。

人只有在死亡的对视下，才会理解生命的真正意义。这部自传作品，描写了主人公的命运成长始终与"死亡"进行冲突：死亡一次次打断她自以为美满的人生，一次是父亲的意外车祸，还有一次是导师的猝死，最终是死神直接向她举起了镰刀。但她勇敢地迎上去，与以死亡相威胁的命运较劲：经济困难了她自立打工，学业中断了她继续申请；大限降临了，她还是用生命拼搏，超越死亡而追求永生。中国古人所谓"三不朽"：立德、立功、立言，在高煜最后的努力中，三者齐美，全都做到了。高煜用米兰·昆德拉的话来激励自己："小的不朽是指一个人在认识他的人心中留下了回忆；大的不朽是指一个人在不认识他的人心留下了回忆。如果我能给社会多做一点贡献，在更多不认识我的人心中留下回忆，做一个大不朽的人，这样的人生才算是真正有意义的。"高煜年轻，海外归来任教不到十年，但已经深受学生们的喜爱，她同时兼任雅思培训，学生上万，都感念她的爱心普照；她在病中将自己的教学经验、方法都编写成书，施惠于更多的不相识的学生。她留下的心愿是：在云南贫困地区筹建希望小学，用自己的著作稿酬设立学生奖学金，还有就是她用最后三年的生命谱写的抗癌日记、自传小说以及图文游记，希望能够陆续出版，激励广泛的读者和年轻的朋友。在她的高贵的愿景里，"大不朽"的境界，便是"德"；捐款办学、鼓励奖学，谓之"功"；而著书立说就是"立言"。一个人的能力有大小，但能够怀着大慈悲的心面对人世间，关怀后来者的健康与精神成长，就不能不说，她是一个德行高洁、生命不朽的人。

我还要感谢马琳女士给了我这样一个表达敬意的机会，也为马琳女士的大爱之心击节称颂。作品里主人公妈妈的原型，应该就是马琳。在短短几年里失去了丈夫与女儿，这种心灵剧痛我是能够体会的。前面我说过，这部小说触动了我内心深处的某类隐痛，这是我阅读过程中的真实感情。我经历过少年失怙、中年丧母的人生岁月，我母亲就是患绝症而离开人世，我亲睹了母亲临别时惨烈和不甘的场面。二十多年来历历在目，不敢有丝毫淡忘。马琳心怀爱女遗愿，不顾身体衰弱，操劳辛苦，一桩一桩地落实女儿的未了心愿。经过几年的奔走，云南省丽江玉龙陇巴"高煜希望小学"已经建成，高煜与唐燕合作编写的英语写作指导《英语写作高分突破120篇》也已经顺利出版，第一次稿酬将用于"高煜奖学金"的启动资金，也已落实。接着就是这部《轻履者行远》的修订出版，我期待这部作品连同高煜留下的其他文字，都能够顺利问世，造福未来。

轻履者行远，愿高煜高贵美好的灵魂放下一切尘世间的念想，高高地飞扬，飞扬……

2023 年 8 月 4 日

序（二）

我的热爱和伤痛与这个缤纷多彩的
世界相携相伴

高 煜

我不惧怕死亡，但希望留下我来过一世的痕迹。

我的热爱和伤痛与这个缤纷多彩的世界相携相伴，饱含着爱与觉醒、抗争与希望。

我想每天分享的是开心和勇气，尤其给我的学生。但治疗到这个阶段，依然危机四伏。说实话，我已筋疲力尽，手边的计划也一团乱麻。我不知道传输给大家真正乐观有趣的东西还有多少。但让我以弱者的姿态出现或表达负面情绪，我可能永远都不会。

我有那么多的不舍得。不舍得我的妈妈，不舍得我的家人，不舍得我的好友，不舍得我的学生。可现实就是生命的长度难以预测，所以，我想尽快记录和整理好这段经历，变成更长久的陪伴，也兑现我曾在那棵百年树下给自己的诺言——做一个对社会有价值的人。

这一辈子我是幸运的，因为我有爱我的家人、朋友和学生；我有引以为自豪的职业；也做了许许多多自己喜欢的事情。我留恋这个世界，但是，病魔和命运实在不友好，我也很无奈。那我就做天上的一颗星星，守望着我眷恋的人们。

　　人不能为了活着而活着，生命的意义在于要做对社会有用的人。我来过，爱过，痛过；在这个爱与被爱、幸福与灾难同在的世界活过，一切都是值得的。

2018年6月于西安

目 录

刚进医院的时候，好家伙，顶着十厘米大的肿块，心虚得不敢脱衣服。一问病史，竟然拖了十个月，哪儿来的自信？她如花似玉的青春年华，风险翻倍又翻倍。如果技术可以，医生都想直接把她回炉再造了。

童年岁月，尽管鸡零狗碎，啼笑皆非，但有来自爸爸妈妈、亲人和小伙伴们的故事，有欢乐、有酸涩、有幸福、有离别，都留在记忆里。

她的导师，慈祥又治学严谨的迈克教授对她说："有了教学经历，对你读博很有益，我带你博士毕业就该退休了。"

校长威廉·威克汉姆爵士在毕业典礼上，有一句昂扬深情的祝辞："未来世界等待你们用担当、用智慧去建设、去创造。"

单词记忆九步法、听力口语互补法、阅读写作联想法、文化背景比较法、互动强化检阅法、书本实践生活化，她的教学如"排兵布阵"。

她说："妈妈，别难过，我带着你走出灾难。你看看我的涅槃重生。"

她说："亲爱的学生，无论以后遇到什么样的大风大浪，都别忘记四个字：勇气、坚持。"

在癌症面前，所有幸福的家庭都如坠深渊，独生子女的家庭更是遭遇万劫不复的灾难。但你不能怕，要咬紧牙关，泪如泉涌，也要微笑，因为亲人的爱弥足珍贵……

第一章　不哭　患癌女孩

一

傍晚时分，赵楚煊兴冲冲地打开新家的房门，只见妈妈在厨房里张罗晚饭。这是楚煊的新房，也是她32岁的生日礼物。没住过几次，钢琴的保护膜都还没来得及撕掉。今天是2015年10月2日，国庆长假。妈妈专门从另外一个城市赶过来陪女儿过节。

"冲儿，怎么才回家？"妈妈从厨房走出来，嗔怪着。同时利索地把楚煊最喜欢的臊子面端上桌，眼睛则慈爱地在女儿身上来回打量。

赵楚煊的名字是爷爷起的。"煊"字有个"火"字旁，可她本身又是海水命，所以妈妈认为还是中和一下，起了个小名：冲冲。水火瞬间平衡，还蕴含上进的深意，妥妥的。

因为疼爱，所以爸爸妈妈一喊出嘴就成了：冲儿。像楚煊这种中央戏精学院毕业的高才生，眼前立刻浮现出自己化身成《射雕英雄传》里女侠的潇洒身影，跟靖儿、蓉儿、康儿肩并肩。

但现在，她可没有心思胡思乱想。妈妈从她上大学就要求她：节假日必须回家，即便旅行也是全家人一起行动。可是，这次她晚了两天到家，心虚极了。还不是因为自己是死忠果粉，偷偷溜到郑州苹果直营店买新款玫瑰金iPhone6s，顺便喝了方中山胡辣汤，吃了合记羊肉烩面，最后才满嘴喷香地坐高铁返回。

显然这一切，妈妈不知情。

妈妈亲手做的臊子干拌味道相当好，主要是臊子肉炒得很入味。面条也是妈妈亲手扯的，比机器面劲道多了。无肉不欢的赵楚煊端着面碗吸溜吸溜一顿吃。当然，为了掩盖自己晚回家的"罪行"，面条也堵不住她的嘴，一脸媚笑小嘴叭叭的，马屁拍得根本停不下来："妈妈，你做的臊子面真是一级棒！"

妈妈看见狼吞虎咽的女儿满脸笑意，但眼神中还有一闪而过的担忧。看见女儿终于汤足饭饱，放下筷子，问道："冲儿，最近乳腺增生好点儿了吗？"

"好着呢呀，我觉得包块贴了药好像小了。"楚煊向来对心思重的妈妈报喜不报忧。更何况生病这种事她更是大大咧咧，绝不矫情。

"可是前段时间你说都有溢液了，这肯定有问题啊。"

"哎呀妈妈，溢液颜色很浅的，我上网查了，没什么大问题，就是增生喽。"

"你高中英语老师给妈妈推荐了一个比较专业的医院，专治乳腺增生，明天咱们去看看好吗？"

"不是吧，国庆节人家都放假的，节后我自己去看行吗？"

楚煊对进医院超级反感，可能是因为她从小体弱多病，又特别爱发烧，每年冬天的学业基本在病榻上完成，想想也是感人。工作以后，单位每年的体检也是能躲就躲。就这乳腺增生，还是两年前体检时查出来的。女医生很和善地说，结婚生了孩子就好了。可惜，该女子狂浪不羁爱自由，晃悠到32岁，还是一条单身狗，自诩为一条"优雅的单身狗"。

"不行，别拖了，都贴药、喝中药这么久了，一点起色都没有。明天去看看，如果医院放假了再说。"妈妈这次很坚决，没有商量的余地。

OK，看在"玫瑰金"让本姑娘开心的份儿上，明天勉为其难去趟医院吧。

3日一大早，楚煊被毫不留情地拖出被窝。

牛奶鸡蛋，标准早餐。妈妈不在身边的时候，她可鸡贼着呢，只吃自己喜欢的。早上起来煮一壶咖啡，这咖啡和毒品一样，瘾是越来越大。出国读研究生前，喝一条雀巢速溶都跟打了鸡血一样。出国后，升级为雀巢醇品咖啡粉，狠狠挖三勺，不加糖！回国后，慢慢星巴克美式都不行了，浓缩咖啡（Espresso）都要双倍（double）才过瘾。最后实在不行，自己上！意利（Illy）咖啡豆自己熬。每天早上跟阿香婆似的，熬呀熬、熬呀熬，不知道的还以为她熬中药呢，黑乎乎一大壶。喝一杯，带一杯去学校，才基本满足她上午的提神需要。楚煊对自己这一技咖啡傍身，很是得意。常常跟朋友炫耀："空腹喝咖啡，效果加倍哦！"

今天铁定没戏，妈妈不允许楚煊那样喝咖啡。吃过早饭，赵楚煊拖着梦游了一半的身体，跟妈妈去找市中心某个犄角旮旯里的那个神秘医院。妈妈很执着，硬是打听到了。

令楚煊惊讶的是，虽说是个小小的社区医院，大过节的竟然还有医生上班。有医生上班不说，还有一群排队的病人。看来真是酒香不怕巷子深，赵楚煊瞬间对这家医院肃然起敬。

挂号后，妈妈一脸凝重地排在队尾。排在妈妈前面的女孩跟其他病人交流："唉，我这胸疼的啊，根本就睡不成觉，躺都躺不下，必须在这儿开些中药才管用。"另外一个刚生了孩子的年轻妈妈也搭腔："就是，我这儿疼得天天哭。"妈妈听后瞬间找话题加入她们，开始打听吃什么药，有什么偏方。不过脸上的凝重缓解了许多，毕竟这么重症状的人都只是增生，女儿不会有太大问题。

终于轮到赵楚煊。一推门，诊室里只有一位瘦瘦的中年男医生。像赵楚煊这样娇羞的人，一想到等会儿还要脱上衣，便一步三扭捏地往医生面前挪。坐下，自报家门。男医生电脑上登记完毕，转过（身）来，看着她说："解开内衣。"楚煊强装镇定把衣服掀起来，磨磨蹭蹭解开内衣。其实，那一刻她是心虚的。因为自从增生开始变大，十个月来贴了各种膏药。有老中医给她把脉后，独家调制的；有妈妈咨询其他病友推荐的；有表妹在淘宝上看到评价超高的苗药；有妈妈在网上看到的百年老店的秘方。总之，左胸上的皮肤已经贴得溃烂变色，像一块咖啡色的大馒头。

男医生看到这阵仗，果然吓了一跳："呀，你这是咋弄的？"楚煊赶紧解释是贴药所致。男医生的注意力显然已经不在皮肤上，竟然拿根圆珠笔绕着她胸部的肿块画了一个圈。有洁癖的赵楚煊，心中万马奔腾："大夫，咱能不能讲究一点儿，圆珠笔在一个少女身上画圈是什么意思啊？"男医生毫无征兆地说："你是年轻人，我就直说了，怀疑是乳腺癌。"话是说给赵楚煊的，眼睛却看着站在门口的妈妈。

赵楚煊盯着医生愣了一会儿，大概是消息太突然，她根本没转过弯。她下意识看了一下妈妈，妈妈捂着嘴，眼泪立刻像断了线的珠子往下掉。那一刻，不像电视里演的，医生会刻意避开病人只跟家属谈；家属也不是听到这个消息就悲痛地昏厥过去；更没有患者知道后不敢相信不愿接受的歇斯底里。都没有……

赵楚煊只有一种感受，尴尬。天呀，怎么我得癌症了呢？别人知道了，我该多尴尬啊。大概只有赵楚煊这种怪咖，才会在那个瞬间有与别人如此不一样的反应吧！

妈妈泣不成声，医生有些于心不忍，满脸的同情却不知如何开口。楚煊最怕冷场，还讪笑着安慰妈妈："妈妈没事的，咱们治嘛。"

反射弧太长，慢慢地，终于有了另外一个更强势的感觉覆盖掉尴尬，铺天盖地弥漫了她整个心脏，那就是冰凉。这彻骨的寒冷就像金钟罩一样，把她与外面的世界隔离。但她不知道，这才是刚刚开始。孤独与无助的感觉在随后的日子不知重复了多少次，而她也不知多少次向死而生地完成了自我救赎。

男医生看楚煊好像还挺淡定，就换了个话题，让她的妈妈也平静一下。

"你是做什么工作的？"

这句话让妈妈更是悲从中来："她是大学老师！"

医生听罢，脸上明显有些痛惜，他说："这样，我给你留个科室电话，明天可能会上班，你提前打电话确认一下，做个B超和钼靶。我明天还值班，结果出来了直接拿过来找我。"

这是赵楚煊生病后遇到的一个好人，章医生。

妈妈千恩万谢地告别了章医生，母女两人默默下楼，一路无言。一出医院大门，妈妈控制不了，站在路边树下失声痛哭。平常视面子如生命的赵楚煊，顾不上路过行人诧异的目光，深吸一口气，开始安慰妈妈：

"妈妈，没事的，说不定明天机器一查，根本就不是。章医生也就是目测，不一定准的。"

可妈妈固执地摇头，泪如雨下。

"癌症治愈率很高的，尤其是乳腺癌，我肯定能好！"楚煊又换了个方式表达。

妈妈就像抓住救命稻草，一脸的泪水，满含期盼地盯着自己的女儿，仿佛在说："真的吗？"

赵楚煊从听到自己得癌症到现在没流一滴眼泪，可那一刻妈妈的无助和可怜，击碎了她所有的伪装，直戳内心，她一阵酸楚……

晚上到家，楚煊照例先回房间洗澡，妈妈则去准备晚饭。一切好像跟昨天一样地平静。直到听到妈妈在厨房打开水龙头，用水声盖住哭声，那一声接一声撕心裂肺的悲泣，让楚煊充满了自责。为什么要给自己最亲的人这样的磨难！

一夜无眠……

第二天一早，妈妈早早起床打电话，医院答复可以检查。母女两人又匆匆赶往社区医院。做钼靶的医生是个年轻姑娘，检查过程中，几次欲言又止。楚煊假装无所谓地问："大夫，我这是不是乳腺癌？"

"这不好说，你这包块有点儿大啊，之前怎么不早来医院做检查呢？"她说。

楚煊无言以对，还不是来自阴差阳错的判断和自己的侥幸心理。

记得那是 2015 年 4 月初，妈妈带楚煊去自己工作的市妇幼医院做检查。医生看到楚煊已经贴得红肿的左乳皮肤，说中医真害人，让楚煊立刻请假，马上住院。接着神秘兮兮地从自己抽屉里摸出一张名片说，他可以给赵楚煊做微创手术。

楚煊问，能不能先做检查，视病情严重程度再决定是否请假。医生一口回绝："现在住院，住院了自然给你做检查。"因此不欢而散。

出了医院，妈妈的内心是纠结的：一方面，女儿还是个姑娘，一旦手术，身体留下疤痕，对女儿的身心、未来的婚姻影响太大；另一方面，如果不手术，贻误了治疗，把小病耽误成大病怎么办？结果，爱女心切的妈妈遵从了女儿的选择。

听听赵楚煊的理由，不是妈妈遵从，是她说服了妈妈，或者说是她充足的理由绑架了内心纠结、犹豫不定的妈妈。

赵楚煊的理由：第一，这医生太可疑了，强迫人住院，一看就是推销他的微创手术；第二，她在学校体检时，妇科医生明确诊断是乳腺增生，不必大惊小怪，做什么微创手术；第三，这是最为关键的，楚煊带的 2013 届金融专业、国贸专业四个班的学生，马上要进入四、六级英语考试的备战关键时期，他们面临毕业、考研，楚煊不想因为自己住院，让她亲手培育的花儿、徒儿有一点儿闪失。嘿嘿，还有啊，她想借"五一"节放假去拉萨看布达拉宫。这可是她从小到大向往的神圣之地，她不想让计划泡汤。所以，母女两人否决了微创手术。

赵楚煊的回忆被女医生的声音打断："好了，去楼上做 B 超吧。"她赶紧穿上衣服和鞋就往二楼跑。

"你等一下，拿结果。"女医生拦住了妈妈。

妈妈立刻慌了："医生，结果怎么样？"

"不太好，已经到四级了。"（科普小知识：乳腺钼靶 BI-RADS 4 级意味着疑似恶性，建议活检。）

赵楚煊怀揣小兔般来到B超室。房门紧锁，她小心翼翼地敲门。良久，一个深沉的男医生踱出来开门，高个子，瘦削，稳重的B超医生，让她紧张的心稍稍平静。

她迅速躺倒在检查台上。男医生说话沉稳的令人安心，楚煊放松了许多。她不厌其烦地问着那个唬人的问题："医生，我是得了乳腺癌吗？"

男医生依旧冷静地说："不一定。"

这句话，对赵楚煊来说，如获大赦。

拿到两份结果，母女两人返回三楼找章医生。赵楚煊害怕了，死活不进去。太惊悚了！哪有直接跟病人说结果的？还那么一本正经。考虑过小仙女的感受吗？连个心理建设都没有。

不去！

赵楚煊黏在诊室门口的墙上"面壁思过"。妈妈无奈，只好单刀赴会。

没几分钟，章医生竟然开门，和妈妈一起出来叫楚煊进房间。这殊荣，让门口排队的其他女病人很是羡慕。楚煊苦笑，一脸悲壮地跟在医生和妈妈身后进了诊室，还是昨天的老位置，她如坐针毡。

章医生比昨天的态度缓和了许多，但原则问题没松口。

"你这个应该是乳腺癌，随后的方案，就是手术、化疗和放疗……"章医生耐心地解释了治疗流程后，接下来蹦出的一句话让妈妈和楚煊都惊悚到半死。

"治疗整个结束后呢，我们再看一下五年生存期……"

"才五年？"妈妈忍不住打断章医生。

"是的，医学上是按五年来统计癌症病人的存活率。"

楚煊暗暗叹了口气，自己的生命都要以五年为单位开始熬了。

"章医生，那我孩子就交给您治疗行吗？"妈妈恳切地跟医生商量。

"我们这里主要治增生，化疗、放疗，还有设备都跟不上。我给你两个医生的手机号，你联系他们，他们中的任何一位都很专业。"

章医生推荐的是本省最有名的综合性三甲医院的主任医师。

赵楚煊再次感受到萍水相逢的善意。

二

10月5日，妈妈返回自己工作的城市向单位请假，去银行取钱，另外，做一些治疗必要的准备。

楚煊没有陪妈妈一起去，她习惯于把快乐和轻松带给别人。当她实在力不从心的时候，她会选择一个人待着。她越是不想想起，就越是挥之不去。"癌症"这两个字每次划过脑海的时候，心脏难过得都要漏跳一拍，真的像是幻觉。

"我竟然得了癌症……"赵楚煊失魂落魄地低喃。

虽然心塞，但手头还有一件急需处理的事情，那就是她要向学校请假。赵楚煊是一名工作了七年的大学英语老师，今年轮到她带大一新生。新生开学要军训三周，所以一般正式上课要在9月底。今年例外，她的第一堂课，竟然排在了国庆节后第一天，也就是10月8日。

现在怎么办？如果8日收假就去医院，找同事顶替上课也是可以的。但楚煊执着地认为，大学的第一堂英语课，对学生随后两年是否热爱这门课，有着至关重要的作用。所以，她决定10月8日不去医院，正常上课，和她的四个班，两百多名大一新生，如约相见。

10月8日，妈妈一大早就去三甲医院找祝教授。赵楚煊早早来到学校，面对着教学楼，她静静地站了一会儿。

铃声响起，她沉着地走上讲台，纵然内心波涛汹涌，站定讲台的瞬间，转过来的还是那张灿烂如花的笑脸。这是她多年的习惯。

那一天，赵楚煊拼尽全力，尽可能多地跟学生讲授、分享学习方法，那份迫切和疯狂她自己都惊讶。

嗓子很快就哑了。

效果和往届一样，学生们的兴趣很快被调动。学生感受到了与高中英语大相径庭的授课方式，也感受到了前所未有的放松。

每一个班下课的时候，赵老师都故作轻松地说："老师明天要去住个院，就不能陪伴大家了。但我希望一年后能回来，和大家一起冲刺四级。"

学生们听后，有些意外。不少学生还专门过来和她依依惜别。但他们没有注意到赵楚煊说这句话时，眼底黯然……

而医院那边妈妈带回的消息喜忧参半。祝教授，章医生给的两个手机号里的第一个，妈妈电话打过去说明来意，祝教授爽快答应。与祝教授的相遇，也是赵楚煊的幸运。

祝教授看过钼靶和B超片子，诊断有两种：第一种就是恶性肿瘤，第二种是浆细胞乳腺炎。

"第二种的可能性很大，治疗非常麻烦，但它不危及生命，因为是良性。"

妈妈好像也因为第二种可能的诊断，惊恐沉重的心有了一丝的安慰。

赵楚煊听后，也像妈妈一样，有点儿如释重负，对妈妈说："我就说嘛，我没别的症状，怎么可能是癌症呢？"

第二天一早，母女两人八点准时赶到医院。赵楚煊唏嘘不已，医院在她眼里就像个庞大的王国，有繁杂的机构，每天接来送往各式各样的病人。人声鼎沸，想想就头疼。

赵楚煊要去的是医院一角的一座四层小楼，这是座老楼，侧面四个大字：肿瘤大楼。跟大学一样，越是老旧的教学楼越能彰显不凡的地位，它代表的是岁月和阅历。肿瘤科应该是刚建院就有的科室，经过这么多年的发展，早已成为这家医院的中流砥柱。

楚煊跟着妈妈上到三楼，爬楼梯的时候竟然莫名有些紧张。进三楼走廊，右手边一排全是病房。病房和她想象的有天壤之别，这也太简陋了吧！拥挤老旧的三人间，连洗手间都没有。左手边分布着办公机构，换药室、办公室、护士站，等等。此刻医生办公室门口挤满了人，里面更是夸张，每个穿白大褂的医生都被病人和家属包围，水泄不通。

妈妈在门口隔着人群对里面一位医生打招呼："祝教授，赵楚煊来了!"祝教授示意让她们进去。

对祝教授的第一印象就是儒雅。祝教授四十出头,意气风发。虽然斯文,但丝毫掩盖不了他的时尚。赵楚煊又开始犯花痴,立刻收起刚挤出人群的狼狈和烦躁,秒变乖乖女。拨拉整齐刘海,小步来到祝教授面前,正襟危坐。祝教授一愣,没想到昨天她妈妈说的32岁大学老师的女儿,怎么看上去跟大学生差不多。幻觉……

祝教授性格开朗,很温和地问了:"哪个大学上班啊,请好假了吗?……"一些家常话,立刻化解了尴尬。当问到赵楚煊哪个学校毕业时,楚煊说:"我在英国读的研究生。"没想到,祝教授听后立刻变得很严肃。随后的一句话,令赵楚煊很久都难以忘怀。"一个家庭培养这样一个孩子太不容易了。"祝教授说罢,开始谈他的想法:现在的可能性就是昨天说到的那两种,当务之急,是判断它是良性,还是恶性。

"先做个活检吧,还有其他一些检查。我让住院医生给你开检查单。另外,先办住院。"祝教授利索地安排好这些,接着冲里面喊:"戴维(Dave),来,给她办住院。"

一群"白大褂"里闪出一个身材瘦高的年轻男子,名叫戴维的男医生,是一位刚从一所一流医学院毕业的博士,主攻外科。他给楚煊开了住院、化验、B超、CT等六七个检查单。然后,对着赵楚煊开始嘱咐:门诊楼交费,返回护士站办理住院,再去相关检查室预约。最重要的是,下午四点过来找他,做个穿刺。"啥,穿刺?"一直小鸡啄米般乖乖点头的赵楚煊,听到"穿刺"这两个字,吓了一跳。"穿"和"刺"这两个字太生动了啊!仿佛利刃已经扎进身体,鲜血直流。

"不疼,咔吧一声就好了。"戴维看她有些紧张、不知所措的样子,故作轻松地说。

随后大半天的时间,楚煊和妈妈为了办住院,预约各项检查,几乎跑遍了整个医院。楚煊感慨,看个病好麻烦啊,没有强健的体魄和顽强的毅力,根本都不敢来医院!她不知道,未来很长一段时间,这样的奔波将无限循环。

下午四点，妈妈带着楚煊找到戴维。戴维带着她们到楼下的乳腺外科，找颜医生。颜医生是祝教授之前的搭档，临床经验相当丰富。颜医生很风趣，谈笑风生中就把一脸蒙圈的赵楚煊带进了换药室。楚煊好希望妈妈在身边，她一向对不了解的新事物没有安全感。好吧，已经不知道第几次在男士面前暴露身体了，娇羞、无奈、难为情。

颜医生仔细看了楚煊的病灶后，笃定地对身边的戴维说："不用穿刺！这就是里面有脓。我这儿正好有这样的病人。"接着就开始探讨取脓的步骤。赵楚煊一阵惊喜，真想跪在颜医生脚下。"恩公啊，我该怎样感谢您！"她在心里激动地自语。

赵楚煊一步并两步，冲出换药室，一把抱住门口惶恐不安的妈妈，告诉她这一惊天的喜讯。妈妈听到后，激动地眼泪直流。那种感觉，就像一个马上斩立决的犯人忽然被大赦，就像一个坠入地狱的人忽然被拯救！是绝处逢生后的如释重负。赵楚煊暗下决心："谢谢老天给我这次机会，我一定好好珍惜生命，珍惜妈妈。"

但没想到戴维风风火火地赶过来："祝教授说还是做一下活检，比较保险。"能不能不穿刺啊，如果是良性的，不是白挨疼吗？其实，楚煊内心更深的想法，是她害怕失去刚刚得到的那个起死回生的好消息。

妈妈也不情愿，主要是担心女儿受罪。楚煊像爷们儿一样搂住妈妈肩膀，安慰道："不怕，妈妈，没事的。"然后精神抖擞地再次走进换药室，这"二进宫"不知是喜还是忧。

颜恩公笑眯眯地恭候着，他说："既然祝教授说穿一下更保险，那就做一个吧。"

楚煊躺好后，颜医生将麻药推进她的左胸。麻药挤进她身体的那一下有一阵刺痛。她下意识地把头别向右侧。生性自尊的她不想让任何人看见她脆弱的瞬间，因为她觉得那是矫情。所以，在扛疼这个问题上，她也当仁不让，像女英雄。麻药很快起作用。接着她用余光瞥见，颜医生拿着一根很粗的类似针管的东西向她逼近。天哪（OMG），这是给牛打针用的吗？算了，女英雄干脆闭眼当鸵鸟。

真的像戴维说的，找几个位置，咔吧几下。她凭自己引以为豪的推理能力，迅速得出结论，这是用针管在抽取肿块里的组织。虽然打了麻药，她还是能感觉到有液体不断滑落，颜医生不厌其烦地给她一遍遍擦。她知道，那是血。

穿刺很快结束，左胸贴了一块纱布。戴维把一个小瓶交给楚煊，让她立刻送到门诊楼四楼做病理分析。他忽然觉得哪里不对，又夺回来交给她妈妈，重新叮嘱一遍。赵楚煊立刻反应过来，这是戴维对病人的关怀，怕她折腾身体受不了。

妈妈看着那个装着一小团血红肉的瓶子，眼泪又涌满眼眶。

病理分析一般需要三天，现在能做的就是等待。

祝教授给赵楚煊安排的病房竟然是带洗手间的两人间。虽然房子老旧，设施很差，但比住三人间要方便很多。

推开门，屋里一片漆黑，窗帘也拉着。楚煊打开灯，吓了一跳，原来里面有人。门口的床位空着，只是床边的凳子上坐着一位中年男子，让楚煊毫无心理准备的就是这个消沉而黯然的背影。男子抬头，简短地和她们打了个招呼。三人尴尬地坐了一会儿，妈妈打破沉默问：“你好，是家里谁生病了？”

“我爱人，现在正做手术。”他说。

“哦，什么病？”妈妈问。

“乳腺癌。”

这三个字，如平地惊雷，楚煊和妈妈一下子如鲠在喉。妈妈很快调整，开始询问具体情况。

楚煊几年后再回想起这一幕，眼前的这位男子就像电影《阿甘正传》（Forrest Gump）中阿甘最好的朋友巴布（Bubba），第一印象很难相处，实则热心敦厚。

反正三天后才出结果，赵楚煊一分钟都不想在医院待，准备往家撤。可妈妈怎么都不肯离开，执着地留在医院等结果。

三

10月11日，星期日。早上刚过8点，赵楚煊睡得迷迷糊糊，电话就不客气地响了起来。楚煊一看是妈妈："喂，妈妈。""快来医院，结果不好。"妈妈哽咽着说。

赵楚煊一个激灵，完全醒了。她呆坐在床上，冷静了好一会儿。不是炎症吗？不是化脓了吗？为什么我还是逃不脱得绝症的噩运？

秋天的阳光柔和而温暖。可在去医院的路上，赵楚煊却感到彻骨的寒冷，她仿佛在另一个结界，隔离开的有外面世界的喧嚣，还有她内心深处杂乱无章的情绪，她很孤独。

到病房前，楚煊极力让自己平静下来。推开门，那位敦厚的哥哥依旧坐在床边的凳子上，床上多了一个人，后来她才知道那是患者的妹妹。这个人的眼神让她终生难忘，那是怎样复杂的一个眼神啊！是惊讶、是好奇、是惋惜、是同情、是难以置信、是不知道说什么好……她就这样紧紧地盯着楚煊，一直目送楚煊走到妈妈身边。不到五米的路，楚煊几乎汗流浃背。

妈妈还在流泪，整个房间都是妈妈小声却悲痛的哭声。楚煊很心疼，可满腹要鼓励妈妈的话不知从何说起。

"昨天晚上结果就出来了，祝教授让做的加急。今天一早，他专门过来跟我谈的。"妈妈流着泪说。

妈妈的话解开了楚煊心中的疑惑，为什么结果这么快就出来了，而且今天是礼拜天，祝教授怎么还上班？原来这是一份关切，赵楚煊有些感动。

"祝教授说一会儿亲自过来跟你谈。"妈妈接着说。

不是吧！又要面对面（face to face）吗？我这患者也是悲催，所谓年轻和有文化，就得直面惨淡的人生，就得成为真的猛士。

果然没多久，祝教授带着自己小组的五六位医生来查房。祝教授意味深长地看着楚煊，赵楚煊习惯性地用微笑来掩饰尴尬，不过这微笑估计比哭还难看。

"咱们抓紧时间治疗。我们用新辅助化疗方案，先化疗四次左右，如果包块缩小，再手术，这样创面比较小。手术后再安排八次化疗，随后放疗。明天我手术已经排满，中午我会抽空给你做一个小手术，后天开始化疗。"祝教授直入主题。信息量好大，赵楚煊照单全收，准备回头消化。光是12次化疗，加上放疗就够恐怖的了，但这个时候，她千言万语汇成了一句话："祝教授，我这样了，还能好吗？"

祝教授犹豫了一下，很坚定地笑着对她说："你一定会好的！"这句话温暖了她随后的整个人生……

四

10月12日，星期一，医院一周内最忙的一天。赵楚煊换好了蓝白条纹病号服，茫然地坐在病床上。

祝教授昨天跟妈妈说："幸亏及时把孩子送来了，再晚一点儿，后果不堪设想。所以，今天特别紧急给她加了个小手术，为化疗埋一根管子。马上进行化疗，不能再耽误了。"

赵楚煊虽然也上网查了，但对一般人闻之色变的"化疗"，她还是没有概念。

中午11点多，祝教授急匆匆从四楼手术室下来，到病房叫楚煊"准备手术"。

因为是临时加的手术，四楼根本没有手术台可以用。所以，手术就在病房对面的换药室进行。赵楚煊提前脑补的自己上手术台的各种英勇画面纷纷破灭。她无奈地撇撇嘴，人生中的第一次手术开始了。

躺在一个狭窄的病床上，楚煊眼睛滴溜滴溜乱转。虽然是换药室，但是有手术用的器械，不多，她一个也不认识。祝教授吩咐戴维给赵楚煊戴上他们头上的那种蓝色帽子，学名好像是医生帽，口罩也给她蒙上了。医生们又接着在她脸上盖了两大张蓝色的纸，她猜测，是不想让她看见手术过程，怕她紧张。

祝教授、戴维，还有一个实习医生开始做准备。局部麻醉的时候有点疼，楚煊在纸底下一脸紧张。手术过程不像电视上演的那样，医生冷峻地伸手接过助手递过来的各种手术器械，护士则在旁边为他拭去额头上的汗水。楚煊的手术可是在医生们谈笑风生中完成的。她很感激，他们这样做，很大程度地分散了她的注意力，心理压力也在一点点减少。

"这里可能会有点疼哦。"祝教授突然对楚煊说，接着就感觉有东西被硬塞进她右肩下方的位置。疼倒是不疼，麻药效果没过，但有不适感。调整好位置，祝教授赶到楼上，继续他的下一台手术。戴维开始缝合。

楚煊还没来得及跟教授说谢谢，她后悔不已。她知道祝教授是牺牲午饭时间给她加的手术。

缝合以后，戴维叫楚煊直接起来，自己回病房。她呆了，不需要推床回去吗？人家刚做的手术哎，竟然让病人自己走回去！更令她大跌眼镜的是，戴维吩咐她，尽快去影像楼做个Ｘ光片，看看管子埋的位置准确不。

她只好一脸哀怨地爬起来穿衣服，右颈处感觉有点儿扯。戴维随即风风火火赶回四楼协助手术。开门的瞬间，一直守在门外的妈妈一脸心疼，因为妈妈看到了病床上那一摊血迹。

赵楚煊后来才知道，她手术埋进去的是"植入式静脉输液港"。化疗对血管伤害很大，因此有两种保护措施可供选择：一种是大部分病人使用的，在胳膊里埋一根外周穿刺置入中心静脉导管（PICC管）。好处是价格低，可医保，化疗结束就可以去掉。缺点是平常生活不方便，手臂活动受限。另一种就是进口的植入式静脉输液港。优点是不影响正常生活，而且安全耐用。缺点是价格昂贵，自费，并且埋和取都要手术。祝教授前一天跟妈妈商量时，妈妈毫不犹豫地为女儿选择了后者。

赵楚煊因为伤口，脖子不自觉地往前伸。在去影像楼"十万八千里"的路上，她友情出演的是龟丞相。这是三天里第二次做Ｘ光了，依然排长队。她进去以后，医生让她贴着机器胳膊伸直，她这时才发现，右臂好像抬不高。做过 X 光，血果然渗透纱布。好在输液港精准地植入她的身体，安全（safe）。

返回病房的林荫路上，迎面遇上急匆匆赶来医院的表妹凯尔（Kyle）。见到姐姐脖子上血染的风采，立刻嘴巴一瘪，投入旁边姑姑的怀抱，哭了。一时间，姑侄二人旁若无人地相拥而泣。楚煊只好不断地对往来诧异的目光报以一个又一个歉意的微笑：对不起啊，我无法劝阻她们。

楚煊其实心里发酸，但她必须坚强，不然家人更难过。她好不容易把妹妹从妈妈怀里抠出来："差不多得了啊，不许哭。"楚煊虽从小疼爱这个小她五岁的表妹，但一张嘴却忍不住强硬。

赵楚煊天生爱面子，自尊心极强，所以得了这么重的病，她的第一反应竟然是不想让认识她的人知道，觉得丢人。她无处安放的尴尬啊。当然，她也不需要同情，这对她的自尊心伤害更大。假如嫉妒她，或讨厌她的人知道后幸灾乐祸，这才是对她最致命的打击。赵楚煊后来才明白，自己一直在揣测别人的评价，很在乎那些莫须有的看法，强加给自己一个又一个毫无意义的桎梏，终于，身体与灵魂都不堪重负……这是后话。此时，她只把实情告诉了她非常信任的几位亲人和朋友，凯尔就在其中。

10 月 13 日，赵楚煊迎来了她人生中的又一个第一次，第一次化疗。祝教授为她制定的是 TEC 方案。三个字母代表三种化疗药。T：多西他赛；E：表柔比星；C：环磷酰胺。这也解开了她心中化疗究竟是何方妖孽的谜团。简单来讲，就是输液。

她脑补的化疗画面是：一个雪白的、特殊的、无菌的监护室里，病人接受各种高科技仪器的洗礼。现实与想象反差总是这么大，化疗，其实就是在自己的病床上打点滴。

三袋化疗药，搭配另外五袋营养药就是赵楚煊化疗的全部内容。她一听，心里倒也轻松。早上十点左右，护士先给她输生理盐水。昨天刚刚植入的输液港立刻进入战斗，她所有的药物都是通过输液港进入体内。

输生理盐水的时候，护士同时加了止吐针。对了，网上说化疗后的基本反应就是呕吐脱发，不知道自己能不能逃过一劫。护士转过头对楚煊说："马上化疗，你要大量喝水。"至于为什么喝水，她其实也搞不明白。如果是为了排出化疗药，那剂量小一点不就行喽？是的，化疗药其实就是化学毒药……用医生的话说，若化疗药剂量小，杀癌细胞的血液浓度不够，达不到杀伤效果。

第一袋是环磷酰胺（100 ml氯化钠+0.8 g环磷酰胺）。小小一袋，输得飞快。楚煊记得小时候看过一个故事，有个国外的学者为了测试一种蛇毒，自愿让蛇咬伤，然后开始仔细记录身体的变化和感觉，直到死亡。楚煊忽然想起这个故事，觉得自己也在亲身体会毒药在身体里的各种感受。

"啧啧，我简直就是现代版的女神农。"赵楚煊的阿Q精神比化疗药效发挥得还快。

第一袋药很快就有反应。鼻子疼，疼痛很快蔓延到额头，不过持续时间不长。很快第二袋药来势汹汹流入体内。

第二袋药是表柔比星（氯化钠100 ml+表柔比星100 mg）。这袋药是赵楚煊化疗药中最醒目的一款，因为它有颜色，淡红色。如果夏天看到，还以为是一包清爽可口的饮料呢。别看赵楚煊现在想得兴致勃勃，随后她欲哭无泪的日子多半与这袋药有关。她的化疗后遗症之一，就是不能再看见任何红色或接近红色的液体，别说看见，想都不能想，否则立刻分泌唾液，舌尖发苦，开始反胃。因为这袋药曾经带给她抓心挠肝的感觉，连同它的外形已经深深融入楚煊的感官，形成条件反射。这点楚煊本人也百思不得其解。无论她多努力，可就是克服不了这个条件反射。也许这就是身体下意识开启的自我防御系统，不随她本人意志所转移。

第三袋是多西他赛（氯化钠250 ml+多西他赛100 mg）。容量比前两袋加起来都大，另外输液速度也专门调慢了，所以时间显得格外漫长。更糟糕的是，她之前一直在喝水，现在差不多准备开闸放水的时候却不允许去洗手间。这一袋液体的配备是最高大上的。护士提来心功能检测仪，放在她床边，右臂缠上一个测血压的袖带，开始监测她输液过程中的心跳和血压，所以她只能束缚在床上，她开始觉得难熬。

令她庆幸的是，她没有很想吐的感觉。得益于隔壁床的哥哥，他说："我有个熟人做胃癌化疗，也在这里，每次连续化疗三天。我刚见他了，跟正常人一样，还自己下楼去买饭。"这些话正好说到楚煊心坎儿上，她就希望自己是个例外，起码表现出来的不像癌症病人。她甚至还估摸着：呕吐、掉头发这样的事情，都不一定会在她身上出现。因为从疑似到现在，她心里一直藏着一个侥幸，她觉得自己没有中晚期病人的任何病态，与健康人无异。所以她的病，也许没那么严重！

其实，回头想想，她抱侥幸何止一次。戴维有一次匪夷所思地问她："你是咋把这包块养这么大的？"是啊，她竟然用自己的血肉"豢养"这个恶性肿瘤近11个月！真可谓艺不高人亦胆大的楷模。她的底气只有一个，那就是侥幸。

第一次抱侥幸，应该是在2015年1月16日。那天她在丽江，下午刷微博的时候，满屏都是姚贝娜离世的新闻，她很震惊。她不是姚贝娜的粉丝，对她的了解还停留在她得过乳腺癌，唱过《甄嬛传》，还是 *Let it go*（《随它吧》）的中文版演唱者。赵楚煊的震惊，应该是对年轻且优秀女孩往生的本能的同情心。后来她就越发不对劲，那天晚上，她独自在酒店，破天荒喝了酒，倒在地上泪如泉涌。虽然后来醉得神志不清，但那个悲痛的感觉她一直记忆犹新。她很少会这么难过，眼泪根本不受控制，一直流，哭得喘不过气来。她觉得心特别堵："为什么姚贝娜会死！我不接受！"

现在想想，赵楚煊那个时候不只是痛惜姚贝娜，其实也在哭自己的命运。她可能有预感，当时包块虽然出现不到一个月，指甲盖那么大，但她的直觉告诉她，凶多吉少。

2015年母亲节，楚煊给妈妈发了一条微信。

妈妈，母亲节除了浓浓的祝福，我特别献上姚贝娜的一首歌：

时间都去哪儿了。这首歌我曾经循环播放，特别有感触。除了对她青年早逝的痛惜，更为她的深情演绎而动容。她深情演绎的是对父母老去的不甘与不舍，是对时光无情流逝的追忆与无奈。在这个特别的节日与妈妈分享姚贝娜的作品，是想透过她，体会生命的可贵。也想借着她，表达我对妈妈的心疼。妈妈，虽然感谢你的话从我懂事一直在说，今天我依然不能免俗，不过内心的感悟，随着我年龄经历的增长有所不同。我现在更加了解妈妈这个角色的委屈、不易与执着。妈妈，我会用你给我的聪慧和悟性厚积薄发，成就我们的灿烂幸福。妈妈，你是我的偶像，我和你学到了厚德载物。我会继续感悟人生，豁达做事。总有一天，妈妈会知道我没有让妈妈失望。亲爱的妈妈，母亲节快乐！祝福我亲爱的妈妈，健康平安顺心！深深吻你……

也许从姚贝娜离开的那一天起，楚煊潜意识里就把自己和姚贝娜联系在了一起。

即便如此，她还是没有去医院检查。除了幻想着"说不定"，也许是自己大惊小怪了。她前男友说过："你要先学会爱自己。"她当时嗤之以鼻："那不就等于自私了吗？"在爱自己这个问题上，她做到了心狠手辣，把自己当外人，当仇人也说得过去。不爱惜自己，热衷于折磨自己，与自己相爱相杀。现在好了，差点和自己同归于尽。

当然，对自己严苛要求也不是一无是处。你看化疗过程中，她不愿意让妈妈、妹妹担心，所以自己忍着，还笑得一脸真诚。只是第三袋液体过后，她的耐心消耗大半，坐卧难安。幸好还有一件可以分散她注意力的事，那就是不停地去洗手间，让她和家人啼笑皆非的是，尿竟然是红色的。

剩下五袋营养药跟上菜一样，源源不断送过来。一袋比一袋时间长。当最后一袋款款现出原形的时候，赵楚煊懵了，500毫升，硕大一包啊！滴答滴答（Tick Tock，Tick Tock）……下午6点多，历时九个多小时，整个输液过程终于结束。

因为是第一次化疗，怕身体有反应，妈妈不允许她要回家的要求。晚上住在病房，这对有洁癖、习惯早晚洗澡的她来说简直比化疗还难受。一晚上恍恍惚惚，似睡非睡，楚煊觉得很疲惫。

第二天一早，体温复测、血项检查一切正常，可以暂时出院，回家休息。三甲医院病床紧张得超乎想象。祝教授叮嘱："赵楚煊21天后进行第二轮化疗，其间需要定期查血。"化疗后有一个标志性症状就是白细胞降低。如果低于正常标准就容易感染，所以电视上常常看到，一般化疗病人，走到哪儿都需要戴口罩。

赵楚煊一听可以回家，瞬间满血复活："看来化疗也不过如此啦。"她心里说不清是坚强，还是乐观。

回家后，妈妈马不停蹄地开始实施她的食疗方案。比如，有助于造血的营养粥：有黑米，红豆，薏米，花生，莲子，百合，紫葡萄干，枸杞，山药，红枣，按比例煮得又烂又香。很久以后的一个晚上，楚煊晚饭后，偶然看见妈妈独自一人，戴着花镜在餐厅一粒一粒地挑选豆子，忽然觉得心酸。妈妈本来是一位受人敬重的领导，是一名资深的职业法官，可因为她生病，妈妈只能离开工作岗位。这对于一生正直、恪尽职守的妈妈来讲，何尝不是一个艰难又无奈的选择。更残忍的是，在母亲这个角色上，她承受的揪心、担忧与恐惧，是楚煊明白却无能为力的。

五

10月14日，赵楚煊开始了生病后的第一篇日记，她偷偷地写。

偶然在电视里看到《黄金一百秒》里的车车登组合，才知道那个年轻活泼的妻子是乳腺癌晚期。看到她在舞台上的自信阳光，我觉得这一定是上天派来的抗癌天使，告诉我坚强乐观有多重要。她说的对，是爱让她坚持。为了辛苦照顾我的妈妈和家人，我会加油的！我真的舍不得你们……

后来，楚煊好感激当年的自己，作出写日记的决定。她的初衷是悲观的，怕自己有什么不测，想给妈妈留个念想。而且她一直不习惯对人倾诉，那么写作就成了一种她真实舒服的表达方式。没想到写着写着，她打开了一个五彩缤纷又博大精深的世界。她不由自主地反思自己，激励自己，充实自己，沉淀自己。16个月，近40万字的日记，有她每天的生活点滴和读书感悟；也有为重返讲台积累的知识和案例。她不允许思想跟身体一样，脱离现实太久。所以赵楚煊每天坚持阅读、学习、记录和思考。

"妈妈，妈妈，快来呀！"清晨，化疗后的第三天，赵楚煊的喊声惊天动地，把正在厨房炖乌鸡的妈妈吓的，只听"哐当"一声，勺子掉地上了，立刻转身，边跑边问："冲儿，怎么了，是不是不舒服啊？"床上的楚煊喜形于色："妈妈，你快看，包块变小了，也变软了。"

妈妈摸过以后激动不已，眼含泪光，嘴里念着："谢谢，谢谢，谢谢医生，谢谢女儿。"在赵楚煊的意识里，这简直是医学奇迹。只靠输液，三包化疗药而已，就对肿块有立竿见影的打击！虽然肿块里有强烈的刺痛，但只要有效果，再疼也值了！

化疗后的第四天早上，赵楚煊刷牙洗脸，边哼着郝云的《活着》，边对着镜子臭美。忽然看见鼻孔里蜿蜒下来一条红色的小溪。"妈呀，咋还流鼻血了？"赵楚煊一脸惊讶，"这是毒发啦？"

凯尔正好看到，瞬间完成情绪酝酿，嘴一咧，准备哭。"嘘，干吗，我好着呢，不许吵吵，再哭把你埋了！"满满的姐妹情深。

两个人鬼鬼祟祟把鼻血止住，没让妈妈知道，然后若无其事出门。今天，化疗后第一次抽血，要查白细胞。

赵楚煊10月16日，日记："抽血果然又是两针才抽出血来，从小医生就说我血管细。第二针在手腕，剧疼。好在白细胞正常，但体内有炎症，单核细胞比正常值的下限还低了十倍。虽然没有剧烈的副作用，但也直不起背，非常难受，不知缘由。"

小女孩，原因你很快就会知道。这是黎明前的黑暗……

化疗后第七天，赵楚煊还得去医院，天天跟上班一样。"我可能是个假老师，其实我像赵医生。"今天的项目，全身骨扫描，听起来很是高大上。

上网一查，楚煊冒冷汗。骨扫描可以用于多种临床诊断。对乳腺癌来讲，这是提前判断是否有骨转移的一种有效诊断。

"要是有骨转移，那就是晚期了……"楚煊有点恍惚。

"来，全身骨扫描了解一下。"

"这是检测是否有骨转移的检查。检查前三到四个小时先注射显影剂，医生嘱咐大量喝水。做这个检查的时候我被震慑了，打针的医生出现在窗口，我还以为宇航员来了，全副武装的防辐射服。接着变身《碟中谍》里的汤姆·克鲁斯，提出来一个金属箱子，打开拿出针，那针粗的啊，我还以为这是要给牛打针呢。没想到医生拧开粗管子，又抽出来一只小针，正式注射。变戏法似的，太吓人了。"

检查时间是下午一点半。楚煊和妈妈早早候在检查室门口。此时的影像楼里虽然安静，但门口凳子上基本坐满了人。各种涉及肿瘤的检查，楚煊都是病人、家属甚至医生的焦点。她的出现很可疑。"她会是癌症患者？"人们关注的眼神似乎发出同样的质疑。看上去这女孩挺年轻，而且一副健康又轻松的样子，所以妈妈当仁不让背了这锅，接受了大家的嘘寒问暖，楚煊则变身成陪伴母亲治病的孝顺女儿。

直到被点名。"赵楚煊，赵楚煊来了没有？"她起身，迈步往检查室走，瞬间感受到来自四面八方的惊讶。关上铁门后，刚想舒一口气，发现医生在操作室隔着玻璃注视她，虽然医生一脸平静，但温柔的态度，透露着无声的同情。

楚煊在医生的指导下躺到检查台上。就一张窄窄的床，也看不见周围有什么特别的大型设备。"就这么干躺着检查骨头？医学都发达成这样了？"

突然想起，她前面的阿姨，出检查室的时候喊了一句："快憋死了！"当时把赵楚煊吓得不轻。她悄悄闭上眼睛。

这一闭眼不打紧，久违的困意袭来，不知不觉就睡着了。直到扩音器里说："好了，可以起来了。"楚煊如梦初醒，铁门打开，迎上来的永远是妈妈担心心疼的目光。"怎么样，冲儿？"

"我睡着了，没感觉啊。"楚煊一脸懵懂。

第二天上午，凯尔取结果，骨显像一切正常。舅舅、舅妈，也就是凯尔的爸妈正好来看楚煊，一家人喜极而泣。

五天后又去医院，除了抽血查白细胞，还有个大检查：加强核磁共振。……所以起个大早，凯尔（Kyle）开车，载着姑姑和姐姐奔赴医院。还没开出二里地，浓烟滚滚，坐在副驾驶的楚煊说："这是谁的车冒烟儿了？"表妹凯尔说："就是呀，真呛。"

"哎呀！"表妹大惊，是自家车冒黑烟。

妈妈和楚煊只好打车去医院。表妹凯尔联系4S店，等拖车。

上了出租车，司机趁她们不注意突然换了方向，开始绕路。楚煊见状，马上说："师傅，往北直下就到医院了，你咋绕西边去了？"司机心虚："我们走医院都是这条路，红灯少。"妈妈只顾赶时间，一听红灯少，所以让楚煊算了。没想到，一路红灯，走的又是小路，到处堵车。妈妈一看抽血时间都快过了，心急如焚。好说歹说司机才不情愿地在医院对面停车。不然他还准备耗两个红灯，调个头才能到医院门口。果不其然，平时不到30块钱的车费，他绕道成了58块钱。

楚煊的怒气一下飙升顶峰。她除了因为钱多了快一倍，浪费了很多时间，主要是最恨别人把她当傻子算计。从小到大，在和别人掰扯道理呀，正义呀的时候，她固执得跟她的金牛星座一样，倔强。

她发脾气和她平时为人处世倒是如出一辙，不鸣则已，一鸣惊人，爆发力极强："你给我把票撕了！"声音大的跟雷声一样。

司机当然不会给票，推说机子坏了。赵楚煊痛斥他恶意绕路，要投诉他，那正气凛然的愤怒，浑然忘记自己是癌症病人，而且还在化疗恢复期。

妈妈从小教育楚煊，在外不要和不讲理的人理论，免遭伤害，要学会保护自己。"大家都路见不平忍气吞声，恶人岂不更猖狂？"楚煊此时义薄云天，要到出租车公司去评理。妈妈甩下58块钱，拉着女儿往医院走。妈妈其实也很生气，但还是那句解释："跟坏人较什么劲，看病要紧。"

核磁共振和CT在一层楼上。候诊的人挤满整整一楼，说摩肩接踵都不夸张，这是楚煊在这家医院见过人口密度最大的地方。她做的比较洋气，是"加强"核磁共振。好比苹果7P（iPhone7 Plus）比苹果7（iPhone7）电池续航时间长。加强核磁共振也理所当然比普通核磁共振检查的时间要长，因此她陷入漫长的排队等待。好不容易叫到她名字，没想到只是进入第二梯队，扎针梯队。

于是她又加入了一支崭新的队伍。大家有序地排在一间屋子里，排在她前面的男男女女显然比她有经验，无一例外都穿的短袖。而赵楚煊当日穿着牛仔裤和连帽衫（wore jeans and a hoodie）。轮到她的时候，大眼瞪小眼。扎针就是扎针，不是打针，是把一个注射器扎在病人的胳膊肘窝，然后再去做CT Plus（加强CT），还是核磁共振Plus（加强核磁共振）。

她这长袖根本撸不上去啊，情急之下，妈妈让她拉开拉链，亮出整个玉臂，楚煊瞬间娇羞了。考虑到毕竟还在公众场合，她只好掏出右胳膊，然后再把拉链拉上一半，左手顺势挡在前面，犹抱琵琶半遮胸，那架势跟蒙古女飞侠似的。

一转脸，医生手持一支硕大的针筒。"我天，这又是给牛打针用的吧！"医生迅速给楚煊扎进去。

她端着胳膊，上面还固定着针管Plus（加粗针管），走得那叫一个小心。

良久，终于轮到楚煊，她等得都恍惚了。

举着胳膊走进铁门。检查室几乎千篇一律，偌大的房间，巨大的机器，一张床。两个年轻的女医生看见楚煊没有穿短袖也是无语。楚煊想，怎么没人告诉她啊。医生挺好，协助她脱光衣服，面朝下趴好，双手双腿伸直。"嘿，这难道是让我做水疗（spa）？"医生本想给她后背盖个被子，屋子里温度实在太低。但苦于没有，附近只有一片硬邦邦的皮垫子，医生果断拖过来让她御寒。医生接下来这句话让温馨的场面立刻破功："趴好不许动，整个过程50分钟。一点都不敢动啊，动了就不准了，你这检查可不便宜。"

50分钟……不许动……

两位女医生都出去了，在隔壁操作间。虽然几乎每个检查都是她一个人孤零零躺在检查床上，但这一次赵楚煊分外惊恐。这惊恐更多的是来自无知，对检查过程的一无所知。右胳膊上那管药也还健在，一切都因无知而显得神秘。

忽然，耳边噪声大作。楚煊从没有近距离听过这么大的声音，就像在一个热火朝天的工厂，叮叮当当的声音如雷贯耳。她头埋着想看都看不到发生了什么。借机睡觉更不可能，实在太吵了，好像几十把锤子一直在耳边猛锤，"当当当"的声音50分钟没有一刻停歇，震得她头疼欲裂。大约半小时，她的腿抽筋了，手也伸不直。楚煊咬着牙坚持，满脑子想的都是英雄邱少云。

不知过了多长时间，有人进来给她把针管里的药推进去，然后又悄悄离开。赵楚煊在震耳欲聋中下了一次又一次决心："我再也不做这个加强核磁共振检查了！太凶残了！"惊天动地的声音最终停下来了，恍如隔世。赵楚煊晕晕乎乎爬起，浑身冻得牙齿打颤，耳朵嗡嗡作响。

她晃晃悠悠出了铁门，竟然没有看到妈妈热切的目光，倒是表妹在门口焦急地等着，见到她赶紧扶着坐下。

"我妈妈呢？"楚煊见到家人瞬间放松下来，浑身跟散架了一样。

表妹半天不吱声。楚煊侧头一看，表妹热泪盈眶又准备抒情呢。

"姑姑刚都哭了，去找祝教授了，你白细胞只有1 000了。"表妹说着，眼泪断线地流。

赵楚煊还不清楚白细胞1 000是什么概念，总归比正常值低不是好事。她现在只觉得昏昏沉沉，忽冷忽热。妹妹机灵地摸了一下姐姐的额头："啊，你发烧了？"

妈妈急匆匆赶来，两眼血红，明显哭过。戴维一看楚煊的化验单也是一惊，赶紧到护士站调单间，安排住院。怎奈三甲医院床位紧张，别说单间，简直一床难求。所以只能先打升白针，赶紧回家。医嘱："坚决不能去人多的公共场所。"

后来看了天涯上《我的抗癌笔记》，楚煊庆幸自己还算争气，如果白细胞低于800，就要下病危通知了。白细胞决定的是人的抗感染能力。

屋漏偏逢连夜雨。正当她们要离开，准备去打升白针的时候，听见医生叮嘱正要进去的病人戴好耳塞。

耳塞？！

赵楚煊悲从中来，竟然有耳塞？确实应该有耳塞啊。

妈妈和妹妹知道楚煊竟然在巨大的噪声中，裸耳聆听了50分钟，既震惊又心疼，这显然是一次医疗事故。操作间的几位医生面对母亲的愤怒，哑口无言，也非常过意不去，但损伤已经造成。热爱听歌并热衷耳机的赵楚煊在随后的一段时间，只能以晚年因失聪却创作出《命运》《d小调第九交响曲》的贝多芬为偶像。

主治医生出于弥补歉疚，又专门打来电话，细细询问楚煊妈妈整个生病到确诊癌症的过程，结合检查结果郑重其事写了结论。这个结论对手术，以及赵楚煊本人都产生了很大的影响。

赵楚煊发起了高烧，39度。右边牙龈肿得老高，还连累了右侧扁桃体，嗓子疼得水都咽不下，吃不了东西，说不了话。

乳腺癌通常和患者的性格有关，易怒或抑郁是癌症的孪生姐妹。再看看赵楚煊，即便病成这样，依旧丁是丁，卯是卯，遇事较真认死理，不顾死活地认真生气。

化疗君还是很有职业操守的，呕吐、脱发等基本工作都在有条不紊地进行。化疗第12天，她吐了；化疗第14天，开始掉头发。

脱头发对楚煊更多的是心理上的冲击，妈妈悄悄流泪，楚煊不忍抬头看母亲。身体发肤受之父母，她倒是慷慨，把父母的馈赠转手给了病魔。

"剃光！"楚煊咬咬牙。

怕熟人看见，专门驱车几十公里到一个镇上理发店，开展光头行动。

"嘿，头型真好！武则天出家的戏我能接了！"赵楚煊用幽默安慰流泪的妈妈和表妹。

"没事，剃光头，重新长一遍，说不定能长出更浓密的头发，平常上班我还没机会呢。"

这话楚煊即是安慰妈妈和表妹，也是安慰自己。

第一次化疗就像人生中的很多个第一次，印象最深。

21天很快过去。第二次化疗，赵楚煊自信满满。首战告捷，"二战"岂有不胜之理？以下是她的日记：

"昨天第二次化疗，特别遭罪。本来觉得有第一次的经验，心里有底不会担心。没想到打前两袋化疗药，我已经喝了四杯白开水，大概2 000毫升，竟然一滴尿都没有。我害怕不上厕所会药物累积，可是真的丝毫没有尿意。后来都第四袋药了，才勉强尿了一点。更糟糕的是，保护胃黏膜的药打晚了，第三袋药本来就伤胃，打晚了我果然很快恶心、胃疼、烦躁。等到下午六点全部打好，我已经头晕得不行了。比之前白细胞降到1 000的时候难受得多。我实在不想住医院，所以坚持回家。路上我晕得眼睛都睁不开，坐立难安。我好像有三个自己。一个在身体深处，清醒有意识的；一个是昏昏沉沉的本我；还有一个灵魂出窍，飘在头顶注视着我。到家后，看电视也根本无法分散我的注意力，整个人的状态是懵的。后来勉强喝了小米粥，开始排尿，晚上上了五六次厕所，症状才缓解。但那种凶险的感受，我永远都不会忘记。"

乐极生悲了吧，赵楚煊以为自己坚持得住，看来低估了化疗君。结果继红药水条件反射后，又添了西施捧心的新毛病，就是白开水也喝不了了。另外，还有了一次"人体与灵魂分离饰三角"的体验，也许这就是接近死亡……

第二次化疗以后，楚煊过的跟退休老干部一样：每天早上八点多起床，看微博，看新闻，看自己喜欢的书；下午去山里吸新鲜空气，做运动。被她束之高阁的苹果手表正好发挥作用，基本（上）每天运动200卡路里；晚上，看纯英美剧，11点睡觉。

这惬意轻松又规律的日子在楚煊上班的时候是奢侈的。现在她看上去和正常人无异，甚至比生病前还精神焕发。难怪前来照顾她的小姨看见她的第一眼很是惊喜："哟，冲儿的状态不错，比妈妈强多了。"

是啊，妈妈每天苦心琢磨营养菜谱，协同表妹到村民家里抓鸡逮鸭，找野生灵芝啊，山药啊。好好一位法官，从上得了"庭"堂，变成顿顿下得了厨房。加上爱女心切，担惊受怕，整个人蜡黄消瘦。

六

11月的一天，舅舅发来一条微信，妈妈闲聊时跟楚煊谈起："你看，这么优秀的大学教师，博士，海归，还是复旦大学的，也得了你这种病，唉。"大家都心照不宣地避开了"乳腺癌"三个字。就包括医院都充满人文关怀，楚煊的病例上是乳腺Ca，"化疗"被称作"做治疗"。

"谁啊？这么牛，复旦的老师？"

"于娟。"

于娟？好像听说过。

网页打开，记忆也跟着打开。是的，楚煊听说过她。那是2011年的时候，她的过世，引起了不小的反响。除了她自带光环的高知背景，还有一篇篇发人深省的生命日记。

赵楚煊立刻看了她的遗作《活着就是王道》《此生未完成》。

　　无意中看了于娟的故事，百感交集。之前听说过她，却没有去了解她。她是乳腺癌晚期，在患病后的一年四个月写了70多篇生命日记，包括她认为的致癌因素。我苦笑，如果我之前看过她的书，会听她的忠告吗？我是那么固执，不见棺材不掉泪啊。她比我优秀，比我开朗，比我坚强，比我更不该得病，却病得那么严重，发现的时候已经全身骨转移。我无法想象她承受怎样的疼痛去做10次化疗和放疗。让我有些意外的是，她也尝试了碱性体质的理念，但并不成功。看来不能完全吃素，而要营养均衡。只有免疫力上来了，才有力量战胜癌细胞。在生死边缘，每一个决定或举动都可能致命。

我不曾真正珍视的生命，在家人眼中，却是弥足珍贵的。他们所有的艰难和努力，都是不想失去我。我要勇敢，我要乐观。我不想让我最爱的亲人承受那个最残酷的结果。现在才体会到与死神贴面的恐惧和后悔。除了打败它，我无路可退。

赵楚煊那天的日记，有很强烈的情绪，"最爱"，"最残酷"。可是她只能说"我不想让我……"，却没有"我不会让我……"的底气。她的生命已经变成她与病魔的对决，胜负难分。很多美好的期盼也无奈地沦为一厢情愿。

在不怎么坦然地接受了命运以后，楚煊跟于娟老师一样，也开始痛定思痛："得癌症的为什么是我？"

随后一段时间，赵楚煊十分耐心地查了姚贝娜、陈晓旭、李婷、阿桑的生病过程，唏嘘之余还为她们的治疗失败找原因。姚贝娜一方面太年轻，细胞活跃，另一方面五年恢复期内工作负荷和心理压力太大；陈晓旭选择保守治疗，事实上化疗在中早期治疗上是必要和关键的；李婷坚持了九年，很可惜，应该与她独自一人坚强抚养孩子太过操劳有关；阿桑除了乳腺癌，之前还有淋巴癌，病势太过严重。

这些理由也许并不科学，都是福尔摩斯·赵楚煊在网上公开资料里主观推断出来的，但至少在那个阶段给她一些启示，也同样是种安慰："可能我避开这些失误，就能幸存了呢？"

也就是从那一天起，赵楚煊开始不满足只写日记留给家人，她决定把整个治疗过程整理成书。无论她是否可以幸存下来（survive），她的经历都可以供其他病友总结或借鉴。虽然她是个低调的人，得癌症对她来说多多少少是件不为人称道的"不美丽"，但她也希望像她钦佩的于娟老师一样，让后来的人吸取她的教训。毕竟这个灾难是可以避免的。

我是老师，我有一个很好的发声平台。我是老师，我有责任让我的学生，还有他们的同龄人，知道健康生活和健康心态的重要。我必须发出振聋发聩的警示！

赵楚煊有种"留取丹心照汗青"的使命感，瞬间感觉自己两米八。楚煊刚立下造福社会的誓言，治疗又出新状况。祝教授半月后要去美国访学一年。

好突然！

好不容易遇到一个自己信赖又医术精湛的医生，治疗才刚刚开始，怎么就要离她而去了？

"祝教授，您最了解我的身体状况，能不能还是您给我做手术啊？"楚煊忧心忡忡地对祝教授说。

祝教授已经给她做了后续治疗方案，甚至连她大半年以后才会接触的放疗医生，也提前联系好了，并委托戴维全力看护，但手术的确是治疗中很重要的环节。面对楚煊无助又渴望的双眼，祝教授不忍心拒绝。

"那行，抓紧做第三次治疗，我出国前给你把手术做了！"

搞定（Deal）！

手术时间定在了2015年12月15日。前一天，麻醉师亲自到病房跟楚煊见面，鼓励她说："总之，你用的是比较舒服的一种麻醉剂，打了麻药什么都不记得了。"麻醉师走后，楚煊揉揉自己笑僵的脸："那清醒过来以后呢？我怎么接受自己身体不再完整？"很心塞。

她想起了刚植入静脉输液港的时候自己写的日记：

> 前天晚上，我看到脖子上输液港的针头，才一针，但是很明显很难看，我突然难过了。这才是最小的伤痕，我都觉得难看。想想下面还埋了一根管子，有个四针的伤疤，更别提左胸全切、腋窝清扫，我该如何面对！不仅失去一个器官留下伤疤，而且左手也许不再灵活。此时我的感受既不是恨自己，也不是后悔，而是内疚。我内疚的是没有照顾好它，我将永远失去它。我更内疚的是对不住妈妈，她精心照顾养育我，我本可以完美，但我却还给她一个残缺的孩子！我也知道不可以贪心，现在只要能活着，恢复健康就是妈妈最大的心愿。但我真的很自责，这一切对妈妈来讲，太残忍了……

2015年12月15日，天气晴朗。呆呆冬日光，明暖真可爱。真可爱的除了天气，还有赵楚煊。一大早，她来大姨妈了……可不可爱？！惊不惊喜？！

明天祝教授就要出国，楚煊赶紧给他打电话，祝教授沉吟了一会儿，坚定地说："做。"

楚煊遂携妈妈、舅舅、舅妈、小姨、凯尔，一行六人赶往医院。

到医院后，正赶上肿瘤科大领导（Boss）唐教授带队查房。唐教授是知道楚煊的，称她"英国留学回来的小姑娘"。今天看见这位即将奔赴手术台的女孩，一向严肃的他神情有些变化。楚煊本想唐教授会给自己"小姑娘别怕，拿掉肿块，你便健康如初"之类的鼓励。

唐教授凝重地看着她，忽然同情地说："这么年轻，以后没有乳房怎么办啊？"楚煊瞬间想要的鼓励被难过代替。

离家前，楚煊还在洗手间的镜子前面，心情复杂地自拍了人生中第一张上半身裸照。很快就再也见不到其中一个了，唉！

好不容易平静下来，但这句话从一位见惯生死的专家嘴里说出来，顿时又让她乱了方寸。

其实，楚煊也不知道今后失去一个乳房的生活对她心理会有怎样的冲击，应该很难过吧。

楚煊是当天的第三台手术，预计中午12点左右。她整理了一下心情，准备给妈妈写一条短信。从确诊到现在，和妈妈朝夕相伴，却没有好好跟妈妈说说话。虽然医生护士都说她的手术在科室算小手术，但电视上总演有些人上了手术台就发生状况，然后医生推门出来对家属说："我们尽力了，请节哀顺变。"像赵楚煊这种未雨绸缪又内心戏十足的女孩（girl），肯定在"生死关头"要给最爱的人留下些念想，赵楚煊把它称为"遗言"。

亲爱的妈妈，我就要上手术台了。我心情很复杂。在早上唐教授见到我之前，我都很平静。但当他说这么年轻就失去一个乳房怎么办啊？我忽然觉得很悲凉。我不是没想过以后，而是刻意把它轻描淡写了。就像10月3日听到章医生诊断结果的时候，我也很淡定。也许我潜意识里不想接受，不愿意相信。即便是事实，我也希望经过治疗我能好。所以三个疗程的化疗我都能配合，虽然有些副作用，但都在我可承受的范围内。我也在幻想，如果只是化疗一天、休养三周，哪怕十个疗程，只要能治好，我都会很开心。今天发现，真正的痛苦才刚刚开始。做手术，失去一个器官，术后伤口恢复，肢体复健，心理适应，更多的化疗、放疗，也许还有内分泌治疗，等等。我不确定，我是否都能像之前那样坦然而乐观。

我知道妈妈的心疼和担心，我最内疚的就是这件事，妈妈太无辜了。导致我生病的因素：性格、饮食、休息、锻炼，等等。每一条妈妈都苦口婆心地叮嘱过，每一个环节都亲力亲为地照顾着我，我竟然最后还能闯这么大祸！妈妈每次说我可怜，其实真正承受这个灾难的人是妈妈。妈妈本该含饴弄孙的年龄，工作一辈子，马上就要享受人生的时候，我给妈妈这么大的打击和沉重的负担。我之前天天喊，要成为妈妈的骄傲，现在真是讽刺。妈妈对我从小望女成凤地培养，充满期盼，现在被我折磨得只剩下最卑微的底线，就是希望女儿活着。

妈妈太可怜了！我现在只有努力坚强，让自己康复，才算是赎罪，才算是报答，才能保全妈妈最后的希望。谢谢妈妈32年来为我遮风挡雨，谢谢妈妈义无反顾地救治我，谢谢妈妈任何时候的不离不弃，谢谢妈妈的救命之恩。妈妈，今生我没有给你太多的幸福，还要让你承担失去我的风险，这太残忍了。真的对不起……

妈妈，你是我的守护神，是我的力量。未来也许我身体残缺，但我一定会让自己灵魂健全，不再让你担惊受怕。妈妈，你要坚强，不要害怕，等我手术回来，还是你满血复活的阳光女儿。别担心，妈妈，我们共渡难关。深深吻你……

洋洋洒洒写完，楚煊抽了抽鼻子。可惜自己不富有，不然附上一大笔遗产。"请妈妈以我的名字在丽江或西藏的贫困山区建一所希望小学！"这遗嘱也就和它的主人公一样，有一种小英雄的悲壮了。

虽然赵楚煊是第三台手术，但是前面有一台手术不顺利，只见不停有医生急匆匆跑到四楼手术室，最后唐教授都亲自上阵了。楚煊一家人从早上的严阵以待，依次拉着楚煊的手深情叮嘱，到下午变成跟在家聊天一样轻松。

时间是个神奇的东西，让赵楚煊从害怕做手术的女胆小成长为渴望做手术的女坚强："快给我来一刀吧！拿掉肿瘤，别等了！"

一直等到下午三点才有手术室护士来接楚煊。"护士，咱走，我可以跑步前进。"楚煊着急又略带风趣地说。

可惜按规矩，手术病人得坐轮椅，由护士推着上电梯，抵达四楼手术室。

妈妈坚持亲自推女儿上四楼。四楼是楚煊第一次来，构造跟三楼病房差不多，楼道的尽头是手术室。

楚煊从三楼到四楼，感觉一路上两边病房都有人用惊疑的目光在看她。因为轮椅上坐着的是年轻优雅的姑娘，健康得无法与手术病人画等号。

妈妈眼眶里聚满泪水，楚煊出病房前悄悄把写好的短信发给妈妈，幸亏妈妈还没看到。小姨说话也是颤抖着，碎碎念地叮咛她不要怕。舅舅、舅妈跟左右护法一样陪在妈妈左右，一言不发。没有看见表妹，楚煊也不敢看，她怕表妹流泪。

在进第一道门的时候，护士从妈妈手里接过轮椅推着楚煊进手术室，家属不能再送了。

"放心吧妈妈，我没问题！"楚煊给妈妈一颗定心丸。

她没有回头，坐得笔挺，给家人比了个剪刀手。当时觉得自己的背影一定酷极了。

关门以后，瞬间失落、难过。护士慢慢推着她到第二道门，下椅，坐门口。护士送来温暖，给她披上毯子，还和她聊些与手术无关的轻松家常话。

二门进去就是手术室了，医生护士不断进进出出，大家都是绿色手术服、各色手术帽，类似卡洛驰（crocs）的凉拖。楚煊落寞地坐了一会儿，一个年轻的女医生把楚煊扶着进了二门。楚煊发现，自从出了病房，她就像《三怪客泛舟记》里的 J，没几分钟，由一个开心健康的人（a happy, healthy young man）变成了一个病重、濒临死亡的人（a very sick man, close to death）。坐轮椅之后，现在都需要搀扶了。

赵楚煊仔细观察着二门内的世界，想清楚地记住这次手术的每一个细节，怎奈自己五米内人畜不分的750度近视，眼前一片朦胧。

手术"世界"里，不止一间手术室。楚煊被安排在第三间，手术室并不大。一位年轻的女医生扶她躺上手术台。医生真是开朗，和随后进来的医生说："晚上吃啥，来点硬菜。"

两个医生你一言我一语的硬菜菜单，让一直空腹等待手术的赵楚煊也跟着饿了。"心真大，这是准备手术的状态吗？"楚煊在心里嗔怪自己。

自化疗开始她就再没撸过大串，没吃过麻辣味了。就吃过一次佛系火锅，东来顺。白水涮肉蘸芝麻酱，即使这样，也是吃得热泪盈眶。每天晚上看着央视二台王小丫的《回家吃饭》，望梅止渴。

麻醉师进来了，亲切地站在赵楚煊头顶后边，跟她打招呼。楚煊事后才知道这就是前一天跟她谈话的那个麻醉男医生。根本看不清，她瞎得差点儿以为是戴维来了。

"幸好没乱叫。"女阿炳后知后觉。

麻醉师也是很活泼的一个人，但更出乎楚煊意料的是大家对他的尊重。难怪有人说麻醉师很关键，剂量拿捏很不容易，多一点儿可能会留后遗症，少一点儿手术还没完人就清醒了，影响手术。

赵楚煊仰面躺着，靠听觉判断周围的情况。麻醉师让助手用一个大呼吸面罩扣在她嘴上。

"这和电视剧差不多啊。"楚煊联想。

戴维终于现身了，他过来拍拍楚煊的手，示意她别紧张。

没想到呼吸机里的气体，让楚煊的眼皮好重，睁不开眼睛，但神志很清楚。赵楚煊好想学《红岩》里的成岗，靠意志力抵抗麻醉，她在考验自己的意志能坚持多久。只听助手悄声说"一，二"，并轻轻敲着楚煊两侧的太阳穴，简直是神助攻一样，还没到三，她便不争气地昏睡过去了……

就像睡意很沉，一夜无梦的一场大觉。

一觉醒来，恍如隔世。

楚煊醒来的瞬间并不唯美，稍微有点意识，不是来自亲人爱的呼唤，而是被嗓子疼醒的。

"不要睡了，睁开眼睛。"

赵楚煊被推出手术室的时候，有位男医生一直这样叫她。

楚煊迷迷糊糊喊的是："妈妈，妈妈，我嗓子疼。"

医生解释："麻药的原因，没事。"

"姐，你从手术室推出来的时候脸色真吓人，不是惨白，是土黄。"表妹在姐姐出院后给她描述。

"你还记得啥？"楚煊问表妹。

"后面的我可不知道。我爸让我看着包，他们都跟着你回三楼重症室了。"表妹说。

事后根据表妹支离破碎的描述，还有从妈妈那里旁敲侧击问出来的话，楚煊大概补全了她当"被手术人"，这几个小时外面的世界发生了什么。

楚煊的手术三个多小时。

画面一：楚煊一进手术室，妈妈就看到她发的短信，失声痛哭，哭了很久。舅舅、舅妈、小姨一直在旁边安慰。

表妹在一个角落，幽忧地看着一家人的包。

画面二：一个多小时后，麻醉师出来，告诉楚煊家人，已经做好麻醉了。他的老师也在手术室，和他一起做的，让家属放心。

画面三：其他几台手术的医生出来见家属。惊悚的是，端着托盘，里面是手术摘除的肿瘤。有从肝上取的，有从大肠上取的，无一例外，黑色肿块。用妈妈的话说："一看就不是健康组织。"

妈妈停止哭泣，除了围观别人拿掉的肿瘤，开始专心等待坑害自己女儿的那块坏东西。

"恨不得把它剜出来踩烂！"妈妈咬牙切齿，难消对肿瘤的痛恨。

画面四：戴维出来，说手术很成功。妈妈急着看肿块，戴维说，已经拿去做标本了……

妈妈只能在精神上实现踩碎坑害女儿肿瘤的心愿。

戴维把电脑里保存的照片给楚煊家人看。出乎意料的是，是鲜红色的一团肉浸在液体里，不像外国血浆片里那血淋淋的样子。楚煊醒来也看了照片，还好，一般恶心。

鲜红色，不是黑色，给了全家很大的希望。

画面五：祝教授出来。不是电视剧里演的，径直走到家属面前："手术很成功，24小时后，家属就可以探视了。"

相反，他一脸疲惫。舅舅追上去，与教授简短交谈。祝教授意思是一切顺利。

画面六：手术结束前，戴维出来很兴奋，一直说："太幸运了，没有淋巴转移，也没有侵犯胸大肌。"

妈妈喜忧参半，五味杂陈。舅舅、舅妈、小姨都安慰妈妈，幸好没有转移。

在重症室，麻药劲儿还没完全退，楚煊半睡半醒。一晚上印象最深的就两件事：一是，只能留一个家属。一下午没发挥作用的表妹主动请缨，陪护姐姐。可妈妈说什么都不离开半步。楚煊半夜醒来看见妈妈站在她病床边，困得头一顿一顿的，都不肯趴着眯一会儿，楚煊很心疼。

二是，说重点，还是嗓子疼，剧疼！16日清晨，楚煊在一阵说话声中彻底醒来。护士查房，因为是重症室，护士长亲自带领一群南丁格尔，一床一床视察。

重症室一共六个床位，就楚煊一个年轻人。后来小姨告诉她，从她昨晚一进来，就引起其他病人和家属的好奇。

"这么小的姑娘，咋啦？"

值班护士下意识保护她："这姑娘好着呢，做了个小手术。"

这位素昧平生的护士，小小的善举得到了楚煊全家人的感激和尊重。当然更多接触后，她也成了挑剔的赵楚煊认定的朋友之一。

此刻赵楚煊可没空高山流水，她发现除了嗓子疼，咋眼睛也不对劲了，右眼肿得像核桃一样。

护士长来到她床前："赵楚煊怎么还在床上？赶快下床活动。"

"护士长，她早上测的体温，38度5，心率120。"值班护士说。

"术后正常反应，贴个退烧贴吧。"

护士长转过头看着赵楚煊说："你得起来运动，不然伤口粘连。"

"可我动不了。"楚煊说的是实话。左侧手术后没有知觉，身体使不上劲儿。

"来，扶她起来。"护士长吩咐。

护士长比楚煊大三岁，也是80后。昨天手术前还和老朋友一样跟她说，心态好比什么都重要，今天仿佛成了熟悉的陌生人。

"我眼睛肿了，嗓子特别疼。"楚煊想哭。

"都是麻药引起的，没事。嗓子是插过管子，眼睛肿是刷麻药的时候沾上了，过两天就好了。你赶紧下床啊，回病房去。"

下床……

回病房……

在动辄就开膛剖肚的肿瘤外科，赵楚煊这手术确实是小病案（case）。

赵楚煊想起留学的时候，她的好友L夫妇。预产期前一天，医院依然拒收，生孩子当天才手忙脚乱去医院。第二天中午两人提着筐子回来了，跟出门买菜一样，筐里提的就是他们新生的宝贝。

时光荏苒，楚煊也感受了一次医院的高效率。

护士过来熟练地给她拔尿管，好害羞。

收拾行囊，离开重症室。

赵楚煊脑门儿上贴着退烧贴，表妹在左侧给她提着从伤口引出来的两个"血篓子"，妈妈在右侧扶着她。一行三人，蹒跚走回了15米外的病房。

是的，走，没有轮椅，更别提推车了，与一天前众星捧月、前呼后拥的场景相背相反，对比鲜明。

到病房后，楚煊迅速躺好。那两个血篓子太闹心了。她目前的情况是，整个胸部缠着绷带，不知道的还以为她中枪了。左侧肋骨附近，从身体里伸出两根管子，引流伤口的积液到一个圆水壶一样的透明瓶子里。只可惜积液的颜色不怎么友好，和血一般无二，因为晃动还摇出一层沫子，所以视觉感受不甚美好。

虽然有厚厚的绷带打底，病号服左上方还是空空荡荡，犹如楚煊心底不曾显露的空旷。

祝教授临行前专门来病房和赵楚煊告别。昨天一整天手术的疲惫，还没有完全从他脸上消退。

祝教授转身离开，楚煊有话说不出来。

她还在发烧，躺在床上，暂时没有下地。小姨在家给她煲的鸽子汤，她也没什么胃口。妈妈看她情绪稳定，吞吞吐吐说起了心中的困惑：

"冲儿，你没有淋巴转移，也没有侵犯胸大肌……"

楚煊马上领会妈妈的意思，那个噩梦般的加强核磁共振，因为没有给她戴耳塞，医生心怀歉意，不仅打来电话详细询问，而且报告写得格外慎重。

"ADC值（激痛点）约为1.86，结合穿刺，考虑乳腺癌，伴中心坏死，深部胸大肌受侵，左侧腋下淋巴结转移。"

祝教授因此制定了左乳根治术手术方案。

百度小课堂：根治术的范围是将整个患病的乳腺连同癌瘤周围5厘米宽的皮肤、乳腺周围脂肪组织、胸大小肌和其筋膜以及腋窝、锁骨下所有的脂肪组织和淋巴结整块切除。

母亲的本能，妈妈是心疼她女儿白白多切两斤肉，多伤身体啊。腋窝清扫了，胸大肌也揭了，可不就成了传说中的"皮包骨"！

楚煊理解妈妈，但她有自己的判断。刚进医院的时候，好家伙，顶着十厘米大的肿块，心虚得都不敢脱衣服，一问病史，赵楚煊竟然拖了十个月，也不知道哪儿来的自信，再加上她如花似玉的青春年华，风险翻倍又翻倍。如果技术可以，医生都想直接把她回炉再造了。

所以，不用祝教授建议，她自己也主张用最彻底的手术方案。

宁可错杀，绝不放过！

回病房的第一天晚上，楚煊左手臂垫着枕头，伤口上压着盐袋，既可以消炎也可以加速伤口愈合，无所谓，反正没有感觉。楚煊不停地按止疼棒，伤口倒是不疼，就是平躺着一动不动睡一晚上，真是不习惯。但看看妈妈和妹妹，只能坐在躺椅上守护她，心里很过意不去。

第二天烧基本退了，嗓子照样火烧火燎地疼。右眼肿成一线天，倔强地把楚煊扯得眼歪嘴斜，妈妈心疼得不知所措，赵楚煊便嚷着要吃炒拉条。

咋说呢，生病后，街边摊，各种小吃都离她而去。臭豆腐、葫芦鸡、烤生蚝、麻辣小龙虾、胡辣汤、砂锅米线都再见（bye-bye）了。吃炒拉条也算惊喜吧。

妈妈犹豫再三，自我催眠。算了，心情好治百病，能吃饭比啥都强。

苦于帮不上姐姐的表妹，立刻启程给姐姐买炒拉条。

"妈妈破例让你吃没有营养的饭，你是不是应该起来活动一下？"

楚煊点头如捣蒜。妈妈扶着她坐起来，穿好鞋。就在起身的一瞬间，突然楚煊两眼发黑，浑身抖如筛糠，几乎栽倒。

好像妈妈吓坏了，大喊着叫来了护士。对这些楚煊没有印象。有印象的是，护士问她："你什么感觉？"

"我感觉要昏过去了。"

护士下面这句话，把即将昏过去的赵楚煊又气得回过魂儿了。

"昏过去你还能说话？"

不好意思（Excuse me.），这是一种夸张且细腻的表达方式！

看着赵楚煊小脸煞白，也不知道是半昏着呢，还是气得不轻。总之，护士小姐姐不忍心，给她吸氧，让她好好休息，暂时不要下床。

表妹欢天喜地提着炒拉条进来，见姐姐躺在床上，脸色惨白，还吸着氧，惊得差点把面撂了。

"姑姑，我姐咋了，都病的要吸氧了？"表妹手足情深地说，"我才出去多久啊，病情恶化得太快了……"说着就要哭了。

"赵楚煊血色素不到8克，有点儿贫血，考虑输血。"戴维走进病房说道。

妈妈并不惊讶。手术当天来例假，一般都是不能手术的，能顺利把手术做了，实属不易。

"所以我吸个氧有啥大惊小怪的。"楚煊向男天使行注目礼。

"吃点有营养的吧，别吃这些了。"戴维离开病房前，眼尖地发现了炒拉条，一脸嫌弃。

　　这个天使可能是折翼的。

　　赵楚煊继续喝着鸽子汤，心里下着雨，想吃的炒拉条让表妹香去吧。

　　听说楚煊贫血，全家行动起来。舅舅、姨父只恨自己不是猎人，不能手刃野味，只能求购上至乳鸽大雁下到黄河甲鱼的一系列食材。小姨擅长烹饪，每天在家料理各种营养汤。舅妈一狠心，留下自己的亲生骨肉，陪伴楚煊。这一系列措施，把贫血的楚煊补的啊，脸上竟然看到了久违的胶原蛋白。

　　妈妈也没闲着，琢磨输血的事儿。

　　赵楚煊从小就是病秧子。一岁多的时候，保姆不知道给小宝贝（baby）喂了啥，直接痢疾了，后来加上扁桃体感染发烧，各种抽血检查，最后折腾成了贫血。

　　妈妈急了，恨不得割开血管："孩子，快喝！"

　　妈妈天天追着医生要给女儿输血，执着地认为，母体的血肯定比任何人的血都好。医生被感动了，答应输100 CC。

　　妈妈大喜，抽血当天不吃不喝，只为让血浓度高，质量好。

　　确实神奇，小吸血鬼喝了阿娘的血，迅速痊愈，茁壮成长。而妈妈因此伤了元气，大把掉头发。

　　可惜三十年后这招不好使，妈妈好说歹说，用她的血给女儿纠正贫血，医生坚决不同意，必须用血站的血。

　　每天楚煊最不情愿的就是在走廊活动。血篓子丁零当啷地太碍事，她不敢看，只能表妹给她拎着。非常担心若用力不当，会把两根管子拽出来，后果不堪设想……所以她走得小心，走得担心，走得战战兢兢，一脸幽忧。

　　直到有一天楚煊看见一个患胃癌的阿姨，护士从她鼻子里拽出一根一米长的管子，这一幕要不是发生在医院，楚煊还以为阿姨在表演魔术。

　　太难以置信了，阿姨太遭罪了。

　　阿姨痛苦的表情让楚煊深受触动。比起阿姨，楚煊觉得自己太矫情。自此，她开始自己提血篓子在走廊活动，目光坚定，脚步稳健。

肿瘤外科的床位实在紧缺，很多手术患者，四到五天就得转院，走的时候还带着血篓子。楚煊破天荒获得优待，术后九天才出院。如果不是她缠着戴维要回家，妈妈希望她多住些时日，让身体恢复得好一些，至少等伤口痊愈了再出院。可楚煊多一天都不愿意在医院待，在肿瘤病人聚集的地方，反射肉体和精神的痛苦相互撕扯，坚强、勇气、信念支撑得很辛苦，离开医院，楚煊觉得身心会轻松自由许多，勇气、信念也会随之变得强大。

住院期间，纷沓而来的报告单，首先是病理报告。

第一句话就惊心动魄："送检左乳改良根治切除标本，体积17 cm × 14 cm × 5 cm，皮表梭形皮肤面积10 cm × 5.5 cm……"

结论：

病理诊断：1. 左侧乳腺改良根治标本，肿瘤床呈大片坏死状，有灶状癌组织残留（非特殊型浸润性癌Ⅲ级）。（残留癌组织占10%，新辅助治疗，反应评估Miller–Payne分级Ⅲ级）

楚煊之前查过有关浸润性癌的医学知识。浸润性癌其实在癌症的四个阶段里已经到第三阶段。最后一个阶段就是转移了，楚煊不敢想。

咋还有10%的余孽呢？祝教授本来计划术前四次化疗，如果那样的话，会不会一网打尽？

楚煊第一次后悔自己没学医。

下面这条扎心了。楚煊悄悄瞥了一眼妈妈老花镜背后那双犀利而专注的眼睛。

"同侧腋窝淋巴结（12个）及另送'腋窝'淋巴结（1个）呈反应性增生。（Sataloff淋巴结评估Ⅱ级）"

不管评估二级的S君是什么，前面那两字救命了，"增生"，这是一个令楚煊爱恨交加的词。她以为自己是增生而延误最佳治疗时间，恨得咬牙切齿。但进医院后又无比渴望诊断结果上出现这个冤家。

增生意味着良性，感恩。

多么希望所有人拿到的体检报告都只是"增生，良性"这样温柔的字眼。

一个人需要度过多少劫难才能自在地度过一生？

病理报告因为戴维手术那天就提前剧透，所以楚煊心平气和地笑纳了。即使如此，妈妈还是拿着报告单字斟句酌地反复推敲，不懂的地方耐心百度，母爱是深沉而伟大的。再比如，妈妈连续九天衣不解带地在坐椅上合衣而睡，脚肿得像馒头，依然寸步不离地照顾女儿。

接下来的"病理特检报告单"就有些挑战性了。

特检诊断：乳腺癌切除标本作免疫组化染色

　　　　ER(—)

　　　　PR (—)

　　　　HER2(2+)

　　　　CK5/6(灶状)

　　　　Ki67(+90%)

　　　　P53(+90%)

楚煊也加入百度战队。ER、PR阴性代表内分泌治疗无效，预后差，这结果惊悚不？

辩证唯物主义的追随者、哲学两面性的受益者以及共产主义接班人的赵楚煊，立刻找到安慰自己的支点。

内分泌治疗无效，那我就不用做去势治疗了？（是一种消除内分泌治疗的手段）说不定会把卵巢摘除，多可怕！

HER2这个指标也很关键，2+是阳性？还是阴性？

这一项单看，阳性比阴性要差，需要上靶向药物，昂贵的赫赛汀。

但是阴性对于赵楚煊这个个体来讲，更糟！因为她前面那两个指标也是阴性，联系上下文，可不就成三阴了……

百度小课堂：三阴性乳腺癌的预后与肿瘤大小和淋巴结状况关系不大，复发迅速，局部复发率无显著性差异，远处转移发生率高于非三阴性乳腺癌，肺转移和肝转移的发生率高，而骨及脑转移的发生率无显著性差异。

三阴性乳腺癌有一位著名的受害者——姚贝娜。

三阴性乳腺癌本来就是四种乳腺癌分支里最凶险的一种，容易发生远端转移，肺啊、肝啊、骨啊、脑啊，都是它转移的藏身之地，所以死亡率最高。更何况这个类型没有针对性的治疗方案，除了常规化疗、放疗，没有靶向药，更没有有效的治疗方法，被称为"红颜杀手""粉红癌王"。你看它高冷不？傲娇不？

赵楚煊提着血篓子就去医办室找戴维，不用她提醒，戴维已经去做Fish检测（用于检测乳腺癌组织中HER-2基因的表达）了，进一步确定HER2是阴性还是阳性。

反正不管什么结果都不好。阳性就要打赫赛汀，一支两万多元，看来得卖房卖车了。

如果三阴，不说了，准备笔墨写遗书吧。

这Ki67、P53又是什么鬼啊？

赵楚煊靠百度继续装赤脚医生。

这两个数值是细胞核增殖指数，数值越高，细胞越活跃，预后越差。

楚煊这两项活跃得都要起飞了！+90%，我的天哪……

反鸡汤里有句话，上帝为你关上一道门的同时，还会顺带夹你的脑袋。

果然如此，没一个省心的！

等Fish检测结果的几天里，楚煊跟提个鸟笼子遛弯儿的大爷一样，提着她的血篓子，时不时扒在戴维医办室门口刷下存在感。

楚煊盼星星盼月亮盼来了一个大霹雳。

Fish诊断意见：HER2阴性，基因未扩增。

母女两人都各自施展掩耳盗铃的本事。

妈妈说："呀，基因未扩增。说明基因没有发生癌变。"

女儿说："三阴就三阴，无药可治就拉倒。"不到15%的概率都让楚煊撞上了。她欲哭无泪地自嘲："咋不去买彩票呢？"任何的凌云壮志在这一刻会失控、会灰心、会从里到外，把人打击到无助、无奈、无可救药。

　　这"三阴"性癌症狡猾得让你猝不及防，狰狞地发给你一纸如斩立决的判决，你没有准备，毫无抵防。它凶恶的爪牙，随时毁掉你健康的肉体，还有亮堂的灵魂。在癌症面前，所有幸福的家庭都如坠深渊，独生子女的家庭更是遭遇万劫不复的灾难。但你不能怕，要咬紧牙关，泪如泉涌，也要微笑，因为亲人的爱弥足珍贵……

　　这是赵楚煊日记里的话。

　　自行调整，自己疗伤呗。

　　记得第一次化疗做检查的时候，遇到一位得肺癌的爷爷安慰她："没事儿，你的包块长在外面，取了就好啦。你看爷爷肺都切掉了一块，不照样好好的，已经五年了。"

　　第二次化疗的时候，她隔壁病房一个只有27岁的姑娘，胃全切，化疗时吐得翻江倒海，很可怜。

　　这次手术的时候，一个哥哥是直肠癌，肛门都切除了。妻子哭得很伤心，一直自言自语："今后怎么办啊？"

　　还有今天早上，重症室有个病人病危，三个女儿痛哭，撕心裂肺的声音让在场的人无不动容。其中一个女儿靠着墙滑坐到地上，捂着脸，站不起来，还有一个哭的话都说不完整，还是努力打了一个电话，断断续续说："再送点钱过来，救爸爸。"

　　一幕幕像电影一样浮现在楚煊脑海。一路走来，她遇到很多好人。医生、护士，还有陌生的病友，救治她、鼓励她。也看到了很多比她更不幸、更需要帮助的人，他们都没有放弃。

　　"赵楚煊你有什么理由不坚强！"

　　高中的时候，楚煊引用了《论语·子罕》里的一句话，贴在书桌的台灯上，每晚学习的时候激励自己。现在，她必须同样勇敢。

　　"岁寒，然后知松柏之后凋也。"

楚煊生怕麻药伤了她聪慧的脑袋，手稍微能动就开始记录手术后的感受。

其实聪慧的脑袋早在第二次化疗后就变蠢萌了。化疗对楚煊的副作用主要是伤害了神经系统。视神经、脑神经、耳神经不同程度都有损伤。她记忆力减退，视力从近视600度增大到750度；牙缝隙变大；右耳耳轮缺损，连医生都惊叹，纷纷围观，有几位医生还拍了照做典型病案。

赵楚煊习惯左手端住手机，靠左手大拇指上下翻飞打字。何止继承了乔布斯一手掌控世界的衣钵，更直接升级了他的理念，进化为一指禅。只可惜患肢正好在左侧，她与她最后的倔强给后期康复留下了隐患。

"术后七天中，只能夹紧左臂，所以左臂内侧血流不畅，疼痛难忍。昨天第八天，开始按医嘱尝试打开胳膊。我觉得这项比较轻松，但举臂与地平行有点儿吃力，我得慢慢锻炼。最心酸的应该是，左胸平平，缠着绷带。伤口我没打算看，怕自己接受不了。妹妹说，就只剩一片皮了。前七天我还顾不上伤感这些，左边腋下有两个血篓子，两根导管，一根倒出胸壁积液，一根倒出腋窝积液。每天起床走路都不太方便，关键是我不敢看，就像两瓶血吊在我腰间。前天拔了腋窝导管，没想到渗血两次，纱布、病号服都被血浸透了。昨天早上拔了胸壁导管，血还是渗透了纱布。"这是楚煊手术后在手机上记录的。

楚煊第一次渗血的时候在晚上，半边衣服都湿了，全是血。在换药室，一位值班男医生给她止血。好久没在戴维以外的男医生面前脱衣服，楚煊很羞涩。

赵楚煊觉得自己的肋骨差不多要折了，男医生手太重。

第二天，血好像懂得主人的心事，在戴维上班的时间争先恐后往外涌。楚煊理直气壮去找戴维，止血，换绷带。

"哎呀，昨天那个大夫手劲儿太大了呀，还是你好。"楚煊一脸真诚。

"那当然，也不去打听打听，我们科室我手最轻了。"戴维一脸得意。

说你胖，你还喘上了。

但楚煊心里，是暖的。

第二章　童年　幸福时光伴别离

一

时间回转。

1982年，那是一个春天，有一对年轻夫妇，旅行结婚。

上有天堂，下有苏杭；南京上海，地久天长。

新娘是一位丹唇未开笑先闻的女孩，明眸皓齿，落落大方，一笑嘴角天生的小酒窝。看见对面卧铺的大姐，正笑意盈盈看着他们，女孩便从包里抓了把糖，递给大姐，分享他们的喜悦。

"谢谢小姑娘，旁边这位是你父亲吧？"大姐欣喜又有些好奇地问。

"这是我爱人！"新娘真想把糖收回来。什么眼神啊？没看这是喜糖吗？

女孩旁边是位剑眉、大眼、皮肤黝黑却精气神儿十足的小伙。他听到这话，一点儿都不生气，反而咧开他厚厚的嘴唇，笑得很得意。

"我长得老有什么关系，老婆好看就行。不枉我追了三年，修成正果。"小伙在心里乐呢。

这对夫妇便是赵楚煊的爸爸妈妈。

楚煊人生的一大遗憾，就是没有见过外祖父，那个被妈妈深深怀念的亲人。姥爷是位备受尊重的医生，新中国成立前毕业于武汉同济医学堂，纯粹的西医大夫，医德高、医术精。妈妈小时候赶上三年困难时期，家家吃不饱饭，但姥爷没让妈妈饿过肚子。妈妈的姑妈还经常从武汉老家寄来腌制好的、非常好吃的大青鱼。口袋里也时不时装袋饼干当零嘴儿。妈妈最不爱吃羊肉，家里一炖羊肉，就拽着衣角，站饭桌旁，小眼泪吧嗒吧嗒掉，换上一碗香油菠菜面，立刻破涕为笑。

1 900公里外的大东北，比她大四岁的未来的夫君，正和他三个哥哥偷偷在小院儿后面垒鸡窝，喂鸡崽儿，憧憬着鸡生蛋，蛋孵鸡。

夜幕降临，四个泥猴灰头土脸钻回家，被爱干净的母亲一顿训斥。下班回来的父亲家教甚严，让四个儿子跪一溜儿，为什么回家晚了，为什么衣服这么脏，是不是又组团儿打架去了？

"弟，你去看看，爸还生气不？"兄弟里脑子最快的就数老三。

未来夫君立刻站起来，飞奔到书房认真看了看父亲是否还生气。

答案是明显的。老四接着跪，其他三个哥哥吃饭！

赵楚煊的爸爸从小生长在《激情燃烧的岁月》里石光荣住的那种老式小洋楼。换到今天，我们叫它别墅，英文名villa（别墅）。

赵楚煊的爷爷是位桥梁专家。早年留学日本，学成后报效祖国，参与设计了武汉长江大桥，以及安康铁路大桥的建设，《中国桥梁史》里有他的文章。楚煊的爷爷身高一米八二，挺拔如松，不苟言笑，是赵楚煊人生中见到的第一位男神。

武汉的小姐、沈阳的少爷在"文革"中可就没那么幸运了。命运让他们天南海北地聚集在一个陌生的城市，又各自生活了近十年，直到相遇。

刚到县法院工作的她，陪同事大姐去买扣子，扣子没买上，却被小偷偷走了钱包。大姐急了："小贼，偷到抓你的人头上来了啊！"

大姐拉上她去派出所报案。

她不想去，因为此时是派出所的午休时间。她的父亲给她的教育是尽量不要给别人添麻烦，出问题先从自己身上找原因。

是她自己太大意，她不禁羞红了脸。

大姐不管，拉着她直奔派出所。

派出所院子里，两个男子正在打乒乓球。

乒乓球桌上挥汗如雨的他，一眼看见绯红满面的她，惊为天人。这辈子眼里就再也没有别人了。

一眼定终身。

他庆幸那天午休去下面派出所打球，他庆幸自己上班的公安局和法院就一墙之隔。缘分妙不可言。

恋爱的攻势是猛烈的，也是单方面的。

他每天去商店买大白兔奶糖，满怀激情地装在警服的大口袋里，找机会就放进她办公室的抽屉里。食品商店的经理伍大哥，见证了他们的爱情，后来成为他们的莫逆之交。

一到晚饭饭点，他掐着时间往她办公室钻，屁股跟粘在凳子上一样，东拉西扯侃大山。她脸皮薄，熬不过他，最后礼貌地问一句："不然在我们饭堂吃饭？"

"好嘞，吃啥都行，我不挑。"

他毕竟是刑侦大队的，各种打听，不放过蛛丝马迹。得知她和局里的一个女同事一起晨跑，一晚上不敢睡，早早躲在街头拐角，装偶遇。

"好巧哟，以后咱们三个一起晨跑好吗？"

从此，她再也没有出现过。

她回家看母亲，他大包小裹撺过去。妈，妈，叫得和亲妈一样让人暖心。

是的，男人是有爱情的。他拒绝了其他人的热心介绍，锲而不舍地追求了她整整三年，她最终被感动，守了他一生。

他们的结婚纪念品，是一对瑞士浪琴手表。

他们送给彼此最珍贵的礼物，便是他们的独生女儿——赵楚煊。

二

一年后，赵楚煊呱呱坠地，早产两周半，金牛座女孩。

她的降临给赵家带来无尽的欢乐。在她之前，赵家三代全是男孩，她曾祖父兄弟三人，祖父兄弟五人，父辈兄弟四人。到她这一代，上面两个堂哥，三年后她的堂弟出生，赵楚煊是唯一的女孩。宝贝，很宝贝。

妈妈一心想要女儿，如愿以偿，如获至宝。

楚煊长大后问爸爸："爸爸，你喜欢男孩还是女孩？"

"啥男孩女孩，只要是你妈妈生的，我都喜欢！"

赵氏子孙的名字均由祖父命名。桥梁专家的爷爷，在给四个儿子取名时充分展现了理科男的直接明了，四个儿子最后一字连成：平安健康。

孙辈的起名爷爷多了寓意，多了深情。

堂哥：赵解放，出生时正遇爷爷从"牛棚"出来。

堂弟：赵爽朗，因为他的妈妈性格爽朗，特别善良。

给这唯一的孙女起名，爷爷用了一番心思。

因为爷爷对知书达理的四儿媳欣赏有加，加上又是唯一的孙女。

"楚"是妈妈的故乡，"煊"有声势浩大之意，楚煊两字便有了顶天立地的豪迈。爷爷对这唯一的孙女寄予厚爱。

一岁抓周，床上摆满了娃娃、汽车、火车、电话、铃铛等各种玩具，苹果、香蕉、橘子、橙子等各种五颜六色的水果，还有铅笔、毛笔、钢笔、圆珠笔、水彩笔，以及各种小画书、故事书、图书、杂志，等等。在大家的期待中，小楚煊只抓笔，连抓三遍都是笔。

妈妈最欣喜："我女儿长大是作家呀。"

还真是，14岁的赵楚煊为妈妈当了回小"作家"。她为妈妈40岁生日写了一篇生日祝辞：

　　亲爱的妈妈，又辛苦忙碌了一年，今天您一定要休息一下，因为今天是您的生日，也许您已经忘记了，可作为您的女儿是永远牢记在心的，这只能算作您对我养育之恩的一点报答。

母亲是伟大、无私的，母爱是圣洁、坦荡的。因此有人赞美母亲是红烛、春蚕。但是红烛也会熄灭，春蚕也会死亡。我要说我的妈妈是太阳，有太阳般的光辉和永恒；我的妈妈又是一方丰碑，永远竖立在我的心里，为我指点迷津；我的妈妈更像心脏，不停息地跳动，这就是我的妈妈为事业、为女儿永无止境地操劳；我的妈妈也像黄牛，有牛的忠实稳健和默默无闻，'俯首甘为孺子牛'就是我的妈妈的真实写照。

妈妈，人生几何啊！您转眼已入不惑，正如李重光所言：'林花谢了春红，太匆匆。'人逾中年每况愈下与无可奈何的心境，敏感的您不会不深有感触'天凉好个秋'。您多么希望自己心爱的女儿能成为人中之龙，可我每遇一次挫折和失败，哪怕是很小的挫折和失败都会让妈妈深深地心痛！

亲爱的妈妈，我是您的孩子。虽然继承了您的善良，却也滋生了傲慢任性和娇气，但我会改正。慢慢涉世，阅历增加，使我懂得怎样做人才能问心无愧，我明白了谦和、恭顺，明白了许多我以前不屑一顾的东西。妈妈，相信我，我会像您一样，学习勤奋、认真、谦虚、随和、宽厚待人的优秀品格，为了你，为了我，我一定会成功的！14岁花一般的年华我会珍惜，40岁无情的岁月，同样会给我们留下珍贵的记忆。

妈妈，您是位极富才华、刚直美丽的法官，可您为了家庭，放弃了自己弥足珍贵的前途。在外奔波工作，在家为琐事劳心，内外操劳，几多艰辛。然而，您却始终不计一切地关心着我，疼爱着我，这难道不够高尚吗？今天，正直您的生日之际，奉此拙笔一篇，献给您——在我心目中永远年轻美丽的——我的好妈妈！

Good luck in your overwrought job and health.

不肖女煊儿伟啸三叩首以贺芳辰。

并叩　台安

……

这篇生日祝辞被70岁的二外公收录到他的文集里。他对妈妈说："小楚煊的形象思维超过你，她把妈妈比作太阳、心脏、黄牛多生动。14岁的小丫头把南唐后主李煜的诗用得精妙'林花谢了春红，太匆匆'，林花隐喻妈妈的字，又感叹岁月何其珍贵。"

"不是我夸煊儿好，赵家也有千里驹。"这是二外公对小楚煊最疼爱的赞赏。

其实，楚煊从小就知道妈妈了不起。从她记事，每当妈妈收到稿费，就会请她和爸爸吃饭，买礼物送姥姥和爷爷奶奶。妈妈有一篇纪实报告文学，是她曾经办过的一宗刑事案件，被《法制报》整版刊登，又被其他刊物转载，最后编进一本名叫《魂丧秦岭》的报告文学在全国发行。那时，楚煊也就五六岁，只要家里来客人或亲朋好友，她就捧着里面有妈妈名字的厚厚的书在客人面前走来走去，想让客人问："煊煊拿的什么书啊，能让我们看吗？"小楚煊马上把书递过去："这里有我妈妈写的书啊！"那时她分不清书和文章是有区别的，就是想让别人知道书里有妈妈的名字，她高兴喜悦的神情，如果有小尾巴，可能都会翘上天了吧！

说来也怪，成长中的赵楚煊从小到大超乎想象地喜欢笔，喜欢买笔。她目前拥有的各种品牌、各种类型的笔算起来有上万支，包括世界各地的名笔。而且她对笔情有独钟，表现在她对最好的朋友、最爱的亲人送礼物时，也是送她的最爱——笔。

赵楚煊喜欢笔，性格也有笔的含义。直的如笔，说一不二。笔芯里只要有墨水，那丰富的"内芯"世界，好写最美的文字、好画最美的图画。

三

不足月出生的赵楚煊，妈妈奶水又少，用姥姥的话："你这小狗命能长大，真是老天偏爱我这小孙女儿。"

小时候，爸爸常出差办案，一回家，十有八九老婆孩子在医院。他心生愧疚，悄悄问女儿："丫头，想要啥？爸爸给买。"

"爸爸，我还想要一套水彩笔。"

水彩笔，从一套4色一直买到一套48色，她也晃晃悠悠长到了九岁。

赵楚煊的妈妈经常在县里开会，认识了卫生局的一位阿姨。两人年龄相仿，她们的女儿前后相差一年出生，两家走动频繁。阿姨的女儿就是大楚煊一岁的发小。

贾依萌。

萌萌姐姐从小是楚煊的偶像，她有绘画的天赋。七岁时，萌萌的少儿画就登载上了全国少儿画报了。她的爷爷是省里著名高校美术专业的教授。

妈妈说："萌萌是隔代遗传。"

艺术家都是不羁的，小艺术家也不例外。萌萌到法院大院找楚煊的时候，看见楚煊拿着塑料小锅小盆的玩具，玩沙子。

"赵楚煊，你的饭做好了没有？"声音嘎嘣脆。

还没等楚煊反应过来，萌萌端起其中一个小玩具碗里的沙子说："来，姐姐给你吃，你学着点儿！"

一扬脖子沙子全进嘴里了。

这一幕正好被楚煊的妈妈看到，飞奔过来，给萌萌从嘴里掏沙子，领回家漱口。

那时楚煊也就三岁多，童年的记忆全程懵圈。

三岁后的赵楚煊，爸爸经常出差办案很忙，妈妈在党校进修。体弱多病的楚煊三天两头发烧，去幼儿园也是三天打鱼两天晒网，所以只好放在爷爷奶奶家。

爷爷作为桥梁专家，因建设大西北，从沈阳调到这个陌生的城市，家虽然没有沈阳的别墅气派，但70年代的三室一厅、一厨一卫一阳台的房子也不错。小楚煊有自己的房间。

楚煊的爷爷奶奶平时严肃，不苟言笑。楚煊每次回家，第一件事便是爷爷拉着她的手，到洗手台给她打上药皂，把小手搓搓，然后冲干净。这个习惯一直坚持到楚煊上小学。因为爷爷在她上学不久便去世了。但爷爷对楚煊的爱，永远留在了她幼小纯真的心里。

爷爷虽然离休，可常常早出晚归。只要一回家，就到楚煊房间，给她带回崭新的彩色连环画，或启蒙小图书放到她的床上。爷爷不苟言笑，眼神却透着慈爱。

奶奶晚上会带她去灯光球场，那里有很多爷爷奶奶在跳舞健身。每当音乐响起，楚煊跟在奶奶身后一起跳。所有跳舞的爷爷奶奶都夸赞小楚煊，有位奶奶说："高工的小孙女儿真俊呀，你看那小舞跳得一板一眼多心疼人。"

有一次，奶奶和爷爷闹别扭，做好晚饭就出门了，广场舞不跳了，楚煊也不要了。

爷爷一言不发躺在床上，楚煊不知道该怎么办，就跑出去找奶奶。

可是不到五岁的小孩能跑多远，一遍遍站在对面马路的台子上，嘴里喊着："奶奶，你在哪儿啊？"

一会儿就害怕了，又往回跑。到家门口敲门，跟葫芦娃似的开始喊："爷爷，爷爷，我要爷爷。"

涕泪横流的时候，突然有个人从后面把她抱进怀里：

"煊煊，怎么了？"

竟然是三大娘！（东北话，爸爸的三嫂）

三大娘家，住的离爷爷奶奶家很远，要转两次公交车，那天不知道怎么就正好过来，救了小楚煊。

三大娘有钥匙，赶紧把门打开，看见爷爷还躺在床上生闷气，于是安顿好楚煊，出门找奶奶。

那天晚上，爷爷奶奶在三大娘的劝慰下和好，三大娘带着楚煊回她家，那里有堂弟赵爽朗。

部队转业回来的三大娘与妈妈惺惺相惜，感情特别好。赵楚煊儿时为数不多的记忆里，她喜欢萌萌姐姐，还喜欢三大娘和弟弟小朗。

四

病秧子上小学以后，发现功课跟不上！别的同学都上过学前班，赵楚煊只上过小半个小班。妈妈既给她调理身体，又给她补习功课，很快成绩突飞猛进，学习成绩名列前茅，每个学期都是三好学生。

妈妈把楚煊的三好学生奖状贴在卧室（那时的卧室就是妈妈单位分的单间宿舍）床头上方的白墙上，以一年级为中心，贴成一个有12张三好学生奖状的红色"巨幅"，格外醒目。五年级和六年级连续两年妈妈还被学校邀请作为三好学生家长介绍经验。

在同一学校，比她高一级的贾依萌，绘画作品不停在校内外获奖，张贴在展览板上。赵楚煊到处给同学炫耀："这是我萌萌姐姐，她是世界上最厉害的人！"

一年级，第一次春游，楚煊背着妈妈准备的一书包零食，在公园和小伙伴玩得不亦乐乎。就在离开公园前，拍集体大合照的时候，忽然看见妈妈急匆匆出现在公园，走到班主任跟前说了几句话，就把摆好姿势的赵楚煊领走了。

一路上妈妈没多解释，直奔医院。推开病房门，只听奶奶嚎啕大哭："老头子，你孙女来看你了，你睁开眼看看啊！"

那年赵楚煊七岁，第一次看见至亲离世。她不是很清楚死亡意味着什么，只记得爷爷嘴巴微张，跟睡着了一样躺在病床上。病床下边吊着一个装液体的瓶子，里面满满一瓶红色液体。后来才知道那是爷爷的血。

吊唁的人很多，为了等远在国外考察的三爷（爷爷的三弟），停灵七天，爷爷的许多同学，其中有铁道部的领导，还有同事、亲属专门从北京、沈阳、哈尔滨赶来送爷爷。

赵楚煊当时的哭泣主要来自追悼会上妈妈泪如雨下的悲伤和爸爸跪在地上痛哭流涕的感染。

今天再想起爷爷的故事，赵楚煊才有了真切的悲伤。爷爷其实在四年前就罹患肝癌，无法手术，保守治疗。家人告诉爷爷只是肝硬化，要坚持喝中药。全家人除了奶奶，都知道实情。爷爷每天自己熬药，其他时间，在请他的企业做技术顾问。这就是为什么离休以后，七十岁的爷爷，依然早出晚归的原因。

楚煊的爸爸是孝子，为了照顾爷爷调到一个离爷爷家稍近一点儿的公安分局。他常常晚上和爷爷背靠背坐着，让爷爷舒服一点，能睡觉休息一会儿。

爷爷去世的那一天是肝部肿瘤破了，爸爸顾不上叫救护车，背着昏迷的爷爷往医院赶，可是已经无力回天了……

爷爷一定知道自己得的什么病。他是最高级别的桥梁工程师，所以，离休后有一些需要爷爷的大型企业聘请他做技术顾问，爷爷带病工作，一方面发挥余热，另一方面想给奶奶多留点儿积蓄。

其实，奶奶也是读书人，新中国成立前就读于沈阳女子学校，毕业后留校做校医，新中国成立后在沈阳银行工作，有两个儿子后照顾不过来，就辞职了。后来，三大爷、爸爸相继出生，奶奶就一直在家全职照顾爷爷和她的四个儿子。当年奶奶因工作忙，把大大爷交给她姐姐帮着带，最后大大爷变成了她姐姐和她共同的儿子。

爷爷的坚强和深沉，多多少少影响了楚煊。一本有爷爷签名的《现代汉语词典》楚煊一直保留至今。

如果说爷爷的离开楚煊没有太大的悲伤，那三大娘生病则让楚煊伤心不已。

三大娘刚三十出头，那么年轻，那么漂亮，那么开朗，那么爱楚煊，怎么会得癌症呢？

楚煊一直以为三大娘得的是肺癌，其实是"癌王"胰腺癌。医生诊断只能坚持半年，但她为了弟弟小朗，忍着病痛苦苦撑着。

三大娘生病后，她坚持不让楚煊去看她。爸爸妈妈还是破例让楚煊去了一次医院。

在解放军184医院见到三大娘，不到九岁的小楚煊咬着嘴唇不让眼泪掉下来。气质非凡、面貌酷似演员肖雄的三大娘已经面黄肌瘦，骨瘦嶙峋。她双手撑在床边，佝偻着身子，气喘吁吁，即使这样还起身给她的煊煊取最爱喝的可乐。

楚煊咬着嘴唇，眼睛发酸，坐在三大娘身边。她慈爱地嘱咐楚煊要好好学习，和弟弟还像从前一样友爱。

有一天下午放学，楚煊去奶奶家，家里人聚在一起，气氛很沉重。爸爸悄悄告诉楚煊，三大娘没了……

不到九岁的楚煊，不知道为什么那么难过，她伤心哽咽地抽泣，还是不愿意相信，那个和自己妈妈一样亲的三大娘，为什么会再也见不到了。

死亡，是对眷恋他们的人最大的伤害！

追悼会爸爸妈妈沉吟许久不让楚煊去。他们知道女儿和三大娘感情很深，所以，不想让女儿看到她亲爱的三大娘被疾病折磨得已经完全脱形、面目全非的样子。他们希望楚煊想起三大娘，永远是曾经健康漂亮的模样。

追悼会那天晚上，楚煊一个人在家止不住地流眼泪。爸爸妈妈终于回来，没想到进门走在最前面的是她的弟弟小朗。

四岁多的弟弟，穿着一身黑衣服，腰上系着白色孝带，胳膊上戴着黑纱孝布。

他走到姐姐面前，说了一句让楚煊终生难忘的话：

"我妈死了。"

弟弟一脸懵懂，楚煊不知道他懂不懂"死"代表着什么，可是真的好心疼。

那一年，赵楚煊不到九岁，上三年级。她写了一篇作文《我的三大娘》。童年写的作文虽稚嫩却纯真，那篇作文不到五百字，老师批语很长，还在语文课上给全班同学读了这篇作文。后来，语文老师又推荐这篇作文，最终被收录在《全国优秀少儿作文选篇》里。

三大爷工作忙，小朗便跟着奶奶一起生活。上小学前，小朗常常住在楚煊家。他很爱他的老婶，楚煊的妈妈。

"老婶，我要吃肉肉。"

"老婶，我要油油泡饭。"

"老婶，我要这个枪。"

"老婶，我要回力车。"

……

妈妈对小朗非常疼爱。小朗和姐姐亲密无间。

小学以后，周一到周五因为上学小朗住在奶奶家，周六周日就欢天喜地地来找姐姐。姐姐把自己的笔视若珍宝，只有对小朗，随便挑，只要弟弟喜欢就给他！二大爷有时候会带小朗去吃好吃的，比如吃烤肉，小朗立刻给姐姐打电话："姐姐去我才去！"

楚煊童年里有萌萌姐姐和小朗弟弟，她很开心。

弟弟小朗一直学习很好，直到初三，不知怎么迷上了游戏，学习下滑，成绩一落千丈。楚煊从小和弟弟感情好，和哥哥赵解放因年龄关系，在一起的时间很少。哥哥比楚煊大五岁，比小朗大八岁，哥哥很聪明，但不爱学习，所以初中毕业就早早当兵去了，没想到哥哥去部队锻炼几年，转业回来，英俊潇洒，英姿勃发，自己创业，简直判若两人。

所以，三大爷考虑把弟弟小朗也送去部队当兵，于是在楚煊准备上大学的那个夏天，她与心爱的弟弟也要分开了。

五

时间又回转。

楚煊刚过九岁生日，一天晚上，爸爸妈妈，还有一个不认识的叔叔，带她来到一个离家四站路的小区。在一个单元门口，三个人神神秘秘嘀咕了一会儿，然后上楼。

开门的是一个身材颀长的男人，头发自来卷，欧美人的深眼窝，扑面而来的艺术气息。

像个"画家"。

"画家"高冷地把他们带到客厅，一个漂亮的小男孩在弹钢琴。可能反差太大，一个四五岁的小朋友，琴凳上加着很厚的垫子才能够着键盘，可小手在黑白键盘上灵动地跳跃着，弹出很流畅的钢琴曲。

音乐神童吧？

"画家"深沉地对楚煊说："我看看你的手。"

楚煊不知所措，她想是不是自己从小水彩笔买太多了，要学画画了。她迟疑地递上了双手，自己还从未好好看过自己的双手：呀，手指和手掌差不多一样长，指肚饱满圆润。"画家"拿起楚煊的两只手，仔细端详了一会儿，紧绷的脸有了轻松的笑意：

"想学弹钢琴吗？"楚煊以为是画家的老师，其实是钢琴老师。

"啊？！"楚煊很吃惊。

没有一点心理准备。

爸爸妈妈，尤其是妈妈热切的目光把楚煊说不清的激情点燃。

"想！"回答很坚定。

恨不得与在场所有人歃血为盟，包括那个弹钢琴的小男孩。

赵楚煊就这样靠一腔热血，开始了九岁学钢琴的艺术生涯，却从此与画画失之交臂。

无知者无畏。

钢琴老师姓张，弹钢琴的小男孩其实是他的儿子。在那个学钢琴还挺小众的年代，张老师无疑是曲高和寡的大隐之士。爸爸妈妈也是朋友介绍，才得以把女儿托付给名师。

赵楚煊竟然是他的关门弟子。

很快家里多了一个大家伙，琴行雇了八个人，跟船夫喊号子一样，嘿吼嘿吼，把庞然大物搬进客厅。

星海钢琴。爸爸妈妈还专门给她配了琴凳、节拍器。很多小伙伴还坐在普通凳子上练琴的时候，她已经一步到位了。

妈妈常常感慨："我小时候只有一份你姥爷给我订的《少年报》，翻来覆去看，瞅瞅现在的孩子，生活真的太幸福了。"

学钢琴还不够，妈妈又开始建设女儿的精神家园，试图把女儿培养成琴棋书画样样全能的气质女孩。唉，疼爱女儿的妈妈。

对于棋，赵楚煊从小跟爸爸学象棋，她把如"象走田，马走日，卒能左右攻，隔山打炮，丢车保帅"等口诀和规则记得滚瓜烂熟，和爸爸下一盘，磨叽下来也要一个多小时。对峙的时候，爸爸会幽默地说："小丫头，让爸爸一个'车'，算你胜好不好？"说这话，爸爸其实心里很乐，他觉得女儿既认真，又聪明可爱。围棋可不会，娱乐的跳棋、五子棋那是和妈妈、弟弟、小朋友玩的。这种娱乐棋，不用说，楚煊是"常胜将军"。

关于书，妈妈给楚煊买了全套《中国通史》连环画、全套《世界通史》连环画读本，图文兼有。还看了《恐龙》《世界遗址》和《世界自然风光》三本图文画册，奠定了她读书的兴趣。在赵楚煊的书橱里，不乏图文兼有的励志书，《居里夫人》《钢铁是怎样炼成的》黑白图文书，楚煊至今记忆犹新。居里夫人是世界上唯一两次获得诺贝尔奖的杰出女科学家，她和丈夫居里·皮埃尔研究发现了化学新元素镭和钋，这两个放射性元素对人类科学贡献巨大。理想主义的妈妈大概希望她的女儿从小能立志成为女科学家吧。《钢铁是怎样炼成的》是爸爸妈妈那一代人特别喜欢的书，保尔·柯察金有一句励志名言："一个人的生命应当这样度过，当他回首往事的时候不因虚度年华而悔恨，也不会因碌碌无为而羞愧。"当时的楚煊，理解不到这句励志名言深刻的含义，只觉得保尔是一个意志如钢铁一样的人。当然，保尔和冬妮娅的故事，楚煊还是觉得有点朦胧。妈妈送给她的一套《古典文学启蒙读本》，她连吃饭都舍不得放下。不知道她从小就天马行空的想象力是不是受了《镜花缘》的影响？

画就不提了，算是残缺了，停留在萌萌教楚煊在图画册上描画的水平。小时候，每逢周日，萌萌就会找楚煊，常常像小老师一样教楚煊画画。"姐姐给你说，你先在画册图上描画，然后再照着图片和物品画，最后想象着画。"一套一套的，还给楚煊边讲边示范。几个周日下来，画的画儿贴满书柜门。妈妈说："这小姐妹俩是在做画展吗？"为此妈妈除了给她乐此不疲地继续买少儿画册，还异想天开地给赵楚煊买了一个随时可以背着去户外采风的儿童画夹。理想主义的妈妈心疼女儿，但苦于时间不能分身，只能舍弃画画。少儿画册送给贾依萌，算是物尽其用。采风的少儿画夹，就架在书柜上睡大觉了。

现在学钢琴，琴棋书画算是勉强齐活儿了！

六

相爱容易，相守难，回头更难。热情退去后，每周六晚上的钢琴课成了楚煊最发怵的事。九岁在琴童里已属大龄。张老师看重了楚煊有力度感的长手指，他说："赵楚煊有一双弹钢琴的手，条件不错，学得有点儿晚，但悟性不错，理解力可能会强。"

贪玩，偷懒。

楚煊很少出门玩，爸爸妈妈对她这方面要求比较严。实在心痒得不行，就让小伙伴在楼下吹着四毛钱一个的塑料口琴当暗号，她再和爸爸妈妈软磨硬泡，下楼撒会儿欢。

赵楚煊童年自娱自乐，沉迷看电视。《恐龙特急克塞号》《圣斗士星矢》《美少女战士》《变形金刚》《封神榜》《小龙人》《射雕英雄传》《新白娘子传奇》《西游记》……哎呀呀，看得停不下来。

小学一年级就近视，看电视看的。

偷看。

学琴以后，只要爸爸妈妈一出门，装模作样在琴键上比画的她，就立刻弹到电视机跟前。妈妈的脚步声和她的为人一样磊落，老远就能听见，楚煊可以从容地把电视关了，遥控器归放原位，坐回琴凳，弹奏。妈妈开门进来，一切跟她离开时没有两样。

爸爸就不好糊弄了。"杀鸡焉用牛刀？"痕迹学出身的爸爸，擅长抓现行，让证据说话。恐怖的是，爸爸可以做到走路没有声音，就在楚煊笑得嘴咧得跟瓢似的时候，突然开门，神兵天降，杀个回马枪。

瞬间，赵楚煊笑比哭难看。

无须多言，她已经羞愧得恨不得跪在琴凳上弹琴。

可是只要爸爸上班忙的时候，她还是忍不住"顶风作案"。就这么混着，每周的钢琴作业铁定一塌糊涂。周六晚上一个小时的钢琴作业汇报，就成了张老师以一对三的慷慨陈词。

"这样弹就不要学了！"

"有这么应付差事的吗？"

"你以为这是给我弹的吗？"

赵楚煊和她的爸爸妈妈如坐针毡。

张老师想学黄老邪，把"赵超风"逐出师门；爸爸想学包青天，舍不得砍孩子，那就把钢琴砍了；妈妈想学孟姜女，长城哭没哭倒不重要，先把孩子哭懂事了再说。

这一次妈妈是伤心了，哭得下不了床。楚煊心虚地躲在自己房间，也摸着良心问了问自己，为什么不好好练琴？

妈妈边哭边说："妈妈从小就有个梦想，想学钢琴。可是妈妈没有你这么好的条件，所以把希望寄托给你，而且问过你了，是你自己说的想学钢琴，为什么琴买来了又不好好学？"

这竟然是妈妈的梦想，楚煊脑袋轰了一下。

"妈妈把儿时的梦想传递给了我，我却这么不争气。"楚煊偷偷掉了眼泪，觉得妈妈挺可怜。

你以为楚煊因此就痛改前非了？

幻觉。

跌跌撞撞弹了两年，张老师始终没有放弃她，倾其所能传授之后，把她交给音乐学院的老师，"继续深造"。她和爹娘只不过是在另一位老师激动、愤怒、无奈的情绪中完成50块钱一个小时的钢琴课。在那个年代，50元一节课可不便宜。

花50块钱听人训斥，爸爸又磨刀霍霍砍钢琴。

有一次，在她前面上课的女孩，优异地完成了作业，老师让楚煊拜为师姐，切磋一下。

女孩儿叫宫南，短发，戴个眼镜，比她早入行两年，每次都是她妈妈陪她上课。

琴技没磋出火花，倒是她的身世让楚煊有些吃惊。

她父母都是工人，工资不高，但是她酷爱弹琴，所以小时候买不起钢琴，就在洗衣板上练习。

"真有在洗衣板上练琴的？"楚煊大惊，以为之前听到的都是传说。

后来借钱买了别人淘汰的钢琴，宫南特别珍惜。可是债还没有还清，她爸爸就因为车祸瘫痪在床，不能工作了，只有靠妈妈一人供她读书学琴。她只能每月上一次钢琴课，但每次的钢琴作业都完成得让老师赞不绝口。

宫南的故事让赵楚煊第一次知道发生在同龄人身上真实的不幸，让楚煊看到了一种与她崇拜的、比如江姐许云峰那样的英雄不一样的精神，那就是平凡人在逆境中的顽强。

灵魂也许升华了，可惜弹琴还是没长进。

老师不甘心，又让赵楚煊认了师哥，与她同姓，叫赵亮。这位小师哥和楚煊切磋的是，弹琴要有力度，我弹给你听。小师哥已经学琴五年多了，那指法、那力度真让楚煊开眼。在后来的练琴中，楚煊采纳了小师哥的指导，特别注意了弹琴的力度，进步很快。

恰逢某琴行开业，宫南、赵亮、赵楚煊被张老师组成"三键客"去现场助兴表演，大获成功，好评如潮。"三键客"的表演给琴行带来了意想不到的惊喜，听张老师说，那天选钢琴、订钢琴的人络绎不绝。

转眼到了一年一度的钢琴考试，楚煊已经学琴三年了。这是赵楚煊上初中一年级的暑假，也是她人生中第一次艺术考级。

钢琴一共十级，张老师让楚煊报考五级。

心里没底的爸爸妈妈问张老师："楚煊第一次考级，报五级行吗？"

"应该可以，赵楚煊虽然学的晚一点儿，但她悟性好，对音乐的理解比我儿子强。"张老师的话，对楚煊鼓舞很大。其实张老师是谦虚，楚煊比他儿子张振大三岁，他四岁就开始学钢琴了，琴龄可比楚煊长。

考试那天，张老师在考场外，很关注他的考级学生。张老师在收了楚煊这个学生之后，就不再带学生了。钢琴课都是由省音乐学院的老师来上，他做了自己开办的钢琴学校的校长。

记得考前音乐学院的田老师说，上琴前记得把手擦一下，无论是紧张还是天热，手出汗，会打滑，影响考试。

楚煊是倒数第三个进考场。考场是一间舞蹈教室，三面都是镜子。三位考官老师正襟危坐，和钢琴一起等赵楚煊。

进场，鞠躬敬礼，稳坐钢琴前，一位考官老师宣布开始。

五级规定的四首钢琴曲，即车尔尼练习曲、巴赫二部创意曲、海顿D大调奏鸣曲、肖邦圆舞曲。还有音阶、琶音、半音阶和声大调小调等必考的指法练习曲，逐一演绎。每首曲子中间的停顿，起始都由自己掌握。三位考官老师各有分工，其中一位考官专门考核指法，弹奏表现力。五级规定曲目，全部考完大概半个多小时。然后起身鞠躬，退场。

考试全部结束，公布成绩。

在五级考生里，赵楚煊得了第一名。张老师和田老师觉得楚煊能考及格就不错了，田老师兴奋不已，很有成就感。

爸爸、妈妈不敢相信。

半月后，发了五级证书，上面清清楚楚的"优秀"两字，爸爸还是不肯相信：

"一定是瞎猫碰着死耗子了。"

鉴于钢琴五级考试的出色表现，一年后，张老师和田老师双双建议楚煊跳级报考七级。

七级考试，赵楚煊没有辜负两位老师的期望，仍然考了总分第一名。

证书发来，七级，仍是优秀。

第三年，还是听老师的跳级考九级。赵楚煊九级考下来，总成绩排在第五位，只能是良好。还好，她的两位老师依然鼓励她："不错，七级以上难度递增，你越过八级，九级良好已是好成绩了。有学生到八级就卡住了，连考两三次才通过的都有。"

第四年，问鼎十级，难度自然是最大的。规定曲目都是高难度的技巧练习曲。有德彪西《博士进阶钢琴曲》、巴赫《第三英国组曲前奏曲》，还有门德尔松的《e小调谐谑曲》，最后考的压轴曲目是楚煊偶像肖邦的《即兴幻想曲》。

十级一次过关，但成绩只是及格。十级证书也只是合格。

赵楚煊用了不到七年时间，三级跳，完成了钢琴业余十级的考试。没有一次失败，还有两个优秀证书。

法国著名作家福楼拜有一句名言："艺术广大之极，足以占据一个人。"只是当时不到16岁的赵楚煊，还不能真正理解艺术对人生的魅力。获得钢琴十级证书，充其量赵楚煊只能算有了一丁点儿艺术的熏陶。

第三章　年少　懵懂好奇和新锐求知

一

好吧，再让时间回转到赵楚煊的初、高中阶段。

初中一年级，第一节课，进来了一个秀发齐背飘逸、身材苗条的年轻女老师，她大眼睛、高鼻梁，很青春美丽。

她就是赵楚煊的班主任石捷老师，也是她的语文老师。

石老师漂亮的大眼睛很快就注意到了赵楚煊。除了楚煊从小学三年级开始写作文就有了点儿小名气，四年级又评上全市"好孩子"，五年级还获得过全国少年优秀作文奖，另外一个重要因素就是赵楚煊会弹钢琴。

石老师还是学校的舞蹈老师，赵楚煊会弹钢琴，石老师自然对她多了一份特别的喜欢。

学校排练团体操，同学们站成一排，石老师一个一个选人。经过胳膊腿儿硬得和钢筋差不多的赵楚煊时，石老师下意识没选她。

但随即停下脚步，回过头看着楚煊问："你想参加吗？"

"想！"和当年学钢琴一样坚定。

后来的大型团体操表演很成功，赵楚煊从心里感谢石老师破例选她进体操队，让她体验了体操表演的美好。要知道赵楚煊的胳膊腿儿没有表演体操的资本，因小时候生病，经常打针，她的屁股肌肉有损伤，牵连的腿有些僵硬。妈妈本想带楚煊手术，又怕做不好伤了神经，暂时搁浅。至于胳膊，因为练琴练的力度大，胳膊都不柔软了。关键是楚煊的四肢协调力差，若不是石老师伯乐识马，赵楚煊就错过这美好的少年团体操表演了。

学校广播站选人，石老师又毫不犹豫地把赵楚煊当种子选手推上去，无奈楚煊因声音气量不足而落选。

后来的书法比赛、唱歌大赛，只要有才艺表现的机会，石老师都会给楚煊。

学生终归要在学习上见高下。被同学看作是石老师面前红人的赵楚煊，第一次期中考试就给她来了个下马威。

她总分排名全班第21名，49人的初一实验班，考了个中不溜。

妈妈参加家长会，专门留在最后，与石老师分析楚煊的情况。石老师对楚煊妈妈说："小学到初中是个转折，第一次考试也是个检测。成绩排中间的学生，是有后劲的，努力一下成绩就上去了。"石老师很理解家长。

爸爸也说："冲儿，你刚上初中有个适应，第一次考试没考好不要紧，关键要吸取教训，下次考试力争前十名，爸爸奖励你一支喜欢的笔。"

这教育还真是"德财"兼备。

赵楚煊后桌的薛小娟，家长会第二天对楚煊说："唉，昨晚我爸说我了，我难过得把指甲都抠破了。"

楚煊当时不知道抠破点儿啥才能表示自己也很内疚，她在书桌上写了一句："知耻而后勇。"

期末考试，前进一名，全班第20名。

这成绩妈妈不知说啥好。爸爸出差。唉，估计得三堂会审。

第二天一早，妈妈上班去了。楚煊睡得迷迷糊糊，爸爸坐在她床边轻轻叫她。

"爸爸，我没考好。"楚煊内疚地说。

"起床，吃早饭，爸爸带你出门。"

楚煊和爸爸一起到了市中心最大的商场买笔，她选了一支绿色的西瓜太郎自动铅笔。

爸爸又额外送她一支进口双色不锈钢圆珠笔。

然后带她吃最喜欢的水煮肉片、锅巴肉片和麻婆豆腐。

要知道，楚煊的爷爷奶奶平时是不允许他们在外面吃小饭馆的，嫌"埋汰"（不卫生）。

楚煊期末没考好，很内疚，爸爸不仅没批评她，还给她这么多惊喜和疼爱。

父爱无言。

初一第一学期，赵楚煊以成绩平平而结束。

正月十五看花灯，晚上妈妈陪着楚煊，打着新买的电灯笼满大街游灯。忽然看见一家书店还在营业，就进了书店，一本《福尔摩斯四大奇案》吸引了楚煊，妈妈毫不犹豫给她买了。

正月十六，赵楚煊开始两耳不闻窗外事，一心只读福尔摩斯了。无论《血字的研究》还是《巴斯克维尔猎犬》，都给了她极大的冲击，惊悚刺激，欲罢不能。她开始迷恋侦探小说里扑朔迷离、寻找真相的推理故事了。

看完《福尔摩斯四大奇案》，楚煊开始在家里书柜找对胃口的书。比如《今古奇案》，吓得她半夜瞪着眼睛不敢睡觉。

接着看少年金田一、柯南、霍桑，后来发展到去爸爸单位图书馆借日本恐怖小说。管理员伯伯看着血肉模糊的封面说："小姑娘看这些书不害怕啊？"

怕？专挑夜深人静的时候看。

胆子越练越大，开始进军鬼片，所向披靡，直到遇见楚人美。

电影是同学推荐的，好像叫《山村女教师》。她还以为是支教的纪录片，等看的时候才知道是《山村老尸》……女鬼楚人美给她幼小的心灵留下了阴影。

"唉，电影名字听起来就有歧义，我还以为是感人的励志片。"赵楚煊有些失落。

楚煊在推理小说世界里自觉如鱼得水，她想自己如此热爱侦探推理小说，是不是来自父母的遗传啊。即便多年以后，她还是热衷侦探小说和推理疑案一类的电视剧。周浩晖、雷米、东野圭吾，案发现场、深瞳、犯罪心理、神探夏洛克，等等，在光怪陆离的世界里，她安静地"读书"丰盈着未知的世界。

除了侦探小说，赵楚煊还有了真正的爱豆，周华健。

不像三年级，磁带都是合辑。同学们买歌词本，疯狂抄歌词。什么郑智化的《星星点灯》《水手》，黑豹的《无地自容》，林志颖的《为什么受伤的总是我》。

那个时候，妈妈送给楚煊一个爱华随身听。本意是让她听理查德·克莱德曼的钢琴曲培养乐感，楚煊可是一机多用，钢琴王子也听，情歌王子也听。

到初一，她终于专情了。她爱上了周华健。周华健阳光的笑容、辨识度极高的声音，把赵楚煊迷得五迷三道。九块八一盘的EMI磁带，成了她除了笔以外最爱买的东西。每天插着耳机，摇头晃脑地听歌。

初中就和贾依萌分两校了，所以，电话、写信都是她们交流的方式。她给依萌深情地写道："萌萌，我想我爱上华健大哥了。"

除此之外，在学校也兴奋地到处分享。转过头神秘地问薛小娟："你认识周华健吗？"

口气大的，薛小娟还以为面前这位是周华健失散多年的亲戚呢，毕恭毕敬回答："我知道，但我不认识。"

"李杨，你认识吗？"

又开始骚扰李杨。

"嗯，我喜欢他的《怕黑》。"

"我也是！"

李杨是楚煊的同桌，一个稳重的男生，话不多。楚煊喋喋不休的时候，他总是耐心听着，偶尔回应一下，都能说到楚煊心坎儿里。

大概是志趣相投吧。

李杨和楚煊一样喜欢听评书，喜欢《隋唐英雄传》。

他还喜欢和她凑在一起合看一本《当代歌坛》。

一人一个耳机听《爱相随》，风雨无阻。

一次班上有个活泼的女孩和李杨有说有笑被楚煊撞见，那一刻楚煊有说不出的别扭。

一天不搭理他。

说去吧说去吧，最好你俩坐同桌。

吃醋了？

早恋这事儿，楚煊是后知后觉的。五年级收到第一封情书，是个书签，背面那行潦草的铅笔字很久以后才发现，"童真的爱恋莫相忘"。

怪不得后来那个戴眼镜的"小正太"，见着楚煊就绕道走。人家纯纯的初恋被赵楚煊的粗枝大叶扼杀了。

李杨初一上完就转学了，分别前送给楚煊一支自动铅笔，他还告诉楚煊，自己也有同样的一支。

有趣的少年不曾忘记。

二

初一下半学期，李杨离开，赵楚煊的姥姥来了。

姥姥退休前是一家医院的护士长，和姥爷算是琴瑟和鸣。姥爷一生医者仁心，救治过很多人。对待家庭同样很有责任感，姥姥被照顾得无微不至。姥爷病逝后，姥姥被三个子女轮流照顾着。姥姥已经七十多岁了，患有糖尿病、冠心病，最后选择和楚煊妈妈一家生活，因为这个女儿最像她父亲，踏实厚道。

爸爸妈妈工作忙，所以给姥姥请了个保姆——梅姨，于是三口之家成了五口大家。五口人在同一个屋檐下生活了快12年。赵楚煊最美好、最深刻的记忆也在这12年。

十一二岁的赵楚煊，全方位、多角度地肆意生长，就是不专心学习。初中一年级的转折，她是心猿意马的，是一心二用，不，一心三用、五用、八用都有可能。看看她的喜好、兴趣便知道她初中转折成了杂学家，不能和小学的赵楚煊同日而语了。

出乎意料，初一第二学期考试，赵楚煊考到全班前十，进步了十名。

不论成绩好坏，石老师一如既往地喜欢楚煊、爱护楚煊。

记得在一次语文课上抄板书，石老师站的位置正好挡住了一块儿，楚煊侧了一下头，这么细微的举动石老师看见了，立刻让开。这个细节赵楚煊很感动，铭记于心。

13年后，楚煊为人师表的方式里就有石老师"润物细无声"的模样。

教学方式除了受石老师影响，还有一位就是她的代数老师。

代数老师姓王，男，三十出头，个子不高，戴着眼镜，性格腼腆。

记得刚上初一没多久，王老师在一节课上激动得语无伦次："我要去生孩子了，不是，休产假了，这几天的课由二班老师代上。"

大家哄堂大笑。

班上有个女生，通晓各种小道消息。她告诉大家，王老师本来有个儿子，他爱人是护士，儿子两岁多的时候，他带学生上晚自习，爱人值夜班，儿子在家突发疾病，没救下，王老师很伤心。现在生了个女儿，开心得不得了。

大家听了发自内心为王老师高兴。

没想到一年后，王老师的女儿竟然突发和他儿子同样的疾病没了。同学们看见伤心欲绝的数学老师，心里都不是滋味。

王老师悲痛过后发型大变，乱糟糟的头发跟鸡窝一样，尽显颓废。和发型一样巨变的还有性格。

王老师上课开始不断找人上黑板做题，尤其是女生，而且是数学不好的女生。一旦做错题，他就大发雷霆，脏话连篇。

人啊千万不敢露怯。楚煊露了，还露个底儿朝天，满脸写着"我不会""别叫我"。

所以她基本就算住在讲台上了，越害怕越不会做题。王老师在旁边冷嘲热讽，幸灾乐祸。

"错成这样怎么不滚到教室外面去？"

这样的状况持续了快一个学期，她不敢跟爸爸妈妈说。但是一周四节的代数课她害怕极了，每到有代数课的前一天晚上她都战战兢兢，彻夜难眠。

有一天中午她死活不去学校，下午第一节课就是代数，想想她就哭了。她跟妈妈说她肚子疼得厉害，妈妈看她脸色很差，信以为真，就给学校打电话请假，带她去医院。

医生还真的给她开了药，那把药她毫不犹豫地吃了。管它呢，只要能不去上代数，鹤顶红她都吃。

王老师的谩骂和威胁让班上的女生人人自危，敢怒不敢言。男生个个完好无损，所以和王老师一起嘲笑那些黑板上做不出题的女同学。

楚煊快疯了。

有一天，楚煊和另外三个女生又被叫到讲台做题。这次王老师用的是奥数题。

四个人拿着粉笔，低着头，面壁思过。

王老师很兴奋："你们四个是猪吗？这么笨？宇宙里最笨的也就是你们四个了吧？！"

骂够了，让四个倒霉蛋滚回去。

接着长篇大论笑话她们，男生们哄笑一片。

其他三个女生一脸麻木。

而楚煊那一刻脑子里一片空白，只剩委屈，不，屈辱。她开始哭，刚开始是静音，接着就成了啜泣，身边的同学纷纷看她，她越哭声音越大，大到王老师都不得不停下他心爱的演讲了。

教室里安静下来，只剩下赵楚煊一个人泣不成声。几个月的压抑和噩梦让她忘记了恐惧。

全班同学都同情地看着她，不知道接下来有怎样的狂风暴雨。

王老师很惊讶，一步一步走到她面前，盯着她。

大家也都盯着她，她不好意思哭了。

突然！

王老师指着她大声说："赵楚煊，我喜欢你！我就喜欢你这样有廉耻的女生！"

赵楚煊吓得心脏都漏跳了好几拍。

后来再有男生对她说："赵楚煊，我喜欢你。"她都会毛骨悚然。不禁想起王老师这款惊心动魄的"表白"。

果然王老师再也没有为难她。他也没机会了，学校总算发现他情绪偏激，让他停教休假了。

据说，他受刺激的原因是女儿死后，老婆也跟他离婚了，他因此仇恨女性。

他的遭遇固然令人同情，可是他不该把私人情绪和个人恩怨带到工作中，尤其带给只有十二三岁的学生们。师者多么神圣，传道为先，授业其次。他的语言暴力和精神虐待让这个班的女生，尤其是赵楚煊留下了多么大的心理阴影。王老师，你知道吗？

人与人之间，哪怕师生，人格是平等的。

所以，赵楚煊做老师以后，从教十年，对所有学生没有说过一句狠话。她知道老师对学生的评价在有些时候分量会很重很重。

所以，无论自己多么悲伤愤怒疲惫，在跨进教室的那一瞬间，她转身面对学生的时候都是阳光般温暖的笑脸。

这也算是王老师给赵楚煊的一种启发吧！

王老师带给赵楚煊的副作用，就是她的数学从此一蹶不振。对代数是发自内心地排斥，楚煊每天晚上做数学作业都头疼。

爸爸自告奋勇给她辅导数学。

"爸爸，你小时候学习成绩好吗？"楚煊知道妈妈从小在班里成绩数一数二，即便到农村当知青都鹤立鸡群，是知青大队长。

"当然好啦，基本前三名吧。小学还是大队长。"瞅给他猛的。

再想想自己小学也辉煌过，三年级当中队长，可很快加入了放学偷偷上山打酸枣的队伍，成绩下滑。不能做表率就被撸成一道杠，成了小队长。

妈妈为此放弃出国进修的机会，专心陪楚煊读书。

谁知道爸爸也是学霸，赵楚煊感到有些落后。

直到有一天她和二大爷吃饭，楚煊问："二大爷，我爸爸小时候考前三名吗？"

二大爷是东北话，就是爸爸的二哥，楚煊的二伯父。

"谁告诉你的？考前三名的是你二大爷、三大爷，你爸爸从来没有考过前三名。"

"那肯定也没当过大队长呗？"

"当大队长的是你三大爷。你爸爱打架，外号'瓜皮帽'。"

爸爸，你也太能忽悠我了，我给你88分，剩下12分从你驾照里扣。

可毕竟年龄优势在那儿摆着呢。辅导赵楚煊的初二代数，爸爸还是相当自信的，几何、物理也不在话下。

幸亏是90年代，搁现在，小学数学都难得不行，一上三年级，那应用题，阿基米德都得擦亮眼睛。

爸爸还想涉猎一下英语："来和爸爸一起念一下英文字母。"

"哎，鼻，塞，地，易，耐夫，记。"他得意地瞟一眼女儿。

"哎去，哎，贼，开，哎乐，哎木，嗯！"

这口音楚煊吓得一溜烟儿跑了，决定还是自学成才。

相比较代数，其他五门课对楚煊来说就太简单了。除了上课听讲，晚上自习外，赵楚煊其余时间都忙着做"福尔摩斯"，看侦探小说。

晚上妈妈进她房间，送个果盘。

一副刻苦攻坚的模样，双眉紧锁盯着一本大大的政治书，苦思冥想。

"真乖，看累了休息会儿眼睛。"妈妈生怕打扰到楚煊。

妈妈前脚走，后脚她就把政治书扔一边，下面压着本侦探小说，"继续破案"。

本是含苞待放的花骨朵，硬让她不安分的心炸成了爆米花。

赵楚煊丝毫没有意识到她的心猿意马，已经深深伤了一个人的心。

石老师。

初二第二学期，一天下午，楚煊和同学坐在学校的天桥上自习。

办公楼和教学楼由天桥连接。实验班学生允许下午七八节课在教室内外任选地方学习，于是楚煊躲到天桥，和另一个同学以学习的名义在轰轰烈烈地聊天。

越说声音越大。

突然石老师从办公楼方向走过来，吓得两只知了噤了声。

石老师径直走过她俩，看都没看一眼。

那份高冷，不，冷淡，楚煊第一次看见，也一辈子不会忘记。

她没有见过这样的石老师。

石老师走远了，赵楚煊呆若木鸡。

"你不是石老师的红人吗？老师刚咋不理你？是不是失宠了？"同学酸溜溜的话更刺痛了她。

赵楚煊心里很难受，石老师从来见到她都是笑眯眯的，有时候还会宠溺地摸摸她的头，那份亲切和信任今天荡然无存。

楚煊从此语文课上专心了许多，可是石老师的眼睛再也没有落在她身上。

她想不起来什么时候得罪老师了，也憋屈得不行，好想找个机会问问老师。

可是石老师的不怒自威，让她望而却步。

有天课间，有个同学突然神秘地说："嘿，跟你们说，石老师要调走了，下周就走。她未婚夫在省城，他们要结婚了，石老师去省城工作。"

五雷轰顶。

石老师要结婚？石老师要走？下周？

石老师直到离开也没有跟大家正式告别，还是一如既往地上课。

石老师走的那天下午，天色阴沉。楚煊一个人站在天桥上，远远看着。她的未婚夫高大魁梧，右手牵着石老师，左手提着老师的包。

楚煊不知不觉泪流满面，可她心里清清楚楚浮现出一句话：

"到现在我才发现自己连哭的资格都没有。"

期末考试结束后，大家拿到了老师的评语。每个学期期末都由班主任填写这学期该生的表现。

这次依然是石老师写的。

与之前三次洋洋洒洒的赞赏和鼓励不同，这一次，石老师只给赵楚煊写了六个字：

"谦受益，满招损。"

与此同时，一家报社通过学校联系到楚煊，准备刊登她的一篇文章。

赵楚煊有些纳闷，这确实是她之前写的一篇作文，可是自己并没有投稿啊！

"是你老师替你投的，她姓石。"

赵楚煊独自哭了。

她一直不明白为什么好好的石老师就不理她了。她也没有勇气去问，只觉得石老师很生气。

现在才知道自己的轻狂和骄傲，让曾经对她寄予厚望的石老师有多失望。

读了几本书就觉得自己堪比三毛、沈从文？多认了几个字就可以不用上语文课？能轻松考进前十名，所以就不需要再努力？

你哪来的自信！

石老师用决绝的姿态给赵楚煊泼了一盆冷水，留下"谦受益，满招损"醍醐灌顶的六个大字，让她觉醒，却在楚煊看不见的地方，又默默地给她肯定和扶持。小小的一份作业，如果没有石老师的推荐，怎么可能登报，怎么可能再放异彩？

石老师是赵楚煊一辈子感激的恩师。老师在她14岁那年的良苦用心，让她刻骨铭心，引导她成为更美好的人。

三

跟初三一起到来的有新班主任柳老师，清秀的上海男子，一口吴侬软语。

同时到来的还有化学课。

化学老师是快退休的李老师，硕大的黑板她不用，就喜欢提个小黑板。每次上课，小黑板往大黑板上一挂，上面写满一道道化学题，开堂提问用的。

可惜字实在太小，同学们恨不得自备望远镜。

插播一条来自初三一班的广告：

"朋友，您想试戴最新款的高度近视眼镜吗？您想给双眼最严格的训练吗？您想年纪轻轻就体验到老眼昏花吗？您想40分钟练就一双斗鸡眼儿吗？请来初三一班化学小讲堂，无偿帮您圆梦。"

李老师全班只记得一个人的名字，就是赵楚煊。

机缘巧合，歪打正着。

第一天上课提问，李老师看着花名册，叫道："赵楚煊，金刚石有什么特点？"

"金刚石无色无味……"

她刚一开口，就被笑声打断了。

李老师笑得脸都红了："怎么，你还尝过？"

从此，化学课的提问，赵楚煊基本包揽了李老师的提问环节，成了全班同学的女恩公。

只是那块神奇的小黑板呀，让楚煊的近视眼睛更是滑向深渊。

"婉约派"的妈妈带她找老中医穴位按摩了十个月，祖传手艺。别的家长纷纷送去锦旗"妙手回春"，到楚煊这儿，收效甚微。

"豪放派"的爸爸直接带她换眼镜，加度数。

市中心最大的眼镜行，工作人员极力推荐新款树脂加膜镜片。爸爸仔细询问区别，工作人员指天发誓，肯定比玻璃镜片好得多，它材质很轻，不压鼻梁。

爸爸当下拍板儿，就它！同时选了一个最轻的镜框。

一算钱，360元。

爸爸愣了一下，没想到这么贵，钱没带够。

楚煊也觉得贵，一副眼镜比当时爸爸半个月工资还高。

可爸爸没有丝毫犹豫，让她坐在眼镜行里等着，他回家取钱。

不怕麻烦，不怕花钱，只为给女儿配一副不伤眼睛的好眼镜。

大学毕业以后，赵楚煊只戴雷朋和木九十，但任何一款都比不上当年爸爸给配的那副眼镜珍贵。

中考如约而至。先考体育，满分30分。同学们基本都考了满分而归，这样文化课压力就小一点儿。

对于生命在于安静的赵楚煊，体育只考了十分，这样她的文化课必须加倍努力。

中考成绩跟钢琴考级一样，意料之外又意料之中。比平时任何一次都发挥得好，语文和化学几乎满分，考上了重点高中。

爸爸妈妈看她平时一副心不在焉的样子，不知道考试的时候怎么就跟文曲星附身似的呢？

"非智力因素太多，要是能再专心一点该多好。"妈妈说。

赵楚煊一直在想，如果石老师知道她考上省重点高中会不会开心？"石老师，我没让您失望。"赵楚煊在心里对石老师说。

初三假期，从香港出差回来的爸爸买了索尼超薄随身听作为奖励送给楚煊。

初中三年时间，赵楚煊发展了以周华健为核心，张信哲、温兆伦、吴奇隆、郑中基、张学友为后备力量的偶像天团，随后又被王菲圈粉。爱无止境，执迷不悔。

　　记得有一天，妈妈带楚煊去看牙，医生看后确定要拔两颗牙。第一颗牙拔下来后，妈妈心疼地包在药棉里，眼泛泪花。在拔第二颗之前，妈妈赶紧鼓励楚煊："冲儿加油，拔了这颗，妈妈给你买王菲的磁带。"

　　拔了牙，嘴里塞满了棉花止血。不过提前打了麻药，整个脸什么感觉都没有。有也没关系啊，妈妈给买磁带呢。

　　三步并作两步快速奔向音响店，对着店员特别有气势地喊："阿姨，您好，王菲最新专辑有吗？让我看看好吗？"

　　只可惜她低估了棉花的体积，更不知道牙洞正在冒血，所以这句话的实际效果是，只见一个风一样的女孩奔进店里，鼓着大腮帮子不知道嘟囔句什么，然后咧开嘴笑，一笑哗啦淌出一口血。

　　店员阿姨吓了一跳，怯怯地问："你要啥？"

　　"王菲的磁带。"妈妈跟上来给她解围。

　　不知道的还以为她这是受了内伤，很吓人，妈妈赶紧给她拿纸擦嘴、擦下巴。赵楚煊顾不上这些，心满意足拿着磁带，咬着药棉的嘴笑得跟鸽子一样，咕咕的。

　　与爸爸物质奖励不同，妈妈则选择请假，暑假带楚煊去首都北京感受人文情怀。楚煊三岁的时候爸爸带她来过北京，可惜太小，记忆模糊。

　　这次北京之旅，妈妈最想带楚煊看的除了长城、故宫、中国历史博物馆、颐和园、王府井、天坛等名胜外，天安门、毛主席纪念堂、北大清华都安排要去参观。妈妈想让楚煊感受国旗的神圣庄严，还有天安门广场的雄伟。在天安门广场妈妈很兴奋，看了升国旗、人民英雄纪念碑、人民大会堂，排队瞻仰了毛主席的遗容，带赵楚煊登上了天安门城楼。除了用自己带的相机给楚煊留影，还另花钱让景点的摄影师给母女俩摄影留念。到北大、清华园，妈妈的用意十分明确，这是赵楚煊的大学目标。14岁的赵楚煊，北京之行带给她影响最深的是参观故宫、历史博物馆，她还要求妈妈带她去参观了军事博物馆。当然，登长城、游颐和园、逛天坛和动物园是必须的。现在回想起来，那时真的很快乐、很幸福。因为妈妈还给她在西单、王府井最大的商场买了漂亮的连衣裙、旅游鞋，以及双肩背书包、文具盒、派克钢笔、高级水彩笔，还有她喜欢的王菲专辑磁带，等等。谈不上收获满满，那也是开眼界，幸福满满。

从北京回来，楚煊才知道爸爸的朋友任叔叔家里已经乱成一锅粥。

他的儿子小飞考省重点高中差了三分，如果一定要上就得额外交3 000块钱赞助费。任叔叔认为没有必要。小飞妈妈没有工作，家里负担也不轻。读市重点高中就挺好，照样能考好大学。

小飞坚持要上省重点高中，哭天喊地地闹，还气得昏过去一次。任叔叔七窍生烟，这也太任性了，没门。

于是小飞把自己锁在房间里，不吃不喝。

可怜天下父母心，叔叔阿姨最后还是妥协，开始张罗钱。

张罗到楚煊家，任叔叔羡慕地说："还是女儿好，爱学习又省心。"

"算了吧，一点儿也不省心，考上了就是不去上！"

两爹一块儿七窍生烟。

"为什么啊！"

一边是没考上偏要去，一边是考上了偏不去。

"赵楚煊你自己说！"

"因为我不想住校啊。"楚煊理直气壮地回答爸爸。

其实，赵楚煊觉得自己生活上什么都不会，她从小就衣来伸手，饭来张口。上小学之前就上过半年幼儿园，其他时间不是保姆照看，就是爷爷奶奶照顾，就因为身体不好。先后有过三个保姆照看她。第一个被辞退的原因是偷喝她牛奶；第二个被辞退是因为教她说本地方言和骂人的话；第三个是一个16岁的小姑娘，小姐姐又爱干净又漂亮，心眼好，爱楚煊，一直照顾楚煊到三岁多，因为要结婚才离开楚煊，妈妈给她包了个大大的红包。

另外，为姥姥请的保姆梅姨，对楚煊也很疼爱。除了周六周日梅姨回家休息，其余五天的中晚饭都是梅姨给楚煊做。洗衣服做饭洗碗打扫屋子，梅姨安顿得井井有条。这些楚煊的同学都会在家干的家务，梅姨从不让楚煊来做。

"住校，能有这么好的待遇吗？能有在家睡得舒服吗？能天天洗澡吗？还能天天上晚自习之前回家，边吃饭边看灌篮高手、棒球英豪、逮捕令吗？还能每天放学去文具店，或音响店溜达一圈吗？"赵楚煊心里小算盘打得很如意。

"所以嘛，我为什么要去新的学校找虐？"

妈妈也受不了天天见不到女儿，担心女儿的衣食住行，所以母女统一战线，迅速搭建，留下爸爸光杆司令，摇旗呐喊。

"她多大了，该独立了！

"不能惯了，谁家孩子像她一样肩不能挑、手不能提？

"去住校！我像她这么大都去三线了。"

……

爸爸说破天，赵楚煊主意拿定："不离开家，不去省重点高中，照样考大学。"

任性的赵楚煊，任性的独生子女。后悔的时候还强说有理。

金秋九月，赵楚煊如愿继续在母校市重点中学上高中。

还是原来的学校，还是熟悉的味道。

楚煊所在的班级，同学基本是从小一起长大的。经过中考大浪淘沙，幸存下来的再按成绩排名重新组班，赵楚煊排在高一（1）班。

楚煊和小学最好的朋友重逢，就是小时候吹着四毛钱塑料口琴约她下楼的好友。她长得酷似演员曹颖，外号"小曹颖"。两人同班五年，又住同一栋楼，好得形影不离。

六年级分班，楚煊分在一班，"小曹颖"去了三班。

再相逢，虽然很开心，但两人都有了少女的羞涩。

上课铃响，一个短发干练的女老师走上讲台。

"同学们好，我是你们的班主任王老师，同时也是你们的化学老师。我刚从实验中学调过来。我还有个儿子，是男孩……"

最后一句，语惊四座。

楚煊想起一个笑话：

一个青涩的男老师上第一堂课，也是自我介绍。

"同学们好，我姓张，大家可以叫我李老师。我毕业于师范大学，跟大家差不了几岁，所以课下大家可以叫我大哥哥，也可以叫我大姐姐。"

紧张会让人啼笑皆非。

比王老师夸张的还有语文老师。

学校重金返聘回来的老先生，年近古稀。在讲台上端着课本，上气不接下气地朗读课文。可能是看不清，课本越举越高，离眼睛越来越近，都快盖到脸上了。

老师沉浸在自己的文学世界里无法自拔，哪顾得上下面热闹得跟菜市场一样。

楚煊托着腮，感到索然无味。

连损两员大将，化学，语文。

"亲其师，信其道。"这句话在楚煊身上体现得淋漓尽致。

语文、化学两科，可是赵楚煊初中阶段的两枚重磅炸弹——强项。无奈风水轮流转，现在好了，让给了另外两个后起之秀。

楚煊生物课的崛起，大概和妈妈一时心软，而后，悔不当初买的两只小鸡有关。

这算是赵楚煊第二次养小动物。第一次是五年级养的蚕宝宝，同学送给她十条蚕宝宝，可惜她兴冲冲拿回家却不会喂养，就任由它们自生自灭了。

"以后啥都不许养！"爸爸训斥楚煊。

楚煊眼泪啪啪地掉。

妈妈心疼，没过两天给楚煊带回两只羽毛五彩缤纷的小鸡。

刚破壳的小鸡崽儿，小绒毛被染上了红、黄、绿等颜色非常好看。妈妈想培养孩子的爱心，就买了小黄和小橘送给楚煊。

梅姨找了个鞋盒子，钻了几个洞，里面铺上报纸，给它们安了家。

楚煊对两个小生命爱不释手，在家学习都舍不得分开，尤其偏爱机灵的小黄。楚煊把它放在书桌的笔筒上，笔筒里高高低低插着笔，小黄昂首挺胸踩在上面，感觉自己能起飞。

扑腾下来，悠闲地在楚煊书桌上走，一不留神还会在她书上留下"我来过"的痕迹，一泡鸡屎，让人哭笑不得。

小鸡智商高，天天到厨房找吃的，大白菜给你撕得烂糟糟，小馒头饼干也不翼而飞，偶尔还磕个瓜子。

楚煊非常溺爱它们，趁爸爸妈妈上班偷偷给它们洗澡。

用她自己的沐浴露把小鸡洗得香喷喷的，只不过打湿后的小鸡，毛仿佛掉光了，就剩个鸡架子，不忍直视。

楚煊怕它们感冒，把爸爸的枕巾拽过来给它们包上，抱在怀里，浑身散发着母爱的慈祥。

楚煊还把鸡训练得跟警犬一样，只要发出"啧啧啧"的声音，这俩小毛球就从厨房踩着小碎步飞奔而来，穿过客厅，站在她房间门口。专门停一下，深呼吸，然后冲刺，扑到她脚下。

那一刻，赵楚煊威风地以为自己是驯化师。

有一天晚饭，小鸡在阳台溜达，妈妈正坐在沙发上吃饭。楚煊想展示一下训练成果，悄悄站在妈妈身边。

"啧啧啧啧。"

刹那间，两只小鸡争先恐后朝她扑来。机灵的"小黄"把笨拙的"小橘"绊了个跟头，自己遥遥领先。小橘平常光吃不运动，身材已走样，圆滚滚摊在地上，两脚乱蹬，半天起不来。

妈妈一声惊呼："是不是小鸡死了？"

扔下饭碗，直奔"小橘"。

楚煊吓呆了。

当晚下自习回家，爸爸妈妈把楚煊和她的"小朋友"叫到一块儿，开会。

"小鸡晚上七点前就该上架了，这是自然规律。你看看都晚上十点了，小鸡在哪儿?"妈妈有点儿严肃。

楚煊低头看看脚下的两位"小朋友"，精神抖擞，四粒绿豆眼灼灼放光。

"你那么爱它们，为什么晚上非要把它们放我床边?每天一大早就唧唧唧唧叫，爸爸还上不上班?"爸爸一脸严肃地说。

"还有，你知不知道它们有多臭?我感觉我枕巾都一股鸡屎味。"

爸爸，请相信你的感觉。

妈妈认为任何事情都应该有个度，楚煊爱小鸡爱得没有边了，把全部的爱心都倾注在小鸡身上，会影响学习。

周末，妈妈让梅姨把小鸡带走了。梅姨家有个大院子，也养鸡，就"放鸡归家"吧。

楚煊哭天抹泪不让带走小鸡。爸爸妈妈带她吃火锅作为补偿。第一次，她尝到了味同嚼蜡的滋味。

又一个周末，楚煊让梅姨给她的小鸡朋友带点蛋黄饼干。两天后梅姨回来，很内疚地告诉她："煊煊，对不起，小鸡让黄鼠狼吃了。"

楚煊悲痛得声泪俱下为它们写下悼文《忆小黄》。

妈妈看她那么伤心也有些心疼，就把这篇深情的文字拿去投稿，希望留个纪念。

登上杂志后，妈妈的司机小黄看到了，很惊恐，不确定自己是否还健在。

楚煊痛定思痛，把对小鸡的爱与思念转移到阿猫阿狗身上，因此，对生物学有了很大兴趣。

除了生物课，赵楚煊又成为高一年级历史课上的翘楚，这应该归功于她少儿时代通读《中国通史》和《世界通史》。

她喜欢历史是有渊源的。

小时候表哥披着床单，头上顶个纸杯子，拿姥姥的皮尺往脸上一勒，假扮皇上，让楚煊假扮皇后，偌大的国家就靠两人撑着。

长大看的书多了，不由自主地喜欢朝代更迭的悲欢离合。

爷爷亲笔留言送给楚煊的《现代汉语词典》，附录有中国朝代表。每个朝代有哪些皇帝，顺序如何，年号庙号，姓什么，叫什么，哪年生，哪年崩，她如数家珍。

她从没有刻意去背历史，看过后自然而然就在脑子里了。

兴趣是最好的老师。

"孛儿只斤·爱育黎拔力八达你知道是谁吗？"赵楚煊有点得意地问同学。

瞅给她跩的，走路都带风。

第一次见成老师，二十五六岁，浓眉阔嘴，威武有力。

"这是体育老师吗？"楚煊偷笑。

同是上海人，成老师和文质彬彬的柳老师迥然不同。

发型尤为不羁，酷似雷震子。

第一篇历史作业，楚煊写的是仰韶文化和河姆渡文化的比较。

轻松写了一页半。

成老师的评语竟然比她的作业写得还多。

当然，主要因为老师字大。

但字数不是重点，关键是气势。

成老师最后一句批语把整段话掀到高潮："该生前途不可限量！"

音浪太强，不晃会被撞到地上。（这句话是歌词）

赵楚煊被成老师的鼓励、赞赏震晕了。

谁说古来材大难为用？

热情高涨的赵楚煊，于是对祖国历史的探寻一竿子打到中华曙猿阶段。

四

高二，最大的事莫过于分科了。妈妈告诉她学理科，理由是：女孩子学理科可以增强逻辑思维，加上与生俱来的细腻，如虎添翼。而且在遍地男生的理科专业，女孩更是物以稀为贵，就业前景好。

楚煊默默看了一眼自己勉强及格的数学和物理，深深叹了口气。

如虎添翼首先得是虎，她跟凯蒂猫（Hello Kitty）一样，能行吗？

妈妈知道了楚煊的顾虑，悄悄提着礼物找到物理老师和数学老师家，希望给楚煊开小灶恶补一下。

物理老师是特级教师，级别高，眼光更高。楚煊这种物理方面毫无可塑性的学生，他选择礼貌地回绝。

数学老师是中年男人，脾气大，平常上课就很严厉。打开门见到妈妈，门都没让进。

这一切楚煊都蒙在鼓里。

妈妈冷静思考后，楚煊的文科比理科强得不是一星半点儿，也许文科更游刃有余。

"强扭的瓜不甜。"妈妈尊重楚煊的选择。

楚煊如愿以偿学了文科。

在文科班的第一个惊喜就是语文老师换了。新的语文老师姓严，人不如其名，性格温和，说话慢条斯理。如果脖子上再搭条围巾，往后一甩，简直就是闻一多先生在世。

严老师还是班主任。

如此重要的严老师，引得赵楚煊竟折腰。沉寂了一年多的赵楚煊决定放大招，好好设计她的第一篇作文。

盼星星盼月亮，盼来第一次讲评。

赵楚煊抬头挺胸，准备迎接暴风骤雨般的掌声。

毕竟从小到大她都是语文老师第一个记住的学生，靠的就是第一篇作文。

可惜常胜将军没迎来掌声，却迎来她的终结者。

严老师朗读的范文并不是她的，甚至表扬的名单里都没有她。

奇耻大辱。

没想到这耻辱越来越大，随后数十篇作文，没有一篇上榜。

蹦跶了两个多月的赵楚煊终于跟泄了气的皮球一样。

有一天语文课，铃声才响，严老师就踏进教室，性格沉稳的他今天有些兴奋。

"这次的作文有一篇改写得特别成功，我给大家念一下。"

严老师抑扬顿挫，声情并茂地开始朗读。

正在百无聊赖整理书桌的赵楚煊越听越耳熟，这分明是自己写的。

可为什么严老师读到兴起处，都要脉脉含情地看一眼她旁边的那个女生。

读完后，严老师兴奋地点评："我们这次的作业，是把论语微子篇的节选改成白话文。大部分同学连字面翻译都做不到，而这一篇是整个年级最优秀的。它的优秀不仅在于把古文翻译到位了，而且自然融入了春秋历史大背景下的许多人文细节。同时，还把文中包括孔子、子路的表情和心理活动，都做了恰当的描述和拓展，这才叫改写！"

严老师在楚煊心中一直是个神奇的存在。不管作者写的时候是不是这样想的，但一旦被他解读，文字后面必有针砭时弊，意境悠远深刻。

鲁迅先生在这一点上一定有深刻的体会。

严老师这番评析让全班同学对赵楚煊有了前所未有的崇拜。

严老师大手一挥。"这篇文章的作者就是赵楚煊同学！"

接着更加热情如火地看着赵楚煊旁边的女生。

可那个女生不为所动，和所有同学一样，不自觉地往楚煊这个方向看。

严老师愣了一下，下意识问："谁叫赵楚煊？"

赵楚煊从严老师毫无心理准备的方向站起来。

伯乐和千里马都有些尴尬。

原来严老师不仅不认识她，心目中的样子也不是她。

常说文史不分家。楚煊这次改写作文，被语文老师赞赏有加，除了她热爱公元前（B.C.）的历史，楚煊初一暑假开始，还把冯梦龙的《东周列国志》看了，爱屋及乌到"三言"，接着拿下它的好兄弟"二拍"。顺势拜读了四大名著，虽说囫囵吞枣，读得一知半解，但文言文多少对她有些潜移默化的影响。

无心插柳柳成荫。

不是说"你的气质里藏着你读过的书，走过的路和爱过的人"，"严老师，是我藏得深，还是没气质？"

内心受到一万点暴击的赵楚煊对严老师有点儿耿耿于怀。

可严老师反倒对她的不着调越来越感兴趣。

别的同学写夕阳西下，她曰："日坠西山下，彩霞片片飞。"

就你话多。

期末考试，元杂剧《墙头马上》，她怎么也想不起来，只记得四个字，于是写《骑墙红杏》。

唉，楚煊呀楚煊，真有你的。

爸爸妈妈发现，自从文科不学物理后，数学就成了楚煊的拦路虎。本来就不出色的英语也渐渐露出马脚。

找家教！

楚煊一听，也好想跟小飞哥一样绝食抗议。

她不愿意找家教有两个原因：一是，九岁开始每周的钢琴课让她深受束缚，好不容易通关了，楚煊不愿意再投罗网。第二，她认为找家教就代表学习差，没面子。

既然说到小飞哥，那就更新一下他的情况。他补钱进了省重点高中，但是很快就跟不上了。挣扎了一年，越焦虑越静不下心来学习，成绩实在太差，还是退回市重点中学上高中了。当时他非要进这个学校就是爱面子，怕别人笑话他没考上省重点，可最后被退回来反而更丢脸。他从此一蹶不振。

真正自尊的人，是能正视自己的不足，用适合自己的节奏及时止损，取得进步。

赵楚煊想通以后还绝什么食啊，吃嘛嘛香。不过她狡猾地提出了一个条件：

"找家教可以，只上英语，数学再说。"

爸爸的朋友引荐，找到一位大学英语老师。爸爸妈妈携女儿，毕恭毕敬到了老师家。

英语老师姓唐，细高个儿，和王菲一样的好身材。大眼睛深邃而有神，很漂亮。戴着眼镜，举止优雅，典型的高知女性。

一家三口坐定后，唐老师让她儿子给客人倒茶拿水果。

母子俩对话竟然用流利的英语……

这一切似曾相识。第一次见张老师也是这样，他儿子跟活广告似的，钢琴弹得一个溜。

事实上唐老师当时是不愿意课外带学生的，因为爸爸的朋友是唐老师大学的领导，她很为难。

爸爸妈妈恳请唐老师收下赵楚煊，恳切之意表达出一种"与君初相识，犹如故人归"的惺惺相惜。

于是赵楚煊成了唐老师的第一个课外学生，她的"开门弟子"。

唐老师，名唐燕，是本省最高外语学府的高材生。她不仅漂亮，还有一种严格认真但亲切优雅的魅力。楚煊后来知道，唐老师不仅英语专业好，她的第二外语法语也是全市一流的，而且她汉语言文学功底深厚，凡来本市访问交流的国外科研使团，唐老师是首选翻译。凡重大英语专业招聘和升学考试等，她都是主考官或评委。她流利的英语、法语，扎实的汉语言文学功底和她高挑漂亮优雅的气质，展示了中国女性知识分子的魅力，赢得许多外国专家的赞许。楚煊为自己遇到唐老师这样才貌双全的老师开心不已。唐老师很多教学理念对楚煊影响深远。

师徒两人均是第一次，相互鼓励，摸着石头过河。

唐老师建议，用新概念系列。她不赞同把课堂上的东西拿过来再嚼一遍，或是被动地查缺补漏。她希望从源头开始，重新构建赵楚煊的英语基础。

每周上课两次，一次两小时。

师徒两人的一对一教与学开始于高二暑假、高三前夕。

五

一上高三，人人自危。老师、家长都如临大敌，气氛压抑。

大概也就只有赵楚煊每天乐呵呵的，因为她有一个好同桌。

他叫陆岩。两人在高二分班时组成团队。

陆岩，小平头，小眼睛，走路用脚尖，以为自己在练水上漂。

有一次交表格，全班就他一个人的退回来了。他在父亲那一栏填的：陆岩。

喜当爹。

还有一次，他前桌的男生迷上了武术。课间很认真地说："嘿，我最近新买了双截棍，哪天拿来给你们露一手。"

"算了吧，你那技术，你一抡，方圆五十里没人了。"陆岩头都没抬。

"那我就学九阴白骨爪，先留半年指甲。"

"就你那指甲，让你抓一下，人家都成骷髅手了。"

看他俩斗嘴，楚煊笑得嘎嘎的。

陆岩和赵楚煊说话很像，喜欢夸张又滑稽的表达。

能遇到一个你说上半句，他说下半句的人还真不容易。

她想到了李杨。

能遇到既和你默契十足，又能让你轻松、开心的人更不容易。

她想到了陆岩。

陆岩，很高兴认识你哦。

有一次他下楼去打篮球，她整个脸贴在玻璃上目不转睛地看他。

"简直就是我三井！"

打完球他的好哥们跟他勾肩搭背去接水，边喝水边聊天。

楼上有两只眼睛火光四射。

嫉妒使她丑陋。

疯够了他就颠回来，若无其事地把她的杯子放在他们桌上，里面接满了水。

啥时候拿走的？

困惑地扭头，就见他似笑非笑的侧脸，很好看。

陆岩其他功课都不突出，只是酷爱英语。上自习的时候都在看英语，让楚煊心生羡慕。

高三开学一个月，英语老师竟然悄悄用往年的高考真题做摸底测试。

成绩出锅，哀鸿遍野。

全年级文科班和理科班加起来只有六个同学及格。

在老师公布幸运儿们之前，陆岩前桌的那位武林高手转过头来预测："赵楚煊其他功课没的说，但是英语绝对要甘拜下风，考不过陆岩。"

赵楚煊心悦诚服，陆岩英语就是厉害呀。

卷子发下来，赵楚煊93分，年级第四，陆岩61分。

武林中人到底是仗义，自己考了26分都岿然不动，先安慰后排的兄弟：

"哎呀你是碰巧没考好，平常你说的单词我们都不知道，赵楚煊这次肯定是瞎蒙的。"

关心兄弟的同时不忘挫败一下学妹。

学妹不计前嫌，小鸡啄米般附和："就是的，我都不知道我咋考出来的。"

各位看官，你们大概习惯了赵楚煊这种毫无征兆地，交一份起死回生有如神助的成绩，自己还一脸茫然。

但陆岩不知道，他有些尴尬，也有点儿失落。

这次考试爸爸妈妈惊喜坏了，全是唐老师的功劳啊。这才上了两个月的课，效果太显著了。

爸妈转念再想，赵楚煊是不是在英语方面有天赋？就是那种大器晚成、深藏不露的天赋？这次恰巧让名师发掘了？

唐老师看了楚煊的试卷和成绩也很欣慰，为自己能培养一个"学英语的好苗子"感到自豪。

好在陆岩失落了几天后，一切恢复正常。

12月初，全市第一次高考模拟考试，伴着鹅毛大雪很有气势地来了。

对于高三学生来说，考试跟家常便饭一样，但这一顿是大餐。"一摸"（高中第一次摸底考试）按成绩先后顺序挑座位。

大家全部站在教室外面，按排名排了队。

楚煊第五个进去。她固执地挑了她之前的位置，虔诚地坐下，然后心里默念："后面的41个人，不要选我做同桌。"

陆岩第47名，全班倒数第二。

可是事情比她想象的残忍。老师提前在教室最后面放了一张"专座"，留给垫底的两位同学。

赵楚煊有点儿难过。

座位重新洗牌后，陆岩从她身边的桌斗里，迅速地把自己的东西塞进书包，离开。整个过程没有看赵楚煊一眼。

座位调好后，继续上课。整节课赵楚煊一个字都没听进去。她不习惯新同桌、不习惯陌生的感觉、不习惯身边坐的不是陆岩。

终于熬到下课，赵楚煊飞一般地跑到教室最后，把陆岩前面的同学撵走，坐在他面前。

"老师真不够意思。"赵楚煊忿不平。

"太低级了吧！这样就能刺激学生进步吗？只会把同学阶级化。最后两名单独摆出来是要杀鸡儆猴吗？学习不好就应该被孤立、被羞辱、被瞧不起吗？"赵楚煊在心里说。

她故意不提学习的事，怕伤到陆岩的自尊心。

陆岩很平静，看着她笑得一如既往地温和。

"没事儿，你回去吧，我坐这儿挺好的。"

"就是没事儿，反正一下课我就来找你。"楚煊夸张地大笑了几声。

楚煊每节课的动力就是课间那几分钟。她以为他们还会无话不说，可是她发现了陆岩躲闪的眼神。

有一次下课，她拔腿往后跑，忽然注意到教室最后那块地方是那么狭小，旁边就是垃圾桶。同学们扔垃圾或从后门进出都会经过"专座"，大家嘻嘻哈哈，或是匆匆忙忙，都没有人会留意他俩，那个角落仿佛是透明的。陆岩的难兄难弟基本趴桌上睡觉，而陆岩坐得直直的，静静地看书。

那一刻，楚煊觉得心酸。

陆岩看到她，一副不自在的样子，但还是撑出一个笑脸。

楚煊也笑了。

"你好好的啊。"赵楚煊轻轻地说。

"嗯。"陆岩低着头。

赵楚煊再也没有去过那里。她不情愿，但她自觉每去一次就是对陆岩的一次伤害。

楚煊多想告诉陆岩，不管他成绩好坏，她都会陪着他。

在那个早恋会被起哄的年代，他们都没有勇气表白。

不管这是不是一个流行离开的世界，他们都不擅长告别。

第二次全市高考模拟考试在春节假期开学后的第三周进行。

公布成绩那天，严老师站在讲台上娓娓道来。

她不想听他说话。

虽说按成绩挑座位，这是整个高三年级组的政策，文、理科的所有班级都不例外，但严老师作为执行者，楚煊只要看到他，就想到"比邻若天涯"的陆岩。这显然是一个并不美好的联想。可怜严老师不知道自己在他爱徒心中，到底是为虎作伥的伥，还是殃及池鱼的鱼。

反正里外不是人。

严老师把本班，还有本校其他文科班的大致情况作了概述，然后话锋一转。

"我今天想说一名同学，就不点名了。语文、文综分数相当高，英语也不错，但是她的数学，大家猜猜考了几等第。"

科普一下，什么是等第分。

等第分数不是学生本身的分数，而是一个相对成绩，或者说是排名。满分100。比如本次考试难度较大，全省最高分哪怕只有60分，但换算成等第分就是100分，最高分即是等第满分。低于60分的成绩按照每个分数段，得分人数比例往下换算。同理，如果试题比较简单，149分是全省最高分，可是考此分数段的人数非常多，那么即使你实际得分148分，等第分也许只有90分。

够清楚吗？

大家纷纷交头接耳。

"不会50吧？"

在他们学校等第分低于50分的情况很罕见。

严老师微微一笑，哼，你们还是太年轻。

"她考了9分。"

全班哄堂大笑，恭喜本校出现第一个个位数得主。

赵楚煊笑不出来，她觉得那个她，就是她。

关键是同学们也这么想，各种朝她挤眉弄眼。

"这单科瘸腿也太严重了！"严老师严厉起来。

拿到卷子，赵楚煊叹了口气。

严老师您太客气了，这哪里是瘸腿，这是截肢啊！

下了晚自习，铁拐李扭回家，发现爸妈黑着脸。

"严老师给我打电话了，数学差成那样，必须找家教。"爸爸比她成绩得个位数还罕见地发了火。

"我这次没考好，下次肯定考及格。"赵楚煊为了不要家教，恨不得匍匐在爸妈脚下。如果屁股后面有根尾巴，肯定也会摇成螺旋桨。

爸妈不为所动，开始商量找谁。

赵楚煊极不情愿地答应了去补数学。爸爸妈妈马上告诉她："已经联系好了两个老师，总有一个适合你吧。"

楚煊哭丧着脸见了第一个老师。中年男子，像古代落魄的秀才。补课的时候问她有什么不会的题啊，楚煊把作业一股脑儿拿给他。他就低下头开始自言自语，边讲边把作业做了。

另外一个是他们市最好的那所大学的数学系女硕士。人虽然挺活泼，但楚煊一样不感兴趣。倒是她身上有另外一个特点吸引了楚煊全部的注意力。

汗臭。

天啦，一个妙龄女子怎么臭成那样？像赵楚煊这样有洁癖，每天洗澡换衣服的人，根本忍受不了！但楚煊的教养不允许她捂鼻，或表现出反感，只能盯着这个女老师的侧脸，心里千万次地问："你为什么不洗澡？"

秀才的课一周两次，女硕士的一周一次。楚煊为了爸妈的苦心，只好忍着枯燥和巨臭补了两个月数学。但老天不会因为她肉体上受了折磨，就对她的数学有所怜见。所以三检出成绩的时候，她心虚得想变成土行孙，随时钻地缝。

真是熏开窍了吗？数学等第分61，也破天荒及格了。

赵楚煊不知是喜是忧，在心里自嘲："我简直是各类补课老师的形象代言人。钢琴老师的'关门弟子'，英语老师的'开门弟子'，现在又是数学老师的啥？门槛门框还是门把手啊？"

脱胎换骨的数学成绩总算让楚煊松了口气。

铃声响起，准备上历史课，楚煊一如既往地期待。历史课成绩三年来的独占鳌头，让赵楚煊在成老师的课上自信又自在。

很多同学也好奇地问楚煊，历史怎么背。楚煊想说，从来不背啊，看看就记住了，但她怕这样会被群殴，只好说死记硬背。

其实她仔细回忆看历史书的过程，她的眼睛像是扫描机，看到的文字、图片、注解完整地输入脑海。回想的时候就像打开历史书，哪个历史事件在哪一页的哪个位置，清清楚楚，秩序井然。

也就是说她回想起的是形象的画面，而不是抽象的文字。

她自己也很惊讶，能这样学历史，该不会自己有特异功能吧？

这种技能在语文、政治、地理上也有，但没有学历史那么游刃有余。

这仿佛是楚煊不能说的秘密，她觉得没人相信。

好希望数学和英语也能沾上光。可惜"特异功能"一到这两门课就失灵了。

长大后，赵楚煊才懂得这不是特异功能，这只是她对一件事有极大的兴趣时，自然而然产生的专注力。

这是人的本能。

就好比谈恋爱的时候，你会对 Ta 的点点滴滴记忆犹新，哪怕小到 Ta 喜欢吃香菜，不喜欢吃葱。

不是你的记忆力有多好，你也并没有刻意去记，只是因为你喜欢，你在乎。

东野圭吾说过："你不是不擅长学习，只是没有找到自己想要学习的东西而已。"

回到历史课堂。楚煊目不转睛地盯着门口，等候成老师和带回的历史成绩。

成老师这天特别兴奋，大踏步跨进教室，满面春风。

"不错不错，有个好消息跟大家说。"

"赵楚煊同学这次模考，历史成绩全区第二名！"成老师一脸的自豪。

赵楚煊，英文名 Mensao Zhao（闷骚赵），喜形从不于色，一脸淡定，嘴里说着"哪里哪里"，心里想着："哎哟，不错哦，话说第一名又不知是哪位高人？"

下课后，文综卷子发下来，本意是看看究竟丢分在哪儿，让自己错失桂冠。但奇了怪了，平常乘法口诀都不灵光的数学白痴，竟然火眼金睛发现卷子算错了分，总分少加 10 分！

恨不得掰着脚趾头一起加。算了好几遍，三项单科分数没错，可是总分加到一起少了 10 分。

赵楚煊急匆匆冲地跑到办公室，流着泪让老师给她做主。

严老师仔细看了看卷子说："没事儿，这就是模拟考试。你水平到了，高考拿到好成绩比什么都重要。"

这理由说服不了赵楚煊，她把名次看得很重。

"少10分名次也差不了多少。好吧好吧，我给你查查。你看，你这次在全区排名119，多10分的话可能在70到80名之间。"

五雷轰顶！

赵楚煊多希望考进全区前100名啊。这次好不容易挤进来了，竟然因为加分失误让她与前100名失之交臂。

关键这个别人是谁她都不知道，就是恨得牙痒痒也是一拳打到棉花上。

怎么会有这么不负责任的老师啊，你知不知道你的粗心对学生的打击有多大？

太委屈……

赵楚煊都不记得自己是怎么出的办公室。

落寞凄凉，不知何是归处。

跌跌撞撞回到家，立刻给妈妈打电话诉苦。隔着电话线，楚煊拉着一张比法院当事人还哀怨的脸。

妈妈等她喊够了，才开始说话。

看，武功高强的人一般都后发制人。

"如果你成绩足够好，会因为少10分就进不了前100名吗？"

看，武功高强的人还擅长一刀毙命。

赵楚煊被噎得哑口无言，委屈的泪水又一次夺眶而出。

她晚饭也没吃，就怏怏地去学校上晚自习了。

下了晚自习，她又失魂落魄地准备晃回家。感觉自己被全世界抛弃了一样的失落。严老师觉得她小题大做，妈妈一点儿安慰也没有。

"明明不是我的错，为什么没一个人理解我呢？"赵楚煊难过地想。

楚煊关系最好的三个同学陪在她身边，大气都不敢出。因为她郁闷的时候会一言不发，一张拒人千里的冷脸，上面仿佛有四个字"闭嘴吧你"。

楚煊哪怕心里在敲锣打鼓，但表面上云淡风轻，就憋着，憋死自己。

一行四人刚晃到校门口，"三根苦菜花"突然欢实地喊："阿姨、阿姨……"

楚煊一抬眼，妈妈在学校门口接她放学。再一回头，三个好友已经跑得无影无踪了。

楚煊和妈妈赌气，更不想说话。

"妈妈跟你通过电话后，就去了教育局，联系了这次阅卷的负责人，我把你的情况跟他说了。我也认为模考成绩对学生的影响还是很大的，他们不应该犯这种粗枝大叶的错误。负责人也给我诚恳地道歉了，让我转达给你，所以，这件事到此为止。"

赵楚煊瞠目结舌。妈妈竟然能这么淡定地说出一件她认为波澜壮阔的事。额娘V5（威武），竟然杀到教育局去了。

"那为什么下午还那么说我！"楚煊问妈妈。

"可我同样认为，如果你自己足够优秀，这10分也不会对你影响有多大。我不是说他们没有错，凡事多从自己身上找原因才能进步。"妈妈语重心长地对楚煊说。

这件事，多少年来楚煊一直记得。妈妈知道她委屈，但不骄纵她的情绪。妈妈给了她一个公道，更给了她意味深长的教诲。

六

距离高考不到两个月，赵楚煊开始冲刺。上高中前妈妈带她去北京，其实给她留下了很深的烙印，她向往首都北京。同时中国历史博物馆帮助她锁定了兴趣，从爱好文史到爱好历史到爱好考古。

高中偷看的电视里，除了与侦探推理有关的《少年包青天》和《名侦探柯南》，最多的还是中央电视台科教频道（CCTV-10）的《探索·发现》。

所以她冲刺阶段的强心剂，就是考进首都，学习考古。

严老师有天下午和楚煊聊天，得知她要学考古，眼镜背后的双眼凝重了片刻，转身回办公室，接着通知家长来学校。

轻信的代价。

除了成老师有些犹豫以外，高三教研室所有老师一致反对楚煊这个想法，包括她"单方面仇恨"的数学老师。

"女孩子学考古太苦了，风餐露宿你行吗？"

"就你那怕蚊子咬，外面上个厕所都嫌脏，每天还要洗澡的臭毛病，野外作业受得了吗？"

"多少考古学家一辈子都没有有价值的发现，你有他们的毅力和耐心去坚持吗？"

回到家，爸爸妈妈一串犀利的言辞向楚煊发问。

赵楚煊有些沮丧，考古的现实好像是挺艰苦的。梦想在此刻，让她进退两难。

"还是学英语吧，你看你高三英语进步多快。学语言你有天赋，你小时候九个月就会说话了。再说，二外公还有唐老师都觉得你适合学英语。"妈妈为楚煊的选择，好像是深思熟虑过的，而且有根有据。

前段时间，常年在国外工作二外公（妈妈的二叔）和赵楚煊通国际长途，全程故意用英语交流，得出结论："煊煊英语口语流利标准，是学英语专业的好苗子。"

众人拾柴火焰高，楚煊就是火光中那颗冉冉升起的"希望之星"。

于是，赵楚煊在大学选择专业，在决定自己命运的大是大非面前失去了主见和骨气，她把骨气都用在坚决不学法律专业，不沾父母一点儿光上，而且坚决不考本省大学，必须到外面的精彩世界上大学。

"学英语也行吧，我将来可以用英语向全世界介绍，僰人悬棺和古格王朝，理想也是宏伟的。还有我去马丘比丘，也不用担心语言不通了。太棒了！"赵楚煊好像完成了理想到现实的飞跃。

她的前程就这样在老师和家长愉快，自己不情愿却又稀里糊涂中天真地决定了。

高考前一天，爸爸专门下午请假带她去文具店扫货。回到家姥姥一脸慈祥，看了她一遍又一遍，只恨自己不是岳母，不然刺上"高考必胜"为外孙女加油。梅姨很内疚，在楚煊衣柜里翻了半天也没找出一件可以缝补的衣裳，无法表达"慈姨手中线，考生身上衣"的关爱。只有妈妈最平静，吃晚饭的时候才进门，除了手里提着一个巨大的打包盒，与平时无异。

梅姨接过妈妈的打包盒去装盘端出来，满屋飘香。

"大螃蟹！"楚煊瞪大了眼睛。

要知道这种螃蟹也就是每年奶奶过生日的时候全家点一盘，楚煊对海鲜过敏，偏就对这螃蟹不过敏。要不是尊老爱幼，或是孔融让梨的伦理束缚，奶奶和弟弟小朗可能连"蟹甲"都吃不上。

今天妈妈买回来整两只，她可以实现吃个"片甲不留"的心愿。

长大后她才知道这种蟹叫"帝王蟹"，那个时候的内陆城市并不常见，这是妈妈一周前去饭店为楚煊提前预订的。

赵楚煊士气大振，准备出战。

高考当天清晨，一家五口，四口人都早早起床，严阵以待，只有赵楚煊睡出了"大梦谁先觉，平生我自知"的宁静致远。全家人围在床边感叹了一会儿该生的心态，然后合力把她弄醒，刷牙洗脸吃饭出门。

第一科语文，考下来同学们都直呼好难，尤其搞不清作文的审题。楚煊和大家对了对答案，反而有了磐石般的踏实。

7月的骄阳，让在铁门外苦等的妈妈和众多家长显得很焦灼。

"冲儿，考得怎么样？"

"还行吧。"

"爸爸呢？"

"在对面餐厅，走，快去吃饭。"

爸爸提前占好位置，点好菜，望眼欲穿地等待妻儿。

楚煊印象最深的就是四喜丸子，寓意四门功课成绩圆满，女儿金榜题名。

喜庆的寓意让赵楚煊备感幸福。

数学：一如既往的麻木；文综：一如既往的轻松；英语：放听力的时候有人故意来回翻卷子弄出很大动静，干扰其他同学，楚煊见识到了同龄人的不阳光。

高考和中考不同，中考结束就可以马放南山。而高考过后，迎来重头戏——估分报志愿。

估分，这是赵楚煊到现在都想不明白的政策。为什么不等成绩出来再报志愿？估分的意义在哪儿？

楚煊感慨，时代进步了，现在的高考学子是多么幸运，再不用经历毫无意义，且害多益少、弊大于利，很不科学的估分报志愿。

赵楚煊是当年高考学生用估分报志愿而深受其害的莘莘学子之一。

估分成绩630。

楚煊第一志愿想报北京外国语大学，但妈妈建议报W大学。

W大学综合排名全国前十，又在妈妈的故乡，妈妈情有独钟。

所以北外就成了一本四个志愿里的第二个。

楚煊上演了匹夫也可夺志的现实版。

递交志愿后没几天，成绩就接踵而至。真是无语，不知提前报志愿的意义何在！

赵楚煊清楚地记得是爸爸领回来的成绩单。她正在自己房间看小说，毫无征兆地爸爸走进来，把成绩单轻轻放在书桌上，什么都没说，但看得出脸上的满意和高兴。

语文最高，98等第；文综97等第；英语91等第；数学……

39等第，负分。

原形毕露。可见上次三检的及格是回光返照。

好在总分659分，这个分数可以满足她的第一志愿，所以，数学这条久治不愈的严重瘸腿也可以忽略不计了。

赵楚煊的两位男同学，一个估分估低了，能进北大的成绩去了复旦；

另一个估分估高了，报的中国人民大学最后去了北京建筑大学。

可恶的估分报志愿。

在等录取通知书的几天里，楚煊每天打电话跟同学嘻嘻哈哈胸有成竹地聊天。

她那个小学的死党"小曹颖"本来与她相约北京，让友谊地久天长，遂报了中央财经大学。不料楚煊改变主意，要落叶归根，让友谊变成了天不一定长，但地肯定长，1 200公里长的"异地谊"，气得"小曹颖"差点儿与她"割席分坐"。

一本录取的时间为三天。第一天录取报考第一志愿的学生，被录的学生可能会接到报考大学的电话，这个因学校而异。第二天是第一志愿落榜，开始录取第二第三第四志愿的时段。第三天是调配四个志愿都没满足的学生，也就是其他人数未录满的一本高校的"补缺"时间。

"小曹颖"第一天就接到中央财大的电话，激动地立刻致电楚煊，分享喜悦，冰释前嫌。赵楚煊感同身受了好友的快乐，更迫切地期待自己的那份喜悦。一直等到第三天下午五点都没电话。两人长舒一口气，坚信楚煊已经被W大学录取。爸爸妈妈也这样认为，所以，爸爸第三天一早就出差了，妈妈去上班，一切稳操胜券。

下午五点半电话铃响起，楚煊以为是哪个约她吃饭庆祝的同学。

"请问是赵楚煊吗？我是C大学招生办的老师，你刚刚被W大学退档了，我们看你的成绩不错，想录取到我们学校，问问你的意见。"一个男老师温和又亲切的声音。

赵楚煊从来没有这么惊慌过，根本没有想到在一本就要停止录取的时候，她被退档了。

"谢谢老师，我想和我爸爸妈妈商量一下。"楚煊声音都哆嗦了。

"好吧，那尽快，我给你留个电话，我们只剩两个名额。"

楚煊给妈妈打电话，手抖得电话号码都按不了。

"妈妈，我被W大学退档了！退档应该是昨天啊，怎么可能是现在呢！我的第二志愿呢，现在怎么办啊？"楚煊哭得歇斯底里。

妈妈也惊得手忙脚乱。

C 大学是妈妈替楚煊回电话谢绝的，因为二外公在四川生活过，说那里的气候湿度太大，楚煊适应不了。

很快，楚煊又接到了 J 大学的电话，楚煊已经六神无主。妈妈还是替她谢绝了，原因是姥姥的一句话。姥姥说："煊煊一到冬天就感冒发烧，鼻炎又严重，东北那么冷，不要身体了吗？"

妈妈直奔教育厅省招生办。一向清廉正派的妈妈，女儿高考都不肯用单位的车，现在孤注一掷，驱车赶往教育厅省招生办。

找到 W 大学招生办的房间，负责招生的老师已经离开。妈妈又找到省招生办主任，问赵楚煊的情况。楚煊的成绩在 W 大学第一志愿里她报的专业排名第四，加上有特长"业余钢琴十级"的加分，是可以被录取的。但是他们竟然优先录取的是第一志愿北大、清华掉档的更高分的学生，人录满了才开始退档，哪怕一本录取时间都要截止了！招生办主任狡猾地解释："今年不是一家高校这样处理。"

"不考虑考生第一志愿，违规操作。"妈妈气得无处说理。

更扎心的是北外的提档线是 630 分，如果 W 大学按招生规定第二天退档，楚煊也许会成全第二志愿。

可是他们哪一步又按招生规定程序走了呢？

规则就是规则。在高考这个决定学生一生命运的重要时刻，赵楚煊见识到了不规矩和不公平，这份不规矩来自强势一方，无视年轻人的前途，只顾自己利益最大化！赵楚煊匪夷所思，也无可奈何。

爸爸也提前结束出差，赶回来陪在女儿身边，一夜无眠。

第二天一早，211 重点大学，某工业大学抛出橄榄枝。妈妈当即拍板儿，就去某工业大学，离家也近。妈妈的朋友立刻给浑浑噩噩的楚煊打来电话，刚接通的瞬间，楚煊听到妈妈失声痛哭的声音，心里不是滋味。

她其实不想去。从小生活在爸妈眼皮底下，她渴望一次理直气壮、说走就走的旅程。她想去外省读书，她想呼吸自由。可是妈妈在招生办守了一夜，这大概是最好的结果。

不承想妈妈还没缓过来，工大老师无奈地通知妈妈："赵楚煊的档案已经被提走，通知书都发出来了。"

赵楚煊刚才还看不上这所知名的重点大学，现在打掉牙往肚里吞。

贪婪和冲动一样，是魔鬼。

那个手快的大学是河北的一所二本院校。

二本？

是的，新的一天，一本录取的三天结束，二本录取开始。

没毛病。

妈妈又找到这所学校的招生办公室，我孩子运气怎么这么差？

两位"识货"的老师很客气，了解情况以后，他们表示理解。客观介绍了自己学校的优势后，他们建议不如开学到学校看看，如果实在不满意，他们可以退档。9月20日，各省还有一次调剂。

随后，其中一位老师跟楚煊通了话，楚煊在电话里惊讶地听到妈妈和另外一个老师交谈，好像情绪平稳了。

挂了电话，赵楚煊说不出是灰心还是绝望，太难过，从没有过的难过。

尘埃落定了对吗？

爸爸知道她心里不好受，带她出去吃平常不许她吃的小饭馆。

她乖乖地吃着平时喜欢的水煮肉片、锅巴肉片、麻婆豆腐。

嗯，乖乖地，没掉一滴眼泪。

晚上回家，妈妈精疲力尽地躺在床上，姥姥和梅姨坐在床边低声安慰。

楚煊一进来，妈妈立刻坐起来看着她，满脸的泪水。

楚煊假装没看见，径直进了自己房间。她心疼妈妈，也不怪妈妈给她报坏了志愿，但那个时候她只想自己待着，静静地和自己较劲。

赵楚煊是全校第四个拿到录取通知书的。

"小曹颖"去了中央财经大学。

贾依萌和赵楚煊同班好友考到了本省同一所二本院校。

陆岩高考落榜。

直到多年后的一天，楚煊看到一句话："最后一次语文课，老师听写，听写的是全班同学的名字。"

忽然泪流满面。

这个潦草离散失落的夏天，家人给了赵楚煊无微不至的关爱。爸爸妈妈送给她松下的超薄CD机；堂哥送给她天美时手表；表哥送给她西门子手机。

饭局不断，赵楚煊在爸爸妈妈同事和亲朋的赞许声中，强颜欢笑，坐立难安。

心情不好的时候，她喜欢插着耳机闭上眼睛听钢琴曲。比如《命运》《星空》《出埃及记》《新乐园》《记忆》《威尼斯之旅》《离别曲》《汉娜之眼》……单曲循环最多的是《爱的协奏曲》，在或恢宏或悲伤的旋律里和自己展开失落与振作的角逐。回忆，后悔，愤怒，沮丧，思考，冷静，振作。藏在音乐背后，不动声色地完成过山车似的情绪跌宕，最终与兵荒马乱的自己达成和解。

所以，赵楚煊同学从小就是一个把欢乐带给别人，把忧惧留给自己的脱离了低级趣味的社会主义接班人。

赵楚煊为自己写了《水调歌头·热血铸光荣》。

昊日几时有？悲歌应苍穹。怎奈生不逢时，忧志难达通。自当胸怀激烈，哪堪这般平庸，虎落平阳辱。待集腋成裘，煮酒论英雄。

叹往昔，立今朝，凝远空。披荆斩棘，壮心不已气如虹！傲对起伏跌宕，笑面尽瘁鞠躬，热血铸光荣。志当存高远，腾霄跃长龙。

开学前一周，赵楚煊即将离开生活了18年的城市，离开熟悉的学校和同学，离开温馨的家，离开朝夕相伴的姥姥和梅姨。

出发前，唐老师特意送给她一本《牛津高阶英汉双解词典》，扉页上是老师一丝不苟娟秀的钢笔字留言："人生可比这词典厚多了。"

恩师的深情，楚煊受教了。

第四章　大学　青涩班长与怪异女孩

一

爸爸妈妈认为此行只是"踩点"，女儿很有可能看不上这所大学。那他们就立刻打道回府，办理9月的调配。

诚惶诚恐的爸爸妈妈不确定楚煊的真实想法。按她的心性，肯定是不甘心。但是复读，她一口回绝，调剂，她模棱两可。无奈，只好新生报到的前一周就带她到了河北，眼见为实，再作决定。

和楚煊同行的还有邻居文喆一家。他只有16岁，可是比楚煊猛多了。

文喆从小学习好，两次跳级。高考当天他爸爸妈妈也是想陪伴全程，他拒绝了，理由是："大男人还要父母陪着考试，太丢脸。"他爸爸妈妈坚持要送他，他坚决地说："你们要去我就不去了。"

报志愿的时候，也只填一所，中国传媒大学。父母和老师都认为太冒险，让他起码把第一志愿的四个院校都填满。好家伙，他四个志愿全填的是中国传媒大学，四个不同专业而已。其实，文喆和楚煊高考成绩只差了几分。估分报志愿有一点好处，敢冒险也能撞大运。

文喆如愿被中国传媒大学录取，成绩好的孩子运气不会差（赵楚煊是个例外)。他最终实现了梦想。

楚煊和文喆同一趟列车，可是终点相差450公里。

楚煊暗下决心，考研的时候一定考到北京，到时候还坐这趟列车，从起点坐到终点。

12个多小时，赵楚煊从一个古城转移到了另一个古城。也许这就是命运，2 400年前，她的祖先在此繁衍生息。

刚出火车站，楚煊就有些失望。城市很落后，也很脏。也许是早上六点多的缘故吧，整个城市还没有完全苏醒。打车到学校的路上，失望不断加深，破旧不堪的低矮建筑，大片剥落的墙皮。总之，与现代繁华无缘。

学校门口看不见欣欣向荣。有两道门，第一道门，进去是家属院，应该是老师住地。第二道门，进去就是大学，与一门之外的暴土扬尘相比，学校里面绿树成荫，清净雅致。古老的教学楼和参天大树争先恐后地表达着这所大学的风雨经历与年华荏苒。

"哎呀，招生办老师说的没错，这个学校学习风气就是好!"妈妈忽然开口，语气夸张。

楚煊转过头，妈妈的眼睛正看向树荫下，三三两两分布的石凳上都坐满了学生，有的插着耳机，有的拿着书，有的在读英语。尽管还是早晨七点钟，尽管还没有正式开学，但学校里已是生机盎然。

楚煊终于松了口气，爸爸妈妈看在眼里。

接下来的事情就好办了，熟悉并深入了解校园周边以及这座城市。

妈妈说："先去拜拜祖先吧。"

市中心公园，4A级旅游景点。

相传建于赵武灵王时期，与一般游人先登高台俯瞰全景不同，爸爸妈妈首先带着楚煊拜祭公园北侧的"七贤祠"。毕竟没有七位贤者的舍身救护，就没有赵武，更不可能有赵氏一脉的开枝散叶，生生不息。

赵楚煊在这里读大学也许就是冥冥之中的安排吧。

一家人住在学校的宾馆里，整顿完毕就在校园里溜达。楚煊直奔宿舍区。她心里的小九九，如果宿舍里没有洗手间，或者宿舍楼太破旧，她立刻打道回府，接受调剂。

到了宿舍区，赵楚煊差点就订返程票了。一排排四层高的老楼，风烛残年，别说楚煊受不了，爸爸妈妈也有点儿勉强。

爸爸看见楼门口有两个宿管阿姨，便走过去打招呼："请问新生安排在哪栋楼？"

"哎哟，新生今年运气可真好，不住这里。喏，这条路一拐弯，四栋新建的宿舍楼就是新生的。"两个阿姨笑哈哈抢着说。

赵楚煊两只顺风耳立刻捕捉到关键信息，撒腿就跑，道路尽头右拐。

哇，高大崭新的宿舍楼映入眼帘。

赵楚煊幸福得快要晕倒。

还没到新生报到时间，所以不让进去参观。

楚煊缠着爸爸去问问宿舍管理员，每个宿舍是不是都有独立的卫生间。

爸爸黑着脸说："我一个帅气英俊的男人，老是混在一群阿姨中间家长里短的成何体统？你自己去问。"说完他却不由自主地去问了。

"洗手间，有的。"

赵楚煊当即拍板："不折腾了，就在这儿上大学！"

爸爸妈妈大跌眼镜，就因为宿舍是新的？就因为宿舍有洗手间？这么草率又任性的性格是遗传谁呀？

于是赵楚煊在这个她做梦都没想过的陌生地方，度过了她人生宝贵的四年大学时光。

报到那天，一进二门的行政楼前，可谓"锣鼓喧天，红旗招展，人山人海"，迎接来自全国各地的新生和家长。

赵楚煊一家由学院副书记亲自接待，估计是招生办老师提前打的招呼，希望用真诚和热情留住这个举棋不定、一本高分调档的学生。没想到留住该生的不是校方的以德服人，而是歪打正着新盖的宿舍楼。

脑回路清奇。

二

赵楚煊见到了人生中又一位，衔环结草也难相报的恩师——她的辅导员。

这是一位戴着眼镜，扎着马尾，一脸温和笑容的小姐姐。因为年纪相差不大，同学们都亲切地叫她"霞姐"。

霞姐给楚煊办了入学手续，就让她入住向往的新宿舍。

她的宿舍在109。

打开大门矗立左右的是两个巨高的入墙式衣柜，上下各四个。房子中间是两个长条书桌，左右两侧各有两对上下铺，八人间。房间尽头是推拉门，出去是阳台，两个洗手盆，一个卫生间。

每个床铺都提前贴好名字，她的位置是一进门右手边的下铺。

她很满意。

爸爸妈妈开始给她铺床，归置行李，还有这几天买的锅碗瓢盆日用品。

楚煊开始想象其他七位室友来自何方，长什么模样……

以下是按年龄顺序出场的109室的八位小主。

老大：苏枚；

老二：张瑜；

老三：郭增华；

老四：李媛琴；

老五：黄金，呀，这名字起的人见人爱，听着就想拥抱；

老六：冯鑫，河北人；

老七：杨维；

老八：赵楚煊。

精彩花絮。

老三篇。

她是楚煊的上铺。咣当一脚把门踹开，迅速找到自己的床位，大包小裹往上一甩，才发现一屋子人目瞪口呆盯着她。

长发美女瞪眼一瞪："干啥呀，咋的啦！"

原来是来自东北的大侠。

竟然自己一个人从吉林坐火车过来，新时代独立女性的代表。

老五篇。

是金子在哪儿都发光，老五人如其名。黄金，浓眉大眼的短发女孩，迅速被指定为代理班长和军训女生负责人。黄金从小学一年级就开始当班长，一当就是12年，临时班长非她莫属。

老六篇。

冯鑫，这个名字更猛，三个金。老五老六应该是失散多年的钱串子。

冯鑫是最晚到的。她个子不高，皮肤很黑，眼镜是厚厚的镜片，穿的白T恤上全是汗渍，她和大家说话打招呼，一脸灿烂的笑容，牙齿雪白。

按年龄排，赵楚煊是老八。

人生若只如初见。

楚煊也不知道妈妈什么时候跟老二老六交谈过。临走的时候额外留下2 000块钱，叮嘱楚煊每天早饭自己吃个鸡蛋，给老二也买一个。另外，每周改善一次生活，叫上老六。

楚煊当时也不确定妈妈为什么坚持让她这么做，直到霞姐告诉她，二姐和六姐都是特困生。

不过妈妈几乎是被霞姐撵走的。

其他家长把孩子送到，第二天基本都撤了。

楚煊的爸爸妈妈磨磨蹭蹭待了快十天。其间打电话给文喆父母，人家到家都快半个月了。文爸爸说，本来也想多陪儿子几天，全家逛逛北京，没想到第二天儿子就让他们离开。把双亲送到校门口，爹娘还酝酿着跟儿子拥抱叮嘱，依依惜别，没想到一回头，人影儿都没有了。

再看楚煊家。出租车开走的时候，妈妈一直扭头看着女儿，捂着嘴哭得止不住。楚煊第二天给家里打电话，妈妈还在哭，嗓子哑得都说不出话。随后半年，妈妈没有进过她的房间。虽然楚煊离家求学呼吸到自由的空气很是兴奋，但妈妈的不舍让她一样揪心。所以，从上大学那天起，赵楚煊每天保证跟妈妈通话一次，即使出国留学都没有间断，这个习惯她保持了14年，直到现在也不曾改变。

军训对于赵楚煊这个生命在于安静的懒人来讲毫无吸引力。没有军装，教官还是女的。

她在意的是进学生会。

竞选演讲那天，老七杨维排在赵楚煊前面。

老七很是紧张，上了演讲台，一瞅下面，全是学长、学姐。她索性两眼看着天花板，抖音完成自我介绍。

"大家好，我叫杨维，杨是杨树的杨，维是维维豆奶的奶。"

哈哈哈哈……台下一片哄笑。

伴随着下面的捧腹大笑，杨维撑不下去了，翻着白眼满脸通红地准备下演讲台，谁料胳膊一抡，把讲桌碰翻了。

轰轰烈烈地她走了。

赵楚煊没心没肺地笑着七姐。

轮到她，简直不要太意气风发。

她自信满满登上演讲台。

"大家好，我叫赵楚煊，今天我竞选的职位是文艺部长。"

说完，她自己先吓了一跳。这是谁的嘴？不是文艺部干事吗？

她下意识看了一眼坐在底下的文艺部长，领导两眼血红，恨不得有一把长刀和这位不识相的新女生较量一下。

赵楚煊在文艺部的仕途止步于此。

不过她被团总支书记看上了，入选到了宣传部。同时在班里担任文艺委员。

国庆节爸爸妈妈给她惊喜，提前一天到学校，准备带她去青岛看海。

她兴高采烈往宿舍跑，一头扎进门。爸爸妈妈正和她七个野生姐姐聊天。

妈妈看见楚煊的瞬间，惊呆了。

这是谁的女儿呀？

原来，报到的时候，妈妈怕楚煊自己不会扎辫子，剪短了她的长发，学生头，两边别两个卡通卡子，很清纯。

楚煊嫌幼稚，爸爸妈妈一离开，立马把卡通卡子取掉，一照镜子，和汉奸差不多，果断改成三七分。

经过快一个月的休养生息头发长了，没有了短发的精气神儿，也没有了卡通配饰的活泼。

于是妈妈此刻看到的女儿，犹抱琵琶半遮面。七的那部分遮住半张脸，发梢延伸至嘴角，女儿还潇洒地一甩头，感觉配个吉他就能唱摇滚。

当妈妈认出这是她日思夜想的女儿，脸色大变，生气了。

就一个月的时间，清纯的女儿咋变得这么不修边幅，再看看同宿舍的七个女孩，一个个亭亭玉立，别的女孩是金花，她女儿是爆米花。

立刻拽去理发店，打回原形。

当天晚上，爸爸妈妈带着八个女孩吃火锅，庆祝祖国生日。美食面前，女生友谊的小船早已沉入火锅海底，饭桌上温馨融洽，没人搭理那个嘴能拴头驴的卡通少女。

三

济南、青岛之行，赵楚煊第一次看到大海。谈不上激动，"智者乐水，仁者乐山"，赵楚煊一定是仁者。

再次返回大学，新生初来乍到的欣喜慢慢退去，一切归于平静，毕竟学习才是主题。

赵楚煊由刚开始不敢相信，到习惯了有时一整天也没有课的大学生活，洒脱得像匹脱缰的野马。

楚煊喜欢一食堂的炝锅面，喜欢川味餐厅的豆干炒肉和西湖牛肉羹。

喜欢一校门外的小吃：牛肉板面、砂锅米线、煎饼馃子。

这里的凉皮会放麻酱，这里的肉夹馍会放青椒。

还有两个明争暗斗的阿姨，一到饭点，两人推着各自的三轮车招揽学生。玻璃罩里有香蕉、香肠、火腿肠、豆干、鸡肉串、骨肉相连等，应有尽有。点好的食品，阿姨放油锅里一炸，抹上蘸料，夹烧饼里，咬一口，嘴角满溢的是甜进心里的甜面酱。

楚煊奔走在各个摊点，乐此不疲。

从小奶奶不让吃街边摊，现在忽然可以自己支配生活，有种不知所措的幸福。

与吃相比，买笔还是重头戏。

方圆十里地的笔贩子，楚煊如数家珍。

别的同学约会都在电影院或餐厅。而追赵楚煊的男生则心照不宣和她穿梭在笔文具批发市场，有点儿心酸的浪漫。

大一上半学期，楚煊记忆颇深的是，周末学校操场放的那种农村老式幕布电影。她没见过，所以，不管内容是啥，楚煊都会掂着马扎凳，挤在最前面。河北的冬天干冷，坐一小会儿就跟冰雕似的。楚煊两手揣进羽绒服袖子，一身城乡接合部的气质。再冷，她都要买一罐可乐，就着一口寒风，二两悲壮，喝出满腔凛冽的热情。

楚煊还会看各种学生协会组织的有偿电影，在语音室内，两块五角钱一场，环境优雅，冬暖夏凉，这儿也是男女生约会放松的好场所。

她在语音室把香港老电影几乎都看了。

刚上大学，大家普遍恋旧。一个个跟异地恋似的，和之前的初、高中同学电话互诉衷肠不过瘾，还要河鱼天雁托音书。楚煊和依萌书信不断。妈妈的"温暖牌"家书，也源源不断给了楚煊很多的关爱和鼓励。

大一下半学期，春暖花开的3月，下午在六教上完精读课，下课才4点，赵楚煊想磨蹭一会儿再去买笔、吃饭，所以破天荒坐在教室里看书。

"同学，先出去一下，打扫教室啦。"保洁阿姨边说边往进走。

楚煊收拾好书包，一回头，看见还有个女生也在自习。

这是她的同班同学，在隔壁宿舍，还不十分熟悉。

两人走到天井，等阿姨打扫卫生，顺便聊了起来。

这个白白净净，扎着马尾，戴着眼镜，超级腼腆的女生，说的第一句话就让楚煊措手不及：

"你宿舍的人为什么叫你赵八猪？"

"……因为我排行老八，属猪，所以连起来就这样叫了。"

楚煊不太高兴地说。

赵楚煊宿舍八个姐妹关系特别好，平常大家都叫楚煊小八。这么好的称呼听不见，咋就老三咋咋呼呼地叫过她一次赵八猪，那顺风耳就听见了？

再一看，她果然有两只招风耳，挺特别。

也许是无聊，也许是缘分，总之两个人天南海北聊得保洁阿姨都下班了，还没说够。

她叫相青颜，白羊座。

转眼到了楚煊生日的前一天晚上，11点熄灯，楚煊和七个小姐姐还有同班好友加老乡李月，黑灯瞎火凑在宿舍边吃蛋糕零食，边等待零点的到来。

这种大场面，娇羞的小相才不来，早早睡去了。楚煊很不爽，她所有的朋友都是零点送祝福，就你架子大。

零点一到，七嘴八舌送祝福，不，是八嘴八舌。

"小八小八，新年快乐！不对，生日快乐！"

"还有，越长越嫩！"

"恭喜发财！"

……

依萌第一个打进电话。

"赵楚煊，生日快乐！我和我们宿舍的人给你做了碗长寿面，现在我替你吃。"依萌说。

楚煊惊呆了：

"啊，你们不也是11点熄灯吗？没有电，面条怎么做的？"

"我提前买了根很粗的蜡烛，代替酒精灯。时间虽然长了一点儿，不过面应该熟了。"

"萌萌，你太拼了！"

"下次我们还准备试试烤肉。"

吓得楚煊差点把电话撂了。

赵楚煊接电话、回短信，折腾到半夜快两点，整个宿舍才进入梦乡。

赵楚煊从小睡眠不好，今天这么兴奋，铁定睡不着。所以插着耳机听CD，越听越精神。

平时宿舍睡得最沉的是老六，她学习特别用功，每天快熄灯才回来，疲惫不堪。可能精神高度紧张吧，睡到半夜会说梦话或突然大叫一声。声音自信而嘹亮，吓得上铺的老五和对面的楚煊匍匐在床上，大气都不敢出。

今天晚上老六更夸张，突然大喊一声"地震啦"，然后飞身下床，开门冲出去了。

动作一气呵成。

老六学习太刻苦，都疯成这样了？开始梦游了？

楚煊还没缓过劲儿，外面走廊越来越嘈杂。

老五也揉着眼睛爬起来，和楚煊一起出去看。

楼上好多其他院系的女生，争先恐后往宿舍楼外面跑，边跑边喊地震了。

老五和楚煊都是班委，赶紧去叫醒自己班三个宿舍的女生。

楚煊用拳头砸小相宿舍的门，里面连反应都没有。

楚煊一直喊："快点儿出来，地震了！地震了！"

总算听到有个迷迷糊糊的声音说："知道了。"

楚煊又去看别的宿舍。

基本都撤了，楚煊才往外跑。

跑到操场，操场上密密麻麻站满了人，大家穿着睡衣、拖鞋，惊魂未定。

与自己宿舍和班级同学汇合以后，楚煊很怀疑是不是真的地震了。

答案是肯定的。

因为她们在一楼，感觉不明显，五楼住上铺的同学都快晃下来了，所以纷纷逃离。

赵楚煊转悠了一大圈，没发现小相宿舍的人。小相宿舍是混寝，只有三个同学是她们班的。现在班上清点人数，就差这三个同学。

楚煊有点儿担心，难道自己没叫醒她们？她撒腿就往宿舍的方向跑。

路上远远看见两个慢慢悠悠的人，其中一个是小相。

"哎呀，你们怎么这么慢？你宿舍其他人呢？"

"在后面啊，急什么？"

"大姐啊，你知不知道刚才地震了？"

"啊，我们听见有个人敲门说，下雨了赶紧收衣服。"

赵楚煊顿时眼泪都快掉下来了。

自己临危不惧，不顾安危，通知她们转移，她们竟然理解成这样一个不合逻辑又云淡风轻的版本。

"相青颜，你不是顺风耳吗？咋关键信息听得相差十万八千里呢？"楚煊说。

再仔细一看小相，楚煊鼻子都气歪了。

表情从容不迫，衣服整整齐齐，脚上还穿了袜子。

再瞅瞅自己，披头散发，一件单薄的睡裙，脚底板漆黑，拖鞋都快跑掉了。

小相笑容可掬地说："对呀对呀，收衣服我又不着急，所以穿好衣服，梳好头发才能出门呀！"小相故意气楚煊。

如果说宰相肚里能撑船，那楚煊肚里得撑艘航空母舰。

地震的时候是黎明，但天是发红的，像楚煊她们这群还没见过世面的女孩，此刻兴奋大过恐惧。

老师们很快赶过来安抚学生。在那个手机还不普及的年代，就更不可能立刻上网查到底发生了什么。

霞姐让班干部带着同学返回宿舍。

"不是大的地震，不要恐慌。"霞姐说。

"霞姐，那我们等会儿还用不用上课？"赵楚煊一脸笑容，希望听到否定的答案。

霞姐惊叹了一下，她最爱的徒儿能看淡生死，却看不淡考勤的脑回路。毕竟其他学生早蹿回宿舍，收拾有价值的财物随时准备逃路了。

"等通知！"

赵楚煊一进宿舍楼，看到鸡飞狗跳，同学们乱成一锅粥。一个个跟飞镖似的，一会儿扎进这个宿舍，一会儿蹿到那个宿舍。

她进了自己宿舍，大家也激动得像吃了摇头丸，疯狂收拾行李。

忽然有人拍她肩膀，她一回头，是李月。

她戴着鸭舌帽，肚子上勒个腰包，还背一个大背包，马扎凳也捆在背包上。

"这是准备徒步穿越呀？"楚煊笑着说。

"愣着干吗，赶紧收拾！银行卡、现金、手机都装好。"李月的行装和口气就像一个民兵连长，利索地指挥着楚煊。

赵楚煊很快成了第二个民兵连长，她用和李月同样的语气指挥宿舍的七个姐姐，还有隔壁相青颜宿舍的同学，赶快收拾行李，随时撤离，躲避地震。

她期盼不用上课的通知迟迟没有接到。

"我还是小寿星呢？连这个愿望都实现不了。"楚煊在心里自嘲。

早上天昏地暗，狂风大作。同学们不情愿地来到教室，老师告诉大家是邻近的城市地震了，五级左右。

下午没课。楚煊宣传部的部长之前约好请她吃饭庆祝生日。中午，楚煊先跟爸爸妈妈通话，添油加醋把遇到地震后的惊恐和狼狈吐槽之后，手机放宿舍充电，跟二姐说了一声，就出门了。

部长是楚煊英语系高一届的学姐柳华，成绩很好，给过她很多有益的建议。比如：提前一周定计划，每天需要做的事情按时间顺序罗列出来，但不能卡得太紧，要预留一到两个小时作为突发事件的时间，这样就不会导致今天做不完的事耽误到明天，整个计划被打乱。

楚煊觉得学姐讲得很有道理，就像唐老师建议她每天记三个单词，坚持四年，单词量自然而然就有了。

可惜赵楚煊和大部分学生一样，道理都懂，却不能坚持。

学姐叫赵干事先去她的宿舍，那个四层高的老楼。

楚煊虽然不是第一次来老楼，但始终觉得破旧而陌生。学姐正在和其他五位室友唱歌，六个姐妹深情合唱《我是一只小小鸟》。

地震过后的恶劣天气，让大家都有些沉重。忽然听到这么热情励志的歌曲，楚煊感觉热血沸腾，也想高歌一曲《团结就是力量》。

"演唱会"结束后，学姐带楚煊去图书馆的网吧，她要赶个论文。电脑弱智的赵楚煊又跟着学姐学了一招，鼠标右击，出现"刷新"，点一下可以让网速变快。

虽然事实证明这只是心理作用，可楚煊一直保持这个习惯，每天"刷新"以求速度快。性急之人。

晚饭在学校一门外的餐厅吃炒菜。一路飞沙走石，走一步一嘴土，还没到饭馆，学姐和楚煊差不多已经被灰土填饱了。

街上几乎没人，只有这两个灰头土脸的少女坐在饭桌前侃侃而谈，乐在其中。地震后恶劣的风沙令人难忘，而学姐临危为楚煊庆生的晚宴更让她铭记于心。

吃到晚上快十点，要不是两人相互搀扶，拧成一股绳，可能会被大风吹回宿舍，风实在是太大了。

楚煊出走半天，归来已是暮年。

蓬头垢面推开门，二姐以为进来个要饭的。

"去111，小相过来找你好几趟了。"二姐告诉楚煊。

叫花子转身去了隔壁。

敲门进去，一眼看见相青颜端端坐在她的上铺，脸色铁青。

"坐这么直干吗？"楚煊觉得很好笑。

小相没理她，迅速下床，板着脸叫她出去说。

楚煊跟她一前一后来到走廊尽头。

"你知不知道，你这样我很担心！"温文尔雅的小相盯着她厉声地说。

赵楚煊有点惊讶。

相青颜属于班上默默无闻的一类，她低调随和，甚至怯懦。

楚煊从没见过性格怯懦的相青颜会突然这么严厉。

"今天地震啊，你为什么还乱跑？我打你手机一直没人接。我问你宿舍的人，你二姐说你去你部长那里。我又问部长宿舍的电话，打过去，说你们出门了。你到底去哪儿了啊？天气这么差，树都吹倒了，你为什么这么晚才回来，你知不知道有多危险？！"相青颜气得满脸通红。

赵楚煊哑口无言。

她没有说话，她有些泪目，她很感动。

赵楚煊没有想到讷言少语、与世无争的相青颜会这么关心她，在乎她。

昨晚不参加她生日聚会，早上地震又一副晃晃悠悠不着调的样子，让楚煊差点误判错失这个重情重义的挚友。她顿时觉得相青颜好高大！

赵楚煊在大学的第一个生日，经历了地震，收获了友情。怎么样，是不是觉得她还有点儿棒！

暑假一到家，楚煊就钻进姥姥房间，往梅姨床上叠好的被子上一靠，梅姨笑眯眯坐在她旁边。姥姥、梅姨稀罕的目光始终围绕着她。

赵楚煊自觉众星捧月，开始了她久别重逢的演讲。她把学校发生的大事小事，像郭德纲说相声一样"叭叭"道来，听得姥姥、梅姨喜笑颜开。

"我孙女儿口才真好，赶明儿当个主持人。"姥姥开心地夸她疼爱的外孙女。

晚饭桌上，妈妈突然说："冲儿，你们学校不是专业的外语学院，妈妈给你报了新东方，假期强化一下。"

楚煊放下筷子，很不开心地说：

"不去啊，妈妈。我哪儿也不去，就让女儿守在你身边，快乐地过个暑假好不好？"

第二天一早，爸爸不解释，就把赵楚煊送到了新东方。

妈妈给她报的托福班。

"还托福呢，赵楚煊想托谁的福呀？好不容易盼来假期，怎么就非要补习强化呢。"赵楚煊闷闷不乐。

赵楚煊还真是天真，以为是强化英语。其实，爸爸妈妈是有目的、有计划地准备送她出国。

后来楚煊才知道，妈妈一直很内疚。她认为是自己给女儿错误地报志愿，造成本该上重点一本的女儿去了二本，还不是专业的外国语大学。她要送女儿去英语的母语国家深造，弥补她给女儿错失读重点大学的过失。

"不怪你，妈妈，现在的大学是我自己选择的，错对我都自己承担。"赵楚煊不止一次对妈妈说。

新东方，赵楚煊同桌的男生，一问是J大学大一的学生。

哟，差点儿是校友。

男生告诉她，他们大部分同学都选择了双学位，学习紧张而充实。

楚煊心里忽然有点儿难受。当时姥姥不让她去，其实J大学比W大学排名只后了一位，同样的顶尖高校，她竟然不知好歹地拒绝了。

她高中同学，考上复旦的那个男生，大家都说他亏了，以清华的成绩上了复旦。假期同学会，他却说一点儿都不亏，复旦高手如云，他要打起十二分的精神，才能避免不进则退。

看来好的大学，优秀的对手，会推着你往前走。

楚煊当了大学老师以后，感觉到有些学生觉得上大学没什么用。

她的回答是，上大学必然有用，这些上了大学产生无力感的学生，无非是觉得大学毕业后的生活与他们自己的理想相去甚远。

原因有两个。

一是学校不够好。学校的硬件、师资、氛围、同学，都不会给你太多的推动和强烈的刺激。久而久之，刚入学的冲劲会慢慢消磨在大环境里。

二是自己不够自律。也有普通高校的学生靠四年孜孜不倦、韬光养晦的努力，考研或工作，取得跨越式的进步。

两样都不沾，毕业后，过循规蹈矩的生活也就不足为奇了。

亲爱的学生，只要把理想搭建在现实生活的基础上，现实生活正是推动你破土、蜕变、生长理想的广袤大地，而大学无疑是你安放理想种子的那片沃土。

楚煊托福班的阅读老师，人称"小白"，是楚煊认为的男神。雕塑般的脸部轮廓，不羁的长发，磁性的嗓音，忧郁且有棱角的性格，一看就不是一个没有故事的男生。

枯燥晦涩的阅读理解，被他讲得清晰剔透。楚煊上他的课格外专心。

一个月的时间，白驹过隙，楚煊感受到了上高三时才有的紧张和充实。

临别，赵楚煊想表达对小白老师的感谢，她还有种对小白老师不舍得、说不清的感觉。楚煊自尊心强、爱面子，她没有当面向小白老师表达。

辗转问同学要到了老师的手机号，表达了这段时间对小白老师阅读课的喜欢。

六年后，楚煊参加了工作。忽然在学校看见一张酷似小白老师的脸，再看名字，竟然是小白老师的姐姐。

这位女老师，正直善良，学识人品俱佳，是楚煊工作后为数不多敬佩的师长。

人生何处不相逢啊！

四

大二开学，相青颜很快发现了赵楚煊的变化。

"你英语进步好快，是偷学了多少？"相青颜问。

"嘿，谁偷学了。你假期为什么不和我联系？"赵楚煊反倒打一耙。

开学没多久评奖学金，相青颜专业课成绩第一名。

不知道到底谁在偷学！

加了各项活动分，赵楚煊成绩挤进第六名，听着好听，是前十名的学生。其实并不光彩，全班只有27个人，8个男生。外语系是典型的阴盛阳衰。

109宿舍成绩最好的是老六冯鑫，全班第二。不过和相青颜一样，不是班干部，也不是学生会干部，没有加分，所以拿了二等奖学金。

赵楚煊勉强拿了三等奖学金，没脸见霞姐。

老五黄金是班长，加上各种活动分，拿了二等奖学金，她和楚煊商量，拿奖学金的室友请宿舍人吃饭。

老五黄金在川味食堂摆了桌川菜，八个姐妹一个个辣成香肠嘴，尽兴而归。

赵楚煊在市中心请大家吃肥牛小火锅，一人一锅。就算只有"八十元"的奖学金，她也要请大家吃出"八百元"的豪迈。

到了老六冯鑫，她始终不提吃饭的事。三姐郭增华是个直脾气，不乐意了。

"老六，吃啥无所谓，咱一个宿舍庆祝一下，图个开心好吧。吃别人的你都去，咋轮到你就没声了？"

老六装作整理柜子，一声不吭。

嘿，三姐这暴脾气，忍不了。

"哎，跟你说话呢！"

老六有点儿尴尬，拿起书包拉开门就跑了。

"算了，老三。"二姐是舍长，最有威信。

"不是，二姐，你说她家里困难不请也行，哪怕一人一个馒头我们也不嫌弃。但你得有个态度吧，你看看她，老五、小八请客的时候，她吃得最多，一直抢菜，有她这么做事儿的吗？"

其实，地震那次大家心里都有根刺。老六家里困难，平时大家都很照顾她，学校各种补助，老五能给她的都给她争取，其他姐妹带什么水果、零食都会分给她吃，楚煊还时不时带她吃小食堂。但是，地震那天她第一个发现，却自己先跑了。

楚煊和二姐还守着一个秘密。

有一次，二姐给楚煊买了一份干煸豆角，放在宿舍桌子上就去自习了。晚上两人回来，二姐问楚煊吃干煸豆角没，楚煊打开塑料袋，懵了。

一兜子辣椒，没有豆角。

"二姐，你确定买的是干煸豆角，不是干煸辣椒？"

二姐很不高兴，她出门的时候只有老六在宿舍。

"你如果实在想吃，就大大方方吃。你这把豆角挑着吃光了，还装模作样把袋子绑回原样，让人心里实在不舒服。"二姐说。

亲如一家的109室，第一次有了不愉快。

大二以后，大家明显收心很多，英语专业四级在大二要考试。

精读课，是最重要的一门，由系主任窦老师上。窦老师是个正言厉色的中年女老师，一口标准的美式英语让赵楚煊艳羡不已。

但是上课过程很吓人。

窦老师基本全英文授课，对学习差的学生来讲，真的是能听懂一大半就不错了。

加上课本内容也是全英文的，所以，一上课大家挣扎没多久就开始神游了。

窦老师一看，底下的学生一大半没精打采，死气沉沉，于是果断提问。

这一下，学生立马提神。

比如："苏枚，第一题选什么？"

109宿舍老大，扭捏着极不情愿地站起来。

一张嘴，妈呀，全错。

窦老师不生气，依旧平静而威严。

"坐下。"

叽里咕噜讲解一会儿。

"第二题，我再找个同学。"声音比脸还冷。

环视全班。

赵楚煊初二上代数课的惊悚感又回来了，恨不得自己可以变成文具盒、水杯什么的，塞桌斗里，老师看不见。

"苏枚。"窦老师跟失忆一样，叫同一个人。

惊不惊喜？意不意外？

于是老大又歪歪扭扭站起来回答。

又错了。

"坐下。"

"下一题，苏枚。"

是你是你就是你！

这大概就是窦老师的特点。不要以为叫过你这节课就安全了。也许是27个人不够叫，也许是窦老师喜欢出其不意。总之，她如果盯上一个人，可能随后的问题都得包圆了，也可能中间穿插几个人，再杀个回马枪。

窦老师的提问方式真是千变万化。

所以下了精读课，赵楚煊"汗水湿透衣背，我不知道我是谁"。

如果一周两节精读课，受两次折磨也就忍了。但窦老师太优秀，同时还是另一门主课，听力课的老师。一周还有两节。

再问一遍，惊不惊恐，意不意外！

窦老师的课上只有一个人无惊无险，那就是相青颜，窦老师对她简直视如己出。相青颜英语功底扎实，每次大家答不出来的问题，窦老师就会叫她，而她也从没让窦老师失望过。幸亏相青颜性格低调，待人诚恳，否则早被同学孤立了。

后来，只要上精读课，赵楚煊就紧密团结在相青颜同学周围，巴望着窦老师爱屋及乌。楚煊每次看见自己宿舍的七个姐姐跟打地鼠一样，此起彼伏地站起来回答问题，都有种死里逃生的侥幸。

相比窦老师，霞姐的泛读课，简直是天堂。

霞姐明眸善睐，和蔼可亲。老师养眼，课堂气氛又轻松，大家当然喜欢上泛读课了。老师布置的每周看一本书的作业，也能愉快完成。

大二，还新开了外教口语，老师是美国人。第一次上课，看见这个内向的外国人，大家没见过世面的土气劲儿又上来了。

仗着外国老师听不懂汉语，嚣张地品头论足。

"呀，长得也不帅啊，看着挺老。"

"就是，你看他胡子拉碴的。"

"你说，他对咱这儿什么印象啊？"

"太脏。"外教突然开口，标准的汉语。

大家瞬间闭嘴。

好尴尬……

老外不仅听得懂，还说得那叫一个溜儿。

楚煊想起一个笑话：

两个人在国外旅游，看见一个黑人，两人笑得嘎嘎的。

"好黑哟，这人咋跟炭一样？"

黑人冲过来说："就你白！"

外教老师刚从美国一所大学的历史专业毕业，虽然不是教育或语言学出身，但讲授自己的母语还是绰绰有余的。

李月口语特别好。大一就参加各种演讲比赛。代表本班还有英语系新生，参加大院的比赛也是名列前茅，因此外教课上，她如鱼得水。

眼见着两位好友都学有所成，赵楚煊决定也要头悬梁、锥刺股，奋发图强。

赵楚煊已经从宣传部的喽啰提拔成部长。除了团总支的工作，她其他时间都留给学习。

她跟水蛇一样缠住相青颜，看看到底小相是咋学的，成绩那么好。

相青颜有预习的习惯，尤其是精读课本上每个单元的生词表，她都会课前查电子词典做好注解。

"骚带丝乃"（日语：原来如此）！

赵楚煊抱着唐老师送给她一次都没用过的牛津词典，去自习室学习。"不就是查单词吗？我也会，我注解写得比你还多！"楚煊在心里和小相较劲。

洋洋洒洒把牛津词典，关于这个单词的所有解释都抄在上面。每个单词都如法炮制，整页书满满当当，一眼看过去，自己先感动得热泪盈眶。

上课相青颜对答如流的时候，赵楚煊发现自己还是啥都不知道。

图书馆前面有两排小石凳，每天早上很多学生都在那里收听BBC（英国广播公司）、VOA（美国之音）。那里信号最强，可以练听力。

原来如此！

赵楚煊五点半就起床，洗漱完毕，提着收音机就去占小石凳。

僧多粥少。小石凳的火爆程度，堪比若干年后金星秀上的红沙发。

楚煊会占一个干净的，有眼缘的位置，然后搜到调频，然后……

看大家听听力，看来来往往的学生，看天上的飞鸟，看远方的朝霞。

听力课上，只恨爹妈没把她生成蝙蝠，耳朵这么不好使，还是啥都听不懂。

相青颜实在受不了她，这种浮于表面的学习，能有效果才怪呢。

相青颜决定带着赵楚煊学。

首先给她纠正了一个发音。

赵楚煊立刻膜拜大神，这么细微的失误她都能抓住。

"小相，从今以后你必须带着我学。"楚煊带着求贤若渴的命令。

期末，外教不知道抽什么风，宣布口语考试有一项笔试。他给每个班一份他的手稿复印件，有95页。上面密密麻麻都是字母，跟蚯蚓一样难以辨认的笔迹。

这不是开玩笑吧？

95页手稿，内容是美国历史。

抗议无效，所以大家纷纷复印，争分夺秒地背。

中国历史都整不明白的同学，现在竟然都在涉猎美国历史了？还是全英的！

赵楚煊想立刻变成相青颜的"贴身衣服"，贴在她身上。

"我不管，你得救我。"楚煊对着相青颜可怜巴巴地说。

相青颜只好答应，带着厚厚一沓纸，还有赵楚煊，一起攻坚。

她非常从容地理顺每一页的内容。每一句都是念一遍英语，翻译一遍汉语。

赵楚煊感动得快哭出来了："真够朋友，还给我仔细地解析呢。"

后来楚煊才知道，相青颜只是在那儿自言自语自己背呢。

不过，相青颜的踏实淡定和精准翻译，对楚煊启发帮助很大，加上楚煊本身对历史的兴趣和对年代的敏感，学得事半功倍。

考试那天，哀鸿遍野。

出成绩那天，一片死寂。

她们班一半同学都不及格，包括109室的老大。80分以上寥寥无几，90分以上只有两个人。

相青颜和赵楚煊。

楚煊不敢相信成绩这么好。她知道如果没有相青颜的帮助，她只能考六七十分。

中午宿舍里很安静，大姐难过得早早躺回她的上铺。

其他几个人垂头丧气。

老六冯鑫突然放声大哭。

"为什么啊，为什么我考得这么差！"

声泪俱下，歇斯底里。

二姐看不下去，劝她："86分很好了啊。"

可是老六不依不饶。大姐想到自己还挂科了，终于忍不住，她悄悄地流泪了。

老五作为班长，于情于理都不能不管。她也开始劝老六："别哭了，你看大姐都难受了。"

赵楚煊觉得自己是班委，也加入劝慰的队伍。

没想到，老六听见楚煊的声音，立刻开始头撞架子床。

咚，咚，咚！

赵楚煊啥时候见过这场面，吓得呆若木鸡。

老六后面说的话，让她的心都掉进冰窖里了。

"你考那么高，你没资格劝我！"声音提高了八度。

楚煊也生气了。

"六姐，我就这一次考得比你高吧，你至于这样说话吗？"

老六直接坐在地上，头撞得更狠了。

"天啊，赵楚煊啊，我把你当最好的朋友，你这个时候和我吵架，你这是欺负我啊！"

老二老五赶紧去拦老六，老七吓哭了，老三老四过来护着楚煊。

"别理她，太过分了，你先去相青颜那儿。"老三看不下去了。

楚煊气坏了，猛地拉开宿舍门。

门口挤满了人……

英语系没睡午觉的同学都跑过来看热闹。

这对于爱面子的赵楚煊来讲打击更大。

楚煊拨开人群，冲了出去。

等二姐和相青颜找到楚煊的时候，她已经在一个教室坐了很久。

人前不轻易掉泪的她，终于委屈地哭了。

赵楚煊不明白，为什么她的单纯和真诚会换来敌意的回应？

不过，对于人性恶的认识，她才刚刚开始。

大二下半学期，四姐很少回宿舍住了。她小学六年级就和她的吴哥恋爱，已经相恋了十年，虽然聚少离多，吴哥早早就去当兵了，但是两人感情一直稳定且甜蜜。现在吴哥退伍了，直奔四姐，在大学附近找了份工作，算是陪读。

两人在出租屋做了好吃的，时不时地会叫姐妹们过去聚一下。

对109室单身女孩造成暴击的还有三姐。

三姐和她同级不同专业的老乡大崔，也出双入对了。大崔是班长，高大威猛，在班里叱咤风云，可在三姐面前乖巧地像如花（一个影视作品中的人物名字）。

常常看他扒在109室阳台的铁栅栏外面，不知死活地喊："三儿，三儿，郭三儿呢？"

三姐反手就给他一张过去的CD。

大龄儿童赵楚煊的注意力还停留在吃和买笔上。这一年的生日，她请大家吃开封菜。

生日这天，楚煊特意穿上妈妈给她寄来的最新款，美特斯邦威外套，和七个姐姐还有相青颜欢天喜地地在外面浪了一天。

幸亏生日这天在学校外面吃饱喝足野够了，因为第二天就封校了。

非典，英文名SARS，来了。

河北距离北京很近，成了"非典"重灾区。"小曹颖"已经逃离中央财经大学连夜回家了，把楚煊羡慕的。

学校照常上课，每天教室宿舍等公共场所各种喷药。

囚鸟般的生活，于是去图书馆上网和谈恋爱，成了最流行的消遣。

赵楚煊的追求者从一个飙升到三个，可惜她都婉拒了。

颜控，三个追求者身高没有一个过182。

再看相青颜的爱慕者，能组个团。

《欢乐颂》里的关雎尔总说自己不起眼，可是赵楚煊所处的年代，相青颜就是她那种腼腆文气的乖乖女，追求者趋之若鹜。

上自习就有小纸条，回宿舍还有电话追过来。相青颜的拒绝战术，一个字，就是"躲"。

后来她也烦了，偶尔不小心接了电话：

"你好，请问相青颜在吗？"

她沉吟一会儿说："两只小蜜蜂呀，飞到花丛中呀，飞呀，飞呀，拜拜。"

挂了电话，一脸坏笑。

对方以为电话打到精神病院了。

李月和男朋友，高一就悄悄好上了。大一的时候男孩来学校看过她，迅速被围观。

哎哟，196的身高，阳光帅气。大学考到军校，穿上军装，无法直视的英姿。165的李月和她男朋友站一起倒是最萌身高差。

不是每个人的牢笼生活都有滋有味。

"非典"期间，各班班长每天早晚都要上报各班每个学生的体温情况。

随着"非典"的肆虐，确诊的人数持续攀升，学校的管理也持续加强。一有疑似的学生，立刻带到一栋偏僻的小楼，隔离观察。

全校戒严，人人自危。

可是班长老五，有一天不仅忘记上报全班数据，而且一整天联系不上。

等到快熄灯她才回宿舍，原来不知道躲哪个犄角旮旯约会去了。

这件事大家都没当回事，不就走个形式吗？班里没人发烧，一切正常啊，少报了两次数据而已。

可是系里、学院领导大发雷霆说："这属于严重失职。"

立刻撤销黄金班长和学生会办公室主任的职务，全校通报批评。

英语系的同学都惊呆了，不至于吧。

赵楚煊当了老师以后，见证了甲流，才明白传染病一旦在学校传播有多可怕。"非典"时期，学校领导和老师要顶着多大压力。保证健康，保证秩序，对学生负责，还要随时应对疫情，太不容易了。

五姐不走运，成了学院杀鸡儆猴的那只鸡。

霞姐黑着脸开班会，重选班长，无记名投票。

赵楚煊投的是李月。

唱票的时候，楚煊和李月的票数最高，完全一样。

没想到正合霞姐心意："就你俩，两个人给我看好你们班！"

楚煊别扭极了，感觉自己是踩在五姐的尸体上迎来的光荣。

五姐倒没说什么，她更加全力以赴投入自己的恋爱中。

一波未平，一波又起。

楚煊的学姐又出事了，就是曾经的宣传部长。

学姐在北京打工的男朋友，其实也是本校毕业不久的学长，"非典"从北京到河北来避难，想让女朋友出去住。恋爱中的女孩是无所畏惧的，背着行李准备翻墙离校。

学校多精啊，墙根底下埋伏着便衣。

女响马飞身上墙，深吸一口气，还没跳呢就被揪下来了。

You jump, I catch.（你跳，我抓。）

抓个现行，直接隔离，关进小楼，都不用给她送洗漱用品和换洗的衣服，她自己背着呢。

学姐被记大过一次，入档案。

楚煊得到消息，就飞奔到小楼。隔离楼跟凶案现场似的，用黄色警戒带子把小楼一围。

挺唬人的。

学姐接到楚煊的短信，站在楼门口，戴着口罩。

两人隔着十几米的距离。

"学姐……"楚煊眼睛发酸，想哭。

"没事哈，快回去，我住这里可好啦，还有鸡腿吃。"学姐把楚煊当妹妹，报喜不报忧。

"学姐，照顾好自己，等你出来我接你。"

"行，快回去。"

后来听大院领导说，顶风作案的学生，基本是来自几个屈指可数的文科学院。

警报解除，暑假开始。楚煊自觉地报了计算机二级培训，免得又去新东方。

大二，是赵楚煊大学时代成长的季节。

五

大三开学，丹枫迎秋，也迎来收获：

1. 赵楚煊加入中国共产党，成为预备党员。

说到入党，楚煊还有一个难忘的小插曲。寒假回家第一天，晚饭妈妈做了楚煊爱吃的饭菜，一家五口，其乐融融。饭间，妈妈笑吟吟地说："冲儿19岁入党，可喜可贺，咱家可以成立家庭党支部了。赵楚煊同志任书记，两个老党员任支部委员，分工由书记定。"赵楚煊瞪大眼睛，赶快说："妈妈你开什么玩笑，我是预备党员，还在考验期呢，怎么当书记？再说了，你这家庭支部发展谁呀？"姥姥乐得赶紧说："发展姥姥，还有梅姨呀。我孙女儿19岁就入党了，多有出息呀，姥姥百年之前，我孙女儿一定要把我发展成党员。"全家人听了姥姥的话，笑得那个开心，至今难忘。

2. 学生会团总支合并，赵楚煊竞选成为学生会副主席。

3. "非典"期间表现优异，她被评为优秀学生干部。

4. 她顺利通过英语专业四级（TEM-4）。

5. 奖学金评选，楚煊专业课第二名。各项活动加分，还有在全国刊物发表的文章，综合排名第一名。

赵楚煊没有喜形于色，但内心按捺不住喜悦，她拽着相青颜，请她吃火锅庆祝。

小相专业课还是第一名，优秀得如此稳定，楚煊真为小相高兴。

那天晚上光羊肉赵楚煊就干掉三盘。

乐极生悲。

赵楚煊羊肉吃得上火、发烧。

学校一门外的小诊所，楚煊让医生直接给她输液，用先锋和柴胡。

她让相青颜帮她看着液体，小心进空气。另外液体输完了及时叫外面坐诊的医生进来换药。

交代好了，她准备眯一会儿。

翻身的时候一睁眼，天啦，相青颜正摆弄流速调节器里那个小滚轮。

呼啦一下拨到顶，药跟自来水一样哗哗往下掉，再一拨到底，液体一滴都下不来。

滚来滚去，把楚煊吓坏了。

"哎呀住手！"

"干吗，我无聊，玩一下，小气劲儿。"

楚煊晓之以理，动之以情，才让相青颜收手。

再次谆谆叮嘱后，楚煊又昏昏沉沉睡过去。

再一睁眼，妈呀，药输完了，都回血了。

赵楚煊拼命喊医生。

相青颜呢，趴在病床边睡得好香……

这次输液后，病得更重了。

随后一个星期，相青颜每天骑着她那辆二八自行车，带着楚煊去输液。可是毫无起色，一直不退烧。

有天晚上，大姐苏枚坐在楚煊床边深情地看着她说："可不能再这么烧下去了，把我们小八聪慧的脑袋瓜子烧坏了怎么办？"

楚煊含着泪，挣扎着要起身，谢谢大姐一片深情。

"估计得烧成脑膜炎。"大姐笃定地说。

楚煊吓得直哭。

她没有跟爸爸妈妈说她生病，怕他们担心，每天打电话伪装得滴水不漏。实际上她也很着急，怎么这么狠的药，一个星期了都好不了呢？

二姐不由分说："走，去校医院试试。"

校医仔细问了情况，直接肌肉注射。

"老师，我输液都没用，打屁股针行吗？"

"你那是药不对症。"

"啊，我之前感冒发烧都是这些药，挺管用的。"

"感什么冒，你是积食引起的，就是吃多了。"

宿舍那几个挨千刀的姐姐哄堂大笑，相青颜笑得更是前仰后合。

很快就退烧了，三天后基本好了。

拿了一等奖学金，没出息地把自己吃病了，最后连奖学金颁奖典礼都没参加上。

因为生病，所有关于奖学金的材料都是相青颜帮她做的。

相青颜的成绩大一、大二都是第一名，可是没拿过一次一等奖学金，对此，她没有过一丝抱怨，甚至帮助楚煊超过她。

她家里条件很一般，但相青颜贵重的人品与经济条件无关。

与此同时，助学金也开始评选。暑假老七家乡遭灾，生活更加拮据。

有天晚上，霞姐在六教找了间教室给大家开班会，她把所有事情安排以后，说到助学金，建议这次冯鑫把助学金名额让给杨维。

理由显而易见，之前无论什么样的补助都优先考虑她，这次冯鑫还有一份二等奖学金，除此之外她还有兼职，参加各种比赛也拿到不少奖金。

"你们也是一个宿舍的，这一次照顾一下杨维。"霞姐认为冯鑫能理解，对她说，"同一个宿舍的姐妹，相互照应，好吗？"

霞姐走了以后，班上同学三三两两准备回宿舍。

突然老六开始头撞墙。

duang，duang，duang！

放声大哭："我妈精神病要治疗，我爸自己买药都舍不得，吃的药都是过期的，我弟弟马上考大学，我没有这笔钱，我们全家怎么活啊！"

教室里一片安静，除了109宿舍的人，其他同学跟看怪物一样看着她。

老七脸上挂不住了，她说："我跟辅导员说，助学金给你，你别哭了。"

二姐怒了："老六，都是一个宿舍的，小七家里遭灾那么困难，你让她一次怎么了？有什么不能回宿舍关上门说的，非要在教室闹吗！"

三姐冷笑："大家散了吧，她脑瓜儿被门挤了！"

老六一听，跟疯了一样跳起来，拦到教室门口。

"谁都不许走！"

赵楚煊气得脸色铁青，她发飙了："我是班长，这次助学金评给杨维，杨维符合条件。这件事定了，大家可以走了。"

"赵楚煊你这是公报私仇！"老六双眼血红。

"如果你觉得我公报私仇，觉得不公平，可以到系里反映。这件事定了。散会！"赵楚煊淡定地说。

"就是，咱们走，小七，回宿舍！"老三老四拽着小七往外走。

老六顺势靠在走廊的墙壁上，继续大声哭天抹泪。

二姐呆呆地看了她好一会儿，表情很复杂。

最后也离开了。

"人心散了，109室的队伍越来越难带了。"二姐这个舍长觉得无奈了。

赵楚煊心里也很难受，为什么在利益面前，有些人会这么计较，计较到让人觉得狰狞？

斗米恩，担米仇。

很快到了圣诞节前，学生会要组织庆祝活动。院里学生会召开了一次全员大会，三个副主席各自领取了分管任务。

楚煊在安排任务的时候，准确地叫出每个干事的名字。

有个大一的干事感动地说："主席，您竟然记得我。"

毕竟100多个人呢。

赵楚煊认为，记住别人的名字是对他人起码的尊重，没想到一个小小的举动会给对方这么温暖的感受。于是她工作当了大学老师以后，也会记住她的每一个学生的名字。

圣诞Party大致计划是，学生会所在的十几间教室，每一间安排一个主题或者竞技类节目，邀请全院学生平安夜参加。比如：扎飞镖、KTV比赛，等等。表现出色的同学可以领到小礼物。

最后剩一间教室，干事们黔驴技穷。赵楚煊心生一计说："做成鬼屋，关灯，录音机里放《张震讲鬼故事》。一次只能进一个人，如果能完整听下来，就有奖品。"

"行不行啊，楚煊？"学生会主席是个干练泼辣的学姐。

"就是，大过节的不会没人进吧？"下面窃窃私语。

"试试呗，反正也没有更好的主意，楚煊去找磁带。"主席发话拍板定了。

没想到平安夜当天，鬼屋生意最好。

排队的人站满了走廊。

一个个摩拳擦掌地进去，脸色煞白地出来。还不忘给后面的人装出一个扭曲的微笑："快进去，可刺激啦！"

平安夜晚会结束后，找楚煊借磁带的人跟排队进鬼屋的人一样多。

"不借，借不了。"

老大老三根本没挤上，老五老七也闹着要进去。二姐背个手过来给楚煊下死命令："结束了磁带拿回宿舍听，不然你别回来了！"

无论赵楚煊在班里、在学校里是什么职务的学生干部，让她最开心的身份，是109室的赵小八。

寒假回家，老天，赵楚煊又被送去新东方，回炉再造。

"没有一点点防备，没有一丝顾虑，你就这样出现在我的世界里，带给我惊喜。"（歌词）

经过假期的充电，大三下半学期的课学得轻松又游刃有余。新开一门主课，翻译课。是全系一起上的大课，授课老师是高薪聘请的一位北京翻译界的女专家。

赵楚煊很兴奋，觉得自己汉语功底不错，做英翻汉肯定没问题。

每周一节的翻译课，专家会挑一些学生作业里典型的错误加以讲解。

老师很含蓄，从不点名，但赵楚煊心知肚明，每次都有她。

她有种不被赏识的落寞。

终于有一次，专家可能承受不了了。自己低头笑了一会儿，然后温和地说："翻译的原则无非'信，达，雅'。我们系有位同学，'雅'是足够了，'达'也很不错，就是一点儿都不'信'。她每次的翻译都是一次再创造。"

老师，我权当你在夸我。

"看来自己高二语文课上天马行空的本事又要兴风作浪了！"楚煊自嘲。

赶紧上自习恶补。

还记得楚煊假装练听力，早上跑到图书馆楼下占小石凳吗？赵楚煊的怪癖之一，就是爱占座。

大一刚入学的时候，楚煊对学校教学楼位置不熟。有天晚上刷牙洗脸，老大也在旁边洗漱，楚煊问："大姐，你知道二教在哪儿吗？"

"在三教前面。"

"啊，那三教又在哪儿？"

"三教在二教后面。"

说完径直走了。

等到楚煊熟悉掌握了学校地形方位以后，占座行动就有条不紊地展开了。

第一步，找干净的教学楼；第二步，找干净的教室；第三步，教室前门对角线尽头，也就是最后一排的靠窗位置；第四步，放下占座工具。也许立刻开始学习，也许先离开干别的，晚点儿再回来看书。

一般后者居多。

所以丢的东西不计其数。

日语课本啊，电子词典啊，保温杯啊，水壶啊，笔袋啊，椅垫啊，套袖啊，笔记本啊，等等。

隔三岔五, 二姐就要携109小分队在食堂、水房、教学楼、宿舍楼贴寻物启事。

"咋那么欠, 再偷手给你剁了!"二姐愤愤地说。

赵楚煊每次恨得牙痒痒, 消停几天又控制不住开始占座。

这次好了, 书包整个让人给背走了。

妈妈新给她买的三叶草书包, 书包里还有索尼 (Sony) 原装耳机, 还有记满笔记的课本, 不止一本。

越想, 丢的东西越多。

淡定不了了, 哭天抹泪找二姐。

小分队再出发, 再出发吧, 帮我擦汗挥着花。(这是句歌词)

109室的姐妹毕业以后不干发传单、贴广告的工作都可惜了。

楚煊死死盯着手机, 等待毛贼良心发现。虽然她知道希望渺茫, 但她写了"不计前嫌, 重金酬谢"的寻物词。

第二天晚上, 有个陌生号码给她短信, 心情低落, 文字无比矫情。

"别装了, 你这个贼, 你这是在试探我!"

但为了稳住此贼, 赵楚煊假意回复, 嘘寒问暖。

没想到这个人说他发错了。

想跑? 没那么容易!

"同学, 你把书包还给我吧, 里面的课本上记有笔记, 丢了我怎么复习?"

贼立刻表明他没有见过她的书包。

赵楚煊软磨硬泡: "还给我吧, 还给我, 把你抱抱, 亲亲, 举高高。"她无奈地自语。

贼无奈, 说: "你看看我的手机号, 是洛阳的。"

赵楚煊一看, 果然是。

唉, 差点出卖色相, 还真是发错人了。

但这个人竟然还安慰她, 聊着聊着问她, 哪个学校的。

赵楚煊意兴阑珊地说了学校名字。

对方大惊，原来他也是这个学校的。

妈呀，这人不是贼，就是骗子。

楚煊烦了："骗谁呢，你在洛阳，你跟我哪门子一个学校。"

"我没有骗你，我真的和你同校。我前天请假回家，因为我的朋友去世了，我参加他的追悼会。刚才我给我同学发短信，不知道怎么发给你了。我没有拿你书包，也不是骗子。"

楚煊琢磨了半天，前后联想，最后得出一个结论："就是他偷我书包！"

女孩的直觉。

赵楚煊第二天执着地发短信要书包，不回。打电话，关机！

她晚上失魂落魄晃悠到七教，这是新建的教学楼，符合她占座标准的第一条。

在三楼找了个窗户对着门口的教室，符合第二条但不符合第三条。

不提第四条了吧，扎心。

忽然手机震动，一个陌生号码发过来短信，说他回学校了，这是他在学校的手机号，他不是小偷，也不是骗子。

楚煊说："那就把书包还给我吧，大哥。"

是个男贼。

女孩的直觉。

"我真没拿，为什么你老这样冤枉我？"

"因为太巧了，我贴了寻物启事，只有你联系我。你说你是洛阳人发错短信了也就算了，你怎么还跟我一个学校，这太诡异了吧？这样，你把课本还给我，剩下的东西都是你的了。地点你定，你不用露脸，我保证不追究你。"

楚煊急了，这人好磨叽。

"你这样说我很过分。你在哪儿，我过来找你，你看我是不是小偷。"

"我在七教，有本事你把我找出来。"

赵楚煊气急败坏地把手机关了。

但是眼睛不自觉地往大门口看，进进出出很多人，她仔细辨认每一个进来的男生。

20分钟左右，急匆匆进来一个高个子男生，很壮。

就是他。

又是女孩的直觉。

果然他开始一间一间教室往里看。楚煊的心竟然突突突突开始跳，仿佛自己是贼。

到她窗户底下的时候，他抬眼看见她，都不用走到教室门口，他就笑了。

赵楚煊不知道自己当时的表情，应该也是笑着的吧。

楚煊出了教室，跟他一起下楼，慢慢溜达回宿舍。

他个子OK，戴个眼镜，挺斯文，声音很好听。

他叫苏睿光，计算机系的，跟她同级，比她大一岁。

回宿舍的路上，赵楚煊和他都没提抓贼的事件，因为对对方的兴趣已经占据了所有时间。

此后，109阳台的栅栏上除了大崔，又扒上了一个男生。

"煊煊，收拾好了吗？我在你宿舍楼门口等你。"

"好哒，光光。"

三姐说她鸡皮疙瘩掉一地。

她的日常用语是："死大崔好了没？赶紧给我往这儿骨碌！"

书包最终还是没找回来，倒是找来了她大学第一个男朋友。

"光光，你不会早就有我手机号，故意装作发错了吧？"

光光立刻指天发誓，一副比说他是贼还屈辱的样子。

"我根本不认识你。"

若不是有爱，苏睿光坟头的草应该有两丈高了。

"想我赵楚煊在文学院也是风光无限，知名度也是杠杠的，学生会有个副主席追了我两年，我都没答应，咋就看上你了？"楚煊说。

"因为我个子高，182，达标了！"苏睿光笑着说。

话说，赵楚煊喜欢自己头顶正好在男孩子耳朵下面的身高差。

光光早上的课比楚煊多，所以他上课前会先去七教楚煊喜欢的教室给她占座。

他的占座工具是一本巨脏、还发霉的厚杂志，感觉你碰一下都可能会中千年尸毒。

这法宝屡试不败，指哪打哪，位置与工具都不会丢。

"这么恶心的东西你从哪儿弄的呀？"

"楼下垃圾桶，那里面一堆旧书，我找了一本加工了一下。是不是很机智？"

我晕。

"那你干脆扔个拖把在桌上，更没人拿。"

"傻了吧，清洁工就给你收了。"光光得意地说。

咦，我的机枪和手榴弹呢？

除了到批发市场买笔的约会是保留项目，光光喜欢带楚煊到处觅食。

"煊煊，我听说有个吃旋转火锅的地方，晚上咱俩去。"

两个人打车过去，就看见一片残垣断壁。

"煊煊，我发现有个吃小天鹅火锅的地方，我带你去。"

两个人辗转寻找，发现已经变成皮鞋特卖场。

"煊煊，咱们去吃一种砂锅，在市中心那边，这次消息绝对准确。"

两个人不远万米赶过去，一片荒凉。

就这么怪异，苏睿光千辛万苦找的美食店，只要他们过去吃，就全倒闭了。

"见光死"这个词可能是从他这里发展来的。

这天下午下课，不死心的光光把他哥们的自行车借来，载着赵楚煊风驰电掣往学校外面冲。

和霞姐正好撞了个照面。

楚煊吓得立刻跳下自行车，瞬间把脚崴了，转身一瘸一拐地往学校里面跑。

赵楚煊谈恋爱没有跟辅导员和父母报备。

妈妈在她的恋爱问题上很矛盾，既希望她有美好的青春，又怕她耽误学习。

妈妈别怕，现在幼儿园小朋友都恋爱了。

没告诉霞姐的原因，是前段时间霞姐叫她去家里吃饭，对楚煊经常到校外活动提出了批评。

"我那是出去吃饭了。"她给霞姐解释。

"就在学校吃，三个食堂，那么多小炒餐厅，还不够你吃？"

"我班里和学生会一堆事，还要勤奋学习，所以得出去逛逛缓解压力。"赵楚煊辩解。

"赵楚煊，你专心一点儿，成绩会更好，不要一天晃晃悠悠不操心。"霞姐认真地说。

好吧，楚煊决定收敛，少去买笔逛批发市场。

哪知道很快交了一个吃货男朋友。

今天好了，让霞姐抓个现行。

楚煊一颠一颠往回跑，听见霞姐在后面喊："赵楚煊你慢点儿，你这是跑什么呀？"

跑什么？再不跑我就得歇菜！

五一，爸爸妈妈自驾带她去山西玩。霞姐给她提前批了三天假，一家子从运城玩到太原。

山西景点真不错。鹳雀楼、关帝庙、尧庙、皇城相府、平遥古城都是名胜。

可是楚煊没有心情看景点，手机不离手，想光光。

相青颜是平遥人，虽然只在她家待了不到一天，但她倾其所有热情地招待了楚煊。

相青颜当时还带着自己宿舍两个同学一起回家。楚煊的爸爸妈妈一看既然同学都在这儿呢，那你们同学一起玩吧，爸爸妈妈就直奔太原了。

小相和舍友，她们一来就买了三张平遥古城通票，景点早就玩好了。

楚煊快收假才到平遥，第二天中午就要返校。所以说不逛了，她也没心情。

可是相青颜第二天一早，打着车带她去吃特色——平遥碗托。坚持买了两张平遥古城的通票，但只看了县衙就到中午了，得赶车回学校。

楚煊很过意不去。相青颜自己平时很节俭，通票一张80元，才看了一处景点，但小相毫不犹豫，坚持请楚煊游古城。

"因为你对我好呀。"小相说。

楚煊的妈妈很喜欢小相，说她踏实善良。所以每次去学校看楚煊，买的衣服，带的吃的，都是一模一样的两份。

重色轻友的赵楚煊，谈恋爱以后自然而然地忽略了小相。现在想想有些内疚。

"哎，追你的人那么多，你真不考虑选一个？"楚煊问小相。

楚煊知道小相暗恋她高中一个男同学，但她的性格不可能先开口。她小心翼翼关注了他五年，期待他表白。

"小相啊，你低调得跟空气一样，他怎么可能知道？"楚煊着急地对小相说。

赵楚煊多少次想揪出那个男生对他说："嘿，你，相青颜喜欢你，你喜欢她不？赶紧把这个傻姑娘收了！"

火车晚上到，光光接的她们四个，送到宿舍门口。因为快熄灯要关大门，光光和楚煊这对情侣在宿管阿姨的灼灼目光下，扭扭捏捏，依依惜别。

然后就看见李月往宿舍走。短短十天，她枯槁，双眼深陷，脸色蜡黄。

看见楚煊，整个人像回光返照一样，兴奋得语无伦次。

"快快，我给你说，去看《至尊红颜》，巨好看！"

大一的时候她通宵看《流星花园》，有天早上参加演讲比赛，评委还以为这个选手画了烟熏妆。

《流星花园》楚煊一眼都没看。她嗤之以鼻，越被追捧的东西她越反感，谁让自己这么叛逆、这么特别！

第二天图书馆网吧。

"天呀，好好看，贾静雯好美！"

她们班女生来了一大半儿，都在追《至尊红颜》。

看来还是老师作业留少了。

光光每天跟外卖小哥一样，给楚煊送午饭又送晚饭。

贾静雯怎么这么好看，想嫁！

光光哭倒在网吧门口。

于是，再看《倚天屠龙记》的时候，光光说什么也不打游戏了，跟楚煊挤到一个电脑跟前，他看她，她看贾静雯。

赵楚煊决定当演员。

很认真的决定，为此还写了一篇文章。

光光举四肢反对。

小相懒得搭理她。

109 的七个姐姐，敷衍地为她的理想鼓掌，稀稀拉拉。

赵楚煊又打电话给依萌，侃侃而谈她想当演员的梦想。依萌静静听完后说：

"你现在去当演员会不会太老？"

梦想，就这样被身边没有梦想的人扼杀了。不然十年后，赵楚煊说不定就是贾静雯最好的闺蜜。

追星归追星，赵楚煊顺利通过了英语六级考试。

英语专业，需要考专四和专八，专八只能大四考。

在学习方面，赵楚煊还算拎得清。

暑假到了，妈妈正好从北京开会返回，顺道接上女儿。提前说好车次，楚煊买同一趟车票，然后到卧铺车厢汇合。

和光光难舍难分。

他买了站台票，黏黏糊糊相拥着到了站台。

火车呼啸而来，楚煊推开光光，让他赶紧走，不想让妈妈看见。

赵楚煊强装镇定上了车，发现妈妈连她理都没理，正看着车窗外那个高个男生。

哦漏！

车启动了，妈妈才转过头。

"妈妈，我交代。"楚煊很识趣。

轻描淡写说了相识的过程。

"行啊，冲儿，有男朋友了。我就说嘛，你'五一'回家怎么魂不守舍的。"

"他爸爸妈妈是做什么的，家里几个孩子？"妈妈职业病犯了。

"妈妈，我们还小呢。"

"他是独生子，他爸爸开了一家培训学校，他妈妈是医院的护士长。"

一路上，妈妈的表情难以捉摸。

回家后，爸妈邀请小相来家里玩。赵楚煊和相青颜的友谊更加亲密了。

"唉，咋不邀请苏睿光呢？"赵楚煊在心里念叨。

大四开学，一年一度的奖学金评比开始了。学校这年政策改了，不分一二三等奖，而是单项奖学金，符合条件的学生，可以拿到两个以上甚至更多的单项奖。

李月知道楚煊数学不好，于是跟她商量。

"不然这样，我加全班同学的专业课成绩，你负责各项活动的加分，然后咱俩再一起汇总，按总分排名次，分头行动，这样快。"

朋友就是朋友，李月自愿承担任务的大头。

两天后，楚煊和李月汇总成绩，楚煊专业课排名，比去年退步很大，排第七名。爱情是祸水，谈恋爱分心。

楚煊拿着成绩单，回去和小相说，好险，幸亏往年评一二三等奖，还有幸拿过几个一等奖。搁今年，就别想了。

小相拿着成绩单，看了又看，重新把楚煊的所有成绩和活动分又加了一遍。

"不对啊，你总分怎么少了30分。"

"不可能，小月儿给我加了好几遍，没问题呀。"

小相又给楚煊一门一门地仔细加了一遍。

"就是少算了，你专业课原始成绩的总分少了30分。"小相非常肯定。

"真的，太好了！那我专业课不是第七啦？"楚煊欣喜地说。

"不是吧，你想什么呢，你不觉得很诡异吗？"小相疑惑地说。

"咋了？"

"你确定，李月不是故意的？怎么可能少算这么多分？"

"不会吧？我们关系那么好。"

小相冷笑，然后又说：

"你先去找她改过来，别戳穿她，再往后看看，也许我小人之心度君子了。"

赵楚煊将信将疑敲开对门宿舍。

李月一个人在宿舍。

"月儿，我的成绩好像少加了30分。"楚煊说。

"怎么可能！我加了好几遍。我就算把别人的加错也不可能加错你的啊。"李月肯定地说。

"我知道，不然你再加一遍看看。"

李月拿起计算器，一项一项加，结果，确实少了30分。

"哎呀，怎么搞的，真的加错了，对不起啊！"楚煊看到了，李月眼里一闪而过的心虚和狡黠。

楚煊心里有数了。

"这样的话，我再看看，加上这30分，哎呀，专业课第二，综合第一。厉害啊，煊，又是第一！"李月故作镇定地赞赏。

楚煊心不在焉地应付了一会儿，返回宿舍。

"为什么？我们是朋友呀。李月若故意少加30分，她的心机太可怕了。"楚煊不敢想。

又过了几天，有两个单项奖，需要全班无记名投票。

投票后，所有班委和每个宿舍的代表留下来唱票。

楚煊带人负责一项，李月在另一桌负责另一项。

两桌人紧锣密鼓地统计。

"对不起啊，不好意思，我检讨！"突然，李月声音炸雷一样响起。

楚煊望过去，李月把左手举得高高的。

"我刚把煊煊的票算错了，少算了11张，我检讨！幸亏小董发现了，我最近加分都加成猪头了。"

大家听了，哈哈哈地笑。

是啊，她既是楚煊的老乡又是楚煊的好友，三年多朝夕相处，是谁都会觉得是无心的。

何况她迅速化被动为主动，大张旗鼓地道歉，楚煊还能说什么呢？

周末，学工办邀请学生会骨干聚餐。最近工作辛苦，学生会面临新老更替，所以聚餐犒劳大家。

这种聚会，楚煊以前总参加，一般就一桌。

这次不一样，加上了大二以上各班班长，成了个大派对。

楚煊不喝酒，领导都知道。

可是这次李月主动挡在她前面。

"赵楚煊的酒，我替她喝！"

大家立刻起哄，开始灌她。

她当场喝吐了。老师同学交口称赞，李月对赵楚煊真够朋友。

楚煊苦笑，她知道说不清了，全系的人都知道李月对她好，只有小相和她自己知道真相。李月开始动心思，要跟她争最多也是最高的奖学金。

随后几天，楚煊有了戒备，但在处理人际关系上，她很单纯。她预测不到李月还会有什么花样。

目前，楚煊四项奖，她只有两项。学习成绩更不用说，楚煊专业单科成绩除口语外，都在她前面。

表面上，两个人还是一团和气，心里却提防的提防，算计的算计。

朋友相处成这样，楚煊心堵得想哭。

不过，剩一天就尘埃落定了。

妈妈去外地开会，借道来学校看楚煊，就停留一天。

李月和之前一样，阿姨长阿姨短地跟前跟后。

第二天下午，妈妈去火车站，楚煊要去送妈妈。妈妈知道了李月搞小动作，坚持让她留在学校，楚煊不以为意地说：

"妈妈，放心吧，奖学金今天公示结束，现在基本定了。"

前后不到两个小时。

第二天一看结果，赵楚煊傻眼了。

自己少了一项奖，因少了一项单项奖，李月堂而皇之地得到了本该属于楚煊的"省级优秀毕业生"的荣誉，李月太想得到这个大学里的最高荣誉，不惜偷梁换柱，玩两面三刀之术。

楚煊觉得自己如果是汉惠帝，李月就是吕雉，楚煊严防死守的成绩就是刘如意。可是无论多么贴身保护，都敌不过虎视眈眈势在必得的杀手。

哎，不对呀，这个比喻赵楚煊差辈儿了？意会意会。

楚煊忍无可忍，去找霞姐。

没想到霞姐第一次跟她发了脾气。

"李月昨天下午来找我，说你们那个投票啊，原始票根还有几张夹在工作日志里，她昨天整理才发现，少算了几票。我确实来气，工作粗枝大叶成这样！她说全怪她，都是她工作失误。说你最近忙学生会交接，这件事和你无关。但这件事是我安排给你们俩一起做的，怎么就和你无关了？你俩把工作当什么？"

赵楚煊简直要为李月拍手叫好了！

干得漂亮，坏得滴水不漏。

"期末考研，下学期考专八，还有毕业论文答辩，事情多着呢。当班长，就要有当班长的样子！尤其是你，天天往外跑，班上的事要操点儿心。"霞姐缓和了一下语气。

楚煊所有的委屈，只能打掉牙往肚里吞。她觉得自己长十张嘴也说不清了。

毕业后十几年，楚煊也遇到过品质差的人，但以李月当时的年龄，所表现的心机和恶毒来衡量，其他人很难望其项背。

赵楚煊此后对李月敬而远之。

苏睿光听到楚煊的委屈，一脸懵圈地说："女生之间这么麻烦？还是让哥带你出去吃点儿好的，不生气了！"

算了吧，想起来找吃的就后怕。

他准备考研。

楚煊也不是没打算。三年前掐着大腿立志考北京，她发现这个誓言，也就在每学期开学的火车上刷新一下，大部分时候都好遥远。

哎呀，早知道还不如坚持当演员！

"光光，考研你准备考到哪儿？"

"我准备考武汉的大学。"

楚煊心里咯噔一下，这个城市让她心情太复杂。

不过为了光光，她做了个艰难的决定，也去武汉。

青春的节奏好紧张。

哪怕有半年的空档，180天的时间让毕业生放空，或休息，或游历，或放松，或思考，或做义工社会实践都行。但是现实大环境让太多的学生，都像上了发条一样，无从选择，因为优胜劣汰，机会转瞬即逝的现实。

楚煊留学后，才知道在国外有很多国家，是有这样的机会。这段时间被称为Gap year（空档年，在上大学前或毕业后旅行，做义工的时间），半年、一年甚至两年。

其实，慢下来，是一种智慧。孔子说："欲速则不达，见小利则大事不成。"这是何等高远的智慧。

可惜我们很多人，被现实催促着盲目前行，已不记得年少时对未来有过的期许和憧憬。

纪伯伦说："我们走得太远，以至于忘了为什么而出发。"

随后两个月，赵楚煊每天和苏睿光通宵在教室上自习，一个准备考研，一个准备考专八。

简陋的教室，冷风嗖嗖。苏睿光复习常常要熬到半夜，赵楚煊困得趴在桌上打盹陪着他。

楚煊每天跟妈妈通话，只要妈妈心情好，她就装作不经意地渗透想去武汉，要和光光在一起。

一向事无巨细、关心楚煊的妈妈，竟然对此不闻、不问、不反对，任她折腾。

考研过后，赵楚煊和苏睿光都无比紧张地等待成绩。

光光还和她计划一起去武汉户部巷，吃个天翻地覆。

出成绩那天，苏睿光如愿考上了研究生。

是的，如愿，如他所愿。

他考上了湖南的一所大学。

楚煊懵了，不是湖北吗？

一字之差，350公里的距离，无法测算的心机。

苏睿光挠着头解释，这所高校有他爸爸的同学，初试过了就肯定能上。

"原来报志愿的时候你就偷梁换柱了。"

"我那么艰难地说服自己陪你去武汉，想尽办法说服父母和你在一起，可是你为什么要骗我？"

"你要考到长沙没问题，为什么不跟我说实话？"赵楚煊出乎意料地平静。

"我爸说这事得保密，所以我跟所有人说的都是要去武汉。"

"哦，原来我是所有人。"赵楚煊心凉到冰点。

曾经楚煊爱过他的好脾气，爱过他的谦谦笑容。今天他同样温和地笑着，她却觉得那么陌生。

楚煊头也不回地走了。

苏睿光没有挽回这段感情，因为他要准备复试，他有他的前程。

赵楚煊在感情中不能接受欺骗，所以不会原谅他。虽然放下他的过程异常痛苦，百般纠结和煎熬，但从楚煊脸上丝毫看不出端倪，她把这段难以名状的痛苦经历，吞咽于心。

六

大四下半学期，最重要的两件事之一就是专八考试。

考试这天，楚煊的位置在第一排。前面的题答得很顺利，到作文部分，她觉得时间够用，就先打了一份草稿。

心真大。

草稿刚写好就到交卷时间了。

楚煊疯了，开始"手不停蹄"地誊写。

霞姐是监考老师，让所有人停笔，从第一排开始收卷。

走近赵楚煊，只见她青筋暴起，满脸狰狞地奋笔疾书。

霞姐犹豫了一下，放下了准备拽楚煊卷子的手，走到后面去收其他同学的卷子，全部收好后，最后收走了楚煊的卷子。

赵楚煊的作文虽然只誊了一段多，但就是这一段帮助她顺利通过英语专业八级考试。要知道英语"专八"考试，首次通过率不到15%。

她很感激霞姐。

赵楚煊做老师以后，四、六级监考，只要不是作弊，收卷子的时候，对于那些"老师让我把答题卡再涂几个"的学生，她都选择和霞姐一样的做法。

学生乞求的眼神，她不忍心看，因为她曾有过，被善待过。

考过专八，就剩论文答辩了。大家都为毕业开始奔忙。

小相要去北京工作了，和她从小一起长大的表哥，是名牌大学毕业的研究生，拿到了北京户口，算是站稳了脚。

依萌要去广州一家服装工作室，设计服装，是她从小的梦想。

赵楚煊正憋着坏呢，她想独自旅行一次。

她小时候在一篇文献上，看过一篇西汉中山靖王墓发掘过程的文章，尤其是郭沫若先生的一句："刘胜啊刘胜，我可算找到你了。"让她印象很深。

历史课本上的著名文物，金缕玉衣，赵楚煊在中国历史博物馆的展厅看过实物，她一直向往着去看看真实的墓葬遗址。

中山靖王墓在河北保定市满城区，俗称"满城汉墓"。

赵楚煊没有胆量先斩后奏，叽叽歪歪跟妈妈说了想去"满城汉墓"，妈妈出于安全考虑，没有同意。

爸爸一直认为女儿被保护得太好，生活能力太差，需要锻炼，所以支持她去。

折中一下，相青颜陪楚煊去了。

墓葬区很小，在半山的洞里，没几步就到头了。

楚煊不甘心，自己千辛万苦争取来的旅行如此敷衍。所以把这个洞穴仔仔细细、来来回回看了好几轮，或驻足，或沉思，或低声喝彩。

小相走了一遍就出去了，在外面翻着白眼儿说：

"有啥看的，你就是怕浪费门票钱！"

"怎么说话呢，兴趣不投，怎么做朋友？"楚煊说。

唉，带着些失望，下山，请小相去吃驴肉火烧。

"看把你香的，恨不得吃一头驴。"楚煊正挖苦小相，手机响了，陌生号码。

"你好，请问是赵楚煊同学吗？"一个非常好听的男性声音。

"对。"

"我是海外留学中介的荣老师，你妈妈已经把你的资料提供给我们，现在需要你提供个人简历，大学四年的各科成绩，两份教授推荐信，还有雅思成绩。"

楚煊立刻打电话给妈妈。

"没错，爸妈送你去英国读研。"妈妈语气平静，好像去英国读书，和去保定吃火烧一样轻松。

"哎呀什么时候的事，你们都没有征求我意见，我不去啊，去什么英国！"楚煊很不情愿地说。

"那你毕业了做什么？怕影响你复习专八，一直等你考过以后，才让中介告诉你。你的材料翻译、学校申请都由中介来做，你只需要按荣老师的要求，做你必须做的。好了，不多说了，你赶快准备吧。"

赵楚煊云里雾里，怎么突然就要去英国了？

原本打算跟苏睿光去武汉，现在又想跟小相去北京。

"是啊，毕业以后，你的目标呢？"

"你未来想从事什么工作？"

"你还嫌别人被社会的大车推着往前走，你自己不也一样，浑浑噩噩吗？"赵楚煊心里一片茫然。

她唯一可以肯定的是，不进公检法。她不想被别人说靠父母，没出息。

工作与读书，她肯定选后者。

读研，是她逃避工作冠冕堂皇的理由。而去英国，自己所学专业的母语国家，应该是个不错的选择。

楚煊知道，去英语母语国家深造，是妈妈为了弥补自己报志愿失误给女儿造成的损失。

"妈妈，不是你的过错！是估分报志愿的缺陷，是时代进步过程的教训。"这是赵楚煊真切的感悟。

既然有了目标，那就抓紧准备。

个人简历对英语专业的赵楚煊来说，小菜一碟。

推荐信，赵楚煊直接找到学院书记，博士生导师郑教授。

郑教授对赵楚煊出国深造很赞赏。那个年代，二本理工院校，并不是强项的文科专业能有出国读研的学生，还是挺少的。所以，郑教授欣然写了他的推荐理由，一封很棒的推荐信。另一封推荐信自然是楚煊的主课老师，外语系主任窦教授，她的推荐信与郑教授一样，充满为自己学生而自豪的推荐。

与此同时，办护照的过程，可谓一波三折。

每次按要求填好的表格，到公安机关审核盖章的环节就卡住了。

户籍办公室外，总是车水马龙。

赵楚煊排半天队，好不容易到她了，诚惶诚恐递上审核表。

胖女警察，扫一眼：

"重做，第一行格式不对，下周再来。"

下一周，扫一眼：

"重做，这一行字号不对，下周再来。"

再下一周，重做！

赵楚煊在第四次的时候，怒了：

"阿姨，您能全部看了，把我所有的问题一次指出来，行吗？我都跑一个月了，再耽误，时间就来不及了！"

"你来得及来不及关我什么事，做不好就得重做！"

赵楚煊怒不可遏，出去就给爸爸打电话："这个女人更年期了吗？为什么这样刁难我。"她委屈得都要哭了。

爸爸听了以后，安慰了楚煊，也批评了她，说话不礼貌。

"小丫头，说话老是这么冲。"

最后还是在老爸的帮助下，赵楚煊的护照才顺利办好。

赵楚煊请假，回家准备考雅思。

荣老师本人有些胖，和他声音十分不匹配。楚煊喜欢工藤新一，还有《棒球英豪》里上杉达也的配音——刘杰老师的声音。刘杰老师的声音和荣老师很相似，荣老师还多了一些浑厚的鼻音。

荣老师，不当声优（配音演员）太可惜了。

荣老师一张嘴，一口标准的英音，立刻把赵楚煊拿下。

荣老师是留学机构的负责人，他的妻子具体负责英国留学部。

一瞅爸妈和荣老师夫妇熟稔的程度，就知道四个人早就在为楚煊出国留学做规划了。

再联想自己又是托福，又是雅思培训，楚煊断定"果然是策划已久"。

录取通知书都来了。

目前对楚煊发来有条件的录取通知书，有埃塞克斯大学、约克大学、纽卡斯尔大学、南安普顿大学。

经过比较，楚煊决定去埃塞克斯大学。这所大学的英语教育学、语言学都很强。

自己本科在理工类大学，硕士想读语言学专门院校。

赵楚煊一家五口人，一直生活在爸爸单位的房子。现在为了专心考试，楚煊去妈妈单位那套不常住的房子。

周一到周五，妈妈照顾她一日三餐。妈妈周六、周日回家照顾姥姥，换爸爸过来。

楚煊再次找回高考复习时充实的感觉。

她自己摸索的单词记忆九步法，用新东方的考研红宝书作为基础单词蓝本，主攻写作和口语两类输出型词汇。

单词笔记，用A4纸大小的硬皮笔记本，记了满满两本。

同时，用大学听力"listen to this"的初级和中级两本教材，训练听力技巧。

再一字一句精听，巩固听力基础，然后跟读，提高口语流利度。

每天背诵一篇新概念，对着镜子看自己说英语的时候，是不是有死记硬背的表情。

和爸爸妈妈全程英语对答，爸妈用正常汉语和她说话，她用英语回答，训练自己的口语反应速度。

累的时候听BBC，灌耳音，加强英式口音的模仿训练。

两个月后，荣老师对赵楚煊由美音切换到英音，感到不可思议。

而关于真题，她是放到最后才做的。

一共五本剑桥真题，真心舍不得用。赵楚煊这人，题错哪儿了，不知道，但正确答案，看一眼便忘不掉。"鬼精，不踏实。"她偷笑。

返回学校答辩，穿学士服照相，一个班的同学，终于齐聚一堂，又终于各奔东西。

曾经那么讨厌上课，现在再也没有课上了。

李月，被深圳一个500强外企看中，拿了毕业证就去签约。

她的男友，被选拔到香港驻港部队，临行前给她打电话，变成了前男友。

霞姐，四年来最喜欢的学生就是李月和赵楚煊。就要毕业了，霞姐带她俩去唱KTV。

唱完歌，霞姐又说："老师请你们吃好吃的，想吃什么，随便点。"

"别呀霞姐，刚唱歌你都已经破费了，咱们就在小吃城随便吃点吧。AA制，不让老师再花钱了，煊你没意见吧？"李月拉着霞姐胳膊，一副很懂事的样子。

赵楚煊强忍内心的厌恶说："我听老师的。"

"好吧，那你们就挑自己想吃的吧。"霞姐没多想。

楚煊先去给老师买饮料，她只买了两瓶。她还没有大度到给厌恶的人也要买饮料的境界。

李月第一个坐回餐桌，楚煊其次。远远看见霞姐端着饭往回走，李月一跃而起跑过去，赶紧抢到自己手上端着。霞姐坐下来，李月是那么自然地拧开楚煊买的饮料，塞到老师手里说：

"霞姐，刚唱歌嗓子都冒烟儿了吧，快喝点儿冰可乐，解解渴。"

"干得漂亮！临毕业还不消停。"赵楚煊对李月，说不出的反感。

李月吃准了赵楚煊爱面子，一般会顾大局、保全别人面子的性格，所以她知道楚煊一定不会强调饮料是谁买的。

即便楚煊澄清一下，李月也一定会说，"我没有多想啊，就是顺手把水递给霞姐。霞姐请咱们唱歌都不算钱，你买瓶饮料，还要分你的我的，是不是小家子气。"李月的虚伪、狡猾和世故，楚煊自愧不如。

有一天，接到班里男生电话说李月出事了，他们正往医院送，让班长赵楚煊赶紧过来。

楚煊带了几个同学赶往医院。

李月被诊断是气胸，挺严重，好像肺被气压缩了三分之二。

她脸色苍白，胸口插着一根管子。楚煊心情很复杂，之前对她的厌恶变得有点儿怜悯，但说不出一句安慰的话。

收拾行李，就要离开生活了四年的宿舍。

大姐苏枚回老家，工作未定；

二姐准备结婚，回村里开个小卖部；

三姐和大崔，还有七姐杨维，结伴去杭州发展；

四姐和未婚夫，继续留在这座城市做小买卖；

五姐黄金和男友，还没决定回四川还是留河北，决定先去旅行；

六姐冯鑫，被一所高中招聘，当了英语老师。

109室的姐妹，大学一起生活了四年，就这样各奔东西了。

楚煊惆怅，从心底发出"人生若只如初见"的感慨。

楚煊收拾行李前，伤感地掉下了眼泪。打开柜子，瞬间，她马上没心情哭了。

东西之多，蔚为壮观。

自己柜子早满得快溢出来了，楚煊和三姐床下，共用区域都被她占了，宿舍两个公共柜子，七个姐姐全让给她了。

现在好了，怎么办？

她也跟风，和其他毕业生一起摆摊儿卖货。对钱没什么概念的赵楚煊，以心情卖货，半卖半送或全送，因此"生意兴隆达三江"。

导致附近换假钱的人盯上了她，不停有人拿着100元假币，装模作样来买书，让她找钱。

被二姐、三姐识破，赶紧帮她收摊儿。

别的同学办邮政快递，大号麻袋，一般一两个就够了。

楚煊，找了个和她关系好的男生，帮她把麻袋送到一食堂邮政收货点。

"没问题。"男同学爽快地答应了。

来到女生宿舍楼，到门口一看，倒吸了一口冷气。

"稍等。"

过了一会儿，来了四个男生，一人推个小三轮车，鱼贯而行。

"你从哪儿搞的？"

"食堂借的，运菜用的。"

"哎呀，有必要这么夸张吗？"

"相信我妹妹，就这，我们哥几个可能都得搬两趟。"

然后四个人就歪歪扭扭推着车走了。

"赵楚煊生活能力不敢恭维，什么破烂都往家寄！物品不归类，一股脑儿装了十三个编织袋，劳累了学长，再劳烦妈妈。"

楚煊毕业，最舍不得的是小相。小相哥哥给她介绍了家翻译公司，她提前离校去北京。

火车站，楚煊和她相拥而泣，难舍难分。

楚煊哭的是好友一个个天南地北，哭的是她已经习惯并爱上的大学生活，从此结束。

楚煊离校那天，霞姐送她。

霞姐送给她一个定制的纯银项链，挂坠是个小天使，刻着她的名字。

楚煊感动、难舍一起涌上心头，喉咙发热，哽咽着握紧霞姐的手，泪流满面。

但这份温馨，很快被楚煊的行李打破。

霞姐看了一眼楚煊的行李箱，倒吸了一口冷气。

"稍等。"

打电话，霞姐的老公刘老师赶过来了。

刘老师，是那种清秀儒雅的男老师，现在跟搬运师傅一样，把行李箱一一搬到出租车上。

三个大箱子，刘老师累得汗流浃背。

霞姐夫妇把楚煊送上火车。上车前楚煊和霞姐相拥而泣，挥泪告别，那一刻，楚煊想说的都变成了哽咽和泪水。

和恩师一别，算来已有13年，赵楚煊从没忘记当时在心里想说却没说出来的话："霞姐，谢谢你。我不会让你失望，当我成功的那一天，我一定来看你。"

毕业回家，很快考雅思。赵楚煊考雅思，是在北京考的。暑假是出国留学考试的高峰，北京一个月可以安排三次考试。

妈妈陪楚煊到北京。赵楚煊的考点，被安排在北京第二外国语学院。

考听力的时候，状态特别好。

到阅读考试时，心里有一个声音在说：

"我的听力，不会是满分吧？至少8.5分！"

就这样一心二用，考黄了阅读考试，发挥一般。

赵楚煊马上悬崖勒马，告诫自己："不能陶醉在听力一科成绩上，听力成绩再好，只占总成绩的四分之一。阅读本来是强项，因为分心，没有考出应有成绩。写作、口语要聚精会神，全力以赴，决不能掉以轻心。要拿出200%的努力，拿下写作、口语两块硬骨头。"

写作和口语两科，相对是硬功夫的考试，赵楚煊在心里给自己做了考前"警示"。雅思写作考下来，自我感觉不错。

口语考试，第二天一大早，北二外大操场，按考号排队。十人一行，有二三十行。列队进场，一队十人，一人一间教室，一对一考试。考区里，安静而有序。

雅思、托福口语考官，都是有国际口语资质的一流考官。他们口语纯正，经验丰富。男考官绅士，女考官优雅。口语考试四个环节，三部分内容。有经验的考官，在邀请考生进考场会话交流的第一环节，就能初步判定考生的口语程度，然后迅速判断，给出什么样的口语考题。

赵楚煊很幸运，她抽的考号是第九考场。开门邀请她的考官，是一个慈祥得像圣诞老人的英国考官。楚煊礼貌地用英语和考官打招呼，然后进入口语考试。

第一部分（Part 1），轻松愉快，对答如流地完成。

第二部分（Part 2），考官笑眯眯地给楚煊一个冷门考题——家具。

一分钟准备时间，赵楚煊脑子高速运转后，她给考官的答案是，青铜器，更冷门。青铜器是中国特色，它是中国成为四大文明古国的标志之一。它的历史价值、文化价值、生活价值源远流长，家具中的特色非中国莫属。楚煊给出三点理由，把青铜器作为家具的历史、文化、生活内涵，诠释得大放异彩。她答得生动、流畅。慈祥的考官听得兴趣盎然，当场给她打了7分的好成绩。最让楚煊开心的是，考官送她出考场时，对她亲切温和地说："去吧，去你理想的大学，那儿很美！"出了考场，楚煊见到妈妈，迫不及待地把口语考试的一切都告诉了妈妈。

多年过去了，赵楚煊每次想起出国留学那场口语考试，都有种自豪的兴奋。青铜器，中华文明的象征，她当年用青铜器回答家具考题，并答出它的特质和理由，考官当时对青铜器的兴趣，溢于言表。考官兴奋慈祥的眼神，楚煊至今难忘。她为青铜器的魅力而自豪，为中华五千年文明历史而自豪。

第三部分（Part 3）几乎没怎么问。

从北京回来，赵楚煊赶考算暂别一段落，只等成绩中标，继续读研深造。爸妈送给她人生中第一台笔记本电脑，高配IBM。

那厚重的外形，和文弱的赵楚煊太不般配。

"哎呀，这么笨重的电脑，我不喜欢。"看重外表的赵楚煊，不高兴地说。

"中介说了，IBM全球联保，而且它皮实，不信你可以踩在上面。"

赵楚煊嘴噘得能挂个油壶："我没事踩电脑上干吗啊！"

等成绩的半个月，是赵楚煊自上大学以后最放松、开心的日子。上网听歌、看新闻，和姥姥梅姨聊天，还有冰镇西瓜、冰镇饮料尽情享用。

其实，每个暑假，只要妈妈出差，爸爸就会带她出去撸串，吃麻辣小龙虾。

身为东北大汉的爸爸喜欢酒，尤其对啤酒，更是情有独钟。但他酒量稍逊，一喝准醉。

喝醉了的爸爸，是楚煊最喜欢的状态。酒精催发，他豪情万丈，义薄云天，恨不能与女儿结拜成兄弟。

妈妈一直想让楚煊学会理财。刚上大学就给她开了两个账户，一个账户打生活费，每个月初打给她。如果额外需要，妈妈同意后，会另外打钱。另一个账户，妈妈给她存了一笔钱，让她应急用。

楚煊一直没动这笔钱，她可不傻，胡乱花钱，妈妈肯定是要批评的。

这笔钱，她唯一取过一次，是因为小相。小相的太外公，就是她外婆的父亲过世，小相回家奔丧钱不够，赵楚煊二话不说，立刻动用这个账户，取了钱给小相。妈妈知道后，反而赞赏了楚煊："小姑娘，重情义，帮好友解困解难，好样的！"

对于大手大脚的赵楚煊来讲，一旦透支，就只能找爸爸。

记得大一一个周五下午，她把电子词典弄丢了，那是妈妈给她新买的，价格不菲。

二姐带着109室小分队，又在学校公共人多处，张贴寻物启事。

楚煊偷偷打电话给爸爸，哭得梨花带雨。

爸爸说："不怕不怕，爸爸重给你买一个。"

果然，周六早上，爸爸就给她打钱过来了。

赵楚煊马上买了个一模一样的。

二姐见状，批评她："你应该等等再买，这不是寻物启事才贴出去没多久，说不定就找回来了。"

果不其然，周一早上听力课，听力老师说："这是谁的电子词典啊，忘在语音室了，幸亏语音室下课锁门，不然就丢了。"

"傻了吧，两个一模一样的电子词典。"赵楚煊懊悔，可惜晚了。

青涩班长怪异女孩赵楚煊的大学生活就这样结束了。四年大学生活里的喜怒哀乐、跌跌撞撞、努力求知、青春飞扬、倔强任性、重情重义……成了她青春岁月里一段珍贵、难忘的时光。

第五章　失误　浪费的不只是时间

一

雅思成绩出来了，四个7分。

"考得好均匀哟，真棒！"中介荣老师说。

听力分数，和楚煊估算的相差甚远，还连累了阅读，整个阅读考试她忙着一心二用，影响了她的听力成绩。

也不知道赵楚煊哪儿来的自信，觉得听力是满分。

最突出的算是口语了。

那个时候，口语、写作都是整分制，没有半分。7分是难得的高分。

成绩达标了，中介立刻联系埃塞克斯大学，换无条件录取通知书。

全家开始紧锣密鼓收拾出国的行李，一切跟做梦一样。

等了好几天，还没有收到入学通知书。

中介开始搪塞，说成绩提交晚了，已经过了开学时间，今年入不了学。

晴天霹雳，之前签合同时可不是这么说的。

岂有此理！

赵楚煊一家人都很生气，爸妈和楚煊一起来找中介。

荣老师的爱人接待了他们，专门挑了一间僻静的办公室。

她已经有八个月身孕，楚煊一家虽然生气，但见此情也不好过多指责。

她不得已，说了实话。楚煊雅思成绩他们忘记发给学校，所以过了截止时间。

"太差劲了吧！专业的留学中介，怎么会出现这么严重的失误？"爸爸忍不住说。

荣老师的爱人，一下子急得想哭，打电话叫荣老师过来。

荣老师觉得很抱歉，但还振振有词：

"因为是出国高峰，我们人手不够，新招来的人又没有经验。如果不是我媳妇现在怀孕，没办法常来公司盯着，不可能出这么大事故。"

负责办理楚煊入学的小姑娘也被叫来了，应该是被老板训斥过，哭得抽抽嗒嗒。

那女孩快要跪下了。她大学毕业刚来这里工作，老板为此要炒她鱿鱼。

楚煊爸爸说："你们内部怎么处理，你们自己解决。我孩子上学怎么挽回，还有哪个学校可以今年入学？"

所有人默不作声。

荣老师夫妇终于良心过不去了，开始不停地自责、道歉。承诺明年早早申请，这么好的成绩，可以争取更好的学校。

爸妈不甘心女儿这样耽误一年，还在交涉。

楚煊手机响了。

"小相，你总算想起来给我打电话啦？"楚煊出去接电话。

"我肚子可疼了，可是最近工作太多了，也不能请假休息。"小相说。

"你下班了还是去看看吧，前段时间你就说肚子疼。"楚煊说。

"我就是郁闷。先不跟你说了，老板来了。"

"啥人嘛，轮到我吐槽了，你怎么就脚底抹油了呢。"楚煊在心里嘀咕。

晚上到家，楚煊窝在姥姥房间。本以为考过7分就可以"轻舟已过万重山"，只待入学通知书一到，便背起行囊就出发，哪承想中介竟然这么不负责任。

"煊煊，吃香蕉。"姥姥递给楚煊一个香蕉。

姥姥每天有吃香蕉的习惯。

从初中开始，只要楚煊不爽，姥姥就掰一根剥好的香蕉，哄她开心。

"哎呀，姥姥，我又不是猩猩。"

"对，对，我孙女儿不是猩猩，是驴驴，你看那嘴噘的。"姥姥宠溺地说。

楚煊无聊地摆弄手机，想想又给小相拨电话，问问她去看病了没有。

一直没人接。

"看到短信赶快回电话，不然你死定了！！！"楚煊心烦地发了一条恶狠狠的短信。

第二天小相也没回电话。

赵楚煊开始夺命连环 call。

总算通了。

"赵楚煊吧？我是相青颜的哥哥，她胆结石住院了，我也刚到医院。"

小相的哥哥，楚煊见过两次，不算陌生。

"啊，严重吗？昨天我们通电话她还好好的。"楚煊急切地问。

"她同事说，当时肚子挺疼的，四个人按不住她，现在睡着了。你别担心，我和她嫂子都在这儿呢，她醒了我让她给你回电话。"

楚煊担心极了，工作以后，小相总说她工作好累。这才分开一个多月，怎么还胆结石了？

"不行，我要去北京看她！"

楚煊爸妈本来已经焦头烂额，一听赵楚煊又抽风，气不打一处来。"不许去，你随时可能要出国，小相有哥哥、嫂子照顾，你跑去能做什么？你不如给小相寄点儿钱，做点儿实际的。"

这话竟然是从对她百依百顺的爸爸嘴里说出来的。

妈妈反倒一脸不忍心，她说："算了，那孩子一个人刚到北京又生病了，冲儿过去陪陪说不定能好过一点儿。我再给小相做点儿她喜欢吃的，让冲儿带过去，也是咱们的一份关爱。"

"不行，这都什么时候了，你们还这么不理智？"爸爸非常不高兴地说。妈妈给楚煊使眼色，让她回房间。

她刚进自己屋里，就听见妈妈温柔的声音："老哥。"

大家快跑，要秀恩爱了！

妈妈跟爸爸嘀嘀咕咕好久，爸爸总算同意让楚煊去北京。

"你这就是惯她，要去她自己买票，我不管。"

第二天一早，楚煊爸爸还是给女儿排队买票去了。

妈妈给小相炒了她喜欢的榨菜肉丝、芹菜肉丝，做了一罐琥珀核桃，还去买了一件薄羽绒服。

至于吗？羽绒服？

火车上空调开的冷气十足，瑟瑟发抖的赵楚煊，赶紧把羽绒服翻出来穿上了。

到了医院，从箱子里掏出来皱皱巴巴的羽绒服，押半天，深情款款地说："给，小相，这是我妈妈送给你的新衣服。"

小相保守治疗，挂了几天液体消炎止痛，带了药就出院了。

赵楚煊跟着她去了她工作的公司。

一路上小相欲言又止。

北京，赵楚煊来过很多次了，繁华现代的国际大都市。但小相工作的公司在偏僻的小街，不繁华、不现代、不干净。楚煊很难想象在首都还有这么落后的角落。（当然，这是十几年前的状况。）

跟着小相，准备进一个破旧的单元楼。楼门口贴满了脏兮兮的广告，垃圾成堆，空气熏人。

"不是去你公司吗？这是你租的房子？"楚煊问。

"我们公司和宿舍在一起，宿办合一。"小相尴尬地说。

上楼小相打开一个防盗门。

普通老式的两室一厅。

小相和她的两个同事住小间，跟大学宿舍一样，上下铺架子床，老板和他夫人住大间。

客厅两张办公桌，就是上班的地方，码着一堆材料。

一个老板，三个员工，即翻译公司。

楚煊当时不敢相信。现在想来，那时正是自主创业初期，白手起家的公司，可不都是这样，一穷二白，靠艰苦奋斗，一点点做强做大的。

楚煊以为进了传销组织。

在她的想象中，小相工作的公司，应该是高层写字楼，有电梯，公司铺着地毯，有茶水间，员工统一制服，每个人有一个小隔断的办公空间。

最起码，也应该像她留学中介那样的规模吧？

小相的老板是个没礼貌的、三十多岁的年轻人。看见小相回来，没有什么关心，态度还有点儿冷漠，他把小相需要做的事情交代了一下，就回自己房间了。

小相放下东西就赶紧工作，楚煊觉得心酸，有些同情小相。

晚上楚煊在附近找了最好的饭馆，也就是一家小小的川菜大排档。

"咱不在这儿干了行吗？太没人情味了！而且那是什么工作环境啊？"吃晚饭时，楚煊对相青颜说。

"算了，这还是我哥托人介绍的，工作哪有那么好找。我上次请假回家，这次又生病，已经耽误很多工作了，老板也没说我。一个月2 200元，还包住，可以了。你不知道北京租房有多贵。"小相说。

小相的性格，既温顺又有点儿倔强，楚煊无能为力。

唏嘘不已的赵楚煊，从北京回家以后，得知当年所有英国学校的录取都已经结束，中介作为赔偿，第二年申请学校免费，并且楚煊爸爸妈妈去英国探亲的签证也由他们免费做。

爸爸妈妈深感无奈，但事已至此，也没有更好的办法，只能这样了。

人生关键处只有几步，中介的疏忽不只是浪费了楚煊一年的光阴，更改变了她的命运。若没有这场失误，赵楚煊不会在积极努力中遭遇挫败，不会在挫败的时间里相遇不该相遇的人；若不是这场失误，爸爸也许能看到她学成归来，也许她能顺利博士毕业，命运将是另一种境遇。可是人生没有如果，只有结果。时间的节点也是命运的节点。

小小的疏忽，贻误的不仅是光阴，还是拐了弯的命运，若不是这不该有的失误，机遇或许将是另一种境况。

楚煊听到这样的决定，不知是喜是悲，但她心里明白，在爸妈眼皮底下，她是不可能闲在家晃悠一年的。

反正爸妈平常各地出差开会，请带上我，我不嫌弃，我不怕奔波。

"冲儿，我在外国语大学给你报了一个出国留学强化班，是一年的，两个学期。你自己选修强化科目，这样读研会轻松一些。"妈妈说。

唉，又是一年秋风起，楚煊哭着去学堂。

二

赵楚煊，总算间接来到外国语大学，实现了在专业院校读外语的夙愿了。

外国语大学，有一个专门的培训学院。学生成分很杂，年龄跨度较大，大部分学生来自西北地区。有考研班、托福班、雅思班、出国留学强化班，强化班又分普通强化和高级强化。学生的英语水平参差不齐。还有翻译班、口译班，培训学院里还真是热闹非凡。但具体到一个班，也就是小集体了。

赵楚煊提交资料，报名老师看后，建议她上高级班。

高级班，就是英语听、说、读、写四项培训难度级别较高的一个班。

她领了教材，找到自己的班。这个班学生不多，不到20人。年龄大的占多数，不像学生。

第一天，摸底考试，用的是考托福的真题。

出成绩那天，有位男老师把楚煊叫到办公室谈话："这次摸底考试，大部分同学的成绩都在三四十分，你考了87分，高级班对你来说可能有点儿简单。"

"真的？那就是无班可上，可以退学是吗？"

"不，我们还有一个班，要求很高，人数也有严格限制，就是口译班。可以推荐你去上。"

"我还是上高级班吧，谢谢老师。"赵楚煊不想换班。在高级班，她年龄小，成绩好，学得轻松。

返回班上，随便找了个座位。

听了上午两节课，发现男老师说得没错，这个班讲的内容也就是英语专业大三的难度。

培训学校，每个教室都有电视，全英频道，电影特别多。每张桌子有一个插耳机的地方。买一副学校专门的耳机，就可以随时看电视。教室没课的时候，这里既可以上自习，也可以看电视，大家互不干扰。

外国语大学真是高大上。

上了几天课，赵楚煊发现一个像"大叔"的人总尾随她。

他太明显了。

楚煊无论在哪个教室，不一会儿，就有一个长络腮胡的男子，提着一个跟导弹一样的特大号保温壶，四平八稳走进来。

后来才知道，他和楚煊是一个班的同学，只不过他常常不声不响坐在后排。

赵楚煊是多不情愿在这里上课啊。两耳不闻窗外事，自己同窗不相识。

外教口语课，自我介绍的时候，她才算正式知道了他。

凌旭，理工大毕业，比楚煊小半岁，准备去美国。

"比我小半岁，长得可有点儿急，比我舅舅还成熟。"

英国来的外教，对凌旭赞不绝口，夸了大半节课，说他长得很帅。

赵楚煊为此冷静了好一会儿。

"是不是自己审美有问题，还是外国人口味比较重？"赵楚煊反省。

直到有一天，看电影《泰山》的时候，主题曲"*You'll be in my heart*"

（"你一直在我心里"）吸引了她。

凌旭听到她和其他同学聊天的时候提起这首歌，蹭一下就出去了。

晚上，楚煊上自习的时候，凌旭拿过来一张CD，悄悄跟她说，他家里有原声大碟，这里面就有她喜欢的那首歌。

楚煊心里有些过意不去，凌旭专门回家一趟就为给她取CD。

从此上课，凌旭理直气壮地开始坐在赵楚煊旁边。

他的个子加上高耸的头发，也就勉强1米8。不过他很挺拔，无论坐着，还是走路，后背都挺得笔直。

现在非要和楚煊挤到第二排。

"哎，你坐你原来位置呗，你知不知道，你会挡到后面的同学？"楚煊说。

"不会吧？"凌旭说。

"这位小兄弟还真没自知之明，你知不知道你不仅个子高，而且头也大！"

凌旭咧嘴笑着说："嘿嘿，我不走，就坐这儿了。"

果然，一位新疆的大哥哥被挡住了，换到第二排——赵楚煊的左边。

赵楚煊对他的态度好多了，毕竟是大哥哥，又是新疆来的，有点儿神秘。

楚煊好奇地问他新疆的生活习惯和地域风情。

于是，大哥哥给她解答："生活习惯和你们一样，没太大区别。"

这不是我想要的答案！

赵楚煊不甘心，反复地问。

"大哥哥，你们平常住在哪儿？"

"我们住帐篷，偶尔住树上。"

"真的？那平常你怎么去上班？"

"我骑马。"

"这么神奇？那平常你们一定不用手机吧？"

"对，我们每人肩膀上都有一只猴，需要给谁传话，写纸条，让猴子捎过去。"

赵楚煊越听越兴奋，再看大哥哥，一副滑稽、无可奈何的样子。

楚煊有了哼哈两将陪着上课，心逐渐安定了下来。

三

国庆节前，新开了一门听力课。

上课铃响，风风火火进来一个年轻的女老师，穿着纯灰色的拉链帽衫，牛仔裤，小白鞋，充满活力。

"嘿，和我一个感觉，爱穿帽衫。"

一听这话，哈将凌旭差点要出去换衣服！

老师名叫纳迪娅（Nadia），上来就给大家放电影。

这是个有品位又有责任心的老师。

纳迪娅选择的是1998年迪士尼出品的《花木兰》。

老师用的是DVD。先关掉字幕，听大意，然后一句一句精听，最后放字幕。

影片开头，木兰独白时说的一个词，微妙的，楚煊怎么都听不出来。

后来，老师放字幕的时候，她才恍然大悟。词尾弱读，她想到了，但语调变化，加上本身对单词发音的不熟悉，导致她理解错位。

一节课很快过去了，楚煊近一个月来终于找到了特别喜欢的课，特别喜欢的老师。

老师喜欢把拉链旁边那根绳子咬在嘴里，一般很高冷，但憋不住笑的时候，一张嘴，两颗小虎牙。

赵楚煊吸取了错过小白老师的惨痛教训，一下课就跟着老师出去要联系方式。

凌旭不知道凑什么热闹，也跟着她一路奔跑。

老师上辈子可能是哪吒，走路跟踩风火轮一样，瞬间从一楼上到二楼。

纳迪娅终于听见身后奔跑的动静，下意识转过头。

只见赵楚煊和凌旭，跑得上气不接下气。

"老师，我特别喜欢您的课，方便给我您的联系方式吗？我想和您多交流。"赵楚煊气喘吁吁地说。

凌旭一愣，到我了，怎么接？

"老师，不然你就给她吧。"

纳迪娅也一样不按常理出牌。

"你俩是不是一对儿？"

现在老师都这么八卦，唉！

赵楚煊恨不得摆断双手以示清白，并郑重声明，自己绝不会谈恋爱影响学习。

纳迪娅很好笑地看着他俩，十分小气地留了个邮箱，就踩着风火轮不见了。

下午没课，楚煊到学校门口，有个低调奢华但很安静雅致的咖啡厅待了几个小时，和大学同学QQ。

咖啡厅里外国人很多，所以咖啡和食物以及设施的格调都比较欧式。

任风云变迁，随后的十余年，这家咖啡厅始终屹立不倒。

在咖啡厅吃过晚饭，楚煊才懒洋洋出来，准备回宿舍。

手机响了，是凌旭，说在教学楼门口等她。

她掉头回教学楼。

就看见凌旭穿着一件白色的帽衫，因为太小，紧紧箍在身上，他宽大的肩膀好像要呼之欲出。

楚煊忍住笑问："找我有什么事吗？"

"咱们能出去走走吗？"

楚煊想了想，可以，今天还没去文具店看笔呢。

两个人并排走在路上，赵楚煊一侧脸，看见这个络腮胡子的男生绷了一件"卡哇伊"的外套，反差好大，因为他之前总爱穿一身黑色西装，很显成熟气质。

"你怎么突然穿成这样？"楚煊忍不住问他。

"你说你喜欢帽衫，所以我下午回家去翻，就找到这一件，不过是高中穿的衣服。"凌旭不好意思地说。

"啊，你因为这个跑回家？我就是自己喜欢，你别专门穿成这样啊。"楚煊说。

"不，我喜欢穿这件衣服，这样就可以把你放在我的帽子里，背着你走。"

凌旭突如其来的表白，赵楚煊不知怎么回答。她眼睛看着他，心里却是为难。

他不死心，刨根问底，不断向楚煊抛出深情的橄榄枝。

除去身高，楚煊从没想过姐弟恋。

"不，你看看我的脸，很成熟，做保护你的哥哥，绰绰有余。"

哎哟，可别这么说，楚煊马上想到第三点拒绝的理由。

"我也不太喜欢留胡子的男生。"

"我没有留，只是胡子长得比较快，越刮长得越密。"

"谢谢你凌旭，我觉得咱俩不合适，不然我们回去都再想想。"

第二天早上上课，一进教室，凌旭把胡子刮得干干净净，判若两人。头发打了摩丝，根根直立，瞬间好像高了许多。

还是那件不合身的白帽衫。

身边的同学，有开玩笑的，有女生献媚的，他不为所动。还是一如既往腰板挺得直直的，一脸坚定。

凌旭满怀期待地看着赵楚煊，她有点儿感动。

福无双至，爱不单行。

没想到新疆大哥哥看凌旭那势在必得的样子，也果断地向楚煊表白，愿意一辈子守护她。从此，坐在楚煊左右两旁的哼哈两将，变成了黑白双煞的情敌。

赵楚煊夹在剑拔弩张的两人中间，愁眉不展。往日那个只爱买笔，只爱听歌买磁带，整日不知愁滋味的赵楚煊，心里有了扯不断、理还乱的烦恼。她告诫自己，保持中立，先专心学习。

国庆节，赵楚煊给纳迪娅老师发了封邮件，然后就和爸妈去了呼和浩特。骑马奔驰在辽阔的草原，可惜马是被牧人牵着奔跑的。美丽的大草原，还有粗犷豪放的歌声，大碗香醇的奶茶，可以冲淡所有的烦恼。

赵楚煊在收假前一天，按时返校，竟然收到了纳迪娅老师的回复。

除了回答楚煊听力、口语的疑问，老师发来一句令她受益匪浅的心得："说得越好，听得越好。"

对听力和口语的学习，一般老师讲的都是多听，听得多了就容易模仿，口语也就提高了。

但纳迪娅老师的这句话，恰巧相反，楚煊仔细咀嚼。

只有了解了地道口语的音标、连读、弱读等规则，自己才能准确发音。那么反过来，再听那一坨英语时，才能知道它如何而来，并迅速还原回本身的样子。

学习方法千千万，赵楚煊受益了："说得越好，听得越好。"在她后来留学英国，读应用语言学硕士研究生阶段，她研究的课题即是《中国高校学习者听力与口语的互补》。"学以致用"的教育理念，为今所用，为赵楚煊所用。

节后第一天，楚煊就见到了纳迪娅老师。

课堂上听的是花木兰里木须龙（MuShu）的出场。美国黑人英语，人设和配音，都自带幽默搞笑的气场。

从此，多了一个令楚煊着迷的声优，艾迪墨菲。与他同样经典的配音，还有《怪物史莱克》里的那头毛驴。

纳迪娅老师的美式口语，流利得让人惊艳，而且讲解得也很时尚。

尤其是她给大家纠正了一个音标的发音——卷舌音。

连读的时候，作用就凸显出来了。同理，如果自己不清楚这个规则，听力会受干扰。

这个音看似容易，其实不太好发。

课堂上，大家都兴致勃勃地模仿老师，一个个张开大嘴，面目扭曲。

赵楚煊没有把握的时候，是不会轻举妄动的，她嘴巴紧闭，难以撬开。

下了课，她马上对着镜子，一遍遍张开嘴琢磨。

后来，当老师再次提起这个发音的时候，赵楚煊是全班唯一准确的发音人。

这让纳迪娅老师对她更加刮目相看了。

一周一节听力课，实在不过瘾。赵楚煊准备去纳迪娅老师带的口译班蹭课。

查了课表和教室，楚煊准备出发。

凌旭一如既往如影随形，他跟着赵楚煊。

口译班，绝对特别。它竟然是在一个独门、独栋的二层小楼里，唯一开放的教室里上课。

纳迪娅的课是上午后两节。

凌旭跟着赵楚煊，十点的时候，他们提前来到口译班。

楚煊一推门，齐刷刷十几双眼睛投向他们。

教室里很安静，在他们进来之前应该都在上自习。

"你们干吗的，走错教室了吧？"

第一排一个40岁左右的大姐，声色俱厉地问。

楚煊心虚地："我们是纳迪娅的学生，今天过来听她课的。"

不知道她们是不是被楚煊身后的凌旭震住了。凌旭，一副君子老成的模样，不像院长，也像是教务处长。

总之，放行了。

两人溜到教室最后一排坐下。没多久，风一样的纳迪娅老师推门乘风而入。

健步如飞走上讲台，和在高级班上课不同的是，纳迪娅提的是录音机，而不是DVD。

这门课的名字叫"外台听力课"。新鲜吧！

赵楚煊一下子聚焦了精神，放开了想象，这是一门怎样神秘的课呢？仿佛自己是潜伏在敌方组织的地下工作者，肩负着民族存亡的伟大使命。

"赵楚煊，请不要给自己加戏！"

外台听力是VOA，BBC新闻。不知道是放音设备太差，还是磁带版本太旧而老化，总之，音效很糟，杂音很大。可是这个班的同学，一副司空见惯的样子，立刻投入到噪声十足的英语世界，专心致志地开始学习。

这群人是从古时候穿越而来的吗？

老师很快发现教室最后一排坐着的两个目瞪口呆、格格不入的现代人。

她没有任何表情。

纳迪娅老师，在口译班的教学非常专业和严格。一比较，高级班学生就像等待启蒙的小学生。

这堂课后，赵楚煊郑重考虑了开学初报名老师的建议，决定转到口译班。

下午，她试着去教师休息室，看看纳迪娅老师在不在，她之前去过，大学老师不坐班，神龙见首不见尾。

今天走狗屎运了，纳迪娅老师刚下课，正在看手机。

赵楚煊怯怯地去打招呼，她早上蹭课的事，心里有些忐忑。

老师一抬眼，点点头，示意她坐旁边。

赵楚煊酝酿着开口，是先解释上午蹭课的事，还是先问自己有没有必要转到口译班。还没开口，老师先问她：

"你什么星座？"

赵楚煊以为出现幻觉，这个纳迪娅老师，每次语不惊人死不休。

"我是金牛座。"

"哦，你男朋友呢？"

"他是天蝎座。"

说完，赵楚煊把自己吓了一跳，本能地用手捂住自己的嘴。

"我有男朋友了？"

赵楚煊下意识脱口而出的人竟然是，凌旭。

她一下僵住了。

纳迪娅看着紧张又傻兮兮的赵楚煊觉得很好笑。

"我就说你俩肯定会在一起，第一次找我的时候还不承认。"

这个人可能不是老师，是算命师傅。

"金牛女和摩羯男比较配。"

算命师傅加媒婆了。

"老师你是什么星座？"

"天秤。"一副很臭美的样子。

这天下午，师徒两人由星座展开，聊到兴趣爱好，发现彼此有惊人的相似，两人情投意合，相谈甚欢。

最令赵楚煊惊讶的是，纳迪娅老师只比她大两岁。

外国语大学优秀毕业生，留校任教。

一看侃到晚上了，老师小手一挥："走，咱俩吃火锅。"

找到一家肥牛火锅店，老师光芝麻酱就给自己点了三份，楚煊暗喜，有口福了，这架势不得吃个十几盘呀。赵楚煊高兴得太早了。

一共上了四盘素菜，纳迪娅很豪爽地说：

"哎，你怎么不吃啊？我请客，随便吃。"

"姐姐，我不是不吃，我在等硬菜啊！"楚煊在心里说，眼睛却看着老师。

只见纳迪娅蘸一片菜能卷走半碗芝麻酱。

楚煊干巴巴等到老师吃好擦嘴，也没见硬菜。

"吃饱了吗？我今天吃得好饱。"纳迪娅老师说。

对对对，赵楚煊感觉纳迪娅不是来吃火锅的，是来吃芝麻酱的。

但她还是笑着说："饱了饱了，老师招待得很周到。"口是心非了吧，但赵楚煊是开心的。只比她大两岁的老师"才貌双全"，相见恨晚，快成知己了。

两人分开后，楚煊就近找了家面馆，要了一大碗干拌面，才算吃饱了。

"今天是个重要的日子。"赵楚煊躺在床上辗转反侧地想。

"第一，我要到了纳迪娅老师的手机号，感觉师徒会成为好朋友。"

"第二，我喜欢凌旭？"

<h2 style="text-align:center">四</h2>

赵楚煊办了转班，一周可以见纳迪娅老师两次。

赵楚煊羞涩地叫凌旭和她一起转到口译班，没想到凌旭一本正经地拒绝了。

楚煊说："平常你跟贴身保镖一样跟着我，还说要一辈子保护我，现在我邀请你，你怎么拒绝我呢？"

拒绝的理由很心酸。

"我去不了，听不懂，高级班上课我都费劲。"凌旭说。

赵楚煊只好自己单刀赴会去了口译班。本以为凌旭不会再找楚煊，错了，他除了上课不找楚煊，没课的时候他还是一如既往跟着楚煊，一起自习、吃饭、听歌、看电影。楚煊喜欢做什么，他就陪着做什么，除了不上口译班的课。

陪伴是最长情的告白。

温水煮青蛙的追求方式，倒是挺适合——对金牛这样慢热又注重细节的星座。

是的，赵楚煊开始研究星座了，拜恩师所赐。

到了口译班，才惊觉全是女生。40多岁的大姐是班长。

正式成为口译班的学生，上外台听力课也硬气多了。

没想到，上次试听纳迪娅老师的课，只是虚晃一枪。她真正的授课方法是，精听的时候，放一句，听三遍，叫一个同学复述。按座位顺序一句一句往下轮。

楚煊所有的注意力都在数数，看自己可能是第几句。

几次都想拍案而起，这磁带怎么这么次，戴着耳机都听不清楚，何况还是外放听。

教室中间的墙上挂着两个大音箱，只要上听力课，楚煊都会占领音箱底下的位置。

可惜每次震得眼歪嘴斜，该听不懂照样听不懂。

怪不得叫外台听力，环境太艰苦。

即便这样，还是有个女神存在。全班唯一一个不戴耳机，却对答如流的女孩。

赵楚煊一向敬重强者，所以找个机会就去取经。

她叫李玟。

水利专业的自考生，她听力好，每天早上听一个小时英语新闻，已经坚持两年多了。

这才是雅思听力满分得主应有的模样。

若干年后，赵楚煊看到一句话，抽烟、文身、泡吧、飙脏话这些看起来很酷的事，其实一点都不难。真正酷的事，应该是那些常人看来很无趣的事，比如读书、锻炼、作息规律。

正如福楼拜所说："才气就是长期的坚持不懈。"

赵楚煊决定强化听力。越是艰难的环境，越要磨炼自己。

很快纳迪娅老师对楚煊的偏爱，同学们都看在眼里。楚煊暗下决心，绝不让纳迪娅老师失望。

楚煊擅长抓别人反应不过来的小词。一个难度较高的句子主要框架听出来，查缺补漏的活儿，老师基本交给她完成。

纳迪娅老师很乐意"Yolanda，Yolanda"地叫。

Yolanda 是赵楚煊的英文名，上大三时，外教给起的。

这个本来好听的名字，在她的人生里被各种发挥。

比如楚煊的妈妈就不满意：

"要难达？这名字听着就不好，不给力。改了，叫：要发达

（Yofada）！"

当老师以后，学生为了表示对楚煊的喜爱，昵称她"dada"。

唉，你们以为这是汉语名字，红红啊，美美啊，叠称最后的字就表示亲昵？

然后发展成"哒哒"。

还有"兰兰"，楚煊也只能善解人意地全接受了。

至于那个叫她"要烂打"的死孩子："我给你讲哦，古时候不尊重老师是要浸猪笼的！"

Yolanda昵称，正确打开的方式是Yoyo，纳迪娅老师课下就这么叫她。

赵楚煊人生中第一次有人叫她Yoyo，觉得好亲切，好好听。

她不甘示弱地叫老师Nono。

大家都是o字辈，扯平了。

所以，后来学生给楚煊起了一堆乱七八糟的名字的时候，她有种报应来了的感觉。

有一次妈妈来外院看楚煊，听见女儿用Nono称呼老师，很不高兴。

回到家，关上门，对楚煊说：

"你叫老师、叫姐姐都行，为什么叫人家挠挠？多不礼貌！"

挠挠？

楚煊第一次对自己的口语感到了不自信。

有一天早上，上课前，坐在第一排的班长和几个同学议论Nono说，听力老师课讲得不好，还偏心。她们一唱一和，阴阳怪气。

坐在后面的赵楚煊不乐意了。她走到讲台前，直面背地里说老师坏话的几个人，愤怒地说："你们这样背后议论老师太不像话了，她的课讲得非常好。你们少在背后说三道四。"赵楚煊的愤怒像捅了马蜂窝。

"我们说谁和你有关系吗？"

"谁不像话了？"

"你不就是纳迪娅的红人吗，有什么了不起……"

赵楚煊傻眼了，被群攻的马蜂蜇得说不出话，她太愤怒了，憋屈得要爆炸。

最后憋出一句话："你们小心点儿！"眼睛瞪得跟牛魔王一样。

翻译老师进来，要上课了。

那几个不年轻的女学生，背后诋毁纳迪娅老师，却在翻译课上，把40多岁的男翻译老师捧上天。她们在课堂上活跃的笑声、捧场声，似乎忘记了刚刚发生的与赵楚煊保卫纳迪娅老师的"战争"，楚煊怒不可遏。她想，这几个大龄女生排斥纳迪娅老师，是因为她年轻、是女的？所谓"同性相斥"吗？她想不通。

上课铃响，Nono进教室比平常晚了一会儿。

"听有些人说我偏心，借机挤对Yolanda？"纳迪娅义正词严。

楚煊吃了一惊，我的Nono老师竟然这么简单冲动。

"说我可以，但是欺负她，不行！"

那几个不年轻的女生竟然在底下很大声地冷笑，笑着笑着还鼓起掌来。

这不是大学，同学之间除了上课，几乎没有交往，大都是各扫门前雪。但这个中年女班长，好像有一手遮天的能量，她并不把年轻的老师放在眼里。

"纳迪娅，你少在那儿冲我喊，我交了钱，你就得给我好好上课！"

赵楚煊气懵了。"有这样跟老师说话的吗？这个中年女班长，比80后独生子女还任性。她强势、霸道、颐指气使，是因为她比老师年长吗？岂有此理！"楚煊在心里又愤愤不平。

教室里吵得一塌糊涂。

Nono气哭了，摔门走了。

老师罢课。同学们有的开始自习，有的坐在教室外面边晒太阳边聊这场闹剧。

不年轻的女生们，不依不饶坐在教室里骂骂咧咧，楚煊对这个班的强势冷漠，还有麻木着实咋舌。

李玟把赵楚煊拉到离教室有一段距离的僻静处，不客气地问：

"是不是你给老师打小报告了？"

赵楚煊一下子脸红到后脑勺。

"都怪自己八婆，一点儿委屈不受。"楚煊开始自责。

Nono不仅是她的朋友，更是她的老师。纳迪娅为保护她，被不讲理、不尊师的倚老卖老的中年妇女，弄得如此难堪。

"你们都太不成熟了。"李玟批评说。

楚煊看着眼前这个批评自己的女孩有点儿吃惊。李玟和Nono同龄，却有着超龄的理智和沉着。

面对李玟，赵楚煊羞愧难当。

"你去劝劝老师吧。"李玟说。

赵楚煊像霜打的茄子一样，蔫了。她准备往教师休息室走，忽然看见阅读老师经过教室门口，一脸狐疑地停下。

"你们怎么不在教室上课？"

"没有老师，上什么课啊！"那些同学事不关己地回答。

阅读老师是位优雅的女老师，同时也是这个教研室的主任。她询问了一下经过，脸色铁青。

赵楚煊一看，不好！

撒腿就往休息室跑，去给Nono报信。

Nono一个人在办公室委屈地哭。

楚煊火急火燎地说："快，快回去上课，你们主任来了！"

Nono杠上了："我不去，让那个班长先道歉！"

赵楚煊左右为难。她悄悄把头伸出门外，看看走廊动静。哎呀，天啦，阅读老师近在咫尺。

赵楚煊这个笨蛋，当下想到保护老师的方法，竟然是"锁门"。

砰！

阅读老师毫无防备地吃了个闭门羹。

一阵敲门。

Nono冷静了一下，去开门。

短短几分钟，阅读老师像是从西藏回来的一样，脸都气黑了。

"那学生，你先出去！"老师竟然只字不提她刚才关门的尴尬。

Nono 示意她回教室。

赵楚煊已经吓得够呛，恨不得抽自己两个大嘴巴，真给纳迪娅抹黑啊。

"情商感人！"多讽刺。

赵楚煊不想回到那个不友善的教室，她坐在教学楼门口的长廊，惊魂未定，一片茫然。

11点的课间铃声一响，赵楚煊就给凌旭打电话。电话一接通，她哭了。

凌旭怎么问，她都只是哭，凌旭着急地说："我马上过来。"

一出教学楼，看见赵楚煊蹲在地上，哭得不知所措。

他二话不说，返回教室拿起书包就过来陪她。

"我没听错吧，你为陪我要翘课？"楚煊擦干眼泪，转悲为喜地问凌旭。

凌旭吸引赵楚煊的一个重要因素，就是他有教养、守规矩、知丑美、讲卫生，就是很正的男生。

士可杀，不逃课。今天为赵楚煊破例了。

凌旭背着书包，提着炸弹水壶，给外教请假。

外教很不情愿，一再追问请假原因。

楚煊只听见凌旭说紧急情况。

凌旭虽然一脸歉意，但坚持要走。外教只好勉强同意。

好不容易脱身后，凌旭说，去操场转转吧。

两个人就开始绕圈，一圈一圈地走。

走着走着就牵手了。

赵楚煊一直担心凌旭比她小，哪怕只小半岁，她觉得也是小，没有她要的安全感。但是，今天凌旭的表现，让楚煊感觉到他是个值得信赖的男生。

赵楚煊把自己的懊恼，一股脑儿告诉了凌旭，现在她不敢联系Nono，她觉得都是自己意气用事搞砸的。

凌旭认为她仗义，直言保护老师没有错，就是方法简单偏激了。

凌旭一直陪着她。直到晚上Nono主动打来电话。

Nono受到主任批评是肯定的，连赵楚煊锁门都算到了她头上。最屈辱的是，纳迪娅还必须若无其事地给不尊敬她的那帮中年学生继续上课。因为她是老师，就应该高姿态。

"都怪自己太冲动，不冷静，意气用事，反而连累了老师，让老师受委屈。"楚煊自责得又要掉眼泪。

赵楚煊追悔莫及。

她第一次知道了"情绪是魔鬼"的可怕。

"Yoyo，我可以信任你吗？"Nono忽然很伤感。

"可以！你可以相信我，老师！"赵楚煊跟入党宣誓一样对老师庄严表态。

这一夜，又是辗转难眠。

她觉得自己很愚蠢，也很幸福。短短一天，男朋友有了，如师如友的姐姐也有了。

没想到从此上外台听力，纳迪娅再也没有叫过赵楚煊，整个把她当空气了。

老师在避嫌。

我喜欢的Nono老师，上课成了我最熟悉的陌生人，下了课又变回那个眉飞色舞，以芝麻酱为生的小姐姐。

"老师，你为什么吃那么少？"楚煊曾经问过Nono。

"因为我男朋友全家都不喜欢胖女孩，我第一次去他家吃饭，他妈妈嫌我胖。"

楚煊惊呆了，麻秆一样的还嫌胖？纳迪娅老师的男朋友，楚煊在学校门口见过，身形壮硕得有点儿臃肿，头比凌旭还大。

Nono很在乎男朋友，她心甘情愿地节食。

幸亏楚煊还有凌旭，每次和Nono吃过"饭"，火速让凌旭把她接走。

重新吃！

凌旭不负众望，甚至超水平发挥。

他们去吃凌旭中学旁边的过桥米线，吃音乐学院对面的川菜，吃南城门底下小巷子里的小炒。

为一口吃的，我要从南走到北，我还要从白走到黑（歌曲苦行僧的一句歌词）。

赵楚煊一度怀疑，凌旭是不是苏睿光附身了，美食好像是他们乐此不疲、最向往的追求。

进入冬天，楚煊就想冬眠。"好冷啊，就让我赖在被窝里吧！"

凌旭可不答应，大周末非要带她去他的大学上自习。

两个人挤公交，去他梦想开始的地方。

某理工大学老校区。

占座节目开始。挑个干净又没人的教室，赵楚煊快步冲进去直接粘在暖气片上。

"我不管，我要吃冰激凌。"这就是赵楚煊，大冬天，烤着暖气吃冰激凌。为此，妈妈没少唠叨她："寒凉的东西对女孩子不好。"她不这样认为，无论天热、天冷，吃冰镇的东西，解渴又爽心。这是生病的祸根。不良生活习惯，对健康的危害，赵楚煊现在才知道，可惜悔之晚矣。

就跟她上大一在操场上看露天电影，大冬天还要哆哆嗦嗦喝冰可乐一个德行。

没想到凌旭也是同道中人，两个人嘻嘻哈哈靠在暖气片上，抢着吃一大盒冰激凌，冰得嘴都合不上。

然后，楚煊趴在桌子上睡觉，凌旭昂首挺胸地复习。

他下半年要考托福。

午饭和晚饭都在学校食堂或就近的小饭馆解决。对此，楚煊说："我们就不能走远点，非要和一群学生挤着吃饭。"

凌旭笑而不语。

老校区去了，还要去新校区，新校园的花草树木还没有种全、长好，冬天看上去格外萧条。

怎么说呢，凌旭比楚煊还念旧。

有一天晚上，他俩在学校门口的小面馆吃饭，有个男生一进来就打招呼："哎，凌旭你怎么在这儿？"

"我来上自习。这是我女朋友！"凌旭一脸骄傲。

"人家问你了吗？你怎么也这么爱加戏。"楚煊心里嘀咕。

赵楚煊终于明白，凌旭孜孜不倦奔波在两个校区的目的了。

赵楚煊是他的初恋。

这个在省委大院长大的孩子，父母双双高知高干，家教严格，对女朋友，他是比较高傲和挑剔的，如今千年铁树开了花，恨不得奔走相告。

快要放寒假了，新疆的大哥哥忽然约楚煊。

对于拒绝新疆大哥哥而选择凌旭，楚煊此时有点儿不好意思。

据说，她刚转去口译班，这两个男生还坐同桌，相爱相杀，同学们还以为他俩是一对儿。

直到有一天，两人翻脸，凌旭当着所有人的面，说了一句："You are nothing！"（你什么都不是。）

新疆大哥哥转身走了，从此两人不再来往。

赵楚煊没想到凌旭会说这样的话，毕竟他一向彬彬有礼，绅士有加，这样的话出自凌旭之口，她很难相信。

楚煊没有问过凌旭，她觉得凌旭只不过是想击败新疆大哥哥。男人嘛，她还是喜欢有些脾气的。

楚煊决定赴约，让凌旭在附近等她。

新疆大哥哥约她在交大里面的一个咖啡厅，很雅致。

他给了她祝福。告诉她，他现在准备接受一个追求自己的女孩子，所以要提前回乌鲁木齐了。忘记介绍了，新疆大哥哥，是新疆一所大学的英语老师，为评职称来外国语大学进修。

楚煊真心为新疆大哥哥高兴。一切都这么圆满，她如释重负，可以安心回家过年了。

国庆节以后，楚煊很少回家，跟上大学一样。有时还会接受Nono的邀请，去她的单身公寓，通宵看DVD。

恋爱以后更是不着家，凌旭喜欢带她去影城，专挑恐怖片看。不管有没有可怕的镜头，他都一把把她按在怀里，并捂住她的眼睛，振振有词地说：

"你看你害怕了吧？有我呢！"

一部电影按好多次。

楚煊又气又好笑。"还让不让人看呀？啥我就害怕了，我看恐怖片的时候，你还穿开裆裤呢吧。"

硬是挨到宿舍都要贴封条了，他俩才各回各家。

楚煊没跟爸爸妈妈说她恋爱的事，怕不同意。因为一个是去英国，一个是去美国，不现实。

赵楚煊回家的当天晚上，就闹着要去妈妈单位的房子住，打着假期好好学习、攀登科学高峰的旗号。

其实，她的如意小算盘是，自己不在爸妈眼皮底下，可以整天和凌旭QQ，肆无忌惮地打电话。

她积极学习的主动性，爸妈肯定支持。

第二天大清早，收拾好东西，吃了早饭，急得满屋子转圈，催爸爸赶快送她过去。

姥姥在自己房间喊着："煊煊，煊煊，到姥姥这儿来嘛，刚回家就走，不陪姥姥说会儿话？"

楚煊说："姥姥，过几天我就回来了。"边说边往门外冲。

姥姥不甘心，手忙脚乱地给她掰香蕉。"煊煊，就待一会儿，吃个香蕉……"

至于后面姥姥还说啥了，楚煊都没听到，她已经在楼下整装出发了。

爸爸跟在她后面，不太高兴地说："姥姥跟你说话呢，不知道你急什么！"

因为是周日，妈妈照顾姥姥，爸爸陪着她。白天跟凌旭QQ，爸爸睁只眼闭只眼，晚上带她去吃串串。

爸爸不爱吃这些，没办法，女儿喜欢。

第二天一早，爸爸上班去了，楚煊一个人在家，简直要翻天。

电脑、电视、音响全打开。打电话、聊QQ、吃零食，嗨了一整天。

大概六点多钟，爸爸打来电话，说妈妈临时出差，他还有应酬，让楚煊晚饭自己出去吃。

赵楚煊立刻打电话给凌旭，"嘿嘿，今晚我是自由人，我QQ陪你吧，你先抓紧复习。"

第二天上午，她11点多才起床，一看有爸爸的未接来电。

"爹地，啥事？"

"冲儿，吃点东西，穿件黑衣服，出门的时候把门窗关好，我让司机过来接你。"爸爸一如既往地温和。

不知道为什么，楚煊的心狠狠地揪了一下。

"妈妈呢？"她疑惑地问。

"妈妈好着呢，乖，快去换衣服。"

楚煊好像意识到了什么。

流着眼泪去衣柜里翻衣服，找来找去黑色的只有一件，还是秋装。

她执意穿了这件衣服下楼。

司机叔叔看她一直坐在后排无声无息地掉眼泪，也一路无话。

殡仪馆门口停满了警车，出出进进都是穿着警服的人。

楚煊麻木地走进院子，满院子都是挽幛、花圈，站满了人。

忽然冲过来一个人，抱着她失声痛哭。

是妈妈，是穿着孝衣、戴着孝布的妈妈。

楚煊眼泪流得更凶了，她咬紧牙关没说一个字。

大家赶紧把她们分开，让她们别激动。

赵楚煊瘫坐在灵堂门口的长凳上，任由别人给她穿孝衣、戴孝布。她只呆呆地看着灵堂前的条幅。

刘曼君慈颜犹存。

太刺眼了……

楚煊心里一遍遍重复一句话。

"我的姥姥叫刘曼君,我的姥姥呢?"

不知道是谁扶着楚煊去的灵堂,她表哥、表嫂正在向祭奠的人回答谢礼。鞠躬,不停地鞠躬。

楚煊在姥姥灵堂前跪下,头磕在地上,一直不愿抬起来。

"姥姥啊,你醒醒,煊煊回来了,煊煊陪你聊天,吃你剥好的香蕉,姥姥你再看看我。"

她哭得撕心裂肺,谁都拉不住。

正在外面招呼吊唁亲朋的爸爸,进来搂住她。

"女儿不哭了,再哭妈妈会更难过。你是大孩子了,要安慰妈妈。"

等她冷静下来,爸爸告诉她,姥姥昨天早上心脏病突发。

妈妈八点出门上班,姥姥还好好的。一般周一早上八点半之前梅姨就能回来,但是这个周一因为堵车,梅姨晚到了半个多小时。

她进家发现姥姥斜靠在床上跟睡着了一样,但怎么叫都叫不醒,赶紧打电话给爸爸妈妈。

楚煊的姥姥,50多岁就患有严重的冠心病,多次犯病抢救都有惊无险,可是这一次却再也抢救不回来了。

楚煊后悔,没有听清姥姥最后跟她说的话,她是那么慌张,那么心不在焉。

楚煊后悔,如果自己不任性非要住妈妈那套房子,姥姥发病时身边有人,也许就不会离开了。

安葬了姥姥,当天晚上,楚煊梦见姥姥穿着一身白衣,慢慢走向阳台。楚煊哭着说:"姥姥不要走,姥姥让我抱抱你。"

姥姥没有回头,很不情愿地伸出手,楚煊赶快牢牢握住。姥姥抽出手什么都没说,飘走了。

梦是那么真实,楚煊哭醒了。醒来后,就发高烧了。

等楚煊身体恢复，情绪渐渐平复下来，爸爸和梅姨跟她说了一件事。

姥姥和她没有血缘关系。

姥姥姥爷是妈妈的养父母。

妈妈的亲生父母出自名门望族，书香门第。外祖父曾是一个师范学校的校长，与德高望重的医生姥爷是莫逆之交。姥姥是续弦，比姥爷小20多岁，前姥姥病故前和姥爷有三个儿子，于是两人决定抱养一个女儿。

外祖父有儿有女，膝下承欢。为好友割爱，把自己出生只有16天的小女儿，就是赵楚煊的妈妈，送给当医生的姥爷和姥姥。

楚煊的妈妈五岁的时候，姥爷因患上严重的肺心病，执意要和姥姥离婚。姥姥还年轻，还可以再嫁，姥爷不想耽误她。

姥姥离开家的时候最后给妈妈扎了一次辫子，妈妈终生难忘。

小姨是姥姥再嫁以后的继子女，妈妈一直把她当亲妹妹。姥姥退休以后，妈妈和小姨轮流照顾母亲。后来因小姨家庭变故，妈妈把姥姥接到身边，独自赡养，一养就是17年。

楚煊流着泪听完这个故事，五味杂陈。

她没想到，妈妈是这样可怜的命运。

她不明白老一代人为人处事的标准是什么。

"既然抱养了人家的孩子，为什么不给她完整的家。外公慷慨，姥爷大义，那我的妈妈呢？"

她敬重妈妈给只养了自己五年，且毫无血缘关系的姥姥养老送终。赵楚煊终于明白了，为什么妈妈爱她，爱得倾其所有，无怨无悔。

因为她从小没有母爱，她不想让自己的女儿有任何的缺失，她要让女儿成为世界上最幸福的孩子。

楚煊问梅姨："全家都知道这件事对吗？为什么不告诉我？"

"因为你姥姥不让告诉你。血浓于水，她怕你不爱她了，你的亲姥姥还在。"

楚煊想起来上大学以后，偶尔给姥姥打座机电话，梅姨在客厅接了以后叫姥姥快来，就听见姥姥跌跌撞撞的脚步声，抢过来电话激动地说：

"煊煊，你都好吧？"

姥姥腿上有骨刺，只有接楚煊电话的时候，才会连拐杖都顾不上拿……

赵楚煊泪如雨下。

"姥姥，这辈子我只有一个姥姥，就是你。"

开学以后，赵楚煊重新回到高级班。那个口译班，她既厌恶又感到压抑。

进教室以后，她很自然地坐在凌旭身边。

不一会儿，进来一个女孩，径直走到她面前。

"让一下，你坐我座位了。"

赵楚煊一愣，你的座位？

"对啊，我一直坐班长旁边，你新来的吧？"

班长？

凌旭解释："这个女生是后半学期加入高级班的，是一个班的同学。还有，你转班没多久，我就被指定为班长了。"

"你当什么我不管，这个女同桌是怎么回事？那么多位置，为什么非要坐你旁边？"楚煊心里说。

"凌旭是我男朋友，这个位置以后只能我坐。"赵楚煊看着女孩一字一句地说。

那女孩盯了她好久，最终去凌旭后面坐下了。书包摔得震天响。

下课出了教室，楚煊还没质问凌旭，凌旭就开始抱怨：

"你刚才干吗那么凶，我是班长，你们吵起来我就夹中间了。"

"呵，让班长为难了？那就让她继续坐你旁边呗。"

"我不是那个意思，她坐就坐嘛，当时你在口译班，我是班长，我总不能撵人家吧。现在你坐我旁边不就行了。"

赵楚煊接受了"老夫子"的批评。

可是那个女生根本不消停，一到课间："班长，刚才笔记我没抄上，能看看你的吗？"

"班长班长，刚那句翻译我没听懂，你能给我讲讲吗？"

楚煊很不爽，可是凌旭每次都会满足她的请求。

"我是班长，她的要求很正常，你不要多想。"他一本正经地对楚煊说。

有一天楚煊妈妈来学校看她，请Nono一起去吃饭。

Nono第一次坐警车，开始演戏，假装自己被捕了，一路上装犯人。

下了车兴奋地挽住楚煊妈妈的胳膊，又假装成她的女儿。

点好菜，等菜的时候楚煊妈妈问："最近赵楚煊学习怎么样？"

大家觉得你的死党，哪怕是老师，这个时候该怎么回答？

"还可以""挺好的"之类的话，对不对？

"爱玩。"Nono飞快地说。

赵楚煊比上外台听力课还怀疑自己的耳朵："是我没听清吗？是她语速太快吗？还是我产生了幻觉吗？"

妈妈瞬间面部凝重。

楚煊一顿饭如坐针毡，Nono倒是吃嘛嘛香。

送她们回学校的路上，楚煊心想："你还用假装罪犯？你本来就是，赶紧拉监狱去。"

下了车，妈妈绝尘而去。

楚煊还没来得及声讨Nono出卖她的事情，Nono倒先哭上了。

"你咋了？"

"我想我妈妈了，等会儿下课我就回家。"她哭着跑回休息室了。

"嘿，别走啊，你这是金蝉脱壳！"

"你倒是等会儿回家了，我可能半个月都进不了家门。"

Nono此后忽然认真起来，让楚煊每天背一篇名人演讲，晚上去她的公寓接受检查。

"我天，看来你家，我也半个月不敢进门了。"

赵楚煊正和抢她男朋友的小女生斗智斗勇，哪有工夫背演讲。

有一天下午刚下课，Nono拽着楚煊就往她的公寓走。

"你欠我多少篇了，赶紧背。"

"我背不下来。"

"怎么就背不下来？"Nono一板脸，严师的样子全出来了。

赵楚煊咧嘴哭了。

她想耍赖。

"哎呀，好了好了，把Yoyo吓哭了。这样好不好，我每天陪你背，咱俩一起背就能背下来了。"

"为什么要背演讲啊？"

"你马上要出国了，英语这东西一不练就荒废。你找我不就是想跟我学听力口语吗？最近我给你强化一下。"

楚煊感动了："行，我们君子协定。"

第二天精神抖擞上课，一进教室，楚煊看见那个小女生竟然坐到自己的位置上，还一脸崇拜地盯着凌旭，眉开眼笑地和他说话。

凌旭还是保持他的正襟危坐。

赵楚煊生气了："起来！我告诉你，这是我的座位。"秒变悍妇。

"你有病吧，我就是问班长问题，班长都没说什么，你急什么眼呐。"她挑衅地回敬。

唇枪舌剑中，凌旭不偏不倚，息事宁人。

楚煊第一次觉得凌旭所谓的修养，应该只是维护自己的形象而已。

楚煊和凌旭冷战到下午。

下午下课，楚煊让凌旭做个了断："明明知道那个女孩在勾引你，为什么不拒绝？"

"我只做好我自己，我把你当我的女朋友，就是我的态度。"

"之前你对新疆大哥哥都会撂狠话，为什么对这个女孩，你一直态度不明朗，一再放纵？"

"那个男的老针对我，我忍无可忍才反击。这个女生就是问我学习上的问题，我不明白，你为什么这么小气？"

"我小气？"

正在这个时候，凌旭妈妈打来电话，说他爸爸下午开会的地方正好晚上有个不错的晚会，让他妈妈和他一起去。

凌旭比楚煊还妈宝，满口答应。

"不行！你今天得把话说清楚。"

"楚煊，你别闹了，我妈等我呢，我得回家。"

"呵，那就是谁都比我重要呗？你之前不是这样对我的。"

"那是我妈！"

"你只是去看晚会！一个晚会比我们的关系都重要吗？"

凌旭妈妈的电话又追过来了，嫌他磨叽，让司机接他。

凌旭赶紧给他妈妈道歉，准备往学校大门口走。

"行，你今天去看晚会，咱们就分手。"赵楚煊气急了。

凌旭没见过楚煊这么生气，有点儿动摇。

纠结了一会儿，他给他妈妈回电话，说晚上参加英语角，不去了。

隔着电话，楚煊都能听到他妈妈的呵斥。

赵楚煊一下就心软了。

凌旭挂了电话，冷冷地说：

"你满意了？"

楚煊马上有点儿后悔，应当让他去看晚会，可当时心里憋屈。接着，她极尽所能地逗凌旭开心，两人和好如初。

Nono那边的演讲，楚煊还是处于拖欠状态，一篇都没去背。有一天，她发现Nono上课时的眼睛再也不会落在她身上，像当年石老师一样。

上个学期在口译班，Nono曾一度把她当空气是为了避嫌。现在好了，真把她当空气了。

楚煊觉得自己对不住老师，于是，她找了一篇大学生英语演讲比赛冠军的稿子，背到滚瓜烂熟，期待着下一周课前老师点名的背诵环节。

终于等到这一天，一上课，Nono笑眯眯地问："今天谁自愿上来背？"

赵楚煊高高地把手举起，就怕老师看不见。

Nono收起笑容，迟疑了一下，叫她上讲台。

赵楚煊声情并茂，恨不能载歌载舞来全面表达自己的情感。

背诵完毕，一阵热烈的掌声。

楚煊优雅地走回座位，等待点评。

"音基本标准，但语调有几处不地道。好，我们打开课本，准备今天的练习。"Nono出奇地平淡，甚至不愿再多说一句。

大家都好奇地看着赵楚煊。

楚煊很尴尬，心情差（down）到极点。

自从姥姥离去，梅姨也回去了，楚煊不愿意回家，家里空荡荡的。

这天楚煊和凌旭在自习。妈妈打来电话，叫她回家吃饭，奶奶做了她最爱喝的苏巴汤。

楚煊想了想，答应了。

跟凌旭说了一声，两人一起出教室。

"你要回家吗？"凌旭问。

"嗯，回去一下，正好看看奶奶，我明早就回来。"

"如果我让你陪我呢？"凌旭一脸认真地问她。

"现在？咱们不是刚说好了吗？我得回家呀。"楚煊有点儿奇怪。

"你妈妈叫你回去你就回去，为什么我妈妈叫我，你就不让呢？"

这是哪儿跟哪儿啊？

楚煊想起来那次晚会的事。

"不是吧大哥，还记着呢？"楚煊在心里嘀咕。

"我没有不让你不听你妈妈的话，那天咱俩不是闹别扭嘛，气头上我不想让你走，人家稀罕你嘛。"楚煊开始哄凌旭。

"那我告诉你，任何时候，我妈都很重要，最重要！"凌旭突然很激动。

"今天要吵架吗？过去多久的事了，什么时候，我说过你妈妈不重要了？"

楚煊觉得他不可理喻，转身走了。

一晚上谁也没联系谁。

第二天上课，两个人别别扭扭坐在一起。

楚煊一边心神不宁听课，一边转笔。

笔滚到地上，掉在凌旭脚边。

他还是坐得那么直挺，丝毫没有帮她捡笔的意思。

楚煊弯下腰去捡笔，抬头的瞬间，她竟然看到凌旭嘴边转瞬即逝的嘲笑。

"道貌岸然。"

楚煊当时脑海里清晰浮现出来这四个字。

课后，她也明明白白地告诉他了。

听到"道貌岸然"这四个字，他像被水母蜇了一样，恼羞成怒。

"你怎么骂我？我仇人都不会这么羞辱我！"

"分手吧，好累。"赵楚煊不想跟他再说什么了。

两个人都是那么骄傲、敏感和自尊，不适合做情侣，下辈子直接当兄弟吧。

这一天，下了好大的雨。

五

小相一有空就给楚煊打电话吐槽自己的工作，楚煊每次都很耐心地安慰她，直到她终于受不了不劳而获还克扣她工资的老板，辞职重新应聘。她找到一家刚成立的移民中介，工作还是很累，工资也不高，但起码是正规公司，楚煊安心了许多。

第一次拿到工资的小相，就买了两套羊绒保暖内衣，还有羊毛围巾，寄给楚煊的爸爸妈妈。爸妈很感动，直夸小相又乖又懂事。

“我的呢？”楚煊鼻子都气歪了。其实，她心里是最高兴的。

依萌从深圳回来了，在外打拼不容易。何况大一就在一起的男朋友在老家，两个人决定结束异地恋。

大家都有各自的生活，楚煊决定做一些新的尝试。她弄了个小型英语角，每天晚上帮助班里想提高口语的同学，和他们交流方法，或者当陪练。

一个多月的时间，英语角越来越大，因为其他班的同学也不断地加入进来。

新认识的朋友问楚煊，学校的大英语角你怎么从来不去？

外院，每周四晚上七点，一进校园，人山人海。附近大学的学生，还有口语爱好者，都会聚集在这里。英语交流，不分年龄，没有门槛。这就是外院著名的英语角。

赵楚煊不去的原因，是觉得那儿不能真正提高口语。大家都是陌生人，搭讪的时候来回就那十多句经典的寒暄。

同学说她孤陋寡闻，拉着她一定要见识一下大场面。

6月的晚上，七点太阳还没落山，就已经乌压压一片人。

不至于吧？这么疯狂！

同去的同学如鱼得水地钻进人群，开始找有眼缘的人聊天。

楚煊听了听热闹，熬到八点，天也黑了。她准备找到一起来的同学，打个招呼就撤了。

同学还没找见，就听见两个男的吵架声。

用英语吵架，洋气不？

赵楚煊赶上看热闹，就站在两人旁边听。

其实，两个人在辩论。瘦高个的男子口语标准，思路清晰，把对方逼得节节败退。楚煊怕他俩息战，就赶紧加入，帮失利一方论战。

可惜那个人不愿恋战，全身而退。

楚煊傻眼了，太不厚道了吧。

瘦高个开始跟赵楚煊接着理论。

"好了，你赢了！"

楚煊说完就要溜。瘦高个却拦住她说："手机号给我，咱俩还没分出胜负呢。"

赵楚煊不知道哪根筋搭错了，还真把手机号给了对方，然后撒腿就跑回宿舍。进屋了才想起来，她的同学还在人海中。

楚煊洗澡上床，准备听歌睡觉。

一看手机，两个陌生来电，她没有搭理。

过了一会儿，陌生电话又打过来，楚煊接了。

"喂？"

就这一声，楚煊知道是谁了。

瘦高个。

不是吧，吵了一晚上还没够？

可是他不说英语，用母语和她聊天。

他有一种魔力，让楚煊不由自主就进入他的话题了。

一直说到他手机没电。

赵楚煊莫名有些兴奋。

第二天，楚煊不停看手机，可是白天他一直没有联系楚煊。

她竟然有些失望。

晚上九点多，他打来电话。

这一次，他俩聊到半夜一点多。

换了两次电池。

打到没电，意犹未尽。

第三天，周六，他一早就从西郊赶过来，在外院门口的肯德基等她。

周四那天晚上天太黑，楚煊又脚底抹油地溜之大吉，所以没看清他。今天两个人面对面坐着，仿佛相识许久的故人，笑意从彼此眼中都溢出来了。

他长得像黄晓明，身高185。颜控的赵楚煊对此很满意。

他专门带来一沓学生的作业本，里面有很多学生给他写的信，表达

197

对他的喜爱。

他还带来了他正在写的小说，他的字写得端正好看。

本来是中医学院本科毕业的他，却酷爱英语。李阳的疯狂英语，给了他很大的鼓舞和启发，他大学期间大胆尝试并刻苦学习，毕业考了教师资格证，做了英语老师。

马云的名字，也是他告诉楚煊的。他非常崇拜马云，无论性格、经历还是成就，他以马云为榜样。

在肯德基侃侃而谈的时候，不时有附近的小朋友被他吸引，主动过来找大哥哥。他则以十足的耐心，教小朋友英语单词，小朋友竟然对他言听计从。家长们惊叹不已，不停道谢。

他的魅力，在于开朗自信，温和又不失霸气，赵楚煊看得眼花缭乱。

从上午九点坐到下午四点，外面下雨了楚煊都没发现。

他让楚煊稍等。

推门出去，很快回来。

买了一把浅绿色的雨伞，上面有一只卡通青蛙。

楚煊好惊喜。"你怎么知道，我喜欢卡通款式？"

"因为你说你喜欢绿色，还说我笑起来嘴咧得好大，像只青蛙。"说完故意把嘴咧得更大了。

"晚上想吃什么？"

"附近有家麻师娘串串。"

"走！"

出了肯德基，他给她打着伞，很自然地牵住了她的手。

吃完饭，两个人冒雨去市中心，挑了一对银戒指，情侣款的。

"总有些惊奇的际遇，比方说当我遇见你。"他说。

不到72小时，两人确定关系。赵楚煊很意外，她没有犹豫。

他叫孙灏祎，1981年6月8日出生，初中英语老师。

如果说女人一生的真爱只有一次，那么赵楚煊的唯一就是他。

她叫他小浩。

"你的名字挺特别的。"

"我爸给起的，他爱看书。"

"那你哥哥叫什么？"

是的，他还有个双胞胎哥哥，惊喜不？

"孙灏礼。"

"哟，部首都一样，很讲究！"

幸亏小浩的老家不在这座城市，不然楚煊担心看见两个一模一样的男朋友，无从选择。

"哎呀，你说你哥哥看上我咋办？"赵楚煊自恋得无法自拔。

"不会，你是我的女人。"

就喜欢他这份霸气。

他穿得很简单，白衬衣束在牛仔裤里。

楚煊悄悄去给他买衣服。

一件以纯的浅绿色格子衬衣，三叶草纯白色的短袖T恤，美特斯邦威卡其色休闲裤，棕色骆驼的休闲皮鞋。

让他按《我的野蛮女友》里牵牛那种穿法。T恤不塞裤子里，衬衣套在T恤外面，不系扣子敞开穿。

赵楚煊第一次这么渴望打扮男朋友。

小浩接到这份礼物，特别感动，抱住她。

"你怎么对我这么好。"他深情地说。

小浩在他没有晚自习的夜晚，总是一下班就赶过来找她。

他上课依旧保持朴素的穿衣风格，只是在见楚煊的时候，才会专门跑回教师公寓，换上她给他买的衣裤和皮鞋。

比起拉手，他更喜欢紧紧搂着她的肩膀。

他搂着她，两个人步行四站路，去一家西餐厅，待到很晚。

这是一家小店，很安静，也很小资。

他们总坐窗口的位置。吃过饭，服务生会默契地撤盘，擦干净桌子，端上两杯水，不打扰他们。

楚煊喜欢趴在桌上，小浩就给她按摩后背颈椎，拿出他中医学院的看家本领，恨不能推拿针灸、拔火罐全上。

她舒服得昏昏欲睡，他再拿出学生作业开始批改。

就像网上说的，有一种爱情就是坐在一起，哪怕互相不说话也觉得满足。

常常到餐厅打烊，小浩才把她送回宿舍。

到底不是在读大学，没有门禁时间，只有男士止步。

两人会在楼下抱很久，然后一步三回头地分开。

小浩第二天要上班，楚煊不愿意他回去太晚。

英国读研的录取通知书早早就到了，埃塞克斯大学的录取通知书尤其早。但中介力荐南安普顿大学，理由是排名靠前，地理位置优越，而且两次申请，这个学校对赵楚煊表示出十足的诚意。

和小浩认识的前几个月，和凌旭闹别扭，后来分手。和Nono也跟绝交了一样，赵楚煊百无聊赖，她跟爸爸妈妈说，她想早点儿出国。

那个时候没有旅游签证，去英国比去欧洲其他国家要麻烦。

中介给的唯一解决办法就是读语言。

荣老师夫妇都笑了，别人家孩子都是努力考雅思，通过达标成绩避免读语言，怎么赵楚煊心急火燎地自己找上门去读语言。

读语言费用并不低，但能提前五周到校。爸爸不同意，为什么花没必要的钱。妈妈却非常赞成，早点儿去能提前适应环境。但凡有利于学习的机会，妈妈都全力以赴地支持。

妈妈还给楚煊买了一个爱国者录音笔的旗舰产品，说是为神舟六号研制的，让楚煊国外上课用，听不懂就录下来，课后反复听。唉，可怜天下妈妈心！

现在楚煊和小浩热恋，她又不想提前走了，可是一切木已成舟。

7月过半，学校马上放假，8月她就要走，楚煊心乱如麻。

这天，从西餐厅出来往回走，楚煊顺口问小浩："你喜欢我什么？"

"喜欢你是留学生呀！"

楚煊不悦。

"那如果我不出国呢？"

"那起码你是研究生。"

"那如果我不是研究生呢？"

他竟然语塞。

两人恋爱以来第一次有了不愉快，楚煊怀疑他的动机。

他没有解释，甚至第二天也没有联系。

赵楚煊有些寒心。

又过了一天的下午，他打来电话约楚煊到市中心一家名叫"塞纳河"的法国餐厅。

"这是给我道歉吗？"楚煊在心里想。

"塞纳河"法国餐厅在黄金地段，食物价格不菲。

楚煊被服务生领上楼，他在窗口位置等她。

他笑意盈盈。

楚煊拉着脸坐在他对面。

他只是盯着她笑，既不点餐，也不说话。

突然他拿出一支钢笔。

赵楚煊自从大学毕业回到家乡，对笔的钟爱，除了晨光、真彩、爱好、金万年，她又进军百乐、斑马、派通、施耐德这样的进口品牌。

他知道她的品位。

"打开，打开。"他神秘地说。

楚煊费劲地拧开。

"孙灏祎，你搞什么鬼？"

"新的，真的，刚过来时新买的。"他一脸真诚地说。

楚煊开始拆钢笔,怎么拧都拧不动！

笔杆拧开后，没有吸水器，有一截小纸卷。

楚煊抽出来搓开。

字迹很小。

"煊儿，我喜欢的是你，是你这个人。我昨天的话也是真的，那是我刚认识你时的想法，你让我骄傲。我想了一晚上，发现我喜欢的更是你本人，喜欢你的天真和真诚。只有你相信我的梦想，只有你支持我。谢谢你煊儿，原谅我好吗？"

楚煊泪眼蒙眬，看着对面的小浩："哥，这是你的浪漫吗？"

小浩忽然严肃起来，来到她座位旁边，单膝跪地，手打开，是一枚钻戒。

赵楚煊脑子一片空白。"我要结婚了？"

"我不要求你现在嫁给我，但我愿意和你共度一生。赵楚煊，我爱你！"

服务生也恰到好处地把一大束红玫瑰用推车推过来。

赵楚煊感动得热泪盈眶。

她矜持地等着他给她戴上钻戒，是她的尺寸。

虽然钻石小得跟他写的字一样，但楚煊此时觉得自己是最幸福的女孩。

钻戒的牌子是"戴梦得"，他祝福她，梦想成真。

"我的梦想就是你，小浩。"

楚煊第二天专门回家，跟爸爸妈妈谈了和孙灏祎的事。

爸爸没表态，妈妈很震惊。

"之前你和凌旭，爸妈睁只眼闭只眼，就有担心。一是你们一个去英国，一个去美国，距离太远，不现实；二是凌旭比你小。男孩子比你大一天，心理状态都不一样。"妈妈神情严肃地说。

这下轮到楚煊震惊了："怎么，我保密工作做得这么差？啥时候露馅儿的？"

"你一谈恋爱就魂不守舍。"

妈妈，你干脆改行去相面吧。

"你老师把你和凌旭的事，早就告诉我了，我和你爸爸之所以没有反对，就是觉得你长大了，享受恋爱很正常。也许你们感情好，有规划，能走出自己的路……"

"妈妈你相信我，我和小浩可以走出一条我们的幸福之路。"

"你将来如果留在国外怎么办？你们成长的环境不一样，他家在农村，三个孩子，你考虑过吗？"

"妈妈，我和凌旭门当户对，结果呢？任性起来，自我起来，我们谁都不让谁！可是小浩不一样，他很迁就我。他经济条件是不好，但他对我好，我和他在一起很快乐，我愿意和小浩在一起。"楚煊跟妈妈很坚定地说。

爸爸忽然开口：把他手机号给我，我找时间和他聊聊。

当天晚上，小浩陪楚煊在外院门口的咖啡厅，她心神不宁，反复叮嘱小浩，接爸爸电话一定要好好表态。

爸爸八点多打来电话，小浩执意出去接。

电话打了一个多小时，楚煊还没来得及问什么情况，面沉似水的小浩让楚煊给家里回电话，他在咖啡厅等她。

楚煊下楼给爸爸打电话。

"爸爸，你觉得他怎么样？"

"让你妈妈跟你说。"

"他对你挺用心的，也很有勇气。但是这孩子说话，天上一句，地下一句，让我觉得不踏实。"

"他说啥了？"

"你看，我问他煊煊准备出国，你怎么考虑你们的将来。他回答的是，一会儿说他马上要去北京找出版社出书，一会儿说要像李阳一样办口语培训班，一会儿又说要像马云一样创业。总之，让我相信他，他会和红军长征一样百折不挠。他越说，我反而越不放心。"

赵楚煊有点儿尴尬。

孙灏祎是一个有梦想、有激情的人，楚煊喜欢他的上进和不甘平庸。他的想法，在很多人看来确实有些不切实际，他说他的同事甚至说他神经质。但是楚煊相信他，愿意给他鼓励和信任。

"妈妈也跟他说了，生活不是光有理想，得有计划和行动。妈妈觉得他不错，但是你们不合适。你本来就简单、率真，需要一个成熟稳重的男孩子带着你一起成长。你把钻戒还给人家。还有，你大手大脚，不许再让人家为了迎合你乱花钱。"妈妈有些严厉地说。

在楚煊和妈妈专心通话的时候，一直背对着咖啡厅。她手舞足蹈据理力争的时候，不经意一回头，竟然看见孙灏祎就站在她身后两三米处的台阶上，目不转睛地盯着她，就像《巴斯克维尔猎犬》里的一段描述。

He stood with his legs a little separated, his arms folded, his head bowed, as if he were brooding over...（他站着，双腿略微凹陷，双臂交叉，头低垂，好像他一直在沉思。）

那一刻，楚煊几乎吓得尖叫（with a cry of surprise）。

不知道他这样悄无声息地站了多久，看见楚煊发现了，他面无表情地转身进店。

多年后，只要想起这一幕，楚煊还是冷汗涔涔。

楚煊返回咖啡厅，小浩远远看见她还是一如既往亲和地笑。楚煊一瞬间，甚至怀疑自己刚刚看到的那一幕是不是幻觉。

小浩表示能理解楚煊父母的担忧，楚煊表示"你若不离不弃，我定生死相依"。

眼看就要放假，两个人更是如胶似漆。

楚煊开始美国时差，白天在宿舍睡觉，晚上等到小浩下班，两个人去德福巷找一个通宵营业的咖啡厅，依偎在那里，或聊天或睡觉，直到天亮。

有一个周末，小浩带着楚煊去野生动物园。两个人穿着情侣装，还和海狮合影，和大象逗乐，那天玩得实在太欢，楚煊的凉鞋带子都被扯断了。

小浩二话不说，就把她背起来走。

楚煊要下来。天太热，背着她得多累。

　　可小浩说什么都不松手，一直背着她慢慢往公园外面走。

　　楚煊心疼地给小浩打着伞，伏在他肩膀上，很甜蜜。

　　小浩不由分说，带着楚煊去李宁专卖店，买了一双新鞋。虽然那个时候楚煊只穿阿迪和耐克，但是这双李宁牌子的鞋，她穿了很多年。

　　分开前一天，小浩带楚煊去了华山，两个人在山顶锁了同心锁。

　　"我硕士毕业，就回国和你结婚。"楚煊伏在小浩胸口，哭得泣不成声。

　　"假期我就去北京找伯乐，我的小说肯定能火。"小浩满怀信心地对楚煊说。

　　"嗯，你一定会成功的。"楚煊肯定地鼓励。

　　楚煊回家以后，茶饭不思，夜不能寐。

　　妈妈心疼她，买了摩托罗拉新款滑盖手机逗她开心。

　　爸爸有天趁妈妈不在家，拿出自己破旧不堪的摩托罗拉"明"，装作不经意地走到楚煊跟前说：

　　"丫头，不然咱俩换了，反正你出国还得买新手机。"

　　"爸爸，你咋想得这么美。"

　　爸妈紧锣密鼓地给她收拾行李，她却一天"晓看天色暮看云，行也思君，坐也思君"。

　　小浩短信告诉她，他买好去北京的车票了，当晚走。

　　楚煊有说不出的难受。

　　晚上，爸爸的同事请他们一家三口吃饭。席间，阿姨提起自己女儿的男友，家里也是不同意。

　　那个女孩从小恬静温柔，这次却罕见地流露出非他不嫁的坚决。

　　第二天上午，楚煊出去转悠，恰巧就碰见他们。那个男孩还没女孩高，长得很一般。外人看来确实不般配，可是两个人牵手走在一起，一脸的幸福。

　　"煊煊，你也要把握住自己的幸福。"那女孩对楚煊说。

　　楚煊受不了了。

立刻打电话。正午12点，楚煊站在烈日下，哭得很委屈。

"小浩，我好想你。我真的好难受，我想抱抱你。你回来好不好？我太想你了。"

"乖，不哭了啊，我回来好不好？"

楚煊哭了一会儿，心里没那么堵了。

"不要，我就是太想你了，你别放心上。你早上才到北京，快去办事，晚上安顿好了咱们QQ。"

"好，那你别哭了啊，煊儿。"

赵楚煊没精打采地回到家里，躺在床上百无聊赖。

下午四点多，手机响，短信。

"煊儿，我上火车了，明早八点前到。手机快没电了，我到了联系你。"

赵楚煊惊喜得立刻翻身坐起来。

"明早我去接你！"

飞快地回了短信，她呆坐了好久。千言万语，百感交集。她一句想念，他竟然毫无怨言地赶回来。

第二天一早，楚煊五点钟就偷偷起床。洗澡的时候，狠狠地把洗发水挤了一大堆到头发上。他每次搂着她的时候，总喜欢闻她的头发，说洗发水的味道好闻。要不是害怕吓到他，今天她恨不得头发不冲，让他闻个够。

楚煊洗好澡，换上小浩喜欢的裙子，就准备溜出去。先给小浩买份早点，再去火车站。

"这么早去哪儿？"正在洗漱的妈妈抓了楚煊一个现行。

"我想去吃胡辣汤。"赵楚煊从小不敢说谎，这句话说完，心虚得眼睛都不知道往哪儿看。

"胡辣汤？你用得着起这么早？早上喝牛奶吃鸡蛋，要保证营养。等会儿再出门。"

"哎呀，不要，我跟同学约好了，现在就得走。"

"是吗？谁啊？"妈妈疑惑地问。

赵楚煊关系好的同学和朋友妈妈都认识。都怪自己大学以后每天给妈妈打电话，事无巨细啥都汇报，习惯以后，嘴没个把门的，什么都秃噜，在妈妈这儿她就没秘密。

"你到底去哪儿？这才刚六点！"

"我去接孙灏祎！他专门从北京回来看我！"楚煊头一扬，眼一瞪，豁出去了。

"不是让你们断了吗？孙灏祎也同意了，你怎么还纠缠着不放？"妈妈生气了。

"我不会跟他分手的。我昨天就说了一句我想他了，他刚到北京呀，二话不说，立刻买了返程票回来看我。我今天必须接他，他是为我回来的！"楚煊毫不退让。想起小浩不怕折腾地回来看她，眼泪都掉下来了。

"让她去吧。"爸爸被吵醒了，听了楚煊的话，赞同她去接小浩。

"这是原则问题，不能去，他俩必须断了。"妈妈也开始掉眼泪。

"就是普通朋友，专门过来看冲儿，她是不是也得接一下？何况他们有感情，慢慢来吧。"

爸爸搂着妈妈往客厅里推，回过头看楚煊，又是转眼珠子，又是努嘴巴，示意她快走。

赵楚煊一路狂奔，打车到车站，赶紧买了肯德基。在出站口，望眼欲穿。

看见小浩走出来，赵楚煊几乎热泪盈眶。

立刻树袋熊一样挂在他脖子上。

他紧紧抱住了她。

她把他的脸扳过来仔仔细细看，一脸胡茬，满面憔悴，连轴转了两天，一看就没休息好。

"走，到你那儿。"楚煊拉着他就走。

"不行，我跟编辑约好了，明天下午见面。"

"明天？北京？"

"对呀，傻瓜，我下午就得返回北京。"

"天哪，你身体不要了？"

"没事，昨天临时买票只有坐票，不过我提前买好了今天的卧铺，我可以好好睡一觉。"

"那你可以不回来啊！你怎么不告诉我，就回来半天，折腾成这样。"楚煊心疼加内疚。

"我也想你，煊儿，我不怕折腾。"他爱恋地说。

楚煊想找个酒店让他休息，可他坚持要去公园。

盛夏的公园，游人并不是很多。他把她抱在腿上，坐在湖边，静静地看着湖水。

"煊儿，只有你肯相信我，无条件地信任我，别人觉得我是疯子。"他忽然忧郁地说。

"你怎么了？"

"没怎么，就是觉得你对我好。"

"你是个有才华、有勇气的人，你需要机会。现在你不是正在努力地实现吗？放心，我会一直陪着你。别泄气，别乱想好吗？"

"嗯，为了你，我会努力的。"

小浩那一天情绪有些低落，或许是累了。

"你出国，我就不去送你了，等你回国，我去机场接你。"

"我会加油的，你等着我来娶你！"

孙灏祎上火车前坚定地对赵楚煊说。

赵楚煊坚定地相信。

孙灏祎走了，去追求他的梦想。赵楚煊也决定专心读书，不再只是儿女情长。她希望再相见的时候是更优秀的彼此。

第六章　留学　难忘伦敦新年夜

一

自从姥姥离开以后，楚煊发现爸爸妈妈身边出现了一些神秘的人。这些人大都和妈妈长得很像。

他们是和她有血缘关系的舅舅、姨妈，甚至更遥远的关系。家族庞大，人丁兴旺。

他们曾经寻找过妈妈。恪守孝道、忠厚善良的妈妈，为了让姥姥安心，在赡养照顾姥姥的问题上从不分心，对寻亲的人从不动容，也曾被亲人误解"她已不识故里"。

楚煊上大学以后，妈妈还为姥姥放弃过提拔和上调的机会，因为姥姥哭着说，她不能离开唯一的女儿。

妈妈的大义和孝顺，让楚煊发自内心地感动和敬重。即使姥姥有些自私，那也是疼爱着楚煊长大的至亲。

"我的姥姥只有一个，她叫刘曼君。"

出国前，赵楚煊除了陪失业在家的依萌，基本宅在家里上网。小浩出师不利。楚煊随时给他鼓励和打气。

偶尔也会和爸妈一起收拾整理她的行装。

行李箱限重30公斤。妈妈专门给她订的是东方航空的直飞机票，虽然贵一些，但可以多托运10公斤行李。

买了一大一小两个箱子，楚煊爸妈按照中介给的行李清单采购，然后开始装箱工程。

一会儿发现这个忘装了，那个忘买了。一会儿又发现东西多得要爆炸，爸爸坐在行李箱上，试图把物品全压进去。

有一天，楚煊端个小凳，坐旁边看热闹。

妈妈淡定地摸出把菜刀。

"天呀，给我带什么菜刀啊，人家还以为我是恐怖分子呢。"

妈妈迟疑了一下，想起之前有次出差，机场安检时没收她瑞士军刀的情景。

楚煊刚把菜刀撤了，妈妈又拿出一口锅。

"妈妈呀，我是去留学，不是去野炊。"

又想去抢锅，妈妈急了：

"你人生地不熟，这不带，那不带，去了就抓瞎。你看看清单上是不是说让带锅？妈妈专门去给你找的超轻的小锅，新科技，不占地方，不占重量，拿上！"

楚煊瞥了一眼清单，明明写的电饭锅好嘛。

妈妈又笑意盈盈拿出一款粉色猪头电饭锅。中介倾情推荐："体积小、功率大，是您居家旅行、留学生活的必备良锅。"

的确，去英国以后，只要在厨房看见粉色猪头煲，彼此会心一笑，轻轻地问一声："哦，原来你也在这儿。"

眼见箱子里跟杂货铺一样，楚煊告辞了。

最后，背包装得像炸药包，电脑包臃肿得拉链都绷不上，外加两个大箱子。

出国留学，跟考上大学一样，亲朋相送，欢聚一堂。

直到离别的那天，8月19日。

早班机，爸妈送她到机场。

办托运的时候，妈妈嘴巴抖动，眼泪像断线的珠子簌簌往下掉。

不过，很快发现一个也要出国的女孩。

毕竟机场里，行李壮观得和春节回家一样的人还是少数。

两家大人立刻冲上去亲切交流，相互把自己的孩子拜托给对方的孩子。

楚煊抱着妈妈在她耳边说："妈妈不要太想我，我们每天视频，我在你办公室的电脑里，装好了视频软件，你早晨上班打开电脑开通视频，我就在线上等你。你能看见我，也能听见我和你说话，跟我在国内上学一样的。"

妈妈泣不成声："好孩子，好孩子……"

爸爸笑得哈哈的，打破离别伤感的情绪，一副乐观喜气的模样，显出大男人的无畏豪放。

"来，把你爹也抱一下。"

赵楚煊有点儿不耐烦地把爸爸推开："哎呀，爸爸别闹。"

两个女孩携手走向安检，一步三回头。

爸爸搂着妈妈，笑着朝她挥手：

"女儿放心，有爸爸呢！"豪放无畏的大男人。

过了安检，两个女孩各自哭各自的。

小相发来送别短信。

楚煊看了，哭得更起劲了。

起飞前，楚煊收到爸爸的短信。

"煊儿：祝你一路顺利，自己照顾好自己，把随身的东西看好。"

别以为妈妈没有留言，她给楚煊的留言像"傅雷家书"一样寄予浓浓的爱和谆谆叮嘱，只是她把事先写好的留言悄悄放进楚煊一个A4硬皮笔记本的夹层里了。

从此天高海阔，赵楚煊踏上征程。

二

到了上海，转机的时候遇到三个成都过来的小同伴。

男生叫吕昕，女生一个叫王梦瑶，一个叫夏名琨。

上飞机后又认识了两个长沙的同学。

南安普顿大学的队伍持续壮大。

和楚煊一起来上海的那个女孩是卡迪夫大学（Cardiff）的，找不到自己的队伍，哭得更伤心了。

国际航班空间大，很宽敞，楚煊选择两人座的靠窗位置，卡迪夫女孩坚持要坐在她后面。

飞行的12个多小时里，楚煊半睡半醒。卡迪夫女孩提前开始倒时差，在楚煊后面喋喋不休，从出生讲到此时此刻。

快下飞机的时候，楚煊一回头，只见她脸色蜡黄，眼窝深陷。

"好妹妹，讲个故事要这么拼吗？"

国内的凌晨两点，英国时差晚七个多小时。

赵楚煊好期待看到希思罗机场（Heathrow Airport）。吕昕说，这是世界上最繁忙的国际机场。

楚煊大眼瞪小眼，自己咋啥都不知道就出国了。

按现在的话说，不做任何攻略就出发，是一场说走就走的旅行。

可惜第一印象是失望。

8月，下午六点的伦敦，乌云密布，机场也不是很大。

一下飞机，一股强烈的冷风几乎把众人掀翻在地。

从纬度40度的祖国，飞了半个地球，从东半球来到西半球，温度掉了一大半。

身心均不适应。

一行人哆哆嗦嗦排队入关。

第一次见到大规模的外国人，没有激动，有点儿娇羞，在这儿，我们成了外国人。

海关工作人员坐在高台上，相当威严。

赵楚煊递交了护照、录取通知书、健康证，待一一核实后，顺利入关。

其他同伴也一样。

但是卡迪夫女孩被带走了，好像是身体原因。

是因为一路上说话透支了吗？

唉……

妈妈让中介给楚煊预约了出租车，110镑，从机场送到南安普顿大学。

让她一下飞机打电话给司机，司机就过来接她。

这时，赵楚煊发现不对劲，她有号码，带的现金全是50镑面值的，可是公共电话是投币的，她不知咋打给司机。

吕昕说："咱们一起走吧，出了机场就有大巴，不到15镑一张票，相互还能照应。不然你得一个人在这儿等出租车。"

六神无主的赵楚煊听了吕昕的建议，决定和同伴一起乘坐大巴去学校。

吕昕负责帮大家买票，夏名琨则带着其他四个同学看行李。

天色已全黑，下起了小雨。只有夏名琨兴致很高："大家快看，这是不是憨豆先生的车？"

车票是晚上10点的，六个人还得等一个多小时。东航的饭实在不给力，楚煊倒是额外带了一份肯德基全家桶，在飞机上吃了，可其他人已经饥肠辘辘。幸好妈妈上飞机前给她塞了一把阿尔卑斯糖，楚煊赶紧奉献，一块糖掰两半，全部与同伴分享。

六个人瑟瑟发抖地嚼着阿尔卑斯增加热量，想想就心酸。

有了零钱，楚煊立刻给妈妈打电话。第一次打国际长途，好紧张。

只响了一声，妈妈就接了，可见她一直守着电话没睡。真是"儿行千里母担忧"。

"妈妈，我到伦敦啦，妈妈放心……"

硬币投少了，没说几句话，电话就断了。

在上海，楚煊就给妈妈打过电话，说她遇到了同校同学，会结伴去学校，妈妈才稍稍安心。

好不容易等到上大巴的时间。

六个人，行李多得哪像是出国，简直像是去外太空。

大巴车司机放好他们的行李，估计会虚脱。

上车后吕昕坐在楚煊旁边。外面一片漆黑，十分寂静，和国内夜晚的灯火阑珊大相径庭，甚至没有人烟。

更失望了。

他们折腾了这么久，上了大巴终于放松下来，无心看风景，纷纷睡着了。

等司机叫他们下车，赵楚煊才发现自己靠在吕昕的肩膀上，睡得一塌糊涂。

司机亲自取行李。他低估了事情的难度。

当他问起，哪些是你们行李的时候，六个人瞬间变成鸡、鸭、青蛙、知了，反正是大嗓门能喊叫的那种，指着黑乎乎的行李舱，叽叽喳喳一通瞎指挥。

这个，哎呀，不是这个，是那个！

一个个中西合璧，声情并茂，只恨司机不能体会自己心有千言，却难以表达的迫切心情。

包括赵楚煊，脑子一片空白，口语全还给老师了。

司机一脸哀怨，把行李给他们分拣出来以后，飞快地将车开走了。

英国时间已经快深夜12点，雨越下越大。我们是谁？我们在哪儿？

这么晚了竟然又来了一辆车，双层巴士。

车上下来一个东方人长相的女孩，停步，看着站台上狼狈不堪的六人组，突然说：

"中国来的吧？"

六个人哭着喊着飞奔过去，他乡遇同胞的感觉真好。

原来她是南安普顿大学的在读博士。

学姐问他们在哪个宿舍区？

大家面面相觑，还分宿舍区？

吕昕说了一个地方。

"随我来。"学姐前方带路，还帮他们分担了一些行李。

楚煊生怕掉队，深一脚浅一脚，顾不上鞋脏了，也顾不上崭新的箱子不断被她拽翻在湿漉漉的地上。

这不是去留学，是去参加《变形计》。

赵楚煊越走咋感觉自己东西越多，最后才发现，不知道什么时候夏名琨把背包捆在楚煊的箱子上，她把一个行李箱给了湖南的男生，另一个让学姐帮她拖着，自己只提了个电脑包，一路围着学姐谈笑风生。

到了宿舍，原来只是一栋不高却很长的楼房。并不像国内，还有宿管阿姨。

这里什么人都没有，只是没有门禁卡根本进不去。

学姐打了个电话，很快过来一位男老师，两个人叽里呱啦交涉了一会儿，男老师又去打了一串电话。

学姐过来跟他们说，学校安排给他们的宿舍已经住满了，现在协调去别的宿舍区。

"什么情况？"

"别怕，别怕，这个老师正在给你们联系出租车（Taxi），免费带你们过去。"

出租车像小型的别克GL8（别克的一种车），很修长。

黑灯瞎火到了另一个地方，学姐和老师给他们安排房间。

宿舍楼一共四层，四个女生住二楼，方便搬行李。两个男生住四楼。学姐二话不说，帮助四楼的两个男生提箱子。

折腾到凌晨两点多，基本安顿下来。

"你们明早多睡一会儿，我中午过来看你们，给你们带吃的，然后带你们去买日用品。"

大家恨不得跪下来,谢谢这位萍水相逢却乐于助人的小学姐。没有她,当天可能得睡大街。

谢谢!

这是赵楚煊来英国学到的第一个单词,不是干杯,而是谢谢。

楚煊让中介给她选有洗手间的宿舍,就是套间。

打开门,房间里有独立洗手间,床,书桌,椅子。书架在书桌上方的墙上,非常简单。

四个人一人一间房,兴奋地来回串门。发现门是有弹力还是怎么的,一弄就自己吸上了,吓得她们以为被锁外面了,钥匙还在房间里。

摸索半天,才知道这里和国内不一样,锁门要用钥匙。刚才虚惊一场。

兴奋劲过了,大家才发现床上别说没有枕头被子,连床单都没有。

这一周100镑的标准间也太抠了吧。

幸亏妈妈给楚煊装的杂货铺行李箱里有床单被罩,晚上可以将就一下,明天赶快买被子。

吕昕在旁边看四个女生东拉西扯找东西御寒,酸溜溜地说:

"我上楼睡觉咯,在我温暖的小被被里睡哟!"

没错,在女生行李根本不够装的情况下,吕昕竟然还从国内带了一床被子出国。

楚煊洗好澡,坐在床上数随身带来的现金。恨不得指头上"噗噗"吐点口水,一张张仔细搓开数。

赵楚煊出国的时候,英镑和人民币的兑换比例是1∶15还多,真心伤不起。

楚煊数钱的时候忽然有种不一样的感觉,和读大学她离开爸妈的感受不太一样,就是觉得长大了,从今以后要完全一个人打理生活了。

第二天早上十点多钟才起床,一看外面,乌云更乌了,心情跟天气一样糟。

去隔壁夏名琨房间，人家已经端坐在书桌前看电脑了，电脑里放的是"名侦探柯南"。

"哎呀，有网？"

"对呀，你插网线就行了。"

"还能收到国内的电视？"

名琨终于不淡定了。

"宝贝儿，你电脑上没有装PPS（看电影和电视剧的软件）吗？只要有软件，你在哪儿都能搜到柯南，就能看到了啊！"

"我的天哪，这么神奇吗？"楚煊激动地说。

想起自己高中的时候，虔诚地守在电视跟前，看电视点播台。如果哪个好心人点个柯南，或是蜡笔小新，她跟中彩票了一样开心。

赶紧回房间，开电脑下PPS。

就听见学姐在楼下叫他们开大门。

大家奔走相告，学姐来啦！

学姐带来了一大包面包还有果酱。

六个人就像嗷嗷待哺的小鸟，等待大鸟喂食。

场面感人，舐犊情深。

饭后，学姐说带他们去市中心。

吕昕把楚煊叫到他房间说：

"你知道我为什么会带被子吗？因为我在国内就联系上我同专业的学姐，她给我说的。她马上过来，咱们跟她去买东西。你看，我还带了12把牙刷，也是学姐提醒我的。"

赵楚煊犹豫了，她想跟着昨晚素昧平生，却古道热肠帮助他们的学姐去购物。

她谢过吕昕，便随博士学姐一行几人，去市中心购物。一路上，他们围着学姐七嘴八舌，都变成好奇感十足的无知少年了。

原来他们住的地方叫 Wessex Lane（南安普顿大学一个宿舍区的名

字)，是南安普顿大学最大的宿舍区。门口就有昨天学姐坐的双层巴士的站台。

这样的双层巴士，就是陪伴楚煊近两年的校车，名叫Uni-Link（校车）。

昨天他们下大巴的地方是一个枢纽站，叫中转站（Interchange）。

大巴在英国被称为Coach。赵楚煊熟悉这座城市以后，Coach就成了她往返伦敦与南安普顿大学的摆渡车。

去市中心的路，高低起伏。楚煊发现司机每次拐弯，车身子都出去一大半了，才打方向。

啧啧，令人咋舌。

英国车驾驶室和国内车相反，在右侧，这个尽人皆知。但是下车要提前按按钮司机才会停车，不然就呼啸而过。上车也一样，得在站台按按钮，不然车子还是呼啸而过。

市中心到了，购物街对面就是市政府。

购物街叫High Street。楚煊后来才发现路两边紧挨着的店面和品牌店在全英国的购物街都大同小异。伦敦的牛津街无非是大一倍的购物街。

学姐首先带他们去买手机卡。英国手机是签约的，跟现在的联通、电信合约机一样。但他们刚到英国还没有开通银行卡，所以只能应急，买了Pay you go（手机付费方案的一种），10镑一张。

学姐接着带他们买枕头被子。光被子就15镑一床，折合人民币200多块钱，楚煊不知是贵还是便宜，在国内她自己还没买过被褥，上大学的被褥都是学校和家里置办好的。

最后学姐带他们去了超市，让他们买点儿食材。

虽然不会做饭，楚煊还是装模作样买了牛奶、鸡蛋、培根、一小袋胡萝卜、一包米。

南安普顿是港口城市，天气不好的时候，雨大海风大。几个人往车站走的时候，双手提满东西，浑身淋透了，缩个脖子，猛一看还以为是刚偷渡上来的呢。

和我在南安的街头走一走，噢噢，直到所有的人被吹走了也不停留。
（这是一句歌词）

与学姐告别后，五个人像落汤鸡一样返回宿舍。

王梦瑶说："哎，咱把手机号交换一下。我先给大家响一声，把我的号存下。"

加上吕昕，王梦瑶拨了五个号码。

"呀，我话费怎么剩一半啦？"

原来只要一拨就扣费，不管是否接通。大家一看，没波及自己，开始幸灾乐祸。

这位第一个吃螃蟹的女勇士，默默地回房间了。

洗好澡，梳妆打扮以后，六个人又聚在一起，晚饭咋整？

两个男生赶紧把自己摘干净："我们是男人，不会做饭很正常。"

楚煊和湖南女孩交换眼神，心领神会。

"王梦瑶和夏名琨做饭！她们是四川的，川菜很好吃。"

"我在四川上学，可我是甘肃人。"夏名琨慢悠悠地说。

于是大家集体深情地看向"第一个吃螃蟹的人"，希望她同样也是第一个做螃蟹的人。

王梦瑶眼睛瞪得和牛眼睛一样。"川妹子也不会做，都饿着吧！"

于是大家各回各屋，各显神通。

赵楚煊翻出自己的锅，进厨房，准备为自己做一顿人类可以食用的食物。

一个公寓共七间房间，留学生唯一共享的就是厨房。厨房里有碗柜、冰箱、烤箱、电磁炉、餐桌、座椅。

电磁炉？

是的，不是煤气灶，也不是天然气灶。

当赵楚煊把自己的小炒锅，放在平整的电磁炉上，可想而知，摇头晃脑，根本无法用。

晚饭，楚煊牛奶就着胡萝卜，泪眼分分。

第二天，老师集合所有读语言的学生，坐校车前往上课的校区。

没错，这里不像国内大学，围墙一围，里面是独立的大学世界。教学楼、食堂、宿舍、超市一应俱全。

英国的大学，各个零件星罗棋布在城市的不同方位。

比如先坐车到了大巴中转站，这里是主校区南安普顿大学海菲尔德校区（Highfiled Campus）。这里有南安普顿大学最大的图书馆哈特利图书馆（Hartley library）。

赵楚煊以为在这里上课，没想到老师没有停下来的意思，一大群学生排队跟在他后面咔咔地走，不知道的还以为是大型旅行团呢。

这批学生大多是黄皮肤，但不一定来自中国，还有来自泰国、新加坡、印度尼西亚、越南、柬埔寨等亚洲国家的学生。

第一次走，觉得这段路好长啊，要穿过草地、小树林，还要爬台阶、走林荫道。累得楚煊上气不接下气。

旁边的吕昕、夏名琨、王梦瑶开始聊天解闷。

"赵楚煊，你家是干吗的？"王梦瑶问。

"我家是种菜的。"楚煊随口说。

妈妈从小教育她要低调，这次够低吧，都弯腰种菜了。

"巧了，我家是卖菜的。"王梦瑶脸不变色心不跳。

"我家是看仓库的。"夏名琨继续保持队形。

"我妈是核物理学家，从小告诉我要考清华，可是我大学没考好，考到重庆大学，我妈特别失望，四年没去过我学校一次。所以我下决心一雪前耻，大三就跟老师设计桥梁。申请南安，拿的硕博连读录取通知书，博士全奖。"吕昕很凝重地说。

三个女生半天没敢吱声儿，觉得和大神一比，自己可不就是种菜、卖菜、看仓库级别的。

总算到达目的地，一个欧式风格的四合院掩映在绿荫中。

人文学院（Avenue Campus），名如其境。

赵楚煊歪打正着，来到了自己的学院，未来硕士课程也都在这个人文学院上。

第一天是参观学校和注册分班，第二天正式上课，语言课（Pre-sessional course）。

第三天，他们四个分在不同班级开始学语言。

赵楚煊所在的班有四个中国大陆人，四个台湾人，一个塞浦路斯人，一个德国人。

塞浦路斯（Cyprus），要不是她有同学，楚煊都不认识这个单词，也不知道世界上还有这个国家！

楚煊还有一点不明白，为什么老师非要把中国大陆同学和台湾同学分开介绍呢？

随后，就台湾到底是不是中国的一部分，楚煊和她的台湾同学展开了不屈不挠的辩论。"台湾本就是中国不可分割的一部分。"赵楚煊坚定不移地维护祖国统一。

要是生在民国时期，赵楚煊一定是围巾往脖子后面一甩的热血青年。

在爱国热情空前高涨的时候，有个中国女生满嘴英语，并公开表态坚决不说一句汉语。

在自己同胞面前装×后果很严重。

同一个公寓的两个北京大妞，直接拿水泼她，见她一次泼一次，说不说中国话？

以恶制恶。

何止中国话，从此家乡话都说得一个溜儿。

还记得妈妈给楚煊的留言吗？在楚煊拿出笔记本上课的第一天，就看到妈妈熟悉的文字了：

　　煊儿，我亲爱的孩子，当你看到这封留言的时候，你已经在异国开始崭新的留学生活了。

　　亲爱的女儿，你通过自己的努力完成了大学学业，以优异的成绩留学英国，进行研究生更高学业的研读。你是优秀的，妈妈为你自豪。此时此刻，妈妈想对你说的话很多，最想叮嘱的是三句话：

第一句：爱惜身体。亲爱的女儿，异国求学，当把爱护好身体放在首位。你初到一个陌生的国家，会遇到很多在国内意想不到的困难和诸多不适应，这些都需要你勇敢地去面对，用坚强乐观的态度克服困难，快速适应新环境。但无论在哪里，无论遇到什么样的困难，无论时间有多窘迫，照顾好身体最为重要。一是一日三餐不能马虎，吃热饭、喝热水，忌生冷，饭菜要干净卫生、注意营养；二是保证睡眠，作息要规律；三是适当锻炼，劳逸结合。这三点能坚持成习惯，健康身体才有保障。总之，有健康的身体，才能保证留学生活和学习一切顺利。健康唯重，吾儿谨记。

第二句：谦虚求学。亲爱的女儿，你好学上进、求知若渴的品行，一直是妈妈最为欣慰的。希望你一直保持谦虚、严谨、自律、认真的学习态度，对学业满怀诚挚的热爱，虚怀若谷地向导师们学习，把英语母语国家纯正的语言应用学专业知识，系统地掌握在手。谦虚求学亦应坚持两点：一是坚持不厌不倦地学习；二是坚持重耕耘、淡收获的求学心态，让自己求学的每一天都在轻松愉快中进步。学习间隙，有假期的时候，就去旅行，既让身体得到放松休息，又可以见识欧洲发达国家不同的民族文化、地域风情，让自己有更开阔的眼界。所谓"读万卷书，行万里路"，两者兼顾，则相得益彰。

第三句：不忘根在中国。亲爱的女儿，无论你走到哪里，都要始终记得自己是泱泱华夏的子孙。我们华夏民族崇尚和平、勤奋、君子礼仪，这些优良的民族品格需要我们每一个华夏子孙去传承。你在异国求学，一是为人要随和谦逊；二是求学要勤奋努力；三是知书达理以君子风范处理好人与人、人与事之间的关系。对无心的失礼或伤害，以宽恕之心原谅；对品质低下故意无礼或伤害之人要远离，这两点尤为重要，所谓"近君子，远小人"而得平安。以诚之心待人，以真之心求学，保持中国留学生友善、真诚、谦和的民族气质。

　　亲爱的女儿：三句话，说来简单，做好却不容易，"行贵于言"。妈妈始终相信，煊儿一定做得比妈妈期望的更好。

　　吻你，我亲爱的孩子！祝你健康、平安、快乐，留学生活一切顺利。盼儿早日学成归来！

爱你的妈妈
2007年8月

　　这封留言，楚煊知道是妈妈对她殷殷的期望和浓浓的牵挂。当晚，她就给妈妈发了Email："亲爱的妈妈，放心吧，你的叮嘱我记住了。我不会辜负妈妈的期望，'青春几何时，黄鸟鸣不歇'，我会珍惜留学时光，早日学成归来，成为妈妈的骄傲……"

　　语言课程，是为雅思6分的学生强化开设的，五周课程结束后，还有考试，必须通过并达到6.5分以上才能读研。

　　全班最悠闲的就是赵楚煊和塞浦路斯男生，他俩都是7分。

　　"你为什么要读语言？"

　　"我女朋友在伦敦，所以我提前过来。"

　　天哪，正宗西餐还没吃，外国狗粮就被塞了一把。

　　他叫艾玛拉（Emera），比楚煊小一岁，两人硕士是同一个专业，因此很快成为莫逆之交。

　　这个男生除了个子矮，近乎完美，外貌可参照迪拜王储哈曼丹。每次他见到楚煊，都亲切地行贴面礼，楚煊很不习惯，好几次两人脸都在同一个方向，差点吻下去。

　　赵楚煊叮嘱自己："你有男朋友，和男生保持距离，切忌亲近。"

　　于是有一段时间，赵楚煊只要听见艾玛拉喊Yolanda，立刻跑得无影无踪。

　　人文学院的四合院和楚煊大学的六教相比，真是高大上。教学楼有两层，走廊外侧都是落地玻璃红地毯，校园里林荫花树、草坪尽收眼底，走廊随处都是上自习的桌椅、沙发，用隔断分开，安静而雅致。

占据一隅，可以听歌、看书、上网，累了，透过落地玻璃投目绿树花卉阳光，非常惬意。

四合院的中庭，是露天广场，有樱花树、梧桐树，有木质桌椅。吃午饭或太阳浴，可以到中庭露天广场，如到室外天然氧吧的星巴克。

南安雨过天晴之后，空气清新，蓝天白云。一朵朵的云团，飘得很低，仿佛一伸手就能拽下来。

此处应有照片。

可惜赵楚煊出国前新买的索尼相机，拍了两张照片就坏了，在英国死活开不了机，但是一回国自动就好了。

赵楚煊的相机爱祖国，恋故土。

就是坑了小主人！

人文学院食堂的饭不好吃，楚煊吃了几次便缴械投降，宁可舍近求远去海尔菲德校区买三明治当午饭。

去海尔菲德校区走习惯了，楚煊反而有点儿小喜欢，即便后来发现有公交，她也不坐，愿意穿梭于幽静的森林小道。

刚开始，大家都不太会用厨房里的厨具和电器，但独立生活的一个标志，就是首先要学会做饭。

会用厨具和电器以后，同学们各个化身厨神，烤鸡翅、烤饼干，各种小炒，各显其能。在没有油烟机，却有防火报警器的英国厨房，让同住公寓的外国同学感到恐惧和压力。

楚煊有段时间迷恋做饭，她厨艺不行，就靠调料来凑。于是买了许多调料，尤其是阿香婆、印度咖喱重口味一族，味道绝佳。楚煊跟做化学实验一样，一股脑往锅里倒，只见厨房里火星四溅，烟雾缭绕。

后来读研的时候，只要赵楚煊一进厨房，同公寓的巴基斯坦和德国女孩立刻落荒而逃，边跑边喊："Good Luck！"

大概是给她们自己壮胆加油吧！

赵楚煊他们的伙食，在认识广东女生海娃以后得到了质的改变。海娃经常给大家煲汤，只不过承袭了南方清淡的口味。每次楚煊强颜欢笑地喝完，都要偷偷转身往嘴里撒一点儿盐。

三

读语言的五周时间，赵楚煊最大的收获，就是熟悉了城市和周边。

刚开始舍不得花钱，脑子里自带计算器，买每件物品都要折合成人民币，然后痛骂帝国主义100多年后了还是列强。

一个盆15元，噢哟，太贵了，不当家不知柴米贵。

一盒自动铅芯就50元，比我还值钱呢！

等慢慢习惯，尤其是银行卡办下来，走哪儿只需刷卡，没有掏钱心痛的感觉以后，开始了买买买生涯。

先去通信营业商签了最新款手机诺基亚N95。

第一件衣服是The North Face（北面）的冲锋衣，在南安雨伞就是个摆设，根本撑不住，风太大。

记得楚煊同班有个女生很优雅，下雨非要打伞。

有一次，她迎面走过来跟大家打招呼，Hiya（你好）！

说Hi的时候还是完整的伞，说ya的时候就剩个杆儿了。她看了一眼手里举着的棍，从此告别伞界。

赵楚煊的兴趣还是笔。一个怪异的女孩，没有因为在异国他乡、没有因为已经是研究生而减弱对笔的钟爱。

20镑一支的笔，楚煊还是要买，每个颜色都买齐，和国内一样的买法。她宁可少吃、少穿、少玩，但不能少买笔，怪异吧！赵楚煊收藏的笔之多，如果有吉尼斯关于笔的竞选，要不了十年，她很有可能创世界之最。

赵楚煊在心里嘲笑自己，你看看你，人家出国都是买奢侈品，你竟然到国外还是对笔情有独钟！

回国前楚煊还海运了30斤文具回家，妈妈收到一个巨大的箱子，以为是女儿寄来的爱心礼物。

饱含热泪地打开……

跟赵楚煊大学毕业时她收到13个麻袋一样，不知所措地心堵。

逛腻了西码头购物区（West Quay）这样的大型商场（Shopping All），比如：阿斯达（ASDA，英国第四大零售商），特易购（Tesco，全球三大零售企业）。

新鲜劲儿过后，文艺青年赵楚煊开始挖掘城市的文化内涵。南安普顿（Southampton）这个词，她出国前只在一个地方见过。

新概念3，泰坦尼克号的沉没（The loss of the Titanic）。

来到这个城市，才发现到处都是它的痕迹。竟然还有一条为追忆泰坦尼克号而设计的城市游览路线。

圣路教堂（Holy Rood Church）有船员纪念碑，海洋博物馆（Maritime Museum）里有详细资料和罹难者遗物。

让赵楚煊感到意外的是，这个承载巨轮出发的港口，现在如此之小，密集停靠着很多游艇。大家向往的阳光、沙滩统统被围起来了。

只有一面，毫无遮挡地面向大海，海面不大，无法跟祖国的金沙滩、亚龙湾相提并论。

可就是这个地方、这片海洋，在五个月后竟成了楚煊心灵依靠和精神慰藉的港湾。

除了南安，赵楚煊和同学还去了怀特岛。走马观花，主要眺望了海皇（The Needles），就当日返回（day return）了。还去了巴斯（Bath）。坐上观光巴士，看了雅芳河（Avon River），经过普尔特尼桥（Pulteney Bridge）、巴斯温泉水疗中心（Thermae Bath Spa）、亚贝教堂（Abbey Church）。又专门去了简·奥斯汀（Jane Austen）的故居，附庸风雅了一番。

赵楚煊在巴斯小镇，注意到了英国很多流浪者在街头卖艺，他们自信且有尊严，绝不是乞讨。

有个乐队，演奏的都是燃爆全场的原创音乐，非常好听，行人都会不自主地驻足倾听，不时地有人给他们的桶里放钱。

楚煊把手机递给和她关系很好的同学海娃，悄悄说：

"我去投钱，你把整个过程拍下来。记住，背影要高大！"

赵楚煊用小碎步走到放钱的桶跟前，生怕走得太快，海娃拍不清楚。

简直是慢动作加定格，把一镑钱缓缓放进桶里。

然后兴奋地跑回来看海娃的回放。

视频来回找了好几遍，除了路人甲乙丙丁，根本没有赵楚煊这个女主角！

死海娃竟然全程对着主唱拍的。

"唉，钱白给了。"两人笑得前俯后仰。

巨石阵（Stonehenge），是楚煊自己专门用一天时间去旅行的。到了才知道，根本不让走近。只能远远和巨石合个影。因为巨石阵的千年之谜，后来楚煊带妈妈又光顾了一次。

还是伦敦景色迷人，繁华盛世。读语言的时候，楚煊和同学流连忘返多次。

塔桥，伦敦眼，大本钟，白金汉宫，大英博物馆，自然博物馆，威斯敏斯特大教堂。（Tower Bridge, The London Eye, Big Ben, Buckingham Palace, British Museum, Natural History Museum, The Collegiate Church of St Peter at Westminster）都是世界名胜。

这些世界盛景，拍在相机里，感觉美得都不真实。

去自然历史博物馆的时候，楚煊过了一把瘾。金发、蓝眼睛、高鼻梁的外国小朋友实在可爱，可是，你若不跟人家爸妈打招呼就拍照或抚摸是不礼貌的。

有个四五岁的金发小男孩，挤到楚煊前面看恐龙标本的时候，打了个喷嚏。

楚煊立刻光明正大抚摸了金发小男孩的脑袋，嘴里喊着：

"上帝保佑你！"（God bless you）

第一次得手以后，赵楚煊开始到处寻觅，蓄势待发准备打喷嚏的外国小朋友。

因此，她同学的儿子小安德烈（Andrew）的头，基本被她摸秃噜皮了。

还有，第一次看见白金汉宫卫兵，她简直惊呆了，帽子实在太高了，戴卫兵帽，变成姚明不是梦。

传统节目，有行人去调戏白金汉宫的卫兵，拉人家小拇指，给人家扮鬼脸，卫兵岿然不动，就是气得眼珠子乱转。

还有好事者，"挑逗"女骑兵，女骑兵（lady）很专业，面无表情，马却不耐烦地吭哧吭哧怒视来犯者，谁靠近，准踢翻。

马，你这样会被开除的。

夏名琨笑楚煊，这些地方总买不到笔吧？

开玩笑。

大英博物馆，就有纪念笔卖，笔形像施华洛世奇随后出的一款纪念笔，上面就有British Museum（大英博物馆）字样。

牛津街，楚煊买了出国后的第一块手表Swatch（手表的一个品牌）；苹果店斩获苹果播放器（iPod shuffle），还有Body shop护肤品。这些对于赵楚煊而言，都是她人生的第一次。

语言课在欢声笑语中结束，赵楚煊的新伙伴都通过了考试，本以为皆大欢喜，却也迎来各奔东西。

读硕士期间伙伴们大都不住学校公寓，在外面合租房子（House）。

楚煊还没出国就让中介替她交了350镑押金，住学校公寓，她见同伴一个个在校外租房，后悔不已。

吕昕学姐的朋友，介绍了一栋五人住的大house，有很大的屋后花园，跟别墅一样。

除了楚煊，一起来的其他五个人，开始了像一家人一样居住的留学生活。

赵楚煊的新宿舍，还在Wessex（南安普顿大学的一个校区），换了一栋楼而已，这次住三楼。

七人公寓（Flat），共有四个中国女孩，另外一个巴基斯坦的，一个越南的，还有一个非洲的。

非洲女孩，谁都不敢招惹，女权主义者。

"你为什么被叫成Yolanda Zhao没有任何反抗？"有一天在厨房相遇，一身黑衣的非洲女孩，突然严肃地问楚煊。

"啊？为什么要反抗？"

"这是你本来的名字吗？"

"不是。"

"那你就应该坚持叫本名。女人，不可以随便改自己的名字！"

她眼神锐利得跟女杀手一样。楚煊感觉叫Yolanda好像做了什么卖主求荣的事。

"你本名叫什么名字？"

"请叫我赵楚煊！"

"较去煊？好，以后就这么叫！"

巴基斯坦女孩开朗多了。有次听到楚煊手机铃声是陈奕迅《富士山下》的前奏，喜欢得不得了，便开始跨国追星，让楚煊把陈奕迅（Eason）的歌曲尽可能多地传给她。

楚煊有天回公寓，就听见她哼哼唧唧陶醉在歌里，还专门晃到楚煊跟前唱。楚煊竖耳听了半天，这不是《为你写诗》吗？啥时候又粉吴克群了？

音乐无国界。

越南女孩很腼腆，与大家鲜有交集。

剩下的三个中国女生，一个来自北京，冷门专业，一周一节课，基本宅在宿舍。

一个来自贵州，基督徒，人非常平和友善。直到有一次……

楚煊进厨房取牛奶，看见她在炒菜。平时两人住隔壁，关系很好，所以楚煊跟她掏心讲话：

"南，有没有人说你长得像尚雯婕？"

她听罢，仿佛五雷轰顶，气得扔掉锅铲，咬着嘴摔门而出。

立刻又推门进来。

"楚煊，这是我今年听过的最难听的一句话了！"

再次摔门而去。

赵楚煊吓坏了。"尚雯婕很有才华啊，复旦大学毕业，还是法语同传，很棒的。南，对艺术家要宽容。"楚煊自言自语。

最后一个女生，不仅和楚煊同专业，还是老乡，还同来自一个中介。对了，卡迪夫女孩竟然是她的发小！

缘分无处不在，世界也真的不大。

她叫曾尧。

两人无话不谈，好得像失散多年的孪生姐妹。

楚煊对自己因为中介的失误，白白耽误一年耿耿于怀，直到曾尧的一句话，她才释然。

"你那算啥，我家房产证都让中介弄丢了，现在我爸妈还跟他们扯皮呢。"

楚煊忽然觉得中介待自己还算过得去，心里好受多了。

傻姑娘，一年光阴多宝贵啊！

第一天开学，系主任致辞。

这位老师长得像恩格斯，蛮威严。后来大家都叫他阿sir（老师）。

又进来一位女老师，是位开朗的女士（lady），按照国际惯例，让大家相互认识，自我介绍。

全系不到20个人，只有三位英国同学，名字一个比一个奇怪。Robert（罗伯特）是最正常的一个；下来这位中年男子叫Rat（老鼠）；还有一位女同学，叫Goodchild（好孩子），是60后。

她叫好孩子，是不是不合适？

轮到曾尧，她说大家好，我的英文名叫Hippo（河马）。

老师立刻发出杠铃般的笑声，反复确认，这是眼前这位美少女的名

230

字吗？

楚煊也吓一跳。刚才那位英国同学叫老鼠，她还笑话人家，身边这位更惊悚。

女老师环视全场，直接蹲在地上笑，场面一度很尴尬。

老师可能觉得她面前都是非人类，进动物园了。

老师好不容易冷静下来，让赵楚煊介绍自己。

楚煊中规中矩，没啥槽点。为了全方位展现自己，她还说了自己的优点，接着说缺点的时候，老师又疯了。

楚煊一激动把缺点这个单词混搭了。Shortcoming（缺点）和 drawback（缺点），她嘴一瓢，说成了 shortback（浓咖啡）。

老师笑得直不起腰。

赵楚煊看着笑点如此清奇的女老师，有些不知所措。

"武则天还自创汉字呢，我咋就不能自创单词呢？"自讽。

然后全体师生去参观海特利（Hartley）图书馆。

楚煊一个月前，已经参观过了，所以就提前走了。

路上碰见海娃和夏名琨，她们很神秘地给她招手。

"快来快来，这里有医务室（clinic），赶快注册。"

楚煊就跟她们进去了。

在一间病房，有个女医生，看样子50多岁，很慈祥地跟她们叽里呱啦说了一堆话，意思是问她们在国内疫苗打了没有。

可别提了，赵楚煊出国前打疫苗，一针下去，胳膊肿了，第二天疼得抬不起来。还没出国呢，就成杨过了。

老人家旧事重提，问得很仔细。楚煊只记得打了一针三联疫苗，好像是防霍乱、伤寒、破伤风吧。女医生又问了好几种疫苗，楚煊说可能没打。

女医生笑眯眯地给她打了一针。粗心的赵楚煊竟然不问打的什么疫苗。

第二天，胳膊又肿得抬不起来了。

没过两天，楚煊发现太阳穴两边鼓了包，接着脑门上也起包了，货真价实的金牛座，牛角都长脑门上了。

后来耳朵后面也纷纷冒出包来，指甲盖儿大小的包，很结实，摁不动。

赵楚煊快哭了，这长了一头的啥呀。

曾尧很从容，拿出新买的相机说，正好试试微距。对着楚煊咔咔一阵拍，然后放（po）论坛里。

作品名字叫："煊的耳后硬包。"

回答者很踊跃，大部分是鼓励安慰，也有怀疑是不是中了神秘病毒。

有一个博士学长问她："最近是不是打疫苗了？"让她拿着健康证去校医院问问。

这个建议靠谱。

金角大王赵楚煊，第二天拿着健康证去校医院。这次接待她的是个年轻的男医生，听了她的叙述，仔细检查后，诊断是疫苗打多了，发出来的毒素。

楚煊担心留后遗症，她风趣地说："给开点儿救命仙丹吧，医生（Doc）。"

医生一脸轻松地笑着说："不需要开药，慢慢就好了，实在不放心就喝点儿VC。"

在英国，维生素C就跟国内的"多喝热水"一样有奇效。

果然，VC到病除。

正式上课以后，赵楚煊才发现lecture（一种专业程度比较高的课）这样的课，并不是像国内大学老师那样句读讲解，相反，一节课信息量很大，课程速度飞快。教授（Professor）只是提纲挈领，具体内容，是学生课下自主研习。就是课前或课后大量阅读相关著作、文献，作出分析笔记，否则上课跟听天书一样。

另外，每一个学生都有导师（tutor），除了课程上的讲授、反馈和交流，也会在生活上给予建议。

至少楚煊的导师乔治（George）很给力。

乔治教授五十多岁，白发、白胡子，戴金框眼镜，和蔼可亲。比肯德基爷爷胖点儿，严肃点儿，有浓厚的学者风范。

乔治教授每次上lecture（一种专业程度比较高的课）下课前，他会给大家发一张A4纸，上面列满书单，方便大家去图书馆借阅。

另一位主课导师，是位短发干练的女教授，凯伦（Karen）教授，她五十多岁，很严厉，课前会记考勤，她上课的风格有些像国内上大学的意味。

这个专业的研究生，加上旁听的博士，还有访问学者，一共就二十多个人，咋都记住了。可凯伦教授偏偏要煞有介事地点名。

因为她在英语语言学领域算是领军人物，一言九鼎，级别很高。

赵楚煊马上买了一本凯伦教授的专著，《发展中的英语语言学》，薄薄的一本书，二十多镑。

英国图书不便宜，留学生很少买书，图书馆的藏书量足够大、足够用。

赵楚煊是本专业唯一一个买书的人。

凯伦教授，我的诚意够了吗？

每次上课假扮粉丝，那本书像是手牌。

只要凯伦教授看向她的方向，楚煊就赶紧把书举起来悄悄摇几下，唯恐教授看不见自己对她的仰慕之情。

可惜教授连她理都不理。后来她去图书馆，妈呀，这本书图书馆有不下十本。

马屁拍马尾巴上了。

这位不苟言笑的教授，眼里有个红人，也是中国人。楚煊围魏救赵，向红人靠拢。

这个女同学，看着比她大得多，应该是访问学者。

楚煊已经习惯了一个班的年龄层，可以跨二三十年。

有次午饭时间在走廊里迎面碰见她：

"Hi，请问你叫什么名字呀，咱们在一起上课，我叫赵楚煊。"

"吃了？"她紧皱着眉毛，低头盯着赵楚煊提着的咖啡和汉堡，答非所问。

"噢，我还没吃，你吃了吗？"

她猛地抬起头。

"我说我叫Shila（希拉）。"

好尴尬……

好好地说什么英文名，一下子没反应过来。

原来她是凯伦教授的博一学生，四川的一位大学老师。她建议楚煊陈述演讲（Presentation）上好好表现，多去泡图书馆，论文才能拿好成绩。

她理解歪了，所有的注意力在取悦老师上。

陈述演讲（Presentation）是国内没有的考试方式，简单来说，就是选择一个论题做陈述，10分钟左右。学生站在讲台上，幻灯片（ppt）辅助，完成演讲。

下面有三到五位本专业导师，其余的就是同学了。

陈述完毕，会有提问环节。如果同学没有问题，则由老师发问。

当众演讲，赵楚煊有大学学生会开会、讲话的工作经验，所以不怵。另外，她口语基础本身很好，在刚出国短暂的不适应之后，她用自己独创的脱口练习法，已经取得长足进步。随意交流无压力。

她唯一害怕的就是提问环节，她书没读够，担心导师一个问题就穿帮了。

为了给导师留下好印象，她就找班上关系好的同学当"托儿"。她提前设计好问题，写成小纸条发给他们，讲解一结束，这些同学就举手发问，不给导师任何喘息的机会。

至于赵楚煊人缘为什么好，因为她是系老大、主任阿sir（老师）指定的亚洲硕士研究生课代表（coures representative），自然有很强的号召力。

果然，按照计划，赵楚煊演讲完毕，没等教授开口点评，身后已是踊跃举手，争先恐后，唯恐错过这次提问，就会抱憾终身。

赵楚煊自导自演，侃侃而谈。

结果出成绩，哭了。

59分，挂科？

"想我大学单科成绩都没有低于80的，四年总成绩平均分90多分。这刚出国读研，成绩就差成这样了？"

后来才知道，这里30分及格，70分优秀。

赵楚煊很自责，都怪自己，导师本来是当场给她修改意见，下去再完善，得70分没有问题，可惜她聪明反被聪明误。

下课之余，楚煊除了每晚跟妈妈MSN视频，就是跟小浩邮件或是电话。当然作业也不少，于是大家都在MSN上挂着，相互打气，熬夜写论文（essay）。

四

11月末的一天晚上，10点多钟，楚煊坐在书桌前的电脑上敲论文，起身去拿书架上的书，没有注意自己右脚脚趾压在了椅子腿的下面，拿了书，坐下……

一阵钻心的痛！

白色袜子立刻染红了。楚煊咬着牙到床边，慢慢脱下袜子，看见右脚第三个脚趾全被血染红了。袜子里还掉出来一个小玩意儿，楚煊定睛一看，妈呀，脚趾甲，完整地压断了。

打电话给对门的曾尧，曾尧推开门一看，赶快回到自己房间，拿来五根棉签，这是出国前打疫苗的检疫中心给每个留学生带的小医药盒，里面一共五根棉签。一端是棉签，一端是碘酒。

"呀，这么高级？"赵楚煊不知道这小盒子还暗藏玄机，跟潘多拉宝盒一样神奇。

"大姐啊，赶紧拿出你那五根吧，止血啊。"曾尧着急地说。

10根棉签显然不够用，血开始变得很稠，颜色更深了，一滴一滴掉。

"谁让你那么洁癖，天天吸尘器吸地毯，进房间光脚不穿拖鞋，要是有棉拖隔一下，也不会压成这样。"曾尧嘴上抱怨着，还是让她新交的博士男友赶快送些云南白药过来。

止血效果还是不明显。

"去医院。"博士说。

三个人赶紧打车去医院，挺远的，计价器跳得比楚煊心脏跳得还快。

一进医院，我的天，赵楚煊开眼了。她之前还纳闷每到天黑，除了酒吧（Pub）和几个超市营业，整条街人迹罕至，原来人都在这儿猫着呢。

已经过了半夜12点，医院候诊室里，人黑压压一片。

去前台咨询挂号，工作人员抬头看了他们三个一眼：

"心脏病犯了？"

什么鬼？没有啊！

"中枪了？"

更不可能啊！这个人是不是该吃药了？

赵楚煊赶快描述她的伤情。这位工作人员表示，如果她执意要看医生，坐那儿排队，大约在明早八点以后可以看医生。

"快走快走，明天还是去校医院吧。"楚煊说。

第二天早上，只有一节课，曾尧扶着楚煊，楚煊单腿跳着，跳到教室。

上课前，曾尧夸张地介绍赵楚煊受伤的过程，听得台湾同学"啧啧"称奇！坐在楚煊旁边的艾玛拉立刻把她掰过来，行贴面礼，以示同情和安慰。

下课后楚煊准备再单腿跳着去校医院。

"我陪不了你啊，约会呢。"曾尧这个重色轻友的家伙。

"我陪你去吧。"一位从语言课就同班，但平时交流不多的台湾同学于岱晴对楚煊说。

记得她俩唯一一次交集，还是读语言的时候，于岱晴跟大家抱怨：

"哇，也不知道我楼上住的是谁，一大早洗澡，吵的哦。"

"真不自觉！"赵楚煊义正词严。

有一天放学，恰巧一起回家，两人惊恐地发现，于岱晴楼上住的就是楚煊。

从此两人再也无法正视彼此的双眸，直到硕士课程开始，于岱晴出去租房住，封印才解除。

现在主动请缨的竟然是她！于岱晴扶着羞涩的楚煊又跳到校医院。

护士大妈认为这点外伤不算什么，因此稍微包扎了一下。

"那我右脚可以见水吗？可以洗澡吗？"

"当然。"

于是楚煊放心地回宿舍该洗澡照样洗澡。

两天后，伤口感染了。

于岱晴陪着哀怨的楚煊，又回到校医院。这次楚煊聪明了，直奔医生，医生看到脚趾上的脓点，很生气护士不负责任的处理，当即开了药，让护士先消炎，再去取药。

然而，取药竟然不在医院……

拿着医生的处方（Prescription），才可以去市中心的医药美妆连锁店（Boots）取药。

"奇怪吗？医药美妆连锁店（Boots），不是我买黄瓜霜、洗面奶，还有护肤品的地方吗？"

"Yolanda，我替你去取药吧，不然你还要坐校车去市中心。"

楚煊有点儿感动，这个比她大三岁的台湾初中英语老师，平时冷冰冰的，关键时候乐于助人。

等岱晴把药拿回来，吸引楚煊的是那五片防水创可贴，一镑一张，一共五张，还得拿医嘱才能买到。

作为答谢，楚煊盛情邀请岱晴尝她的厨艺。曾尧之前调侃："赵楚煊做饭全凭调料。"说她有一种把任何食物都能做成一种味道的本领。但自从楚煊找到中国城超市（China Town Supermarket）后，什么火锅底料、老干妈等中国调料，食材塞满冰箱和橱柜。

于是，用猪头电饭煲做麻辣火锅，就成了赵楚煊的拿手好饭。加上她自吹自擂，说自己做的火锅所用底料是祖传秘方，一时间跻身全系知名大厨之列。找她吃火锅的同学要排长队，能否吃上还要看赵楚煊排的档期。

请岱晴插队吃了一顿火锅，两人的友谊也火起来了。

出国快半年了，爸爸就主动跟楚煊通过三次电话，就三次电话。除了问生活和学习，就是问她："课余有没有参加社会实践？"

妈妈的理念是：读万卷书，行万里路。

妈妈只希望女儿好好学习，轻松生活，圣诞节，妈妈鼓励楚煊去欧洲旅行。楚煊没有告诉爸妈脚趾甲压断还没有恢复的事，她遮遮掩掩说假期哪儿也不去，宿舍休息，再刷一遍《武林外传》。

爸爸一听便说："假期若闲着不如去打工，锻炼一下自己！"

妈妈不同意："孩子平时学习紧张辛苦。假期去旅行，开阔眼界也是锻炼。"继续强调"读万卷书，行万里路"的理念。

爸爸这次很坚持："女儿都快23岁了，生活常识那么差，光学习有什么用？能吃苦吗？有社会阅历吗？"

和楚煊同公寓住的北京女生沈金花，告诉楚煊说她签了一家打工中介，介绍别人去打工她能拿提成，让楚煊帮个忙。

赵楚煊正被爸爸批评得很伤自尊，一赌气，跟着沈金花去中介探探虚实。哪承想，到了中介，经不住忽悠便交了25镑押金，领了一套崭新的黑色马甲、白衬衣、黑裤子，然后上车出发。

赵楚煊一时来不及想清楚原因后果，沈金花说，现在就去打工，她在另一组。

楚煊肠子都悔青了，上贼船了。对于金牛座的人来讲，没有十足的把握和准备，不会轻易冒险，何况她从来就没想过要打工。

车直接把她们拉到一个部队了，戒备森严。刚开始像是进了原始森林，接着道路两边出现坦克大炮。一时间楚煊更加紧张了。

第一次打工，既没有熟人，又不知道干什么，楚煊很害怕。女主管带着她们进入餐厅，像国内婚宴一样的大餐厅，介绍说他们的任务是餐厅服务，就是摆盘、上菜和撤盘。

说完，其他人默契地开始抢桌子。

身手之敏捷，瞬间楚煊身边没人了。她们一人守一张八人座的桌子。而唯一那张巨大的12人圆桌，和楚煊一样，刺眼地杵在那儿。

主管没多说，让赶紧摆盘。楚煊照猫画虎跟其他人学着摆盘。

摆好餐具，主管让一人端一托盘饮料去门口迎宾。楚煊不知道自己端的是啥，一杯杯无色透明的液体。

宾客们陆续到了，在门口站着聊天。这情景赵楚煊出国前看电影《BJ单身日记》就知道。晚餐如果八点开始，之前的时间，宾客会端杯饮料三三两两站在一起社交（social）一下。

楚煊的饮料显然不讨喜，半天没人拿。好不容易来一个问："这是什么呀？"

"水。"迎宾小姐如实回答。

宾客扭头就走。

唉，真是不懂养生，一点儿都不佛系。

主管发现不对劲，赶过来一看，气得眼珠子都变绿了。

"这是柠檬水！"

"那你不早说，也不让我先试一杯，我怎么知道是柠檬水（lemonade）啊？"

八点开餐，先上前菜。其他服务生让她开眼了，一个胳膊肘上能放四五个盘子，稳稳地端出去，彬彬有礼地放在客人面前，再退回厨房。

楚煊这桌本来就人多，一次一只手只能端一个，刚上好菜，妈呀，就要撤盘了！

要上正餐了，正餐不是牛肉（beef），就是鸡肉（chicken），盘子更大，而且主厨对盘子和汤汁温度要求很严格，全是高温。

主厨一边浇上肉汁（gravy），一边喊着："快走（go go go）！"

于是，杂技演员们又是各显神通，一次架几个盘子飞奔离去。楚煊疯了，只恨自己不是千手观音。她一手一个盘子都颤颤巍巍，盘子太重了，也太烫了。

楚煊瘸着右脚，一路颤颤巍巍，萨瓦迪卡、阿弥陀佛地一路祈祷，才把正餐送上桌。

主管受不了楚煊的速度，菜都凉了，索性帮着她一起上，如果客人不能按时吃上主菜，她俩都得凉。

主菜还得配酒。楚煊一个个趴耳边问，请问喝红酒还是白酒？

哎呀，还是直接给赵楚煊来瓶敌敌畏吧，太难受了。

第三道菜是甜品。跟头盘差不多大小，相对好驾驭。

最后是茶或是咖啡（tea or coffee）。

这是赵楚煊第一次打工，果然发现自己像个白痴……

第一次歪打正着的打工，楚煊本想得意洋洋向妈妈邀功，可是妈妈在去南京开会的路上，不方便邀功说话。

白忙活了。

第二天一早五点钟楚煊就到了中介。中介负责人叫妮可拉（Nicole），是位金发美女，身材嘛，参照美剧《少男奶爸》里的邦妮（Bonnie）。她只安排工作，并不随同前往。

要不是因为沈金花说是介绍楚煊进来她能拿提成，这源源不断的工作从何而来？

金花，你还出国读什么书啊，在国内是不是做人力传销啊！

"今天干完我就走，爱谁谁！"楚煊在心里自语。

早晨五点上了一辆中巴。楚煊觉得英国这种驾驶室，可以一排坐三个人，颇为滑稽。

一行四人，三个波兰女人，最后隆重出场的是来自中国的热情大方、优雅端庄、睿智博学、闭月羞花的赵楚煊。自吹自擂一番，以求开心、自信。

英国冬天的早晨，天亮得晚，楚煊插着耳机不知不觉就睡着了。等她醒来已经快九点了，不知道身在何方。

下车，有人接她们上另一辆车，飞速开到一座别墅前。

一个英国老妇人让她们四个在门口把鞋脱掉，只穿袜子进去。

接着给她们安排的任务是打扫卫生。令楚煊大长见识的是这三个人，明明在中介和妮可拉面前英语对答如流，现在三个人却开始装着听不懂英语。

接洽人无奈，打着手势让赶快进屋把房间全部打扫干净，等会儿她来验收。

进了大门，哇哦，跟小型博物馆规模差不多。别墅很大，虽然两层，可是看上去跟四层楼一样，平面空间也非常开阔。别墅中厅还有一棵古树贯穿整栋楼，也不知道树是真是假。

三个人，开始用母语聊天偷懒，楚煊只能自己干活。她的右脚还没有完全恢复，踩在冰凉的木地板上，格外难受。

一楼的客厅和书房，她看到了房子主人的照片、证书和奖杯，原来是位金融大佬。这只是他其中的一处房产，他常年和家人生活在伦敦，快到圣诞节了，才回来度假。

放眼望去，别墅后面有一大片马场。

到二楼主人的卧室，楚煊好喜欢，所有卧室没有一间设计和装修是重样的。玄机在于，推门进去乍一看，就是一间很舒适的卧室，但是洗手间、衣帽间都在楼下一层。也就是说，每一间卧室都是一个独立的迷你（mini）复式楼。这也就解释了为什么看似两层的别墅实际有四层楼那么高。

楚煊擦地、擦桌子，忙到中午，又累又饿，脚也冻得快抽筋了，可是那三个人不为所动，敷衍地帮忙打扫了一小部分。

当接洽人突然进来的时候，其中一个波兰女人立刻跪在地上，装作卖力地擦地板，真是波兰戏精学院的高才生。

赵楚煊自幼的偶像，就有钢琴家肖邦，他才华横溢，他正直爱国。楚煊从没想到有一天会遇到她爱屋及乌的波兰人，更没想到，第一次碰见的是三个狡猾懒惰的波兰女人，楚煊很失望。

返回的路上，楚煊打电话本来想跟小浩吐槽，可是他出书、应聘等各种理想都在现实中打折，很是沮丧。楚煊安慰了他一会儿，自己就昏睡了。

也可以理解成昏过去了，她从来没这么累过。

回到中介地点，已经下午四点多了，她很是不满不提前打招呼就拉她去这么远的地方，导致她什么都没带，现在饿得能吃下一头牛。

"妮可拉，今天工作算几个小时？"

"四个。"

怎么回事？！（WTF？）

"我出去了快12个小时啊！"

"车程不算，你实际工作时间是上午九点到下午一点。"

拜拜了，工钱、押金统统不要了。楚煊再也不想来这样的鬼地方受气了。

三天没打鱼，但是两天就晒网的打工生涯告一段落。已经12月23日，圣诞节来临，明天岱晴就回来了，去超市（ASDA）采购圣诞食物。

到圣诞节这一天下午，楚煊提着两大兜食材出了宿舍。一出门吓一哆嗦，不知道的还以为在拍《行尸走肉》呢，街上一个人都没有！

校车（Uni）停发放假，出租车也不接电话。

可怜赵楚煊负重前行，一声不吭。从Wessex（南安普顿大学的一个宿舍区）走到另一个大宿舍区Glen Eyre（南安普顿大学的一个宿舍区）附近的一栋房子（house），到了岱晴家。这栋房子除了她住，还有和她合租的一对夫妻，也是楚煊同系的同学。

四个人一起过的圣诞，晚餐是仗义的赵楚煊拎来的食材，又亲自下厨做了拿手的麻辣火锅，吃得大家赞不绝口，直夸"太香了""太好吃了"。

美食总能让友谊得到赞许的荣誉！

因为没有车，楚煊晚上只能住在岱晴这里。两人各找各的男朋友视频。岱晴的男朋友家里是做占卜的，他目前也在攻读相关领域的博士学位，这对于一直接受红色正统教育的赵楚煊来讲，还是相当新鲜的。

12月26日，Boxing day（圣诞节后的第二天），商城、超市各种打折，赵楚煊和于岱晴都按捺不住，血拼购物。

第一次在国外过圣诞，虽然没有想象中的大雪纷飞，但也是别具一格。处处圣诞树，树上彩灯闪烁，人人脸上喜气洋洋，互道祝福。岱晴说你陪我去伦敦，咱们在那儿跨年吧。

赵楚煊本不想凑这种热闹，一年几十万人围观泰晤士河上的新年烟花表演。

"至于吗？我泱泱华夏的祖国什么烟火没见过。"楚煊心里说。

"我不想去，人多闹得慌。"楚煊对岱晴说。

"你就当陪我，我一个人去没意思。"

"现在去，住房都订不上了吧？"楚煊借口推辞。

"我来搞定。拜托拜托，陪陪我。"岱晴恳求楚煊。

赵楚煊一向面情软，不好意思拒绝。就跟圣诞夜去岱晴家做火锅一样，都是她发自内心而为。因为岱晴在她脚受伤时帮助过她，她珍惜友谊。

12月31日，两人坐一大早的大巴（Coach），一个多小时后到了伦敦。随后直奔唐人街，找中餐馆吃年饭。唐人街广式餐厅巨多，她们点了叉烧、脆皮烧肉、白切鸡，楚煊还叫了两杯青岛啤酒，让岱晴尝尝祖国著名的啤酒。

随后两人就去海德公园附近找住宿，岱晴拍着胸脯说："在这儿保证能订到好酒店。"

外面环境可以，跟国内四星级酒店的花园餐厅相似，等推门进房间⋯⋯

我的天！（OMG！）

楚煊恍恍惚惚以为进电影院了，人流穿梭，到处都是架子床。比大学时代的上下铺还要夸张，一张床分上、中、下铺。你确定这不是从卧铺车厢拆下来的？

"于岱晴！这是怎么回事？"楚煊无奈地问。

"哦哟，确实没有房子啦，这是青年旅舍啦。"岱晴用台湾话解释。

赵楚煊泪水溢满了眼眶："青旅也不能一间房住这么多人啊。"

"还好吧，这只是32人间而已。"岱晴说。

32⋯⋯

洗手间只有两个，共用的，硕大。很显然，晚上无法洗澡。

岱晴让楚煊睡下铺，她睡中铺。她给楚煊说："咱们抓紧睡觉，晚上七点出门看新年烟火，要通宵达旦跨年。"楚煊哭笑不得，躺在下铺，权当回大学睡架子床，只是无眠，睡不着。

到晚上七点，房子里基本没人了。岱晴说要买比萨，有很好吃的一家店，买上了再去伦敦眼。反正看烟花要到深夜12点。

出门以后，才发现街上熙熙攘攘全是人。地铁站封了，只能步行前往。执着的于岱晴非要买那家比萨，楚煊只好无奈地跟着。

等提着比萨到泰晤士河边，已经九点多。人山人海，根本挤不进去。原来大家早早来河边排队，大部分人下午四五点钟就来了，跟野炊一样，带着防潮垫、食物和美酒，边吃边聊边等。

赵楚煊和于岱晴两人位置之遥远，伦敦眼也就只能看见半个，半睁着的伦敦眼。

伦敦的冬天虽然没有冷到需要穿保暖裤，但就着寒风吃比萨，也并不浪漫。才等了两个多小时，楚煊就已经感到百无聊赖、无可奈何了，难以想象那些等了七八个小时的游客的决心和毅力。

可一切不愉快，在大本钟敲响、新年到来的那一刻，全都烟消云散

了。伦敦眼烟火四射，整个天空炸开五颜六色的烟花，一层层绽放，天完全擦亮，排山倒海的尖叫声四起：新年快乐（Happy New Year）的祝福，此起彼伏，人们被如此大规模的烟花表演所震撼。楚煊也被感动得七荤八素，又是拍照，又是录像。只可惜来晚了没占到河边的位置，不然还可以看到泰晤士河上，向天空发射烟花的船只，跨新年，伦敦的夜晚整个天地蔚为壮观！

既然是全世界最大的新年庆祝活动之一，那必须和家人分享。楚煊给妈妈打电话，可是和国内春节零点拜年一样，电话拨不出去，占线得厉害。

楚煊不知道，就在伦敦跨新年的夜晚，就在泰晤士河上，天空被五颜六色的烟花炸开的夜晚，就在排山倒海的人群欢呼辞旧迎新的夜晚……故乡的妈妈正在爸爸灵前送他远行……

这是怎样的夜晚？！楚煊永远地失去了爸爸，她不知道这个夜晚对于她意味着永生的怀念！

直到烟火表演结束，随着人潮退出泰晤士河的路上，才打通妈妈的手机。

"妈妈，你还在南京开会吗？猜猜我在哪儿？我在伦敦跨新年看放烟花，太壮观了！"

"好，那好好玩。不过一定要注意安全。你和同学一起吗？"

"对啊，岱晴，我跟你提过的，帮我拿药的那个台湾同学。"

"帮我转告岱晴，有机会欢迎来我们家，阿姨给她做好吃的。"

"好的，妈妈，新年快乐！帮我跟爸爸也说一声，等你出差回家了咱们视频。"

楚煊给小浩也打了电话，小浩在她的鼓励下振作起来，正在创作新的小说，还神秘地说，和他们的爱情有关。

岱晴对于楚煊妈妈的邀请受宠若惊，楚煊也为妈妈爱护自己的每一位朋友感到自豪。

五

返回南安，收心准备开学。

就在开学后不久，楚煊收到一封奇怪的邮件，来自妈妈一母同胞的姐姐，楚煊叫她三姨。三姨早就知道妈妈的下落，但是她在自己落难的时候才来找楚煊父母。爸妈倾力帮忙以后，三姨转危为安，运势好转。她的女儿高考落榜，复读后考的分数还没有楚煊高考的成绩好。大学毕业后，据三姨说她女儿考到了爱丁堡大学，也算一雪前耻。

没想到，楚煊的留学让这位所谓的表姐惶惶不安。她其实没有在爱丁堡，而是在苏格兰一所排名靠后的大学。楚煊踏进英国半年，表姐从不联系她。

心虚？

这次三姨突然发邮件，说楚煊爸爸出了车祸，正在抢救。

楚煊大惊！怪不得妈妈在元旦凌晨那个电话里的声音，那么疲惫无力，没有节日的喜悦。

楚煊哭着给妈妈打电话，妈妈很意外三姐为什么要给楚煊发这封邮件。妈妈给楚煊说："爸爸没事，只是还没醒。三姨给你说这些干什么？你安心学习，妈妈会照顾好爸爸的。"

楚煊心里一团乱麻，她给小浩打电话。孙灏祎听完后的第一句话，让楚煊匪夷所思，也刻骨铭心。

"哈哈哈哈哈，小公主，从此你就和我一样了。"

楚煊摁断电话，冷静了很久："小浩，你幸灾乐祸吗？"

为什么……

楚煊浑浑噩噩去上课。本来约好中午放学去岱晴那里取一本参考书，当时写作业要用。下课后，她俩从学校穿过森林的时候，楚煊不甘心，又给小浩打了个电话。

大半夜他不在宿舍，他的同事说他在对面宿舍，可以去叫他。

"喂，我看球赛呢，啥事，快说。"

"我爸爸出车祸了，你为什么说我从此和你一样了？我这么难过，你怎么不在乎？还有心思看球赛？"楚煊泣不成声。

"出车祸去医院治，我能有什么办法。你照顾好自己，我看球赛去了。"

楚煊满脸泪水，抬眼一看，岱晴一脸惊恐地看着她。

"你家出事了哦？那你不可以去我家取书。最近作业太多，我没时间安慰你，我先走了。"

岱晴头都不回，一路小跑，生怕被楚煊纠缠一样。

楚煊一个人站在森林里，到处一片寂静，就像她的心，死寂般空落。

妈妈对爸爸出事和病情讳莫如深，但明确告诉楚煊，爸爸没事，只是还没有醒来。楚煊要立刻订机票回国，妈妈很生气："有这么多亲人照顾，你回来能解决什么问题，安心学习。"

楚煊只好一遍遍哭着问："妈妈，爸爸知道我去打工了吗？你在南京开会的时候告诉他了吗？"

"爸爸知道，我还告诉了爸爸，你端着盘子迎宾呢。"

"那爸爸开心吗？"

"开心，电话里爸爸都笑了。"妈妈这样告诉她。

楚煊从没有这么孤独过。

依萌要结婚了，邮件通知楚煊。楚煊强忍悲痛在电话里祝福她新婚快乐。给礼金和出席婚宴的事，她拜托给了妈妈。

"行，你最近怎么样啊？"

这句话问得楚煊悲从中来，大概说了一下爸爸的情况。

"哎呀，我结婚呢，大喜的日子，你怎么给我提这么晦气的事情。"

楚煊善待过的人，在她落难时，一夜之间面目全非。

妈妈说让楚煊专心学习，所以她除了认真上课，白天其余时间都在人文学院（Avenue）的现代语言（Modern language）图书馆看书。她奢望着自己努力读书可以感动上苍，让爸爸醒过来。

到了晚上，她睡不着，想爸爸。她后悔，自己把爸爸当成不会倒的大树，就像她人生的背景墙，笃实而宏大，却从未在意，当灾难降临爸爸的时候，她的世界像要坍塌，她内疚自责对爸爸的忽略、不在意。

她想起四五岁时，妈妈去党校进修，爸爸上案子。爸爸只要出差回来，就到爷爷奶奶家陪女儿。奶奶对家人饮食要求严，吃得很清淡。楚煊常常因为挑食，到了晚上饥肠辘辘睡不着，爸爸只要在家，就会偷偷去厨房，拿两个小瓷碗，倒点酱油、醋、辣椒油，再放点儿盐，用热开水冲开，好喝极了。一人喝一碗，然后躲进被窝里，捂着嘴嘎嘎笑。

她想念爸爸，每年和她一起为妈妈准备生日礼物，她不是挑文具就是买玩具，蛋糕也是她喜欢的口味。爸爸当然知道她的小九九。妈妈感动之余，礼物悉数收入楚煊囊中。

"爸爸，这支进口自动铅笔特别好，咱们给妈妈过阴历生日的时候再送。"

"笔是好，价钱更好！"爸爸装作舍不得，但还是毫不犹疑掏出了钱包。

爸爸的生日和奶奶的相近，总是一大家子一起过，爸爸从来不让妈妈和楚煊单独给他过生日。

小学三年级，楚煊和同学打酸枣，成绩下滑，被奥数班开除，中队长被撸成小队长，她特别害怕，妈妈已经因为她的退步放弃了出国进修。爸爸带她去接妈妈下班的路上，拉着她的手温和地告诉她，以后别贪玩，学习专心一点儿，这件事他不告诉妈妈。

四年级，爸爸买了一盘雪山飞狐的磁带，楚煊放到录音机里听。可是没多久，磁带里薄薄的磁条就被录音机搅成一团，楚煊情急之下，不知道怎么办，越拽越长，惊弓之鸟一样把整个磁带扔到了垃圾桶。

爸爸下班回家，从小不敢撒谎的楚煊给爸爸坦白了。爸爸竟然没有生气，告诉她，下次磁带卷带了就告诉爸爸，不要丢弃，爸爸能修好。

刚上初中，爸爸去广州出差，带回家一套DVD设备。楚煊想看恐怖片，爸爸二话不说，给她租各种各样她感兴趣的碟片，有时间就陪女儿一起看。楚煊喜欢一部香港喜剧《霸王花》，可是买不到新的。爸爸跑了很多地方，找到一家音像店，只有一张旧碟片，爸爸花了两倍的价钱买给她。

初二的时候，楚煊忽然说想吃大白菜炒二宽粉带，这个是概念菜，全靠她天马行空的想象。第二天爸爸值夜班，楚煊放学回家，爸爸已经去上班了，就见桌上有一个菜和一盘新买的东北蒜肠。爸爸留给她一张纸条，让她尝尝是不是这个味道。

爸爸其实做的是小青菜炒细粉条，和楚煊的想象有天壤之别。但当时的感动，多少年来楚煊都没有忘记。

高中的时候，楚煊趁妈妈去党校进修，三个月天天下晚自习去吃麻辣烫。妈妈回来以后惊觉女儿一脸上火痘，还胖了许多。爸爸护着她："我丫头漂亮着呢，发育阶段嘛，慢慢就瘦下来了。"

但是暑假，只要晚上有空，爸爸就带她去爬山减肥。每次下山的时候天已漆黑，楚煊吓得抱紧爸爸的胳膊：

"爸爸，你怕吗？"

"这有什么好怕的。"

"那前面有具尸体呢？"

"爸爸扛起来就走！"

算了，楚煊发现问错人了，爸爸妈妈的职业怎么可能怕这些。记得妈妈有一次在书房认真翻一本杂志一样的书，楚煊凑过去一看，差点儿昏过去。书里一具躺在河边，头被砍烂的男子尸体，各个角度的照片。

溜了溜了。

爸爸嘴上说有爸爸在，下山你别怕，但是总把近视眼的女儿往有癞蛤蟆的地儿带，快踩上的时候再一把拽开，爸爸倒是笑得乐此不疲，楚煊那一个多月几乎每天都是哭着回家。

这段经历给楚煊灵感，她写了一篇文章——《诠释的不只是山》，写的是她对父母寸草春晖的感恩，被一家刊物登载。

对她宠爱有加的爸爸偶尔也会发脾气。比如有一次楚煊跟妈妈电话里顶嘴，爸爸正在新房里打扫卫生，听到楚煊跟妈妈大呼小叫，爸爸冲到客厅就给她屁股上一脚，瞪着眼睛说："不许顶撞妈妈！"

挂掉电话，楚煊闷闷不乐。爸爸又从口袋里取了一张人民币给她：

"去买笔吧，以后不许和妈妈用顶撞的态度说话。"

就像爸爸自己说的，他最爱妈妈和奶奶，最后才是赵楚煊这个小宝贝。就在出国的前一年，楚煊迷上了看《知音》杂志。每次回家，爸爸都神秘地拿出最新出的一期《知音》，让她先看，然后拿给奶奶看，最后才自己看。楚煊每次都笑话爸爸太抠了，一书三传，可心里是暖暖的。

这个世界上最让楚煊无拘无束的人就是爸爸。在妈妈照顾姥姥，就他们父女俩在新房的时候，爸爸要么带她出去吃串串、吃火锅，要么打包川菜再买点卤肉，反正都是楚煊爱吃的。爸爸开几瓶青岛啤酒和女儿唠嗑。楚煊滴酒不沾吧，话比喝醉的人还多，喋喋不休自己的琐事，爸爸边听边给她建议。这是楚煊记忆里最温馨的片段。

转眼到了2月，农历大年初一，楚煊收到三姨的第二封邮件。开篇就是"这是我过得最开心的一个新年了……"，余下全是说自己和家人有多幸福。

楚煊很反感，但转念一想，也许爸爸有好转，所以三姨才这么开心。

邮件转发给妈妈，妈妈有些愤怒：

"妈妈本来要寄给你1 000镑让你假期去旅行，你三姨当着所有亲朋的面，说她马上去英国，可以看你，她把钱带给你，让你有些温暖。为什么背着我，发这种邮件刺激孩子？"

"啊，表姐没联系我，三姨也没有来啊。"

妈妈电话询问后，三姨才从苏格兰转账给楚煊，997.5镑，三姨说扣掉的2.5镑，是她坐公交寄钱的路费。

人究竟要多精明、多有心机，才能人前献殷勤，人后变无情？

后面更恶劣的事，楚煊大半年后才知道。

妈妈很介意三姨发的那封邮件，表姐立刻跳出来，在MSN上赤口白舌，说话之恶毒，超乎常人想象。俨然忘记了几年前究竟是谁，救他们全家于水火。

在爸爸出事这段时间，赵楚煊尝到了她最厌恶的人间滋味：背叛，欺骗，嫌弃，幸灾乐祸。从此，她三缄其口，开始把悲伤深藏在心底。

2月25日，楚煊一个人在厨房吃饭，边吃边给妈妈打电话。刚开始一切正常，直到……

"妈妈，你现在干吗呢？"

"妈妈在家整理给同事答谢的烟酒。"妈妈顺口回答。

赵楚煊立刻眼泪奔涌而下，她使劲儿咬住自己的手，不让自己出声。她强装镇定完成和妈妈的通话，回到房间，泣不成声。

"谢礼"是在葬礼后，家属给帮忙的朋友、同事表示感谢的一种方式。

楚煊最害怕的事情还是发生了，她没有爸爸了。

她哭了一夜。

第二天，她眼睛肿得隐形眼镜都戴不上。可是作为应用语言学的硕士研究生课代表（Course Representative），她要代表系里，去Highfiled（南安普顿大学的一个校区）的教育学院参加一个联谊。

拿着邀请函，刚进海特利图书馆（Hartley），它旁边的玻璃大楼映入眼帘，看上去很高科技。

上楼后才发现聚集的基本都是博士。有一对情侣，女生是转学过来读博的，她家里有公司，所以百万学费自己掏，只为和男朋友在一起。

只见两个中国女孩，抬进来一个大号的塑料收纳箱，打开里面全是寿司。

赵楚煊看着欢声笑语的人群，觉得自己格格不入。于是她退到了隔壁的茶水间。

这是一间精心设计的小屋，穿着各国国旗的几根绳子，交错挂在吊顶下。靠窗有沙发，沙发中间的茶几上摆满了各种饮料。

楚煊叹了口气，坐在沙发上发呆。

"赵楚煊，怎么坐这儿了？"

她抬头一看，是系里新来的访问学者詹教授。他刚到的时候，楚煊帮助过他，帮他办理入学和选课等一些事宜。

"走啊，进去吃东西。"詹教授端起一杯饮料，邀请楚煊一起进去。

楚煊婉拒，她准备回宿舍。不过她想和这里的负责人打个招呼再走比较礼貌。

詹教授自己单刀赴宴。博士party比硕士party高不止一个档次（level）。

楚煊准备起身找人。

就见一位穿着翠绿色和服的高个子女生，端着托盘进来添加饮品，把拿空的位置补满。

她进来第三趟的时候，楚煊拦住她，问这里负责人是哪位？

"是我。"

楚煊跟她打了个招呼，就匆匆离开了。

回到宿舍，她除了难过，不知所措地难过，什么都做不了。她想起在圣诞节前的一个晚上，她清楚地梦见爸爸站在车站中转站的站台，送她上校车（Uni），她刷卡以后回头看，车渐渐走远，可是爸爸还站在原地笑着跟她挥手。

楚煊的眼泪扑簌簌地落，这是爸爸在跟她告别吗？

于是她躺在床上使劲儿睡，心里默念，快点睡着，睡着就能看见爸爸了。

每天和妈妈视频楚煊伪装得很好，可是内疚让她窒息。她一想到出个国就再也见不到爸爸，这辈子再也触摸不到爸爸，就悲痛得喘不过气。她决定为爸爸妈妈做些什么，所以打消了回国的念头。

她决定考博士。妈妈为了让她安心学习，把一切痛苦都自己默默承担了，她要拿到博士学位，让妈妈骄傲。

史铁生在《我与地坛》里提到他的奋斗的动机是"为了我母亲，为了让她骄傲"，赵楚煊就是这样的心愿。

六

这一天，楚煊去海特利图书馆（Hartley）借书，上三楼的时候，看见那个穿和服的学姐正在二楼书架前专心地翻书，楚煊立刻萌生了要她的联系方式的想法。

她这两天斟酌过读博方向。目前学的是应用语言学，她对语言学这一块兴趣一般。可是做教师，是妈妈的亲生父亲的职业，楚煊的亲姥爷曾经是师范学校的校长，楚煊想孙承祖业，把语言学学到的基本理论，用到实际的课堂教学上。

楚煊决定报考教育学博士，她需要领路人。

她赶紧去找学姐，可学姐已经不见踪影。

她黯然地返回三楼，找到自己要借的书，下一楼登记。

没想到，出口电子登记办公桌前端坐的，正是楚煊要找的那位穿和服的学姐。

是"踏破铁鞋"还是"柳暗花明"啊！楚煊的心豁然开朗了许多。

她赶快走到学姐跟前，说自己前几天在教育学院和她见过。

学姐一顿费劲地思索："噢，想起来了。那天硕博联谊会，你告假先走了，对吗？"

"是的，学姐。你记得真清楚。"楚煊说了想要她联系方式的意图。

她欣然答应，马上给楚煊留下了她的邮箱。

外国人对陌生人的"自来熟"，楚煊一直感到不可思议。他们之间相互搭讪、聊天是非常自然的事情。比如有一次在校车（Uni）上，有个英国妇女，突然坐到楚煊旁边，哭着说她刚离婚，心都碎了。

楚煊当时惊得目瞪口呆，想要下车。

还有这个学姐，哪怕不是很熟悉的人，要她的联系方式也不会介意，这都是楚煊不能理解的，他们隐私的底线在哪儿？当然，从人性的优点理解，他们简单、坦然、信任任何人。

幸亏学姐不介意，楚煊在失去亲爱的爸爸的最痛苦阶段，遇到了她的贵人和最好的朋友。

学姐，夏美（Natsumi），很高兴认识你！

巧的是，学姐夏美的博导迈克（Mike）教授也是楚煊一门主课的老师。楚煊和学姐夏美商量，不然就报考她导师迈克教授的博士。

一天晚上，学姐夏美给楚煊邮件："明天教育学和语言学的博士在人文学院（Avenue）校区有个陈述演讲（Presentation），你可以过来熏陶一下。"

第二天下午，楚煊静静坐在最后一排。陈述演讲由学姐夏美主持。有三个博士上台。楚煊跟在博士派对（party）上一样，一副没见过世面的样子，目瞪口呆。博士就是博士，幻灯片（PPT）又是饼状图，又是柱状图，各种数据比较分析，又是理论，又是实践，楚煊仿佛回到了几何课上，一头雾水。

最后一位女博士做完报告，与学姐夏美热烈交谈。夏美看见楚煊，赶快介绍她们认识，对楚煊说："这是来自台湾的学姐。你们语言相同，可以和她多交流。"

台湾学姐满口答应，让夏美放心。于是夏美急匆匆赶回Highfield（南安普顿大学的一个校区）。

夏美一走，台湾学姐立刻冷若冰霜，甩开楚煊，和她同学谈笑风生地走出教室。

赵楚煊苦笑了一下，也准备离开。

没想到凯伦教授的红人，希拉（Shila）在走廊上等她。

"赵楚煊，你和那个日本人很熟？"

"刚认识。"

"离她远点！我听我学姐说，她歧视中国人！"

还没等楚煊反应过来，希拉已经风风火火地走了。

真的吗？这可是原则问题。侵华战争、南京大屠杀，瞬间浮现在眼前，好像战争是夏美发动的。

可是几次邮件往来，赵楚煊觉得学姐夏美挺友善的啊，她彬彬有礼，很有学姐范儿。

楚煊不相信夏美歧视中国人，所以找希拉单独问问。

"其实我不认识她，是我学姐跟我们这批新来的博士专门提过她，她见到我们中国人就摆张臭脸，傲慢得很。"

道听途说？

楚煊想不明白夏美为什么要这么做，遂以中国人的身份约她在Highfield（南安普顿大学的一个校区）的餐厅见面。

两个人都点了三明治和咖啡。

赵楚煊的气势，很快被那个跟法棍一样的三明治（Subway）搅和了。30厘米长，无从下嘴啊！

竖着吃？那是吹唢呐。

横着吃？那是吹长笛。

"咳咳。"赵楚煊放下棍子，装模作样嘬了口咖啡。

学姐夏美吃得倒是优雅，她以为楚煊要问她申请博士的事情。

没想到上来就直奔两国团结问题。

学姐夏美听到对她的评价，震惊得棍子也吃不下去了，她没想到自己竟然给别人这样的印象。她从没有一点点歧视中国人的意思，相反她的未婚夫就来自中国香港。

赵楚煊松了口气，心想："怪你喽，长个扑克脸（Poker Face）。"

学姐夏美希望楚煊能给语言学院博士们解释一下这都是误会。

赵楚煊想了想，决定请夏美和希拉一起吃个饭，让希拉亲自接触一下这个日本学姐，事实胜于雄辩。

这次史诗级的中日代表会面，气氛融洽。夏美笑颜跟花一样好看，一改之前外表严肃的老干部形象。

耳闻不如一见，学姐夏美的亲切，让希拉也放松了许多。夏美兴奋地说，喜欢一首中文歌，只会调，不知道歌词，哼了几句，希拉也跟着合唱。

王菲的《我愿意》。

是啊，我愿意大家在异国求学，留存难得的相逢。

一来二去，学姐夏美和楚煊关系越来越近。夏美正读博士三年级，白天都很忙，她只能利用晚上空闲时间，用邮件指导楚煊申请博士，尤其是博士申请论文（Proposal）如何准备。

有一次两人一起吃饭，学姐夏美主动说起自己读博士的原因：

"我大学三年级来英国做交换生，认识了我的未婚夫尼昂（Neo）。他追我，说我是他的初恋。可是他比我小三岁，而且我只读一年就回日本，所以不同意交往。他一直不放弃，我已经回国工作了，他仍然有时间就来东京看我，我被他的执着感动了，所以申请南安普顿大学的研究生直到博士，最后和他订婚。现在我们在一起已经九年了。"

赵楚煊被这段跨国恋感动得热泪盈眶。尼昂是南安普顿大学化学专业全奖博士，同样非常优秀。

"你为什么要读博，Yolanda？"

楚煊愣了一下，她低下头。面对诚恳的学姐夏美，她不想隐瞒，她艰难地把爸爸的事说了出来。

学姐夏美听得很认真，但没有多说安慰的话。至于中华传统文化里的拥抱、鼓励、感同身受地落泪，统统没有。

只不过这次交谈以后，学姐夏美每周至少抽出一天时间，中午约楚煊吃饭，而且称呼由Yolanda变成了煊（Xuan）。

夏美课业很重，图书馆管理员是她找的兼职。她虽然拿全奖，但奖学金只提供三年，所以时间很紧，午饭基本都是在办公室解决。她专门约楚煊外面吃饭，是在用行动表示，陪伴就是她温暖楚煊的方式。虽然她从来都不说，但楚煊感受得很真切。

每次食物摆到学姐夏美面前，她都会一本正经地双手合十说："一它打ki马斯。"（日语"我要开动了"的音译）

她要开动了。

楚煊会很好笑地看着学姐完成这一连串的动作。

申请博士的准备在有条不紊地进行。楚煊除了正常上课，还需要为写申请博士论文做大量阅读。她常常去海特利图书馆（Hartley）借书，如果赶上学姐夏美上班，楚煊就会提前在图书馆对面的超市，买一瓶学姐很喜欢的Oasis的柠檬饮料。楚煊这个习惯一直保持到离开英国。

夏美每次拿到饮料都开心地把饮料贴在脸上。楚煊有一次给她拍了一张照片，两个人偷偷笑了半天，因为工作时间不许拍照。

还记得有一次，正襟危坐在工作台旁边的夏美看见楚煊踏进图书馆大门，冰山脸立刻融化，不断地挥手，招呼楚煊去她那里。

"刚才太诡异了，有个女孩冲进图书馆，拉着我的手就哭。可是我听不懂她说什么，应该是泰语。我就打电话给我泰国同事，她过来把那个女孩领走了。那女孩迷路了，不会英语，看见我以为我是泰国人，所以向我求助。"

楚煊忍住笑，装作很同情地看着她。

"煊，我长得像泰国人吗？"夏美一脸认真。

"不像，不像，你个子高。"楚煊假惺惺地安慰。

夏美一米七二，气质高冷、深眼窝、长发披肩、皓齿明眸、眼神坚毅。楚煊确认过眼神，是日本人。尤其是她那能戳死人的尖下巴，看上去更添倔强。无奈肤色偏暗，所以常常被误认为来自泰国、柬埔寨、印度尼西亚这些咖喱、肉骨茶的东南亚国家。

夏美对此不甚明白，困惑自己的身世怎么就徘徊在东南亚回不来了呢？

"别多想了，下次你可能就是老挝人了。"一脸坏笑的楚煊哧溜一下钻进图书馆，留下目瞪口呆的"假日本学姐"。

天蝎座的学姐，熟悉以后幽默感和呆萌感爆棚（Max）。

白天无论上课还是读书都很充实，可是一到晚上，楚煊就难过得无所适从，她满脑子都是爸爸。一想到这辈子再也见不到爸爸，她痛苦得几乎要窒息。

她开始像小时候那样，低落的时候听忧伤的钢琴曲。直到听到《雨的印记》（*kiss the rain*），她人前掩饰得很好的悲伤才能随着伤感的旋律喷涌而泄。

她想起来中学时候看过一篇来自台湾作家简媜的作品——《渔父》。楚煊在电脑上找到，一个字一个字地仔细阅读，读到后记的时候，泪如雨下。

于是，每天凌晨和妈妈视频后，楚煊一边放着《雨的印记》（*kiss the rain*）一边流着泪朗读《渔父》的后记：

死真的只是天地间的一次远游吗？紧闭的眼，冰凉的手，奋拉成"八"字的眉头。那是怎样孤单而荒凉的远游？漆黑的夜，无尽的路，一个人飘飘荡荡地走。就这样告别了吧，连行囊也来不及整理，至亲的人，也吝啬得不打一声招呼。就这样远去了吧，连回程的时间也不肯讲，此行的方向，也拒绝透露。无论如何，请你满饮我在月光下为你斟的这杯新醅的酒。此去是春、是夏、是秋、是冬，是风、是雪、是雨、是雾，是东、是南、是西、是北，是昼、是夜、是晨、是暮，全仗它为你暖身、驱寒、认路、分担人世间久积的辛酸。

你只需在路上踩出一些印迹，好让我来寻你时，不会走岔。

一遍又一遍地读。

她把爸爸发的最后一条短信，认真抄写在便签纸上，虔诚地贴在她书桌上方的墙上。

冲儿，祝你一路顺利，自己照顾好自己，把随身的东西看好。

23个字，是爸爸留给楚煊最后的思念。
"你走了再没有回头，
思念，开始在分别的时候，
人生往复几多愁，
思念是最后的一杯酒。"

第七章 打工 有伤痛也有成长

一

楚煊一想到爸爸没享过她一天福，想到妈妈强颜欢笑守护着她，她就坐立难安。她不允许自己享受生活。

她决定去打工。用高强度的学习和工作排解悲伤，减轻内疚。但她没有意识到，她已经开始自虐。

虽然只工作过两次，中介的负责人妮可拉对Yolanda印象不错。体力是差了点儿，但是肯吃苦，很踏实。比起一直在这里工作的同公寓的沈金花，妮可拉更愿意排活给赵楚煊。

随后的一段时间，每天晚上七点前，中巴车把楚煊和她的同事们带到一个私人游艇码头。船主和他的朋友们在海里浪够了，然后回到餐厅吃晚餐。

楚煊的工作首先是为制作鸡尾酒做准备，切橙子丁、黄瓜丁，切花花草草，然后按比例放到杯中，最后统一加雪碧，加酒。

楚煊很喜欢这一个小时的工作，她可以在后厨一个人待着。一边忙活一边脑子里为今天读的书做个梳理，晚上下班回去还要写硕士的毕业论文以及申请博士论文。

八点开始，又是西餐四道菜的上菜和撤盘。她虽然熟悉流程，可是细胳膊细腿，还是端不了那么多盘子。上主菜的时候，一次还是只能端两个。于是她选择跑快一点，虽然单次端盘数量少，但架不住来回趟数多啊，也能完成任务。

妮可拉老板不知道从什么渠道得知了赵楚煊的这种踏实勤恳，愈发器重她。毕竟这里工作靠自觉，不像楚煊第一次在部队打工那样，一人包一张桌子，这里要的可是团队精神。

英国人嗜酒，然而酒量不行，常常甜点吃完就醉得手舞足蹈，有的直接吹瓶子，这时餐厅会默契地打开音响，于是群魔乱舞。

楚煊他们一般得等到这群人闹够了，收拾了所有的碗盘、酒杯才能下班回去，大概在凌晨一点左右。

楚煊会在下班前给自己冲一大杯浓咖啡，为的是回到宿舍洗完澡，就可以精神抖擞地学习。

楚煊返回的路上插上耳机闭目养神，单曲循环的是邓超的《今天就长大》，她MSN的签名也是这五个字。

"加油吧，刹那变强大。爱给我们力量，让生命的奇迹爆发，快出发。"

申请博士论文，真的是赵楚煊读研以来最难写的一篇论文。全文要求1 500词，大致分为三部分。第一部分，研究背景（Background to the research），需要把相关领域20多本参考书和文献读通，然后浓缩成500词的概要。达到"添一词会烦，删一词会简"的地步。

第二部分，研究意义（Motives of the study）。要写明选择博士研究命题的原因，以及对诸多著作和专家哪一个具体理论感兴趣，并说明理由。

第三部分，目标和任务（Aims and objectives）以及使用的研究方法（Methodology）。就是在赵楚煊选定的领域里，自己个人需要用哪种研究方法，达到什么样的突破，并要预计好整个读博的时间，给出每一年具体的学习方案和研究步骤的规划。

赵楚煊一遍遍完善申请博士论文的时候，同时也一步步完善与学姐夏美的友谊。夏美对楚煊申请博士论文内容要求非常严格，不断打回去让楚煊一遍遍修改，但只要撇开学术，立马"卡哇伊"（日语：可爱）。

学姐夏美第一次邀请楚煊去她家里吃饭。一进屋，这姐姐也不做饭，开始上下打量楚煊。

接着，学姐夏美以迅雷不及掩耳之势拿出她的化妆包，把楚煊按在沙发上，准备给素面朝天的赵楚煊换造型。从发型到妆容，一顿捣饬。兴起时直接跪在她面前，惊得楚煊一再让学姐平身。

正在这个时候，夏美的未婚夫尼昂（Neo）从学校回来。赵楚煊赶紧跟尼昂打招呼，把正往客厅走的尼昂吓得不轻。

这个女鬼是谁（sei）？

本来标致的中国女孩，扎马尾、大脑门、鹅蛋脸、炯炯有神的双眼，高挺的鼻梁，不大不小的嘴，嘴角天生的小酒窝，清纯秀丽。嚇，现在是披肩发，大中分，一脸白粉，黑眼圈，嘴巴上下涂抹鲜亮的口红。

原本的"不施粉黛轻娥眉"，变成了"浓妆艳抹不相宜"。

尼昂见过楚煊几次，这时见到楚煊，他说："多么清秀可爱的小妹妹啊，怎么被你画成这样，弄得都不像她了，赶紧给人家卸妆吧！"

哪承想，这位在外一脸高冷的日本学姐，开始抱着未婚夫撒娇，尼昂也宠爱地拍拍她的屁股。

此情此景，楚煊流下两行热泪。

夏美腻够了才去厨房准备晚饭。她放着音乐，一边炒菜一边扭。天蝎座女生都这么分裂吗？

尼昂边看球赛边和楚煊聊天。楚煊知道他出生在香港，八岁来英国，只会说英语和粤语。楚煊问了他一个问题：

"你能完全听懂英国人说话吗？比如现在你看的球赛，百分之百能听懂吗？"

"百分之九十吧，有些和英国文化历史相关的俚语或新演变出来的词会一下子反应不过来。"

这就好像在十年后的中国有个网络新词"凉凉"，本身是一首歌曲的名字，字面是清爽的含义，但同样衍生出很多有趣的意思，比如形容一个人，so dead，死定啦，完蛋啦。

赵楚煊解开了心里的疙瘩。之前雅思班有位在英国毕业的阅读老师，楚煊觉得他的为人和英语水平一样华而不实。他在雅思班对学生大放厥词，说他到英国一个星期就能完全听懂每一个单词，这种夸大其词、哗众取宠的教学多误人子弟呀。

楚煊曾一度为自己不能完全听懂每个单词感到深深困惑，直到听到了尼昂的话才如释重负。这也使她毕业回国后在英语听力教学上，有自己的见解和不一样的教学方法。

有些时候，有些老师，还是不要不懂装懂，华而不实地误导学生。

申请博士论文改了快30稿，终于定稿。楚煊慎重地打印好递交给教育学院。几天后，她收到了教授（Professor）迈克的邮件，约她到办公室面谈。

迈克教授对赵楚煊的申请博士论文非常满意，但他的第一句话石破天惊："是你自己写的吗？"

"是的。"楚煊回答。

"没有人帮你？"

"学姐夏美帮我做过修改。"楚煊如实回答。

迈克教授立刻走出办公室，看见夏美正和同事在中厅吃饭。

迈克教授问夏美，赵楚煊的申请博士论文是不是得到了她的帮助。因为楚煊的这篇论文，无论框架还是内容都跟博一学生写的不相上下。

"是她自己写的。她咨询过我，我仅仅给过一些建议。"夏美面无表情地认真回答，连看都不看赵楚煊一眼。

迈克教授很高兴。夏美是他最得意的博士学生，她的话他自然相信。

而且赵楚煊在语言学院的硕士生里也是佼佼者，是本届亚洲唯一的研究生课代表。这篇优秀的申请博士论文在一定程度上，也代表了她的潜能。所以迈克教授对招收楚煊做他的博士研究生有极大的兴趣，于是带着她返回办公室，开始推敲论文的一些细节。

"还有，如果想申请全奖，你还需要得到语言学院除我之外的两名导师的推荐信。"迈克教授最后对楚煊说。

楚煊首先想到了乔治教授。乔治教授是楚煊在所有老师里最信任的一位，何况他还是她的研究生导师。楚煊拿着申请博士论文找到他，同时告诉他，她需要奖学金。

"我很支持你读博，煊。"她的导师十分高兴地说。

乔治教授，是第一个亲切称呼她中文名的外国老师。

"你的努力，你的申请博士论文我都是满意的。不过，拿奖学金需要工作经验，你并没有任何教学经历。"

赵楚煊当然知道这是她的劣势。但如果不拿奖学金，昂贵的学费让妈妈独自承担吗？是的，她了解妈妈，妈妈就是砸锅卖铁也会支持她读书。可是申请博士的初衷是什么？是让妈妈骄傲，是给爸爸一个交代，而不是给家庭增加负担。

乔治教授体谅她的心情，说他再仔细考虑一下。

第二位推荐导师是迈克教授自己定的，必须征得语言学院灭绝师太级人物凯伦教授的首肯。楚煊对这位古板的专家还是很怵的。她内心理想的人选是系主任，那个看好她并任命她当研究生课代表（Course Representative）的大叔。

"迈克教授肯定要的是凯伦教授的推荐。因为迈克教授的导师是凯伦教授已故的丈夫，那位誉满全球的语言学大家。"学姐夏美知道这件事后给楚煊解释了原因。

怪不得，凯伦教授不仅在专业领域强悍，还是迈克教授的师母，所以她的推荐就至关重要了。

好吧，等消息。

二

转眼就到了楚煊的生日。楚煊平时的好人缘让她这一天收到了许多礼物。文具啊，小公仔啊，手机挂坠啊，都是她喜欢的。连于岱晴也郑重其事地给楚煊又是生日贺卡又是生日蛋糕，赵楚煊没有收。她没有忘记自己在最悲伤的时候，那刺痛心扉的友情逃逸。

艾玛拉竟然在赵楚煊生日这天向她表白。艾玛拉和英国女朋友分分合合，早就不了了之。但是对赵楚煊倒是始终如一地热情。几个月前楚煊和孙灏祎分手，加上家中变故，楚煊的忧伤，与她关系亲密的艾玛拉大约能猜到。楚煊一下课就不见踪影，虽然对大家还是温和地笑着，可是她的疲惫和忧伤，艾玛拉看得见。所以他选择了不动声色地等待。可是有一次连他自己都不知道泄露了天机。

workshop，也就是讨论课。艾玛拉和曾尧是第二组，楚煊那一组先下课放学。大家发言的时候，艾玛拉见到华人长相的，无论是曾尧还是台湾同学，上来就叫人家：Yolanda。

"Yolanda 早就下课啦！"同学们哄堂大笑。

"赶紧把他收了吧，都魔怔了。"曾尧给楚煊打电话，半真半假地说。

赵楚煊那段时间哪有心情考虑这些，加上孙灏祎的伤害，她不想谈感情。

楚煊生日，艾玛拉忽然表白，是他观察到楚煊最近好像轻松了一点儿，所以借生日给她惊喜。

楚煊的轻松也无非是申请博士论文完成了，可心里的悲伤丝毫没有减少。她把她这段时间的经历如实地告诉了艾玛拉并婉转地拒绝了他。

艾玛拉说，他可以给楚煊时间，等待她平复，不会逼她，但也不会放弃。

赵楚煊黯然无语。

艾玛拉离开后，詹教授还有另外两位访问学者走过来，邀请楚煊去他们那里吃碗长寿面。

赵楚煊封闭了自己四个多月，两耳不闻窗外事。除了学姐夏美，她确实和自己的同学疏离了很多。

"走吧，詹老师的滋补烩面那可是一流的。"北京来的老师说。

生日是契机，或许楚煊也真的想稍稍改变一下紧绷的状态，所以勉强答应了。

詹教授做的烩面，比楚煊想象的要好。据他说，羊肉汤是关键，他炖了四个多小时才做好。再配上澳大利亚进口的大虾，还有一些凉菜、热菜，中西合璧，颇为丰盛。

等楚煊回国在郑州吃到正宗烩面的时候，才知道詹教授能在食材大不一样的英国，做出那么一锅味道和国内一般无二的烩面，还真是不简单。

楚煊和不熟悉的人吃饭，都是靠喝水，或只夹眼跟前的菜来掩饰尴尬。所以，烩面大餐她也是浅尝辄止。深夜，饥肠辘辘的她去厨房冰箱，她清楚地记得昨天买了一个牛肉派。

踪迹全无。

共享厨房，公寓每个同学都有一层可以放自己的食物。她放错位置了？大眼扫了一下，没有啊！

再打开橱柜一清点，果然，调料、火锅底料、鸡精，这些中国超市相对昂贵的东西都少了一些。冰箱里，她爱吃的培根也不该那么少。像楚煊这种偶尔神经大条，最近又恍恍惚惚的人确实一下两下发现不了。

看来小偷已经作案一段时间了。

赵楚煊决定捉贼。

第二天，她又买了两个牛肉派放进冰箱。一个小小牛肉派的价格顶四个必胜客比萨，小偷也是吃货。

果然，到半夜楚煊听到很轻的脚步声，推开厨房门。

楚煊紧张到屏住呼吸，拉开宿舍门，直接冲进厨房。

门里门外的两个人都惊呆了。

　　小偷已经打开冰箱，弯着腰，手里正捏着一个牛肉派，大惊失色地歪头看着同样大惊失色的赵楚煊。

　　沈金花。

　　她无论如何没有想到小偷是和她常常一起打工，她自认为关系还不错的同胞……

　　沈金花的难堪也就是一瞬间。面对楚煊的质问，她的回答是：

　　"之前咱们关系是挺好的，但是打工以后为什么中介老板妮可拉给你的工作比我多？你又不缺钱，为什么要跟我抢？还有啊，你这几个月天天冷个脸，对我爱搭不理，谁惹你了！"

　　嫉恨。

　　楚煊平静地说："那也不能成为你……拿我东西的理由。"

　　楚煊还是不忍心，她把"偷"字换成了"拿"。

　　"那你跟我说为什么你变了，我得罪你了吗？"

　　楚煊更加冷静地叙述了自己这四个多月来遭遇的变故，仿佛在说别人的事。

　　沈金花愣了。

　　楚煊说完后，心情复杂地回到自己的房间。第二天，她收到了沈金花道歉的短信。后来沈金花交了一个英国男朋友，很快搬离了公寓。

　　夏铭琨和海娃不知道怎么知道了楚煊爸爸的事，约楚煊到图书馆。学姐夏美还以为她们上自习，大方地给她们安排了一间学习小组（seminar）的小教室。

　　夏铭琨上来就抱着楚煊哭。自从读研以后，大半年了，除了MSN偶尔联系，她们已经很少见面了。

　　楚煊一向不喜欢肢体接触，试图推开铭琨，问问她这是什么情况。可是铭琨紧紧搂着她，哭得很大声。

　　海娃过来把铭琨从楚煊身上掰开。铭琨的烟熏妆已经哭花了，掰着楚煊的脸问：

　　"这么大的事为什么不告诉我们？"

楚煊立刻反应过来说的是什么。

从爸爸离开的事情发生以来，楚煊遇到了太多的薄情寡义。她不是祥林嫂，她不屑做祥林嫂。"悲剧就是把人生有价值的东西毁灭给人看。"赵楚煊不愿将悲伤展示给任何人，这是她的自尊和防备。

迈克教授那边的消息，他同意招收赵楚煊成为他教育学的博士。至于奖学金，乔治教授的推荐信他已经收到，如果凯伦教授也愿意推荐，就顺利通过。

凯伦教授的意见是：赵楚煊一路读书，没有任何教学实践经历，这对于读教育学，哪怕是应用语言学的博士，都是硬伤。一线教学经历的空白，很容易导致读博士期间无法确切分析和判断所采用的理论和方法是否适合自己的命题，同时，也很难激发出突破性的思维。她目前就有一位情况类似的博士，七年了还没有毕业。她认为赵楚煊读教育学博士可以，但是，提供奖学金风险太大。所以她的推荐信是"无奖学金"。

迈克教授把最终结果通知了赵楚煊，赵楚煊说考虑一下给导师答复。

她回到公寓，拉上窗帘，在宿舍躺了一天一夜，直到曾尧擂门。

"英国人今天裸骑，哎呀，打了多少电话给你，想叫你去看热闹。"

楚煊敷衍了几句，洗澡，出门。

她倒了两次车，来到了港口。

这是半年以来，只要悲痛到无法控制的时候，她就会一个人来的地方。

南安普顿的海港并不开阔，她面前偶尔会开过前往怀特岛的大游轮，身后就是林林总总的帆船和游艇。

可就是这一片不大的海，却能让她平静。她常常静静地站在海边的栏杆旁，看着波光粼粼的海水，什么都不想，什么也听不见，一站就是几个小时。

手机一直在震动，是詹教授。

"赵楚煊你在哪儿？两天都联系不上你，上课也不见你，都好着了吧?"

詹教授自认为在访问学者和本系中国留学生里最年长,所以一副大哥的样子。尤其是楚煊吃过他的烩面,他自认为对赵楚煊有一份责任。

"我在港口。"

"你没事吧?我马上过来!"

大哥果然把她当小朋友,去超市买了两大袋零食。他以为楚煊心情不好,吃点儿好的就好了,他家闺女就这样。

当楚煊看见詹教授的时候,他大汗淋漓,但是一脸温和的笑意。詹教授拎的那两大兜食物太刺眼了。

"你以为我是要野炊吗?"楚煊平静地说,"我想自己待会儿。"

这句话让詹教授不知所措,他也没见过这么严肃的赵楚煊,只好退到港口侧面,楚煊看不到的地方。

赵楚煊就这样站了三个多小时,直到把所有的情绪熨平。

她一回头,看见詹教授竟然还提着那么重的食品袋远远站着,那一刻楚煊有些过意不去。

詹教授坚持把楚煊送到宿舍楼下,把零食全都留给她,还几番嘱咐:"如果不开心一定要说出来。"

那天晚上,楚煊给妈妈发了一封邮件:

> 谁能告诉我有没有这样的笔
> 能画出一双双不流泪的眼睛
> 留得住世上一纵即逝的光阴
> 能让所有美丽从此不再凋零
> 从此在人世间也没有无奈的分离
> 我不用睁着眼睛看你远走的背影
> 生命中只要有你什么都变了也可以
> 所有承诺永恒得像星星

楚煊把《只要有你》的歌词重整了一下发给妈妈。

妈妈，你就是我归去的方向。

第二天，楚煊到迈克教授办公室告诉他，放弃读博。

"为什么？就因为没有奖学金？"

"不完全是，我只想让我的爸爸妈妈骄傲，申请上了博士就算完成了我的心愿。我还是回国工作，可以和爸爸妈妈近一点。"

"好可惜。不过，如果你回国有了教学实践经验，两年内回来，我依然招收你，给你全奖！"

"谢谢您，迈克教授。"

走出迈克教授办公室，看见中厅坐着一个人喝茶。楚煊看着她不知道为什么就笑了，虽然眼里一层薄雾。

夏美学姐也静静端望着楚煊，相对无言。

楚煊来不及整理好心情，就投入下一轮目标。她要找工作，回国以后的工作。

对很多人来讲，生命中最长的里程是从依赖到自立的那一段。

居里夫人写给女儿关于自立的一封信里，有一段话对赵楚煊影响特别深刻：

　　要相信你到这个世界上来是有目的的。是为了造就自己，是为了帮助别人，是扮演一个别人替代不了的角色，因为每个人在这场盛大的人生戏剧中扮演着自己的角色。如果你不扮演这个角色，这出戏就有缺陷了。只有当你意识到自己要在世上完成一件事，扮演一个角色，必须自立时，你才能有所作为。生活也因此具有了崭新的意义。

之前在父母的羽翼下太久了，赵楚煊从未真正为自己担当过什么，更别提为爸爸妈妈。现在，她想替爸爸给妈妈撑起一个家，从找一份体面的、爸爸妈妈都满意的工作开始。

当大学老师之前也许只是个概念，爸爸妈妈偶尔会念叨，现在就成了她坚定追逐的方向。她一一筛选了几位访问学者所在的大学，她更倾向于詹教授的学校。除了詹教授本来就是这个大学外国语学院的院长，还有就是他的学校离楚煊家的城市最近。另外，从私人感情考虑，詹教授提着重物在港口陪了她三个多小时的那一幕，楚煊一直挥之不去，她觉得詹教授更值得信任。

詹教授仔细听了楚煊的想法，建议等到他年底访学结束回国，楚煊先去他的大学里实习，然后再做下一步打算。

回国工作的事大致有了眉目，赵楚煊开始做下一步安排。这个时候，楚煊的同学们都在忙于硕士毕业论文（dissertation）。而楚煊已经轻松完成，毕竟是申请了博士的优等生。

她先订了机票，想赶在爸爸生日前回国。当然，楚煊没有告诉妈妈她回国的行程。接着楚煊找到中介妮可拉老板，看看回国前有没有合适的工作。

妮可拉说皇家赛马会要开始了，需要人手。楚煊二话不说就加入了。

作为世界上最豪华、最奢侈的皇家赛马会，中介妮可拉老板罕见地亲自"上阵"，带着她的队伍跟其他中介的负责人在赛马场门口作统一安排。

赵楚煊没想到阵仗这么大，赛马场门口人山人海。这是从英国皇家贵族到普通百姓都可以参与的盛事，门庭若市、车水马龙也就不足为奇了。

楚煊以为是在赛马场内工作，就是卖酒水或是收拾垃圾。心里暗喜，这不正好，可以一边打工一边看赛马、赌马等。没想到她被安排到室内，任务是打扫洗手间……

妮可拉对自己的员工还是很慷慨的，每人发了一份三明治、一瓶牛奶。但是口号（pep talk）也是最响亮的："你们是我从员工里挑出来最强的团队，你们代表的就是我们中介公司，不许给中介公司丢脸！"

赵楚煊听到这样的评价，很是意外，也热血沸腾。她跟着新的负责人，很快到达工作岗位。

所谓工作岗位，也就是楼层角落的洗手间。一间男士，一间女士。洗手间旁边有个小阳台，可以看到赛马场外的街道。

楚煊第一次看见那么多的加长林肯，也第一次看见那么多如同从外国经典小说中走出来的人——盛装出席的女士们、先生们（ladies and gentlemen）。

后来楚煊才知道她所在的楼其实是看台，非富即贵的人才能进来。应该是皇家赛马会三种层级里的最高级别，王室内院（Royal Enclosure）的人群。他们有着严格的着装要求，着装标准（Dress Code），必须是英国皇家赛马会（Royal Ascot Style）规定的服装。男士着正装燕尾服、马甲，戴高帽，女士着套装或长裙配各式各样华丽的大礼帽。楚煊有一刻以为自己穿越到电影《泰坦尼克号》时代，满眼达官贵人闪现得眼花缭乱。

"哈喽！"一个年轻男士的招呼声把楚煊拉回现实。

他叫阿摩司（Amos），尼泊尔人，来自另外一家中介，现在是她的搭档，男洗手间的保洁员。

阿摩司个子不高，面相和善，脾气很好的样子，楚煊心里踏实了许多。

打扫洗手间，包括擦洗手台、加洗手液、装擦手纸、装厕纸、保持地面干爽，还有……

刷马桶。

赵楚煊有洁癖。从小对洗手间特别挑剔，能在外面憋住，绝对肥水不流外人田。如果一定要进公厕更是眼望天花板，反正绝不往下看。至于气味，就靠憋气了。

现在怎么办？赛马一共五天，她忽然有点儿后悔来这里。

好在上午"入恭"的客人并不是很多，洗手间暂时不需要打扫和补给。所以，楚煊像躲瘟神一样钻到几米开外的阳台，离洗手间越远越好。

阿摩司莫名其妙地看着这位脸色阴晴不定的姑娘，不断进进出出小阳台。

临时负责人各个楼层检查，顺便通知中午有半个小时午饭时间，不过不能离开岗位。

楚煊一听几乎崩溃，那就是在厕所门口吃饭呗。

她又来到小阳台，胳膊架在栏杆上看着远处，心里有点儿烦。

阿摩司也来到阳台，站在她旁边，微笑着。

"你怎么不吃饭？"楚煊问。

"我不饿。"他说。

"嗯？"楚煊抬头看他。

男子一下子有些尴尬。

"没有带饭，中介没通知。"

楚煊立刻想起自己第二次打工，在冷冰冰的别墅没吃没喝的那12个小时。

"吃我的吧，我早上吃得很饱。"楚煊从书包里拿出中介发给她的三明治和牛奶。一方面在厕所门口确实没有胃口，另一方面类似的经历让她有点儿同情这小哥。

阿摩司推辞，楚煊坚持把午饭给他，他只好拘束地慢慢吃了楚煊给他的三明治和牛奶。

下午来洗手间的女士多了起来，但一般都是来镜子前面补妆的，所以楚煊只需要不断擦拭洗手台和地板，倒也没有想象的那么恶心。

但是第一次换擦手纸巾的时候，塑料纸盒挂在墙上，有点儿高，楚煊半天抠不开，慌乱中跑出去问阿摩司怎么开。

阿摩司估计她劲儿太小，急忙问楚煊里面有人吗？得知空无一人，他立刻跑进去，一把拽开纸盒，把楚煊手里的卷纸塞进去，扣好塑料盖子，再风一般出去。

一气呵成。

面红耳赤。

足足平静了半分钟，两个人才对视，小心翼翼地漾出笑容。

"我们不一样，高半头就是不一样。"他说。

楚煊心情不由得明媚了一些。

又过了一会儿，楚煊进去换了一瓶新的洗手液。忽然进来一位个头高大的女士（lady），对着镜子补妆。楚煊准备出去。

"谢谢你。"女士迅速从手包里掏出一张纸币，放在洗手台上，拉开门匆匆走了。

小费？

赵楚煊从没有收过小费，倒是去酒吧（pub）吃饭入乡随俗地给别人小费。

说不出来的滋味。自尊心很强又生性敏感的赵楚煊，把这位太太的善意理解成居高临下的傲慢。

她也曾那么骄傲，什么时候沦落到要别人施舍的境地。

她拿起五镑钱要还给那位女士，可是走廊上只看见阿摩司。

她默默地退到阳台，拿出手机。自从知道爸爸离开，她就换回了出国前买的摩托罗拉手机，那上面有爸爸最后留给她的短信，那23个字，她心情不好的时候会打开手机把短信翻来覆去地看。

"这不就是你自己选择的吗？"

"你不吃苦受难对得起爸爸妈妈的牺牲吗？"

"你有什么资格挑三拣四？"

楚煊泪眼蒙眬，看着爸爸的短信思绪万千："不就一个小费吗？不是说好用自己打工的钱买最新款的浪琴手表，替爸爸送给妈妈吗？你至于这么敏感吗？"

楚煊调整好情绪，准备摁灭手机，继续工作。可是她没有想到，刚刚心烦意乱的时候，不知道什么时候按到了删除键，她又按了一下，爸爸的短信就这样，突然，消失了。

楚煊疯了一样，一遍遍在收件箱找、发件箱找、草稿箱找，一遍遍开机关机，丝毫不知道自己已涕泪滂沱。

可是什么都没有了……

就像她的爸爸一样，忽然，就不见了，再怎么努力也找不回来了。

楚煊跟木偶一样站在阳台上，她的背影忧伤而单薄。

此时此刻，阿摩司听到女洗手间客人抱怨没有厕纸了，他一遍遍说着对不起，然后等人走了，一再敲门确认女洗手间没人，才打开门，快速进去打扫整理。

下午下班，临时负责人来检查，非常满意，无论男洗手间，还是女洗手间。"OK，明天继续加油。"临时负责人说。

楚煊简单地跟阿摩司说了谢谢和再见，魂不守舍地下楼找到自己中介的中巴车，一个半小时后返回南安普顿。

下了车，楚煊去超市买了一瓶酒，滴酒不沾的赵楚煊当天晚上喝得大醉，坐在浴室地上打开花洒，号啕大哭。

爸爸没了，短信也没了……

第二天清晨，闹表把楚煊从宿醉中叫醒，她头疼欲裂，口干舌燥。她也不知道自己什么时候爬出的浴室，在房间地毯上迷迷糊糊睡了一夜。

楚煊晕晕乎乎洗了澡，喝了一大杯咖啡，赶紧集合坐车去赛马场。

这天主办方居然提供食物，有面包和饮料。楚煊领了自己的，然后去找阿摩司，却没有看见他。

楚煊问负责人，答复是他的中介公司距离这里更远，他们的人还没有到。

眼看食物越来越少，楚煊犹豫了一下，准备再领一份。

分发食物的人显然不高兴，一人一份。

"我替我同伴领，他还没有到。"楚煊解释。

在这个刻薄的英国人看来，楚煊无非是想多占一份便宜，就跟刚才疯抢的黑人没有区别。

种族歧视，英国，一直都有。

楚煊咬紧嘴唇，都怪自己昨天喝酒误事，以后自己带吃的。可是现在她必须为阿摩司领到这份食物，这是他应得的。

楚煊心里清清楚楚，昨天是阿摩司在她几近崩溃的时候，无怨无悔地帮她打点好了下午的工作，才让负责人没有发现任何不妥。

楚煊倔脾气上来了，一定要这份食物。她也不知道她执着什么。

"再说一遍，我替我的同伴阿摩司领的！"楚煊盯着英国佬，一个字一个字斩钉截铁地说。

楚煊真正生气的时候，有一种令人畏惧的勇气。

楚煊如愿拿到食物，先行跟着队伍去了她的工作岗位。

阿摩司20分钟后才气喘吁吁赶过来，看见楚煊脸和眼睛都是红肿的，惊讶地张了张嘴，最后说了声：

"Hi！"

"Hi！刚才发中午饭，你领到了吗？"

"没有啊，我们到的时候，所有工作人员都入场了。"

"我给你领了。"楚煊淡淡地说。

"还有，昨天下午谢谢你，阿摩司。"

阿摩司有点惊讶地接过面包饮料，接着低着头沉默了半天。

"你……还好吧？"他小心翼翼地问。

"我挺好的。"楚煊说完就转身进了小阳台。

早上这个时间段是一天最轻松的时候，赛马都集中在下午两点以后。

阿摩司看见楚煊没有想说话的意思，就退到男洗手间，检查一遍。然后，把印着女洗手间的大门很大声地打开，旋风般地冲进去。

楚煊回过头看他。其实在他来之前，楚煊已经整理好了。

阿摩司很快从女洗手间出来，赶快把大门关好，像一只惊慌的小鹿。

当他看见不远处，楚煊从眼底展露出来的温和与感激，他也不好意思地笑了起来。

阿摩司走进阳台，站在楚煊旁边。

"我昨天弄丢了一个重要的东西。"楚煊脸朝前方，神色怅然。

"没有办法找回来吗？"

"没有。"

阿摩司一时语塞。

"没事，我自己调整。谢谢你帮我。"楚煊终于转过来，认真看着他的眼睛说。

"哎，别客气，这两天我的午饭都是你给的。"

话是这么翻译，但实际上阿摩司用的是喂食（feed）这个单词。

楚煊哑然失笑，不禁想起他从女洗手间飞奔出来的慌张模样，可不就像头嗷嗷待哺的小鹿吗？

看见楚煊嘴边的笑意，阿摩司也开心起来。

"没事的，有什么不好弄的我帮你。"

因为阿摩司，楚煊在赛马场的五天，一次马桶都没有刷过。

"女生嘛，爱干净。这些我来。"阿摩司挠着后脑勺，憨厚地说。

第五天下午，阿摩司和楚煊在阳台上，看见了准备步入会场的女王。

早在国内的时候，来自英国的外教就称呼女王为"亲爱的祖母"，楚煊由此得知，这位超长待机（在位时间特别长）的女王深得民众喜爱。

当时女王和她的丈夫菲利普亲王就在楼下，身边围了一圈人，但是大家都礼貌地保持了一定距离，没有一个人扑上去拥抱或是有什么过激的反应。正常得就像英国晚餐前三三两两闲聊的场合。

倒是女王一脸慈祥，微笑着走近人群，有民众弯腰亲吻她的手，她也很愉悦地接受。

"不需要安保吗？"楚煊除了佩服女王的亲切随和，更多好奇的是英国的治安能好到元首不需要贴身保护的地步？

阿摩司正要解释，只见一个一身黑衣的精壮男子背着黑箱子一闪而过，从洗手间旁边的防火楼梯迅速拾级而上。

楚煊恍然大悟，原来，到处都是眼线啊。如果让楚煊这样的呆子都能发现，估计人家也就不叫特种兵了。

五天的赛马场工作步入尾声，主管特批他们去马场看看。他们每天听着外面锣鼓喧天，鞭炮齐鸣，很羡慕。终于可以莅临现场，一饱眼福了。

没想到马场边上一片狼藉，看着自己中介的同事穿梭在酩酊大醉的人群中不停地清扫垃圾，楚煊才知道，一切都是最好的安排。

临别，楚煊送给阿摩司一盒西湖龙井。这是妈妈出国前提前准备让她送给外国重要老师或朋友的。

阿摩司很感动，用蓝牙把一首尼泊尔歌曲传给了楚煊作纪念。虽然歌词楚煊始终不知道含义，但那异国韵味的旋律和与阿摩司有关的波澜不惊的温暖，一直被楚煊妥善地放在记忆最深处。

赵楚煊和成绩同样优异的艾玛拉早早交了毕业论文，同学们也陆陆续续开始收尾。虽然在第二年夏天毕业，可是很多同学，尤其是台湾同学，都不准备再返回，毕业证由学校随后寄给他们。于是毕业季分离的愁绪不知不觉开始蔓延。

艾玛拉在他的宿舍楼前搞了一个大派对，大家欢聚一堂，举杯畅饮。虽说只是短短一年的同窗，虽说楚煊伤痕累累，但是来自世界各地的同窗情谊，也是楚煊一生都无法忘怀的回忆。

艾玛拉明显喝大了，笑得脸通红。他拽着楚煊进到公寓，他的家人正围坐在厨房餐桌旁吃饭。

艾玛拉介绍他的爸爸、妈妈和弟弟。

赵楚煊一下子有点儿局促，什么时候还"金屋藏娇"了呢？

艾玛拉的爸爸虽然个子不高，但看起来不怒自威，不过十分客气地让楚煊快坐下。

"他爸爸没有艾玛拉帅，他弟弟差不多十七八岁的样子，不过太瘦了，看上去病恹恹的。"楚煊在心里嘀咕。

"Yolanda，我们全家正好在英国度假，当然也是艾玛拉让我们专门过来一趟，说想把你介绍给我们。"艾玛拉的爸爸对楚煊说。

楚煊忽然预感不好。见？家？长？

艾玛拉的爸爸是塞浦路斯一家私立学校的董事，小儿子从小有哮喘病，由他妈妈亲自照顾。大儿子艾玛拉希望楚煊加入他们的家庭，一起回塞浦路斯生活。

"Yolanda，你不是想当老师吗？我们一起在我爸爸的学校任教！"

"谢谢你，艾玛拉，我不能离开我妈妈。我必须回中国。"

"我们可以接她一起过来！"

"我妈妈语言不通，而且在她退休之前很难出国，因为她的职业。"

艾玛拉不知道是不是真的喝太多了，一边很激动地恳求楚煊，一边流着眼泪，双眼滴血般通红。

其实楚煊不知道，自己也一样已经满脸泪水。

最后艾玛拉一把搂住楚煊，楚煊也紧紧抱着他，两个人哭得让闻声赶来的同学都傻站在那儿不知所措。

"你永远是我最好的朋友。"这是楚煊当晚留给艾玛拉最后的话。

楚煊开始收拾行李。她只是暂时回国一趟，可是夏美学姐还是专门来到楚煊宿舍。

这个性格如同她长相一样有棱有角的人，把感情划分得很清楚。在一个遍地可以呼朋唤友的年代，她守着她的标准。博士的同学，她叫"同事"；看上去相谈甚欢的人，一问她，只是"熟人"？！

不知道"熟人"听到后会不会气得七窍生烟。

"你是我的朋友，煊。"夏美郑重其事地对楚煊说。

楚煊泪目。就如楚煊回国前的最后一次打工，竟然在她的偶像乐队邦乔维乐队（Bon Jovi）的演唱会现场，熟悉的歌声响起，楚煊潸然泪下。

Never say goodbye, never say goodbye,

You and me and my old friends,

Hoping it would never end...

（从不说再见，从不说再见

你和我是老朋友了，希望这是永远不会变的……）

赵楚煊离开英国的前一晚，她台湾同学中的四位好友专门准备了一次海鲜盛宴为她饯行。楚煊吃海鲜过敏，但还是接受了她们的邀请。

海峡对岸的朋友，何时才能再相见呢？

楚煊之前和朋友吃饭基本都是她抢着买单，她非常不习惯AA制。

"我们中国文化里朋友间不分彼此，AA制多见外。只要是我赵楚煊认定的朋友，吃饭我请客！"

楚煊不禁想起曾经那个意气风发的自己。

现在就要登机了，就要回到多少次魂牵梦绕的祖国了。不知是近乡情怯，还是即将面对的现实，她太过恐惧，一夜没睡的她即使上了飞机也毫无困意。

12个多小时的飞行，抵达北京，楚煊在此转机。

赵楚煊抬头看看祖国的天空，有了回国后的第一个感慨。

"这才应该是天空的模样，天高云淡的开阔。"

毕竟在英国，云朵就在头顶，好像一伸手就能抓下来似的。

第二个感慨，就是不断回响在楚煊耳边的那首老歌：

> 我曾经豪情万丈
> 归来却空空的行囊
> 那故乡的风和故乡的云
> 为我抚平伤痕

三

前两天视频，楚煊跟妈妈说，她最近伦敦有个关于毕业论文的项目，她要工作，三天不能和妈妈联系，让妈妈放心。妈妈深信不疑。

现在她从9 000公里外忽然空降，回到这座养育她长大的城市，不知道妈妈会不会开心。第一件事，去妈妈单位。

楚煊在妈妈单位附近的小卖部里，用公用电话拨通了妈妈的手机，深吸一口气：

"喂。"

"妈妈，你在哪儿？"尽量让声音平静自然。

"冲儿？这才几点啊，怎么现在打电话？妈妈在去市委开会的路上。你在伦敦都顺利吧？"

"妈妈，我在你单位门口，我回来了。"

"啊！你回来了？回哪儿？回国？到哪儿了？"妈妈十分少见地慌乱起来，但很快被惊喜的声音代替。

"小田，掉头，快，快，去单位。我女儿回来了！冲儿，站那儿别动啊，妈妈来接你！"

妈妈的车还没停稳，她已经迫不及待地拉开了车门往外跑。

楚煊赶紧迎上去，妈妈一把抱住女儿，又是拍她的背，又是亲她的脸，又是捋她的头发，楚煊几乎快被勒毙在妈妈怀里了。

"不是在伦敦做毕业论文项目吗，怎么突然回来了？"妈妈始终觉得还在梦里。毕竟一年前买张国际机票都要中介帮她闺女搞定，现在自己都能飞来飞去了？

"正好有个假期，我就回来看看，给你个惊喜。妈妈，你不去市委开会了？"

"不去了，妈妈请了假，我女儿回来了！"妈妈深情地说。

回家的路上，妈妈一路紧握着楚煊的手，开心得像个孩子。楚煊静静地看着妈妈，有点儿心酸。

到家后，妈妈使劲儿亲了女儿一口，就往厨房跑。

"我的宝贝女儿学习太辛苦了，比走的时候瘦多了。妈妈先给你冲杯奶，煎两个荷包蛋。"

妈妈利索地忙着做饭，楚煊靠在厨房门边陪着妈妈。妈妈一边说话，一边怜爱地用眼睛一遍遍抚摸女儿。

和妈妈一年没见，楚煊此刻的心情不知不觉被激动和开心占满了。她开始若无其事地说自己在国外的琐事。

"怎么不问爸爸呢？"妈妈没来由地突然打断楚煊。

楚煊一愣。

妈妈低着头煎鸡蛋，没有停下手里的动作，更没有看她。

"我都知道了，为什么要问。"

妈妈大惊失色，立刻拧过脸，怔怔盯着楚煊。

"你知道什么?"妈妈开始颤抖。

楚煊嗓子发涩,眼里一层水汽。她不动声色,转身离开厨房,强压住情绪。

"爸爸不在了。"她背对着妈妈吐出这句话。

身后半晌无声。

在这令人窒息的安静中,楚煊快速整理好情绪。是的,她要给妈妈力量和希望,现在不是她难过脆弱的时候。

她转身回到厨房,把六神无主的妈妈拉进客厅,抱住她。

"妈妈,你还有我。我会替爸爸好好照顾你。"楚煊紧贴着妈妈的脸颊,柔声说。

妈妈浑身止不住地颤抖,不断呢喃:

"你怎么会知道,你什么时候知道的?"

楚煊把妈妈按进沙发,给她倒了杯温水端在手里。虽是盛夏,妈妈的手跟楚煊的心一样,冰凉。

楚煊不声不响陪在妈妈身边,她默默地等待,等待妈妈平复,等待那个折磨了她快八个月,几乎让她崩溃的,爸爸的……

死因。

12月的西北,干冷气候,动辄零下的温度。当地一家颇有名气的火锅店包间里,一群朋友觥筹交错,火锅反倒成了陪衬。

"哎呀,你嫂子太想孩子了,我都想等她这次开会回来,老哥出钱让她去英国看看我丫头。"楚煊爸爸借酒装疯,一把把身边的老婆搂在怀里。

妈妈立刻闹了个大红脸。老夫老妻的,何况当着这么多人。

"赵哥真疼媳妇啊!嫂子,我们给你作证,回头让他买机票,一起去看煊煊。"爸爸的朋友毛叔叔起哄。

晚饭后回家,妈妈嗔怪爸爸,最近少喝酒,身体还没有好利索。

是的,就在三天前,楚煊的亲外婆病逝,于情于理要奔丧。之前不往来是顾及姥姥的感受。现在，姥姥已经离世快一年了，所以爸爸妈妈赶回老家奔丧。

妈妈出身名门望族，祖祠祭祀多有讲究。只是天寒地冻，爸爸怕妈妈着凉，守夜的时候，自告奋勇替妈妈守灵。

妈妈的三姐夫半夜过来，硬是劝楚煊爸爸喝酒驱寒。于是在灵堂，就着一两寒风，二两炭火，给爸爸灌了不少酒。

清晨起灵，作为小女婿的楚煊爸爸，扶柩抬棺到墓地，外婆棺椁准备下葬，忽然听舅舅急切地呼喊："五哥，五哥！"

妈妈听到喊声吓了一跳，赶紧去男丁队伍寻找爸爸，他已经休克在地上。

大家七手八脚把爸爸抬上车，送往就近的医院。路上妈妈抱着爸爸给他服了"速效救心丸"。一到医院立刻输液。

爸爸很快就醒过来了，看着从墓地回来的亲友，马上说："没事没事，咱赶紧回去。"也许潜意识里，他觉得一个大男人莫名其妙地昏倒，是件难为情的事情吧。

妈妈有些愠怒：

"姐夫，大半夜的为什么要给他喝酒？他酒量不好，胃也不好。"

"算啦算啦，姐夫也是好心。"爸爸赶快息事宁人。

那个谢了顶的妈妈的三姐夫，看着生气的妈妈和一脸鄙夷他的舅舅，心虚得无地自容，没敢吭声。

外婆葬礼后，爸爸妈妈赶回市区。妈妈接到单位通知，准备去南京开会，大概要一周时间。

"不许喝酒啊，每天下班早早回家，看看电视就睡觉，必须好好休息。"妈妈收拾行李的时候，还是特意叮嘱爸爸。

"遵命！我下班看了妈就回家。"爸爸每天都会去看看年过85岁，但精神矍铄的奶奶。

爸爸和妈妈一样，善良孝顺。

出发那天，司机已经到楼下。妈妈心急火燎地检查冰箱，那里面有她提前给爸爸包好的饺子，做的大肉臊子。如同她每次出差一样，都要在出差前为爸爸安排好生活。

"把钥匙自己带好，以后我可不会给你开门了。"

妈妈本来就着急下楼，忽然听见爸爸冒出这一句。

再一看，爸爸一本正经坐在沙发上，没有开玩笑的意思。

"哎，你这人奇怪得很。走吧，快下楼，别让司机等久了。"

"行，我最后一次送你，以后出差我不会再送你了。"爸爸若有所思地对妈妈说。

妈妈到了南京，开会、领奖、培训，加上与来自全国各地的同行、熟悉的同事、朋友见面，每天忙得不亦乐乎。妈妈到南京出差开会第四天的晚上，十点多了妈妈才进培训学院酒店。

"估计他睡了。"妈妈心里犹豫了一下，没有打电话给爸爸。

当天晚上，翻来覆去睡不踏实，梦见手紧紧攥着女儿，女儿穿着白衬衣红裙子和妈妈站在桥上等桥下的爸爸，可怎么也等不着爸爸。

第二天一早，大会安排去扬州。妈妈坐在车里闭目养神，昨晚几乎没睡，精神很差。省里带队的领导忽然坐到她旁边，把自己的手机递给妈妈说：

"你们院长的电话。"

"嗯？咋不直接给我打手机？"妈妈有些蹊跷。

院长问了一下会议进程和妈妈的情况，声音温和平静。

"老赵出车祸了，正在抢救，后面的会你就不参加了。医院这边人很多，你别担心，安全回来。"

飞驰在扬州高速路上大巴车很快停在最近的一个服务区，扬州中院的警车已经在等妈妈，妈妈立刻上了警车，返回南京。

妈妈在车上竭尽所能地冷静下来，院长什么细节也没说，她只能给在医院的朋友打电话："用最好的药，保护好大脑。只要脱离危险，哪怕是植物人也不能放弃！"

到了南京，江苏高院的车像接力赛一样把妈妈送到上海虹桥机场，妈妈只拿着身份证就迅速登机了。

即便这样赶时间，妈妈下了飞机已经是凌晨一点多了。

院长亲自接机，爸爸单位和家里的人也都来接机了。人群中妈妈没有发现，还随行了一位护士阿姨。

"院长，赶紧去医院。"

"先回家，给老赵拿几件换洗衣服。现在人还在抢救，单位已经过去不少人了，你先回家吃点儿东西。"

妈妈不由分说被一群人带回家。到了门口，妈妈愣住了。

"我没带钥匙，出差把钥匙都留在家里了，他身上有钥匙。"

"他身上没有钥匙，我们仔细检查过。"妈妈的同事立刻接话。

打110，开锁。

进屋以后，同事去厨房给妈妈冲了一碗红糖鸡蛋，妈妈却一头钻进卧室给爸爸找衣服。

收拾好东西，三步并作两步准备去医院。

"先吃点儿东西。"院长说。

"飞机上吃过了。"妈妈急着走。

"喝点儿热乎的，咱们再走。"

妈妈接过红糖鸡蛋，很快喝完了。

"走吧，都站着干吗？"妈妈看着一客厅的人，几乎要失控。

沉默。

没有一个人说话。

"小梓啊，你看这么晚了，你的院长、政治部主任都在这里，你的三姐、你这么多同事都在这里，你没有想过为什么吗？"赵爽朗的爸爸，赵楚煊的三大爷沉重地说。

"为什么？"

"你没有想过结果吗？"

妈妈瞪着流泪的眼睛，半天说不出一句话。

"他已经没了。"三大爷艰难地说出了五个字。

几个早就悄悄围在妈妈身边的女同事，赶紧扶住僵在那里的妈妈坐进沙发，拍她的背，让她哭出来。

妈妈开始哭，椎心泣血地哭，伤心得几乎昏过去。一路跟着的护士立刻给她输液，一直到天亮。

妈妈不顾手上打着点滴，她要去见爸爸。

可是她连从沙发上站起来的力气都没有。楚煊的舅舅蹲在妈妈脚下，流着泪一遍遍哀求：

"五姐，让我背你。"

妈妈硬是自己站起来，先去交警队签责任认定书，确认后才能见到爸爸。

一如既往坚强的妈妈在履行完手续后，终于在医院的冰柜里见到爸爸。他静静躺在那里，身上没有任何创伤，面目如初。

妈妈扑上去要抱爸爸，被家人和同事紧紧拉住。

"别把眼泪滴在他脸上，不好。"

妈妈被巨大的力量拽开的同时，悲伤得再次休克。

为什么啊，短短几天，就阴阳永隔……

就在那个妈妈犹豫了一下，没有给爸爸打电话的星期天的晚上，爸爸的发小约他喝酒。

"我不去，我答应你嫂子了，不再喝酒，明天要上班，早点休息。"

哥们取笑了爸爸一阵也就作罢。

警方的通话记录上显示，晚上10点58分爸爸接到他二哥的电话。

而卧室遗留的痕迹，爸爸离开得很匆忙，连保暖裤都没有顾上穿。

从赵楚煊家骑摩托车到她二大爷家大约半个小时。

通过小区监控录像，她爸爸在二大爷家停留的时间不到20分钟。

交警接到报警已经过了凌晨，是出租车上的乘客，一位退休老干部发现前方桥上有一辆翻倒在地的摩托车，却没有见驾驶员。出租车司机不想管闲事，但是这位退休老干部觉得蹊跷，坚持报警。

这是一条偏僻的坡道，爸爸只带楚煊走过一次，可以节省回家的时间和路程，但是晚上路灯昏暗。

交警和爸爸的同事分析，爸爸有20多年驾龄，从未有违章和事故记录，不该出现这样的事故，很可能在爬坡上桥的时候，对面来的出租车开的大灯，忽然晃了眼睛，摩托车撞在石墩上，将人摔下桥。但出租车是否开大灯，没有证据。

得知事情梗概，妈妈盯着缩在角落的二大爷。

"那么晚了，为什么还叫他去你家！"

"我，我……那天小谭又跟我闹离婚，要跳楼，我就叫我弟过来劝架。"他嗫嗫嚅嚅地说。

妈妈再次失声痛哭。她的丈夫温良恭俭让，是和她一样爱家顾家的人。可是现在，她的家呢？

葬礼上，爸爸穿着妈妈亲自给他挑选的最好的呢子大衣，里面的西装笔挺，爸爸就像睡着了一样安详，任由妈妈抚摸。妈妈说，爸爸不愿吓着她，脸是平静的，温暖的，身上没有一丝凉气。

妈妈让花店用最大的花篮，插满洁白的鲜花，放在爸爸灵前，挽联上写着"亲爱的爸爸永远活在女儿心中"，落款是爱女赵楚煊。

妈妈选的是合葬墓，把她的眷恋与深爱的丈夫一同埋在地下。

12月23日23点52分，距离平安夜不到十分钟，赵楚煊的爸爸永远地离开了这个世界。

平安夜，天降大雪。

楚煊一言不发地听完爸爸离开的全过程，面沉似水。

妈妈看不懂楚煊的态度，小心翼翼征得她同意，打电话叫来了赵家所谓的四个"亲人"。

二大爷，三大爷，堂哥赵解放，堂弟赵爽朗。

他们从进门到拉凳子坐下，赵楚煊在沙发上纹丝不动。

他们面面相觑，半天谁也不敢说话。

"姐，你回来了都不跟我说吗？我可以和哥去接你呀！"小朗觉得楚煊最疼他，率先打破僵局。

楚煊抬眼，这个从小跟她形影不离的弟弟，正一脸狡黠地看着她。

"我爸爸出事以后，你有没有陪老婶？"楚煊抱着一线希望。

"有啊，可是哥那边生意忙，我得在那儿照应。"

"那你呢？赵解放？"

"我咋了，你爸那摩托车还在我修理厂放着，700块钱修车费，我还没找老婶要呢！"听到这儿，楚煊勃然大怒。

"你还有脸要钱！如果不是你爸，我爸爸能死吗？你们是不是人？害死我爸爸，这八个月谁管过我妈妈！"

赵解放惊呆了，他从没见过这个小时候文弱漂亮的小妹妹如此仇恨愤怒，双眼充满燃烧的怒火。

"不是，楚煊，这是大人之间的事，别跟你哥呛。"三大爷打圆场。

"你闭嘴！你不是还在我爸爸丧事期间偷偷打听收了多少礼金吗？在你心里，钱比你弟弟的命都重要？"

老三像被偷东西抓了个现行一样狼狈。

赵楚煊终于把脸转向二大爷。

曾经血脉相连的二大爷，现在她心中的杀父仇人。

"为什么我爸爸出事以后躲着我妈妈？"

"我……我打过电话，你妈妈不愿意见我。"

"所以你就不管了！"赵楚煊声音高了八度！

"你们都出去！"楚煊让所有人都离开房间，她要单独跟仇人说话。

包括妈妈，所有人都没有见过这样的赵楚煊，冷静、冷酷、冷血、冷的背后是压抑着的怒火。

"冲儿……"妈妈想劝阻女儿。

妈妈不知道楚煊怎么知道如此多的细节，有如此大的仇恨。妈妈理解女儿，理解女儿失去最爱她的、给她生命的父亲，那深深的伤痛。妈妈理解女儿，更可怜心疼女儿。

"妈妈，你让他们出去，他们可以走了。我好着呢，放心。"楚煊对妈妈缓了缓语气，至于那三个人，她看都不想看。

很快，客厅就剩下垂头丧气的二大爷。

"我想把你头砍下来，放在我爸爸坟前。"赵楚煊突然没来由地说出这句话。

二大爷吃了一惊，满眼惊恐地看着眼前这个曾经他特别疼爱的、品学兼优的亲侄女。

他忽然开始哽咽：

"你爸爸是我最亲的小弟弟，他死了我没有一天不内疚。我把他和你奶奶的遗像摆在我房间，我天天看，我心里不好受啊。"

奶奶也不在了……

声色俱厉的奶奶，却总爱给楚煊煲她最爱喝的苏巴汤（一种用苏巴叶和排骨、土豆、卷心菜、西红柿煲的汤）的奶奶，也离世了。

楚煊头都要炸了。

见她二大爷哽咽着泣不成声，楚煊顿时心软了。她知道，爸爸的意外二大爷也不情愿发生，她恨的是，事情因他而起，他却没有担负责任，让自己的妈妈从此孤苦无依。想到这些，楚煊心如刀割。

"你现在带我去现场。"

楚煊越是从容镇定，妈妈越是担心，在车上如坐针毡。

下了车，楚煊按照指点走到那块石墩前。

这块不到半米高的石墩，在整个坡的最高处，再往前一米，就是高大的金属护栏。

只差一米，一米就是天堂。

楚煊蹲下来，看见在石墩侧面，有一道明显的擦痕，她知道这来自爸爸的摩托车。

她噙着眼泪，一遍遍摸着那道痕迹。

妈妈和楚煊的二大爷远远看着她的背影，不敢上前打扰。

接着，楚煊坐在石墩上，微微侧身往下看。

"冲儿你干吗，注意安全。"妈妈声音发颤。

"没事，我就看看。"

楚煊定睛入神地看着坡底，所谓"桥"，有9米多的高度。底下有一摊水，被称为神泉，是从地下一个小泉眼冒出的水，爸爸当时就趴在那里，所以脸上有一些泥沙和轻微的擦伤。

"爸爸最后的时刻在想什么？"

"爸爸你害怕吗？"

"爸爸你疼吗？"

"爸爸你想我们吗？"

楚煊脸上淌满泪水，背影萧索得像深秋的叶子。

晚上，她去蛋糕店为爸爸订了蛋糕，明天是他的生日。

蛋糕上七个字触目惊心：

"祝爸爸冥寿快乐。"

第二天一早，小朗就来找姐姐。

"姐，一会儿我哥开车过来，咱们一起给老叔上坟。"

他事不关己的活跃与赵楚煊的伤心阴郁，反差很大。

赵楚煊说不出来的伤感。

她不想坐赵解放的车，可是妈妈坚持。妈妈昨晚告诉楚煊："上一辈的恩怨不要影响到你们，你们都是独生子女，又是亲兄妹、亲姐弟，有哥哥和弟弟相互照应，妈妈也能放心。"

楚煊对妈妈的劝说，非常不赞同，在最难的时候都袖手旁观的人，还能指望雪中送炭吗？

但看着憔悴的妈妈，她不忍心拒绝。

楚煊先妈妈一步下楼，一个二十出头小个子男生迎上前。

"朗哥。"跟小朗打招呼。

"呀，这是咱姐吧，海归啊，朗哥常跟我们提起，说你牛逼！"赵楚煊斜了"杀马特"一眼，问小朗：

"这是谁？"

"我哥们。姐，我给你介绍啊，他倒腾手机，以后有需要给他说，货绝对保证质量，还便宜。等会儿他跟咱一块儿上山，给老叔上了坟，我俩还有事。"小朗嬉皮笑脸地说。

"我去看我爸爸，你带外人干什么？"楚煊不客气地说。

"不是外人，我哥们，他正好没事，再说坐的是我哥的车！"

弟弟的变化她昨天就看到了，现在又跟社会闲杂青年混在一起，楚煊有点儿生气。

"那你们去吧，我不去了。"

"赵楚煊，你还来劲了是吧，事咋这么多，你以为你是谁啊！"赵爽朗忽然恼羞成怒。

两个人爆发了激烈的争吵，闻讯赶来的妈妈赶快把两个人塞进赵解放车里。

从小到大和楚煊形影不离的弟弟，非常自然地坐到副驾上，大大方方跟赵解放寒暄，仿佛刚才的争吵根本没发生过。

"杀马特"见势不妙，一溜烟儿跑了。

去往陵园的这条路，之前每年清明都会来。陵园里安葬着爷爷、三大娘、姥爷和姥姥。

"爸爸，我来看你了。"

赵楚煊让赵解放和赵爽朗在车里等。这份天伦，即便凄凉，也只属于她和爸爸妈妈。

汉白玉的墓碑，上面的字是那么刺眼。

敬爱的父亲，母亲……

"不要，不是敬爱的，不是的，是亲爱的，亲爱的爸爸。"8月的烈日下，楚煊感到恍惚。

妈妈一边擦拭墓碑，摆供品，一边低声细语。妈妈呼唤着爸爸的名字，告诉他："女儿回来了，女儿来看你了。"

楚煊站在妈妈身后一动不动，不说话也不帮忙，一滴眼泪都没有。

"妈妈，我想和爸爸单独待一会儿。"楚煊扶住妈妈轻轻抽动的肩膀说。

妈妈凄然地看着女儿。从回国到现在，她的孩子异常沉着，甚至看不到她落泪。

妈妈只好一步三回头地离开，并叮嘱楚煊：

"妈妈在台阶上等你啊，待一会儿就过来找妈妈。"

"好，妈妈你放心。"楚煊露出一个苍白的微笑。

看着妈妈的身影消失在尽头，楚煊打开了啤酒。

青岛啤酒，爸爸的最爱。

多么想回到从前，爸爸喝着啤酒，听她眉飞色舞地胡扯；多么想陪爸爸喝一杯酒，哪怕只有一口，也算和父亲有过对饮的乐趣。

楚煊眼角泛红。

三瓶易拉罐，她一瓶喝一口，其余的慢慢洒在地上。

她从书包里掏出一本书，《知音》。

慢慢跪下。

她很想给爸爸念上一段，这是最新的一期。

可是终究发不出声。

知音少，弦断有谁听。

楚煊仰起头，眼泪顺着眼角脸颊开始恣意流淌。

"爸爸，我回来了。爸爸，你知道吗？"

"为什么九米多的高度就可以死人？"

"究竟是什么夺去了爸爸的生命？"

"妈妈说是摔坏了你的肋骨，爸爸你会不会很疼？"

"爸爸……"

赵楚煊心里有太多的疑问，太多无法发泄的愤懑，世间最无奈的事就是你的至亲逝于非命，可是没有凶手。

如果爸爸的二哥真是凶手，赵楚煊一定毫不犹豫杀了他，用他的血祭奠父亲。她不怕伏法，她只想报仇。

可是他不是，而且他也绝对不想有这样的结果。

楚煊从没有这么绝望过，一头磕在地上，哭得撕心裂肺：

"爸爸啊……"

她长跪不起，她不知道为什么会有这么多的泪水，为什么哭了这么久还是这么伤心。

她不记得什么时候妈妈把她拽起来抱在怀里，她只知道哭。等她终于看清妈妈咬住嘴唇泪痕满面的脸，她才恢复了一些理智。

替妈妈擦了眼泪，赶紧把自己收拾了一下，佯装镇静地说：

"妈妈，咱们把蛋糕分了，今天是爸爸的生日。"

妈妈心疼地看着她，楚煊硬塞了一小块给妈妈，妈妈机械地嚼着。

楚煊强忍泪水咬了一大口说：

"爸爸，这是我第一次专门给你订的蛋糕，对不起，太晚了。"

最后烧纸的时候，楚煊把《知音》一页一页撕下来，仔仔细细让它们烧干净。

让风都带走吧，带着人间亲人最执拗的牵挂，带着未亡人无处安放的悲伤。

楚煊起身，脚步踉跄。她稳定了一下心神，拉着妈妈的手去水池边洗了脸，把头发整理好，然后戴上墨镜，恢复了冷若冰霜。

8月的正午，酷热难当。赵解放稳稳等了楚煊和妈妈两个多小时，对于他仿佛是再稀松平常不过的一件事了。

上车后，坐在副驾的赵爽朗，态度180度大转弯，转过身好似一副懂事的样子说：

"姐，别生我气，我刚犯浑，你大人不记小人过。

"老婶，劝劝我姐，我不是东西，让她别生气。来，喝水，喝水。"

如果说彻底失望，大概就是这个时候吧。赵楚煊熟悉的小朗已经变了，变得势利、变得油滑、变得陌生，变得不再是她曾经最爱、最心疼的那个可爱的弟弟。

她宁可他像刚才楼下喊着她的名字跟她吵，也不想看见他现在这副油腻圆滑的样子。

哀，莫大于心死。

楚煊拒绝了赵解放要请她和妈妈吃饭的邀请。楚煊回家先洗了澡。连日的疲惫和倒时差，她勉强喝了点儿牛奶，就昏沉沉睡去。

等到晚上吃过饭，她问了奶奶的事。

"你奶奶得了直肠癌，说来也巧，她在你爸爸走后第125天去世的。"

楚煊并不奇怪，奶奶一直是爸爸照顾。两个哥哥，一个自己小公司摇摇欲坠，一个自己小家庭自顾不暇。没有了爸爸，奶奶的日子能长久吗？

"奶奶知道爸爸的事吗？"

"没敢给你奶奶说，你大爷他们告诉她，你爸爸和我到英国给你送材料走得急，没来得及给她说。你奶奶天天念叨她的老儿子。"妈妈难过地说。

"哦，对了，你奶奶去世那天正好是萌萌结婚的日子，接到你三大爷的电话说你奶奶不在了，我给萌萌妈妈说了一下就走了，礼金我替你给过了。"

"所以，我爸爸、我奶奶的事她都知道？"

"你爸爸的事我没跟她说，你奶奶走的那天是赶上了。"

楚煊内心平静得没有一丝涟漪。

"晦气"这两个字，是从相伴23年的青梅竹马的发小嘴里脱口而出的，曾经像匕首一样猝不及防地扎进赵楚煊心里。她不打算拔出这把匕首，就像她不会拔出这份伤害，也不会拔掉对她的原谅。

第二天，妈妈给楚煊准备好早饭就上班去了。

楚煊起床以后，在空荡荡的房间里走来走去。

不禁又想起出国前只要爸爸妈妈不在家，她就忍不住偷看电视。当爸爸突然杀进屋，看见佯装镇定端坐在电视机前的女儿，唯有轻轻地问一声："噢，你咋又在这里？"

现在，爸爸再也不会打开房门，再也不会出现了。

还有一个暑假的晚上，她在爸爸妈妈的卧室睡着了。爸爸回家晚了，没有叫醒她，就睡到了她的房间。第二天早上，爸爸上班去了。楚煊越想越别扭："我的床不许任何人坐，爸爸咋回事嘛，还睡上去了？"

三下五除二把床单扔进洗衣机里洗。

她没有想到的是，正在晾床单的时候，爸爸取材料又返回家一趟。

爸爸看到她明显停顿了一下，然后目不斜视进屋取材料。

出门的时候，爸爸停下脚步，没有看她，在门口低声问了句：

"是嫌爸爸脏吗？"说完把门带上离开了。

赵楚煊五雷轰顶。她从没有见过爸爸这么受伤的表情。

这件事，爸爸再也没有提过，下午下班还是一如既往笑意盈盈。楚煊很后悔，可是始终没有给爸爸一个解释，一个道歉。

现在再也没有机会了……

赵楚煊拉开抽屉，透明塑料袋里，有几样遗物。她首先拿起爸爸的手机，已经在水里泡坏了，开不了机。爸爸和她一样喜欢手机，喜欢电子产品。出国前如果把自己新买的手机留给爸爸，也许就不会像今天这么内疚。

"爸爸，多想让你用我去年买的诺基亚N95。爸爸你知道苹果手机吗？全屏手机，手机上只有一个按键，你会喜欢吗？爸爸，以后只要有我们喜欢的手机，我都买下来，我替你用好不好？"

赵楚煊抹了一把眼泪，接着从塑料袋里拿起一包纸巾，上面印的是本地老字号炒菜馆的店名。她依稀记得，爸爸喜欢吃这家的灌汤包，可是爸爸带她出门去吃饭从来只去她喜欢的地方：火锅，串串，烤肉。

"给我丫头来个水煮肉片，锅巴炒肉，四喜丸子，麻婆豆腐……"

爸爸亲切爽朗的声音仿佛就在耳边。

回忆就像鱼的鳞片，一层一层划烂楚煊的心，她宁可疼着，也不愿放下这些血肉模糊的片段。

忽然有人敲门，楚煊开门，竟然是她的二大爷和三大爷。

楚煊瞬间换上冷漠的表情。

"你妈上班去了？"三大爷满屋子打量。

"你们有什么事？"

"噢，是这样。"三大爷看见屋里只有楚煊一个人，赶紧拉张椅子坐在楚煊对面，"你看奶奶去世了，涉及遗产继承问题，你爸爸不在了，你就是继承人，我和你二大爷过来跟你商量一下。"

"我不懂这些，你们还是跟我妈妈商量吧。"楚煊根本没想到是这个话题，她准备给妈妈打电话。

"别别，不要给你妈说。"三大爷听罢大惊失色。

果然有问题，楚煊迅速拨通妈妈的手机。

"楚煊啊，你看你是继承人，不应该让你妈妈参与进来。"

"她是我妈妈，不管什么事，我必须经过她同意。"楚煊毫不退让。

"再说了，是什么见不得人的事，非要避开我妈妈单独跟我说？"赵楚煊轻蔑地盯着三大爷。

妈妈很快到家，一脸愠怒。

"小梓啊，这是我们赵家遗产的事，你最好不要参与。"三大爷心虚地说。

"遗产赵楚煊代位继承，她也可以委托给我全权处理。"

"我现在就可以写委托书。"赵楚煊立刻接话。

二大爷和三大爷交换眼色。

"是这样，老太太那套三室一厅的房子，老二说是他全款买的，所以房子应该给他。"

"我可记得她奶奶说过，她有两个孙子一个孙女，房子不能卖，两个孙子和孙女每人一间，其他共用。"

"我可不记得我妈说过，是吧，老二？"

二大爷支支吾吾。

"房子你全款买的？买房票据呢？"妈妈盯着二大爷。

"我有发票，回头我找找。"二大爷脑门儿开始冒汗。

"老太太的存款，我看数目不对，是不是赵楚煊留学老太太给孙女赞助过？那存款她就不能继承了。"

赵楚煊已经怒不可遏："奶奶什么时候给过我存款？欺负我奶奶和我爸爸不能开口，房子霸占了，存款也霸占了！"

"你说老太太给楚煊出国赞助，证据呢？"

"我觉得钱不对，老太太最疼我弟，是不是偷偷给他了？"三大爷虚张声势地说。

"老太太最疼你弟弟？为什么最疼你弟弟？因为只有你弟弟照顾她！你们两个哥哥谁管过妈？她两次脑出血，都是你弟弟送医院的，我们伺候的。平时老太太的衣食住行你们不管，什么事都是你弟弟操心解决。现在看我们孤儿寡母，就想把自己弟弟应该继承的遗产瓜分干净，你们的人性呢？"妈妈非常生气，义正词严。

"那这样，我们回去再看看。老二你把买房收据找找，我也再去银行查查存款，继承的事以后再说。"

两个人落荒而逃。他们背着妈妈偷偷过来，就是利用楚煊什么都不懂，趁机把遗产签字画押，一分为二。

爸爸出事以来，赵楚煊遇到了各式各样残忍的事情，已经有了一些防备意识，可今天的经历再次让她长见识，开眼界。

之前，二大爷当着楚煊的面落泪的时候她曾不忍心，现在，想想真是可笑。有时候，人性的贪婪与自私，不会因为你的善良而停止贪欲，相反，会以更加可恶的面孔吞噬你的慈悲。

妈妈让楚煊不用管遗产的事情。楚煊只是寒心，所谓血脉亲情在利益面前这么不堪。再想想所谓的三姨，看见妈妈遭难时幸灾乐祸的嘴脸，俨然忘记是谁曾经不遗余力救她全家。被恶占领的人性与魔鬼没有区别，甚至更可怕。善良，你无法防备亲情，在披着人皮的恶魔面前，善良的人就像无助的羔羊……

从那天起，赵楚煊不再相信血浓于水。

从那天起，她删掉了初中、高中、大学同学的联系方式。因为和他们有关的记忆里都有父亲，都是幸福的。她要和过去告别，她的内心成了别人无法闯入的禁地。

也许枷锁就是从那个时候将她的双脚越扣越深。

楚煊随后几天，饭局不断，来自爸爸妈妈同事朋友的邀请。帮助过妈妈的人，她都一一答谢。只是无论多么热情的场合，楚煊都是一身黑色裙子，胳膊上戴着孝布，让很多她的叔叔阿姨心疼不已。

临回英国前一天晚上，她拿出包装精美的手表，递给妈妈说：

"我知道你和爸爸的结婚礼物就是一对浪琴手表。这是我打工挣钱买的，替爸爸送给你。妈妈你喜欢吗？"

深蓝色的表盘如同星空般深邃，犹如女儿眼中那些看不懂的东西。

"冲儿，不要给妈妈买这些，打工多辛苦啊！"

"不辛苦，我能替爸爸做些事情，心里才安宁。"楚煊接着说。

"妈妈，我申请上教育学博士了，因为没有教学经历，不提供奖学金，所以我放弃了。"

"什么时候的事？我女儿申请上博士了？"妈妈的思路已经跟不上了。

"读博士，不能放弃！我女儿太了不起了，都申请上博士了。要多少学费，妈妈全力支持你！"妈妈激动得泪光闪烁。

"我跟导师说好了，等我有教学经历了，博士资格两年内有效，导师为我保留着呢，那时学校会提供全额奖学金。现在我没有教学工作经验，可能读下来比较困难。"楚煊真切地安慰妈妈。

"不要怕花钱，只要你想读，妈妈供你啊！"妈妈不让楚煊放弃。

"工作我也联系好了。"楚煊换了话题。

接着楚煊把詹教授和他的学校情况大致介绍给妈妈。

信息量太大，妈妈已经应接不暇。

楚煊楼住妈妈，懂事地说：

"妈妈，以后让我来照顾你。"

第二天的机场，楚煊安检前，止不住回头。

还是一年前那样，妈妈捂住嘴，眼泪不停地流。可是身边空荡荡的，再没有那个搂着她的高大身影，再没有那个令人心安的笑容。

楚煊快速拧过头，离开妈妈的视线。

依然在北京转机。只不过她专门停留一天，她要见一个人。

相青颜。

她俩吵架的事楚煊告诉过妈妈，那个时候爸爸还在，楚煊一如既往把妈妈当树洞，无话不说。

爸爸出事以后，妈妈背着楚煊跟相青颜通过电话，替生气时说话口无遮拦的女儿道歉，还是希望她们珍惜多年的同窗友谊。

相青颜即便对着楚煊的妈妈，也丝毫没有掩饰她对楚煊的不满："楚煊飞扬跋扈，非常傲慢无礼。"

楚煊回国后，听到最好的同学给自己这样的评价，难得有了情绪。气愤，继而灰心。

爸爸的事，相青颜已经知道，在知道前她做过一次手术，身体一直不太好。虽然没有联系楚煊，但时常关心妈妈，每个母亲节她都会给妈妈发短信、打电话问候，有时还会寄礼物。其实，楚煊对小相尊重爱戴自己的妈妈是心存感激的。

她生病不得已手术？楚煊知道后心里有说不出的难过。

楚煊见小相也是妈妈坚持的。在失去爸爸以后，妈妈如惊弓之鸟，总担心将来有一天楚煊孤苦无依，所以帮她维系各种关系，甚至还把女儿拜托给他们夫妻交往了三十多年的一位好友。楚煊知道这些后，既觉得妈妈可怜，又觉得自己无能。

首都国际机场，两年没见的相青颜气质成熟了许多。

两年未见，又有争吵的隔阂，两个人见面的气氛很沉闷。上了机场大巴，楚煊坐在窗边看着窗外。相青颜忽然说，

"熏死了，你喷了多少香水？"

楚煊扭过脸看她，她正一脸嫌弃地捂着鼻子。

楚煊脸立刻红了，正想发作。

"你知不知道我今天接你请一天假，这个月全勤奖都扣了。"相青颜一边用手夸张地在鼻子前面扇着，一边抱怨。

"Are you sure"（你确定）？楚煊脱口而出。

不至于吧？这家公司也太不近人情了吧？相青颜还在那家移民中介上班，移民中介在当时是蒸蒸日上的行业。

楚煊下意识替她鸣不平。

"你能不能不说英语，出个国至于这样吗？"

这句话令楚煊始料未及，她冷冷地看着这位曾经情同手足的同窗至交。

缘起缘灭缘终尽，花开花落花归尘。

下了大巴，相青颜又打车带楚煊到一家羊蝎子火锅店。

之前楚煊在北京考雅思的时候，相青颜兴致勃勃要请楚煊母女吃火爆京城的羊蝎子火锅，只是那天急着赶飞机，未能如愿。

时隔两年，她还记得。

吃饭的时候，楚煊低头摆弄羊肉，没有说话的欲望。

"你以后什么打算？"小相打破尴尬。

楚煊这次返回英国，其实没有必要的。但是她现在有了新的目标，她要继续打工。因为爸爸生前那个愿望，让妈妈去趟英国。她要替爸爸实现，她要用自己赚的钱带妈妈去英国参加她的毕业典礼。

这是她的小秘密，自然不会告诉小相。

"还不知道，明年才毕业。谢谢你常常给我妈妈打电话。"

小相没抬头。

楚煊放下筷子，深吸一口气，目不转睛看着相青颜。

"你知不知道我爸爸做的最后一件事是什么？"

小相茫然地摇摇头。

"是剥核桃。我妈妈去南京开会前让我爸爸把核桃提前剥好，她出差回来就给你做你最爱吃的琥珀核桃，寄给你。"

小相露出难以置信的表情，眼圈红了，缓缓低头，不语。

楚煊的眼眸一片黯淡，没有再说一句话。

"就是那个冬天，再看不到爸爸的脸

他用他的双肩托起我重生的起点

一个人在世上要学会坚强

你不要离开

不要伤害"

……

四

赵楚煊再次回到英国，抵达希思罗机场，空气中弥漫着松饼和咖啡的味道。

第一次在这里，一行人饿得分食楚煊口袋里阿尔卑斯糖的场景还历历在目，现在大家已经各奔东西。

随后几天，赵楚煊开始收拾东西。因为学校公寓数量有限，所以只提供给在读本科生、研究生和博士生住。楚煊虽然学制和签证都是两年，但是硕士课程已经完成，就要搬离学校公寓了。

楚煊确定并且肯定，她不想搬。

除了她很在乎个人空间外，她也见过合租 House 的同学、朋友因为平摊水电费用或是生活习惯不同，闹得不愉快。但是现在赵楚煊别无选择。

这天起床，楚煊接到一个陌生电话。

"请问是赵楚煊吗?"一个女孩。

"是我。"

"太好了，学姐! 我是和你同一家留学中介的。我叫付辛，李老师把你的手机号给我，说到了南安普顿可以联系你，你会帮忙。"

楚煊想起自己刚到的那个凌晨，萍水相逢的学姐对他们仗义相助的情景，她觉得帮助新入学的学妹，自己义不容辞。

她赶到大巴车站，先接上人，然后带她在附近吃了饭，送她回宿舍。

没过两天她又接待了一个，按部就班安顿好。

距离搬宿舍还有一个月，楚煊抓紧时间继续打工。

她已经提前完成了毕业论文，也通过了导师和学校专家的答辩，可以心无旁骛地全天工作，中介老板妮可拉给她安排去敬老院。

"敬老院"这个单词不是她词典上学的gerocomium，也不是a retirement home 或者 a nursing home，而叫 a private house。

赵楚煊的任务是在厨房内帮厨打杂。

厨房在大厅的中间，进门需要刷卡，有一个开放的窗口，有护工为大厅内休息的老人们端茶倒水，然后把用过的碗杯放在窗口，由楚煊端放进洗碗机洗干净后，一个个用纸巾擦干净，再端出去放在桌上。

午饭和晚饭时间很忙。

一般的老人吃饭是在大厅，有一部分身体比较弱的老人始终在自己的房间，这就需要护工把他们的饭用推车一一送到。还有些老人喜欢在住宿区的小餐厅吃饭，也需要护工用推车送饭过去。

厨师只有一位，三餐的时候才会来。楚煊手头没事的时候会主动协助厨师把食物放进推车，推车送饭的时间比大厅吃饭的时间要早，然后她再独自给大厅里的老人送餐。

这都是楚煊心甘情愿做的。每次她风风火火为老人端饭的时候，很多坐在那里的爷爷奶奶都会一脸慈祥地看着她，还有位爷爷笑眯眯地对她说：

"小姑娘真美，年轻真好。"

吃过饭后就是铺天盖地的碗盘，楚煊得迅速处理，然后打扫厨房，老人们则去午睡。睡醒后有下午茶，又是一轮洗洗刷刷。

有一天上午，楚煊正在厨房忙活，就见一位老奶奶朝着厨房的开放窗口慢慢挪过来。楚煊还以为她需要什么，两人还未接头，就被护工发现把她拦下。老人们的安全活动范围，只是厨房前面那个偌大的餐厅。

楚煊记得老奶奶，一方面因为她可爱的拐杖，与电影《飞屋环游记》里卡尔的拐杖同款，另一方面是随后她制造的小恐慌。

第二天早上，老奶奶又来了。这一次，她速度很快，跟跄着往窗口扑，还没等楚煊反应过来，她竟然朝楚煊丢过来一枚"手榴弹"。

快卧倒！

其实就是一个塑料瓶装的番茄酱，因为老人没有多大劲，所以没有砸到楚煊。

立刻跑过来两个护工扶住老人，她看上去既愤怒又委屈。护工还是像哄小朋友一样先把她扶到沙发上，然后跟她交谈。

楚煊手足无措地站了一会儿，捡起那瓶番茄酱。

没想到护工又扶着老奶奶返回窗口。

"要不要跟Yolanda道个歉啊？"

"要。"

"为什么要砸她呀？"

"因为，因为我想让她理我，她在里面都不看我。"

"她没有不理你，她在忙工作。是不是Yolanda？"

赵楚煊的不快和不解，已经被护工和老人的一唱一和消化了，原来老奶奶只是想让楚煊关注她。

"是啊，我怎么会不理你呢？"

"快跟Yolanda说sorry，不开心也不能拿瓶子砸人对不对？"

"Sorry，Yolanda。"老奶奶乖乖地给楚煊道歉，一脸不好意思。

楚煊都快笑出声来，靠"施力"刷存在感的老奶奶。

后来楚煊问了她的名字，竟然是Goodchild。好孩子？

人如其名。

又过了一周的周六，楚煊专门留意大厅里的老人，扔"手榴弹"的老奶奶却不在。

第二天还是没有看见她。

直到中午，楚煊帮主厨给推车里放午餐的时候，发现菜单里面有她的名字。

楚煊之前就知道有很小一部分老人不吃大锅饭，一般和他们身体有关，主厨会单做，这些人专门有一张菜单。

"她怎么了？"楚煊犹豫再三问了主厨。

"不太好，已经下不了床。"

赵楚煊心里咯噔一下。

晚餐前她主动要求陪护工送饭，她想去看看老奶奶。

护工爽快地答应了楚煊。

敬老院里面是很长的走廊，走廊两边基本都是标准间，老人一人一间。也有一些房间改成了小的活动室，可以吃饭、休息、娱乐。

护工把赵楚煊带到老奶奶房间门口。

门敞开着，楚煊敲敲门，没人应答。

楚煊往里面看，老奶奶躺在床上，左手搭在床边护栏，睡得很沉。

楚煊站在门口，一时不知进退，索性仔细看看大门上贴的那些报纸。

之前她也来过住宿区，但只是帮忙送饭，没有时间停留。今天她才发现，每个房间门上贴的照片或是报纸都和房间主人有关。

那张发黄的报纸是被剪下来的一篇新闻，上面是老奶奶的介绍。她"二战"期间是战地护士，专门在救护车上抢救伤员。

赵楚煊对老奶奶肃然起敬。

老奶奶忽然一声接一声地喊起来，楚煊吓得心脏都要停跳了。老奶奶眼睛紧闭，嘴巴一张一合，看上去很难受。

赵楚煊不顾一切地跑过去，一把攥住老奶奶搭在护栏外边的手。楚煊不喜欢肢体触碰，可是不知道为什么，她竟然想靠这个举动给老奶奶一些安全感。

"你在这里干吗？"严肃的声音在她身后响起。

楚煊回头，只见一个年轻的小姑娘，和她一样黄皮肤、黑头发，小姑娘一脸狐疑。

"我在厨房工作，过来看看这位奶奶。她怎么了，这样不要紧吗？"楚煊担心地问。

"没事，她不舒服，过一会儿就会这样喊一喊。"女孩嘴上解释，眼里的好奇越发浓重。

"你，你是中国人吗？"女孩突然用汉语问楚煊。

"啊，对，我是。你也是中国人？"楚煊很惊喜。尽管在英国生活一年多了，但只要遇到中国同胞，她总有"他乡遇故知"的喜悦。

小妹妹比楚煊还激动。她只有19岁，来自青岛一所护士学校，刚到不久，学校一共派出24个人，散落在南安普顿附近各个敬老院。

她每天的工作是给老人们换衣服，换尿不湿，还有洗澡。

赵楚煊对小妹妹的工作肃然起敬，她扪心自问，这些工作自己做不了。

青岛女孩让楚煊放心，老奶奶生病了，她们都会照顾她。得知楚煊每周末都会来这里，这个女孩眼泛泪花。

刚出国，一个人在陌生环境里工作的孤单和恐惧，楚煊理解。

又到周末，老奶奶还在房间没有露面，楚煊有点儿担心。

青岛女孩在午饭时间被临时叫到大厅，护工安排她给一个老人喂饭。

老人昏昏欲睡，青岛女孩就把老人的头搭在她肩膀，一勺一勺慢慢喂他。

楚煊看到这一切，有些动容，有些自豪。

她只有19岁，却能不怕脏、不怕累地为老人做这些护理和照顾。楚煊为青岛女孩的善良和敬业感到自豪，更为她是中国人感到骄傲。

"Yolanda，吃饭。"主厨把一盘丰盛的午饭递给楚煊。

敬老院的工作不提供午饭和晚饭。大概是赵楚煊从第一次来上班就主动帮忙装推车，给这位主厨师傅留下不错的印象吧，反正从第二天开始，每次午饭主厨都会给楚煊留一份。

青岛女孩显然没有午饭。

她完成手头工作，便雀跃地往开放窗口奔来，看见楚煊端着餐盘，一下有点儿窘迫，立刻转过身去。

"这是你的饭。"楚煊反应极快。

"真的吗？"青岛女孩惊疑地问。

"对呀，我今天带曲奇了，所以这份给你吃。"楚煊心虚地看了一眼主厨。

主厨耸了一下肩膀，端着自己的饭去了休息室。

青岛女孩受宠若惊，一边小心翼翼切牛排，一边说自己来英国还没有吃过牛排呢。她暂时还没有发工资，舍不得花钱。

楚煊眼里滑过一丝同情。

随后的每次相见，楚煊都像变戏法一样从书包里掏出三明治、巧克力、饼干或派，不经意地塞给青岛女孩。

赵楚煊打工的这段时间，詹教授在欧洲旅行。

詹教授访学期满，准备回国，楚煊为他饯行。

在南安最好的酒吧（Pub），楚煊请詹教授吃饭。

"你年后就来我大学，我先给你安排个学校实习，明年招新教师你随时准备应聘。"詹教授对赵楚煊回国工作在运筹帷幄地做安排。

"那我进你们学校的可能性大吗？你不是外语学院院长吗？"赵楚煊开始说胡话。

"哎哟，傻孩子，我是二级学院的院长，招人我一个人说了也不算啊，如果我能拍板，现在就把你内定了。毕业后，直接到我的外国语学院教英语该多好。"詹教授无奈又好笑地看着赵楚煊。他倒是说过，他欣赏楚煊这份不谙世事的单纯。

silly girl。（单纯的女孩）

楚煊想起来学姐夏美也总这样叫她。

楚煊翻了个白眼，都把我当生瓜蛋呢？

詹教授出发那天，要提前八个小时去机场，赵楚煊惊得倒吸一口气，成年人的世界讲从容，不至于消耗没有必要浪费的时间。

楚煊请了半天假去送詹教授。大巴车驶出，詹教授隔着车窗跟她挥手告别，楚煊忽然有种孤单的感觉。

身边熟悉的人越来越少了。

詹教授走的时候行李可真不少，楚煊再想想自己的行李，不由悲从中来。

赵楚煊准备元旦前回国，她要陪妈妈过新年，所以也差不多该收拾行李了。

楚煊让两个学妹过来挑自己需要的东西，全都送给她们。

她又买了许多的文具和小玩具，全部寄走。想想妈妈将会收到两个30公斤的箱子，她偷笑之余也为自己捏了把汗。

楚煊还整理出一些日用品送给青岛女孩，周末去敬老院跟她告别。

青岛女孩很不安，楚煊虽然和她相识不久，可却是女孩上班时候唯一一个可以说母语的人，她莫名地依赖楚煊。

"姐姐，你还会回来吗？"

"会，明年7月，我会带我妈妈参加毕业典礼，不过那个时候你都已经回青岛了。"

"你走了，接替你的会是中国人吗？"

"不一定，可能都不是我们中介的同事。别怕，你已经做得很好了，这么快能适应这份工作，比我强。"楚煊由衷地鼓励她。

"走，咱们去看看老奶奶。"楚煊看她快要哭出来了，赶快换了话题。

老奶奶靠在床上，护工坐在床边给她喂饭，瞥见楚煊进来，便大声说：

"Yolanda来看你啦，她要回中国啦！"

老奶奶从昏睡中醒来，可还是迷迷糊糊的，她抬起浑浊的双眼看了楚煊一会儿，不知道咕哝什么。

楚煊知道，老奶奶不一定记得她了。

护工又大声说：

"真的吗？"

转脸看着楚煊哭笑不得地说：

"她说让你等一下，她收拾行李跟你回中国。"

赵楚煊心里一阵酸楚。她走到老奶奶身边，趴在她耳边说：

"好，奶奶，你快点儿好起来，我在中国等你。"

五

楚煊把在大学餐厅的工作也做了交接，她半年后还会回来，与大家相约到时再联系。

赵楚煊没想到的是，在大学餐厅一起工作的同事鲁峻，下班后专门去她住地跟她告别。

"我没有什么朋友，我的朋友都是我和我老婆共同的。我老婆比我大，她追的我，我不爱她，可我想拿绿卡，所以跟她结婚。但是婚后她太强势，什么都管，我没有一点儿自由。我想离婚，又想再熬两年就能拿到绿卡，所以很纠结。"

鲁峻突然讲的故事比他的拜访更让楚煊觉得意外。

鲁峻继续说："她可能感觉到了吧，或许这是我的命，前几天她跟我说，她怀孕了。"

赵楚煊看着这个长相英俊却一脸沮丧的山东男人，一时语塞。

毕竟结婚的初衷是场交易，作为同胞，情感上楚煊向着他，但出于道义，他不该这样对待他的妻子。

"既然都有孩子了，那肯定不能离婚啦。你也说这是命，那命替你做好选择了，珍惜家庭。"楚煊真诚地安慰他。

"谢谢你，赵楚煊。"鲁峻兴致不高地回答。

鲁峻走后，知心姐姐赵楚煊叹了口气，这也是一部分留学生的选择，通过婚姻留在英国。也不知道他们这样做，是幸福还是不幸。

楚煊专门去中介办公室跟老板妮可拉告别。妮可拉找不到押金条，之前押工作服的25镑没办法退还。楚煊笑着连忙摆手，不用还，你给我的远比这些多得多。

赵楚煊的不计较让中介老板妮可拉有些不好意思，煞有介事从抽屉里拿出一封推荐信。

专门为她写的推荐信。

赵楚煊笑容凝固了，郑重地接过这份分量十足的礼物。虽然这封推荐信是肯定她打工期间的能力，对于国内应聘，或者她未来的职业起不到任何作用，但她知道，外国人的推荐信是以自己的身份人格做担保，没有十足的信任和把握是不会写一个字的。

赵楚煊还有一封推荐信，来自她的系主任。同样弥足珍贵。

赵楚煊仔细把推荐信收好，这是对她工作的最好赞誉。

赵楚煊感激打工的经历，让她体验了真实而丰富的英国生活；让她开了眼界，学到了一些生活的本领；让她攒了一小笔足够带妈妈重返英国的资金；让她在失去爸爸最伤痛的日子里有了寄托。

但假如时光倒流，赵楚煊不会再这样高强度工作。她靠工作填充睡不着的夜晚，靠工作减轻心里的愧疚。她麻醉了自己一段时间，梦清醒的时候，她已经失去了健康。

六

"有些人在出场的一瞬间就是靠近的，仿佛散失之后再次辨认。"

赵楚煊离开英国前最后见的也是她在英国最舍不得的人。

学姐夏美非要带她去买化妆品。

离别的忧伤瞬间被打乱，想起这位学姐上一次把她画得跟妖怪一样，脚下的步伐都踉跄起来。

半个小时后，夏美左手一只袋子，右手一只烟熏妆的赵楚煊，欢天喜地从英国护肤品超市（Boots）里出来。

"煊酱。"学姐夏美对餐桌对面她的作品非常满意，睫毛弯弯，眼睛眨眨，嘴巴也跟抹蜜了一样。

"给！"熊猫眼赵楚煊微笑着从包里掏出一个小礼盒。

楚煊夏天回国时给学姐夏美提前准备的生日礼物。一串天然的石榴石手链，上面串着一个纯金的福娃挂坠，挂坠上刻着学姐的名字：Natsumi（夏美）。

赵楚煊自己为学姐设计的。

"我很喜欢。"夏美打开礼盒，仔细看过后，抬头说。

夏美学姐表情认真的时候，会双唇紧抿，眼神静敛。她那漂亮的尖下巴，把她的坚毅烘托到极致。

楚煊本来想赵婆卖瓜自卖自夸一下，看见夏美学姐这么严肃，也噤了声。

"明年7月一定回来。"夏美忽然伤感地说。

"我知道，参加毕业典礼，还有你的婚礼。"

夏美深邃的目光透出一道暖意。

"回国后，我每周给你一封邮件。"楚煊接着说。

"我还要视频。"夏美的眼光一直附在楚煊脸上，生怕她拒绝。

"好，咱们还要视频。"楚煊有时候觉得自己才像姐姐，得宠着她。

刚想说自己的感觉，就被对面走过来的她一把拥在怀里。

"我会想你。"夏美学姐把下巴搁在楚煊头上。

"我也是……"楚煊鼻子一酸。

我曾经豪情万丈，

归来却空空的行囊。

那故乡的风和故乡的云，

为我抚平创伤。

这次妈妈专门到机场接楚煊。楚煊一路按捺住喜悦，到家第一件事就是拿出一沓英镑，豪情万丈地搂住妈妈的脖子：

"给妈妈，这是我打工赚的7 000镑，我要带你去英国参加我的毕业典礼。"

7 000镑，全是50镑面额，其中有1 000镑是崭新连号的50面额英镑，还是通过行长换取的，让妈妈留作纪念。这时的赵楚煊，真有一种让妈妈骄傲的自豪感。楚煊回国前和银行提前预约，才拿到这些最高面额的纸币。

妈妈没想到，她娇生惯养的孩子能打工赚这么多钱，接过去时手都是迟疑的。虽然金额还不足以支持两个人的英国之旅，但毕竟是她女儿三个多月辛苦工作攒下来的。一向心疼女儿的妈妈，开始想象女儿吃苦受累的画面，眼圈红了，泪水流下来了。

"孩子，你这是何苦啊？好好读博，妈妈才高兴。"

妈妈最终也没有舍得用女儿的钱去旅行。她把英镑以赵楚煊的名字存在银行以备女儿不时之需。

晚饭的时候，妈妈说："对了，萌萌的爸妈前段时间专门来看我，说你爸爸的事他们才知道，萌萌一直在找你。"

楚煊眼神一冷，语气跟着一起冷下来。

"她找我干吗？"

"你们一直没有联系吗？"

楚煊说："我跟她说我爸爸出事的时候，她说她要结婚，别说晦气的事情。晦气，她婚礼那天我奶奶不在了，她也没提。你还专门替我去给她送贺礼，她连谢字都没给我提。这样的人，我还要理她吗？"楚煊生气得有些颤抖。

妈妈睁大了眼睛，她惊疑。随后说：

"算了，你们一起长大，人家爸妈也专程上门道歉了，原谅她吧。"

"不可能。在我最悲伤的时候放弃我的人，我一辈子都不会原谅。"楚煊斩钉截铁地说。

妈妈看她的态度欲言又止，最后轻轻叹了口气。

贾依萌随后几年一直没有放弃联系赵楚煊。除了不时给楚煊妈妈发短信询问，还拜托父母几次去妈妈单位要联系电话，妈妈力劝楚煊，想挽回两个孩子的友谊。楚煊始终不肯原谅，让妈妈为难，又无能为力。

英国著名作家毛姆说过："如今我是充分懂得了，小气与大方、怨怼与仁慈、憎恨与热爱，是可以并存同一颗心中的。"

第八章　实习　代课先生悟师道

一

父亲周年这一天。

漫天飞雪。

舅舅专门从外地赶过来，陪妈妈和楚煊去墓地祭奠。

大包小裹的祭品里，妈妈依旧准备了爸爸爱吃的桃酥饼。

舅舅按习俗点了鞭炮。

震耳欲聋的鞭炮声，在空旷的陵园里回声阵阵，显得更加萧索。

妈妈坚持自己清扫墓碑，舅舅不忍，看了一眼楚煊。楚煊木然地站在妈妈身后，无动于衷。

妈妈将她的深情与思念，化在捏着毛巾一遍遍擦拭的指尖。

烧纸的时候，妈妈流着泪，低声跟爸爸唠嗑：

"我们的冲儿很优秀，申请上博士了。女儿长大了，自己打工赚钱，要带我去英国参加她的毕业典礼。保佑女儿，保佑女儿平平安安，健健康康……"

楚煊觉得喉头发热，眼泪止不住往下流。

妈妈旁若无人的倾诉和火光中孤独悲伤的脸，大概是这世上最让楚煊撕心裂肺的画面。

楚煊咬紧牙泪流满面，默默跪在妈妈旁边，一页一页把《知音》撕下来，伸进火中，看它燃烧成灰烬。

雪花和纸灰交织在一起，如同楚煊纷杂零落悲伤的心。

祭奠过爸爸，再去祭奠姥爷姥姥。

楚煊一声不吭地跪在姥爷、姥姥墓碑前吃香蕉，风里雪里仿佛传来的都是姥姥的声音：

"煊煊，吃香蕉。"

一种凄凉、十分悲痛涌上心头……

舅舅的支持和陪伴还在随后去会见詹教授的过程中。

赵楚煊第一次来到这座陌生的省会城市，很紧张地打量它并感性地作出判断。

不错。

傍晚，车停在她即将要工作的大学门口，校门很气派，詹教授更气派地站在门口等他们。

赵楚煊看见詹教授，有种久别重逢的喜悦。詹教授热情地把他们一行四人请到大学会客餐厅，一间12人的包间，詹教授的爱人已经点好凉菜，在里面等候。

楚煊在心里有点咂舌，自己面子这么大？

詹教授的爱人见到妈妈，两个人熟稔地打着招呼。那一瞬，楚煊还以为她们认识。

落座后，詹教授开始夸奖赵楚煊在英国对大家有多关照，楚煊各方面有多优秀，现在来这里工作都大材小用了。

赵楚煊知道这是酒桌上的客气话，但还是不自觉地得意洋洋起来，眼角乱飞，不断扫妈妈。在心里嘀咕："妈妈，瞅见没有，你女儿猛着呢！"

妈妈只谦和地微笑，没有太多欣喜。

楚煊理解，妈妈对她放弃读博心情很失落，又自作主张离家这么远工作，很是无奈。

舅舅和詹教授把酒言欢，拜托詹教授一定安顿好楚煊。

詹教授满口答应。

第二天，给楚煊一行接风的是爸爸的好友毛叔叔的弟弟，楚煊叫他小毛叔，他在这座省城有份体面的工作。

楚煊的爸爸曾经帮过他们家一个大忙，小毛叔性格仗义，一直想报答，楚煊的到来，他非常欣喜和重视。妈妈让小毛叔提前在学校附近给楚煊租房，他二话不说办好了。

两室一厅的老房子，里面刚刚粉刷过。按理来讲，楚煊不需要这么大的房子，可是她爱干净，相对比较新的房子只有这一户。

妈妈毫不犹豫替她租下来，然后买了简单的家具布置好房间。

妈妈表情阴晴不定，她可能也在安慰自己，先实习锻炼半年再说。

所谓实习，詹教授安排的是让赵楚煊在他们学校的三本学院代课。与此同时投简历，看当年的新教师招聘能否争取到名额。

妈妈陪了楚煊一个星期才不放心地离开。詹教授夫妇和小毛叔都让妈妈放心，他们会照顾好楚煊。

"赵楚煊都是留学回来的人，能不会照顾自己吗？"

楚煊已经记不清这是第几个人这样安慰妈妈，可是母亲的担心和不舍大概出于本能，尤其爸爸的意外，让妈妈有些杯弓蛇影。

妈妈曾经跟楚煊说过："爸爸不在了，你要和妈妈相依为命。"这句话，赵楚煊小心地咀嚼并虔诚地揣在心里。 妈妈不知道，这也是楚煊随后几年捆绑自己的桎梏之一。就像现在她就有些自责，既然回国陪伴妈妈，怎么又到外地了？想自己搞定工作，怎么就没想到距离这一茬呢？

二

实习前一天，詹教授邀请楚煊去家里做客，同时给她交代实习的工作细节。

"啊！要住在学校？"赵楚煊毫无准备。

"我自己晚上回来，第二天一早按时去不行吗？"她可怜巴巴地与詹教授商量。

"不行啊，不在一个市区，学校有专门的车接送老师，车程快两个小时呢。"詹教授一如既往地耐心。

"这么远？"楚煊真没想到一周两整天的课如此麻烦，瞬间像泄了气的皮球。

"没事，詹老师给你安排的是最好的宿舍。就住一晚，第二天下午一下课，就送你回来。"詹教授的爱人刘教授看着楚煊怎么和她上高三的女儿一样孩子气，忍不住笑着说。

赵楚煊忧心忡忡回到自己住处，心情低落地开始整理衣服、咖啡、洗漱用具，等等，搞得跟出差一样。

第二天一早六点整，一辆商务车停在学校门口，与司机师傅相互确认后，赵楚煊上车。

这种感觉让楚煊想起在英国大学餐厅打工，六点班车，八点上班。今非昔比的是，之前在食堂，现在在课堂。

同行的还有两位男老师，楚煊礼貌地打过招呼后就插上耳机听歌、看窗外风景。

此时，为留宿一晚而闷闷不乐的赵楚煊不知道，这一学期的实习，释放了她的理想和天赋，她采撷到的是师生之间最质朴的情感。就像她自己说的，因为这群学生，她对自己的职业和生活有了更深情的期待。

七点半到达学校。楚煊刚刚把保温杯里的咖啡喝完，就禁不住摘下耳机。清晨的操场，满是提着刀枪、棍棒练武术的学生方阵。他们霸气的口号和整齐的动作，蔚为壮观。

"少年强则国强。"她在心里嘀咕：

"我到少林寺了？"

两位男老师，一位姓刘，听力老师，另一位是负责交接任课老师的处长。接待他们的是位年轻女老师，被叫作杨主任。

处长和主任单独说话去了。

"赵老师您好，您是新来的，等会儿我带您去教室。"杨主任很客气。

"教师休息室在二楼，每个课间您都可以过来休息。教室在三楼。您代六个班的课，我把课表和学生花名册给您。"杨主任边说边领着楚煊上楼。

到一间教室门口，杨主任突然推开后门进去，只见教室里鸡飞狗跳，乱作一团。看见杨主任突然进来，学生吓得赶紧回到自己座位。

"干什么呐！"杨主任一改温柔样，变河东狮吼。

学生都低下头装模作样看书。

楚煊在杨主任身后偷偷地笑了。这场景跟她上高中时一样，只是她好久没见了。

"走，赵老师，您从前门进。"上课铃声响了。

"好的，谢谢您杨主任。"

赵楚煊从推门进去到踏上讲台竟然没有一丝紧张，她第一次上课，从容自若。

戏精们沉浸在书的海洋无法自拔，一个个冥思苦想，低头不语。

"来，我们上课。"赵楚煊环视了一下教室，满满当当。如杨主任介绍，每个班都超过60人。

赵楚煊的声音不大，绵延细语般，让学生们纷纷抬头。

她当天扎着马尾，露着让妈妈引以为豪的大脑门儿，墨绿色短款羽绒服，牛仔裤配短靴，清纯阳光，一脸柔和。

欣喜，让学生们的眼睛一片流光溢彩。

"我是大家的泛读老师，我叫赵楚煊，英文名Yolanda。"赵楚煊背过身在黑板上写自己的名字。

写好，楚煊开始用英语介绍自己的个人信息。

但是很快，楚煊抓住学生羡慕却茫然的表情，听不懂？

她立刻把大段英语拆分成一句英语、一句汉语翻译的版本。

听到老师是英国回来的硕士，他们竟然激动得开始敲桌子，鼓掌。

赵楚煊的虚荣心那一刻得到空前满足。

后门猛地又被推开，杨主任跟容嬷嬷附身一样，瞪着那群兴奋的背影。一看赵楚煊笔直地站在讲台上沉着地望向她，她赶快点头微笑，悄悄关门离开。

虽然是第一节泛读课，楚煊还是希望了解学生，通过聊天互动和学生拉近距离，并了解他们的英语程度。

"这是美国一所学校的入学考试题目，我写到黑板上，然后大家一个一个回答。"

这句话给如沐春风的学生当头一棒。

美国？入学考试？回答？！

赵楚煊藏起嘴角的笑意，心想："糟了，吓到学生了，他们怕提问。"

但身体却诚实地向后转，在黑板上写了三个英语题目。

你是谁？

你的梦想？

你如何实现？

"大家别紧张，能说英语说英语，说不了英语就说汉语。我们先把题目翻译一下，好吗？"

看见学生一脸惊恐，楚煊不忍心，所以临时改变教案，一起翻译题目。

一看题目这么容易，又可以说汉语，学生们神情都松懈下来。

"我叫到谁，谁回答。可以不用站起来，我们一起分享。"楚煊想用英国课堂讨论（workshop）的方式，老师引导，学生各抒己见。

可学生还是有点儿慌。

"不然这样，大家准备一下，相互讨论都行。"赵楚煊再次更改教案。

学生们如蒙大赦，有的开始在本子上写，有的开始前后左右窃窃私语。过了一会儿，看上课说话老师是真的允许，声音越来越大。

赵楚煊捏了一把汗，生怕杨主任再次破门而入。

学生的回答中规中矩，大部分学生还是拿着提前写好的稿子念。这在楚煊意料之中。她上大学的自我介绍，也是跟念发言稿似的。

好在学生摸清老师的脾气以后，越到后面说得越放松。每个学生楚煊都会交谈几句，一节课下来，她记住了大部分学生。

记住每一个学生的名字，是对他们基本的尊重。赵楚煊一直记得，时任大学学生会主席的她，叫出学生会大一新生干事的名字时，他们受宠若惊的表情。

人需要被尊重，学生更是。

第一节课很快就过去了，第二个班如法炮制。中午下课，很多学生围着她，一个个欲言又止，最后就看着楚煊傻笑。杨主任撵了半天，学生们才散去。

"赵老师，我带您去吃饭。"

"您专门在教室门口等我？"

"对啊，学校安排我陪着您。咱先去吃饭。"

"不用不用，您给我说食堂和宿舍在哪儿，我自己去就可以。"

"走吧，今天您跟着我。"

赵楚煊不自在地跟着这位领导到了食堂。中午的食堂跨过山河大海，也穿过人山人海。杨主任直接把楚煊带到一个小厨房，让师傅炒了两个菜，然后端到一间有电视、有沙发的单间，招呼楚煊吃饭。

"刘老师不一起吃吗？"楚煊对杨主任的特殊招待很不好意思。

"他回去了，他只有半天课。"

赵楚煊听罢想哭。

边吃饭边有一搭没一搭地聊天，才知道杨主任只比楚煊大三岁，也是80后，是大一新生的总负责人，大名：杨小采。

"你别杨主任啊，您啊地叫。咱俩差不多岁数，就叫我小采吧！"这位微胖、朴实的女老师大大方方地说。

"好吧，小采。以后我可以吃大食堂，不用单独吃小炒。"

"真没事，学校专门给你们外聘老师安排的，再说跟着你我也能改善生活。"小采笑得心无城府。

吃过饭，小采带着楚煊到宿舍楼。

"你今天中午、晚上都在这间宿舍休息，明天还会来一个女老师，中午你们在一起休息。"小采打开宿舍门。

楚煊赶快往里瞅。两张架子床，一张桌子，一把椅子，一个柜子，一个洗手间。

很简单。好在房间里有洗手间。

想着今天课间，教学楼的卫生间竟然没有隔挡，楚煊就羞红了脸。

"给你说一下，你看这里有个大桶，我给你把水接好了，我们这里常常会停水，你晚上洗漱如果没有水，就用桶里的。"

停水、停电和断网，赵楚煊最怕的就是停水。

小采显然对这间宿舍很满意，没有注意到她身边这位楚煊老师又想哭的表情。

"我在三楼住，下午1点40分下来，咱俩一起走。中午睡一会儿，休息一下。"

楚煊找了稍微干净的一张床，把自己带的床单铺上，满怀惆怅地坐了一个中午。

晚饭，小采推荐的美食是一家罐罐面。味道楚煊很喜欢，吃完饭她坚持把账付了。

返回学校已经过了七点，小采让楚煊在休息室玩电脑，她上楼一个班一个班去检查。

楚煊想了想，那就给学姐夏美写封邮件吧。她洋洋洒洒写了第一天讲课的经历和心情，还嘚瑟这封信可是用办公室电脑敲出来的。

晚上下课，小采送她回宿舍本来想跟她聊天，但楚煊彬彬有礼又拒人千里的态度，让这位开朗的小采老师有些动摇。

"行，赵老师，你早点儿睡。明早我7点10分过来带你吃早饭。"

"好的，晚安。"

赵楚煊关上门，在昏暗寂静的房子里走了几圈，咬咬牙去洗手间。

还好没停水。楚煊用凉水洗漱，和衣而卧。当然，一晚上都没睡着。

第二天一早，楚煊六点起来，给自己冲了杯咖啡。为了避免课间去公共卫生间，她把咖啡整得比黑芝麻糊还稠。

小采准时过来敲门。

"睡咋样？"

"还行。"死要面子活受罪的赵楚煊。

两人在小食堂吃过早饭，一起到了休息室。休息室里站着一位正在喝水的女老师。

"文老师来啦！"小采打招呼。

"来，给你俩介绍一下：听力老师，文影；泛读老师，赵楚煊。"

三个人简单地寒暄，随着上课铃声，各就各位。

中午下课，小采带着她俩吃小灶。

三个人吃饭，气氛热络许多。

文老师去年正式入职，上学期就过来代课，和小采同岁，性格温和。

"你从英国留学回来的，来我们学校当老师？"文影跟昨天小采的反应大同小异。

"你们学校挺好的。"赵楚煊真诚地说。

对面两人一脸狐疑地看着楚煊。

吃了饭，回宿舍午休。文影比较内向，所以没多少话，直接去另一张床上睡觉。楚煊又跟打坐一样，开始发呆。

还剩一个班就解放啦，回家洗澡洗衣服看电视……

赵楚煊走向最后一个班的时候，心里早已心旌荡漾。

"大家先准备一下，等会儿我们按顺序一个一个起来回答。"

按顺序？学生开始数自己大概是第几个。

楚煊不禁想起自己上外台听力课的情景。

她观察学生差不多准备好了，突然说：

"好，我们从最后一排靠门的那位同学开始。"

教室炸锅了。

对于老师的恶作剧，几家欢喜几家愁。

轮到第二排最右边女生的时候，距离下课只有十分钟了。

"大家好，我叫关齐齐。"这个戴眼镜、扎马尾的女孩刚站起来就笑场。

楚煊无奈地看着这个女学生，一会儿朝向老师，一会儿看向窗外，反正笑得停不下来。

让楚煊开始留意她的是，接下来三个问题，她全部脱稿用英语回答，虽然磕磕巴巴，一边笑一边想，但始终没有放弃。

这是楚煊六个班，三百多名学生中，唯一一个尝试全程用英语表达的学生。

之前大部分学生的答案，来自自己所掌握的单词。比如：他的梦想不一定是当医生，只是他只知道医生这个单词。

关齐齐说她的梦想有两个：一个是考英语专业研究生，一个是跟男朋友结婚。

如何实现第一个目标，她定了四年规划。

不喊口号，思路清晰，楚煊心里赞叹。

饶有兴趣准备听她的四年规划，下课铃响了。

这个班竟然还有一排学生没有讲完。

关齐齐并没有发现老师因为她而目光灼灼。

对楚煊而言，她喜欢学习有目标的学生，更喜欢为了目标有计划、有行动的学生。她认为有计划、有目标、有行动的努力，才是充实的、智慧的、不盲从的努力。这个学生就像璞玉，等待卞和去雕琢。

回家的路上，赵楚煊给詹教授发了短信，汇报了这两天的上课情况。到家已经夜幕降临。她把衣服、床单全部丢进洗衣机，欢快地去洗澡。

洗澡出来，她从冰箱里拿出提前买好的底料和蔬菜、肉卷，在客厅煮火锅。

这个临时的家，是真正意义上的家徒四壁，本来什么都没有，在妈妈、舅舅和小毛叔的帮助下，买了冰箱、洗衣机、衣柜、床、书桌、转椅、窗帘和锅碗瓢盆。工作两天回来，感觉特别温馨。

吃过饭，楚煊打扫了卧室。然后开始在电脑前看百看不厌的《武林外传》，空前地满足和放松。

接下来，写教案、备课、讲课、批作业，就成了赵楚煊实习代课的主要生活。

三

赵楚煊在她带的六个班三百多名学生中，发现了关齐齐，她要当卞和去雕琢这块璞玉，她要当伯乐去驯化这匹千里马。最关键她要让她的学生，学有榜样，就在身边。

"因材施教""三人行，必有我师焉""见贤思齐焉"……这些孔子的教育思想让赵楚煊觉得自己在真正践行。想到此，她不觉得自己只是代课老师，她有一种小先生的自豪。

赵楚煊开始了自己的因材施教。

她不仅让关齐齐每天比其他学生多记两个单词，还让关齐齐每周熟读一篇100词以内的英语优秀作文，给关齐齐课外英语加餐，让关齐齐有时间多看英语原声片，强化听力和口语。

功夫不负有心人。关齐齐在赵楚煊的加餐强补下进步很快。英语听、说、读、写成绩在大一新生里，遥遥领先。

楚煊在关齐齐身上看到了自己的教学效果，她小有成就地开心。

关齐齐个子不高，长着一双不大却有神的眼睛，一笑露出好看的虎牙，最重要的是她质朴刻苦、好学上进，对楚煊言听计从地崇拜，让楚煊从里到外喜欢这个学习有目标、努力有方向、行动有计划、踏实向学的好学生。

有一天，关齐齐领着她妈妈和她在北航读博士的哥哥，到学校看望楚煊。一见面，关齐齐的妈妈就拉起楚煊的手，给她塞了两包说是自制的五香花生和炒面油茶，闻着就很香。

关齐齐九岁的时候爸爸就病故了，妈妈开小吃店供养她和哥哥念书。她和哥哥没有辜负妈妈的希望，很争气，应了那句"穷人的孩子早当家"。

关齐齐的妈妈拉着楚煊的手说："赵老师，俺孩儿可稀罕你了，说老师长得可俊了，英语课讲得可好了，让我一定来见见你，谢谢你。"关齐齐的妈妈用乡音说。

她的哥哥个子也不高，浓眉大眼也算英俊，兄妹俩长得不太像，大概一个像爸爸，一个像妈妈吧。关齐齐曾经给楚煊说起过这个让她非常自豪、名叫关海海的哥哥，说她哥哥属龙，她爸爸说龙得在海里，不能缺水，所以起名叫关海海。

"赵老师，请您多关照齐齐。我妹妹一打电话，就是她的赵老师如何如何地好，现在学英语像着了魔似的。她说她遇到了一个特别喜欢的英语老师，她要学好英语，考英语专业的研究生，将来要和赵老师一样当英语老师……"关齐齐的哥哥用不太标准的普通话谦逊地对楚煊说。

赵楚煊第一次遇到这样的场面，学生的妈妈、哥哥也算是全家了，对她又是夸赞，又是感谢。楚煊既高兴又感动，她不知说什么好，只是点头微笑，对关齐齐的妈妈和哥哥说：

"是关齐齐学习踏实勤奋，她一定能学好英语。"

此时，赵楚煊心里暖暖的，她感受到了当老师被尊重的光荣。

四年后，关齐齐以优异的成绩考上北京外国语大学英语专业的研究生。这个喜讯，关齐齐没有忘记第一时间告诉她的"导师"赵楚煊。考上北外研究生后，关齐齐称赵楚煊为恩师。

关齐齐研究生毕业后留在北京，在一所中学当了英语老师。她也成了那所三本学院可圈可点的学生榜样，载入校史。

在楚煊离开三本学院后近十年里，关齐齐一直与她保持着亲密的师生联系。每周关齐齐都会给楚煊汇报学习情况，请教遇到的英语难题，楚煊都会耐心地解答。

在寄贺卡的年代，每个教师节和新年，赵楚煊都会收到关齐齐寄来的贺卡。贺卡总是写得满满的，不光是对老师节日、新年的祝福和思念，还有在学习上取得收获进步的喜悦。

关齐齐，是赵楚煊教师生涯里用心栽培成为英语教师的第一个学生。

转眼赵楚煊在三本学院实习代课接近期末。她带的六个班三百多名学生，期末考试英语泛读课，平均成绩92分，取得该校泛读课最好的成绩。

詹教授从三本学院院长那儿得知了楚煊的教学情况，这位院长对詹教授说："人才呀，一定要给咱大学院留下来。"

詹教授是个惜才的院长，他在英国访学时就知道楚煊的实力，赵楚煊出色的教学能力更让他欣喜不已，他认为楚煊天生就是做老师的料。

其实，詹教授让赵楚煊来他这里代课实习，最终目的是想留她在他们大学任教。而且他一直在替楚煊关注学院当年的聘教计划和编制，直到楚煊期末要结束实习，大学院仍没有聘教计划。

四

赵楚煊在实习代课的四个多月里，常常想起妈妈心里就会莫名地内疚，自己放弃英国读博，就是想尽快回国回到妈妈身边。如果真的要在这座省城工作，怎么陪伴妈妈？

赵楚煊一边代课实习，一边在教育网通过留学生通道给妈妈所在的省城的大学投简历。很巧，有两所大学给她抛来橄榄枝。

楚煊欣喜不已，认为决定回到妈妈身边工作，是上天的安排，是爸爸的召唤。

这天，楚煊来到詹教授办公室。一见面，詹教授就把三本学院院长对楚煊出色教学的肯定，还有留下楚煊的恳切愿望，都兴奋地告诉了她。

"谢谢詹教授，我很喜欢那些纯朴的学生。"赵楚煊有点儿娇羞了。

她当了四个多月的实习老师，觉得自己说话和以前不一样了。

接着，她把要回家应聘大学老师的决定告诉了詹教授。

詹教授先是一愣，眼里流露出些许惊讶和遗憾。停顿了一会儿，詹教授轻轻叹了口气："唉，太可惜，没能留下你这小才女。不过工作离妈妈近些，相互有个照应也是再好不过的了。"

从詹教授办公室出来，赵楚煊如释重负，但同时也有点儿失落。

詹教授、杨小采，还有她代过课的三百多名学生，想到与他们告别，她会留恋。楚煊心里有点儿难过。

五

回家乡省城大学应聘的日子到了。

初夏的清晨，微风，温阳，让楚煊惬意。她穿着橘色硬领衬衣，卡其色牛仔裤，白色阿迪运动鞋，头发一如既往扎小马尾。

"女儿挺精神。"妈妈疼爱地说。

妈妈给楚煊煎了荷包蛋，热了牛奶，还冲了香喷喷的咖啡。楚煊三口并两口地吃了早餐。

六点不到，楚煊就催舅舅赶快开车送她。

自从楚煊代课当过实习老师，做事更加认真了，还把自己"未雨绸缪"的"优点"发扬光大。

赵楚煊去应聘的两所大学的笔试，她都以自己还满意的成绩通过了。

赵楚煊接到CJ大学的面试通知。

面试，赵楚煊对自己有信心。用她的话说是"久经沙场"。学士、硕士演讲，论文答辩，申博时被导师、学院专家层层遴选、答辩，实习代课近千学时的讲课经历，还有不眠之夜的用心准备，她胸有成竹。

面试比例一比三。这所大学当年招聘在职教师12名，进入面试36

人，赵楚煊面试抽签17号。

　　站上讲台，她用利落纯正的英式英语按要求进行"自报家门""自我推销"，还有对本大学的认知，以及任教后的打算。

　　赵楚煊第一个环节的演讲，台下九位考官脸上显现出兴奋的神情。

　　接下来的提问环节，一问一答，气氛热烈友好，面试顺利通过。

　　面试结束，让楚煊意外的是主考官，这所大学一位二级学院的院长，很和蔼地让楚煊留电话给他，楚煊心里有数了。

　　一周后，她接到CJ大学的体检通知，体检结果：健康状况良好。

　　同时，JT大学的面试，赵楚煊也顺利通过。在还未接到JT大学体检通知时，她已经被CJ大学招录为国家高校在编教师。

　　赵楚煊很快去北京，到教育部拿到留学生回国工作的派遣证，到CJ大学报到了。

　　如愿回到省城，在妈妈身边做大学老师，赵楚煊如愿以偿，全家为之高兴。

　　做先生，承祖业，妈妈高兴之余，对楚煊放弃读博始终心存惋惜。

　　楚煊心里有数，她先工作，不给妈妈添任何经济负担。她的导师迈克教授给她保留着读博学籍，有两年教学经历后，南安普顿大学（University of Southampton）全奖教育学博士会等她如约而至。

六

　　两周后，赵楚煊来到三本学院，学期即将结束，暑假即将来临。她要和詹教授、杨小采，还有她代课的三百多名学生告别。

　　楚煊到达詹教授的省城已是晚上，她带着妈妈准备的土特产到了詹教授家。

　　刘阿姨开门，见是楚煊一脸惊喜，看她满头大汗，赶快接过提包，拉着她到客厅。楚煊见过詹教授，把应聘全过程大概讲了一下。其实，詹教授在楚煊回家应聘过程中，一直都在电话问询，很是关心，而且一直没有放弃让楚煊来他的大学任教。他对楚煊说："你工作后，如有不开心，愿意来我们大学工作，可以办调动。"詹教授对楚煊的欣赏和不舍，让楚煊眼圈红了。

赵楚煊告诉詹教授，明天一早，她想去三本学院和师生告个别。詹教授马上说：

"明天我有时间陪你一起去。"

临别，刘阿姨揽住楚煊，像妈妈一样抱了抱她，楚煊眼圈又红了。她在心里感谢这位在异乡给她温暖的、善良的、有学识的阿姨。

中原省城的初夏，五点多天已大亮。詹教授的司机接上楚煊就直奔三本学院，到那所她一开始不喜欢到现在不舍得的学校。一个多小时的路程，楚煊觉得很长，她想快点儿见到小采，还有她的学生们。

"到了。"詹教授喊楚煊。

学院门口，只见院长、小采，还有楚煊熟悉的一个辅导员、一个代课老师和一个不认识的男青年，在迎接他们了。

"詹院长，欢迎欢迎，你快一年没来这儿了吧。"院长握住詹教授的手说，一脸笑容。

男青年迎上前说："詹老师好。"原来是从詹教授所在大学毕业，来三本学院一边任教，一边准备考研回母校的理工男。

小采拉着楚煊的手，楚煊不习惯，想抽回，心里马上自责："赵楚煊，小采亲热的举动，表示对你友好，你必须接受。"

大家前呼后拥，把詹教授和赵楚煊迎接到院长会客厅。

客厅陈设简单，干净整洁，墙上山水字画、名人墨宝，尽显文化雅致。茶几上摆放着葡萄、香蕉等水果，烟茶齐备，热情洋溢。

刚就座，会客厅外，四个大玻璃窗前陆陆续续汇聚了越来越多的学生向里张望。

楚煊马上起身："张继男，杨声河，王军，李维强，和小苗，程磊，吴倩倩，申升……"楚煊叫着这些熟悉的名字，课堂上下，与学生互动相处的一幕幕场景，在楚煊脑海里翻滚闪现。

"赵老师，您能不走吗？"有学生问。

有学生送写字笔、钢笔、贺卡、笔记本……给楚煊留作纪念。楚煊强忍着，不让感动的泪水流下来。

突然，楚煊发现她想见的关齐齐怎么没来，她迅速在学生堆里用眼睛搜寻，一直跟随在她身旁的小采问："你是在找得意门生关齐齐吧？"

楚煊点头。

"她前天得急性阑尾炎，情形有点儿危险，送省人民医院住院了。"

"关齐齐住院前问过我，你什么时候回学院，我告诉她就这几天。"小采说。

没见着关齐齐，又得知她生病住院，楚煊心里有点儿说不出的滋味。

学院招待詹教授和赵楚煊吃午饭，席间，发给楚煊六千多元代课费。楚煊很是意外，她来实习代课，纯属工作前的锻炼。面对这意外的收获，楚煊马上想到，带妈妈出国前，买部进口手机送给妈妈，心里掩饰不住地高兴。

要离开学院前，楚煊从包里拿出一只美国派克钢笔送给小采。

小采知道派克笔的价值，更被楚煊的情谊感动。她对楚煊的教学态度、教学方法、教学成绩佩服得五体投地，赞赏不已。

她曾不止一次地对楚煊说："你是我见过的最漂亮、最厉害的英语老师。"

楚煊知道小采喜欢她，所以溢美之词张力无限。

回省城的路上，楚煊觉得夏天的火热比不过内心的火热，她需要梳理、融化、珍藏。

告别詹教授时，这位大学二级学院的院长、学者，值得尊重的师长给楚煊留下了语重心长的鼓励与祝愿。最后，他说：

"如果工作不开心，希望我们大学还是你的一个选择。"

詹教授对楚煊是满满的认可，一直鼓舞她要做一个好老师。

赵楚煊第三天要带妈妈去北京办签证。小毛叔开车送她回家。

赵楚煊在三本学院做了一个学期的实习代课老师，这段经历让她收获了学生的爱和信赖，让她体会了做大学老师的光荣与神圣。这段经历也让她在心里有了做一个好的大学老师该有的模样。她要用一颗纯粹的心，爱教育职业；用一颗纯粹的心，爱学生；用一颗纯粹的心，在知识的海洋里丰满自己。让讲台播撒爱与自由、希望与成长的种子。

赵楚煊揣满了青春的热情和澎湃的力量。

第九章　故地　重返英国不一样的旅程

一

2009年7月，赵楚煊如愿以偿地带妈妈赴英国参加她的毕业典礼。

南安普顿大学邀请函，早在半年前就寄给了妈妈。

楚煊和妈妈提前一周，从北京乘德航汉莎大空客飞往伦敦，中途在迪拜停留两个小时。

迪拜是阿联酋第二大酋长国，也是中东地区新崛起的最繁华的商贸旅游中心。可惜时间太短，楚煊只能带妈妈在机场的购物商场浏览。

迪拜商场的物品，特别是服饰类头巾、围巾以及食品等都有很明显的阿拉伯民族特色。饰品以金、银、铜、玉为主，从头到脚，饰品花样繁多。还有供奉真主用的碗、钵、盏等宗教用品，琳琅满目。世界名品从服装、包箱到钟表，应有尽有。

楚煊用标准流利的英语给妈妈购物翻译。妈妈久违的笑容，在国际空客上就绽放在脸上，一路享受女儿的翻译服务，高兴不已，不一会儿就买了二千多美元的金银饰品，还准备给亲友买瑞士名表。楚煊赶紧提醒：

"妈妈，还没到目的地呢，等到了英国，还有好东西等你买呢。"

妈妈意犹未尽。

下午六点多，（国内时间应该是第二天凌晨一点多）飞机到达希思罗国际机场。乘坐了十几个小时飞机再加上时差，楚煊怕妈妈疲惫难受，下飞机后，取行李、找车等一切事情她都冲在前面。妈妈心疼女儿，坚持自己拿行李，上了大巴妈妈有点儿疑惑，问楚煊：

"希思罗机场是很著名的国际机场，怎么看起来并不大呀？"

"希思罗机场现在看它不大，却功能齐全。它建于20世纪40年代，有半个多世纪的历史了，在改作民用机场之前，它可是英国皇家空军机场，现在是全欧洲最繁忙的机场，是世界主要航空枢纽，有五个航站楼，你看拿行李、出机场是不是很快。"楚煊给妈妈解释。

楚煊带妈妈到南安普顿已是英国时间晚上快八点钟了。她的学妹周丹阳已经来接站。

"煊姐，阿姨累了吧。"周丹阳一边拿行李，一边懂事地问候。

楚煊问丹阳："住宿没问题吧？"

"放心吧，煊姐。我的房间你和阿姨住，我和瑞典同学黛西（Daisy）住，打地铺也行，我还有睡袋，就在我房间对面，很方便的。"

赵楚煊挺喜欢这个善良懂事的小学妹。为了参加毕业典礼、见导师和同学方便，最重要的是楚煊想让妈妈看看她读研的留学生活，看看大学里的环境，早在学妹住她公寓时，楚煊就有了安排。用妈妈的话说："女儿真是未雨绸缪啊。"

楚煊的学妹周丹阳可是个学霸级的女孩，毕业于国内名牌大学，学的是工科，却对英语兴趣盎然，雅思也是考的全科7分。她的爷爷和爸爸分别是国内两所大学的校长和副校长，奶奶是声乐教授，妈妈是医生。学妹很有教养，大眼睛，大嘴巴，浓眉，很白净，中等个儿，说话轻声细语，喜欢穿短裙，有北方女孩的大气，又有传统女孩的腼腆。她和楚煊研究生读的是一个专业，只是周丹阳的导师是美籍女教授。

楚煊和妈妈随着学妹到她公寓住下。这间宿舍楚煊不陌生，这里是曾经陪伴她留学读研的小房间，她备感温馨。

一路颠簸，已是英国晚上快十点钟了。楚煊给学妹带了她喜欢吃的腊肉、腊肠，这些被留学生称作"家乡的味道"。

周丹阳给楚煊准备了两份牛奶和面包。

楚煊谢过学妹，就和妈妈吃了面包、牛奶，算是晚餐。

"妈妈，赶快洗洗睡觉，现在已经是国内第二天早晨了。明天，我请你和丹阳去海边餐厅吃正宗的西餐。"楚煊对妈妈说。

妈妈看着一路照顾自己的懂事的女儿，心疼和怜爱涌满心头，把楚煊紧紧抱了一下，点点头，让楚煊也赶快睡觉休息。

楚煊安顿好妈妈，拿了一套"贝贝、晶晶、欢欢、迎迎、妮妮"奥运吉祥物福娃，来到对门丹阳借宿的黛西房间，送给瑞典校友。

"谢谢你黛西，给你和学妹添麻烦了，送你的，奥运吉祥物福娃，'北京欢迎你'，我欢迎你到中国我的家乡做客。"

黛西好像知道了五个福娃的寓意，爱不释手。拿着红色的福娃说："这是'火'（Fire）。"

可不是嘛，红色福娃头顶上就是燃烧的"火"。

楚煊和黛西热烈的对话感染得周丹阳挽住楚煊说：

"煊姐，我也要一套福娃送给导师，还有吗？"

"没问题，我带了六套呢，不会少你的。"

楚煊在心里感谢妈妈，是妈妈为她准备的礼物，很受欢迎。

"唉，姜还是老的辣。为妈妈点个赞。"楚煊心里有点儿乐。

回到房间，楚煊冲了澡，赶快躺下，计划毕业典礼前要办的几件事情，首要的就是参加学姐夏美的婚礼，这也是楚煊提前来英国的主要缘由。

二

英国7月的早晨，凉爽、温润，典型的温带海洋性气候，很惬意。

上午九点多，楚煊往双肩包里带上水、雨衣和雨伞，准备乘车带妈妈去海边。妈妈心疼楚煊包里东西重：

"冲儿，这么好的天气还要带雨伞雨衣吗？"

"这是习惯，妈妈。在英国，雨来得快去得也快，有备无患。"

一出门，清新的空气令人心旷神怡，特别是妈妈，她陶醉地深呼吸。

妈妈对南安普顿是有所了解的。她知道这是英国南部一个最大、重要的海港城市，这里有著名的英吉利海峡，它是大西洋的一部分，与北海相通，与法国隔海相望。楚煊读研的时候，妈妈几次让她有假期的时候去法国和其他著名的欧洲国家旅行。妈妈知道南安普顿海港通向欧洲大陆很多国家，她太想让女儿留学、旅行两不误了。妈妈常用"读万卷书，行万里路"教导女儿。楚煊知道妈妈的疼爱。

爸爸的意外离世，让懂事的楚煊把留学以外有限的时间，都用在打工攒英镑，带妈妈来英国的心愿上了。

赵楚煊告慰爸爸的两件事：一是以优异的成绩申博成功，二是打工赚钱带妈妈来英国。

出国前，楚煊给妈妈教了一些常用的生活英语，比如："Cheers。"（谢谢）她让妈妈熟记，并告诉妈妈这句礼貌用语，既有谢谢的意思，还有问好、祝好和打招呼的意思。

"Cheers（谢谢）"，妈妈对公交车司机礼貌地打招呼。

"Good morning（早上好）"，司机回应。

"妈妈真棒！"楚煊为妈妈友好地交流而高兴。

到了海边，楚煊带妈妈去港口。港口停泊着大小船舶，商船多，也有豪华的大客轮。

"泰坦尼克号是从这个港口出发的吗？"

"是，看那儿，妈妈，围起来的地方，英国政府准备建泰坦尼克号纪念遗址，下午我带你去'南安普顿城市博物馆'（Maritime Museum），在那儿能看到整个事件的历史。这个港口在16世纪还有一艘巨轮'五月花号'载着英国清教徒移民美洲新大陆。这两艘巨轮的故事使这座城市享誉海内外。"楚煊像学富五车的地道的南安导游，她给妈妈指着景点，兴致勃勃地介绍。

"英国大不列颠岛上，海滨港口城市很多，我最喜欢去朴次茅斯购物，那儿是英国皇家海军港口城市，能吃到很多国家的美味，物品又多又便宜，我给妈妈安排了一日游。"

忽然，楚煊的热情降到冰点：

"你知道吗？妈妈，这个海港曾是我最悲伤时的避难港。"楚煊轻叹一声，若有所思地回想失去爸爸那段伤痛的时光，这片大海、沙滩、海岸给了她广阔平静的陪伴。

"冲儿，你是爸爸妈妈最贴心的好女儿，天上的爸爸他知道。"妈妈眼含泪水把楚煊揽入怀中。

电话响了。

"煊姐，我到心语餐厅占好了位子，你和阿姨快过来吧。"周丹阳按照楚煊的指令，准时报告。

楚煊看表已是中午12点半了，于是领着妈妈直奔海边心语餐厅。

这是一家正宗的西餐厅，餐厅不大人却不少，里面很安静，留学生不多，大都是船员和本地的英国人，青年居多。

"煊姐"，周丹阳直起脖子悄声招手。

只有招手和嘴形，听不见喊声。在英国公众场合高声喧哗会被认为不文明，会遭礼貌的白眼或礼貌的制止，使高声喧哗的人很尴尬。

靠窗边坐下，楚煊给妈妈点的炸鱼薯条，正宗英国西餐。炸鱼薯条也算英国美食的"国粹"。

南安普顿的炸鱼，就来自大西洋的英吉利海峡。新鲜海鱼加上英国传统的烹饪方法，吃起来外脆里嫩，鲜香滑嫩，妈妈觉得"很鲜香"。妈妈是南方人，喜欢吃鱼，更喜欢大西洋的海鱼，妈妈在英国除了不忘中餐，就只对炸鱼薯条这道西餐情有独钟了。

楚煊和丹阳都要的是七分熟的牛排。西餐厅里饮料种类不少，但佐料简单，味道新鲜当数第一。

细心的赵楚煊，第一次回国，就带妈妈去了省城最好的西餐厅，教会妈妈用刀叉，学会自调餐前、餐后不同的鸡尾酒，把西餐文化当课进行传授。只要有空，她都会请妈妈去西餐厅"温习"。最重要的是，她认为自己吃西餐，不能让妈妈缺失空白。

赵楚煊这个贴心小棉袄，只要是自己接触过的新潮时尚的东西，不管是什么，包括衣食住行，她都记在心上，不忘跟妈妈分享。

午饭后，周丹阳下午要见导师就乘车回学校了。楚煊就带着妈妈先去位于海湾入口处的"卡尔绍特城堡"（Calshot Castle）。这个城堡被誉为南安普顿的门户，建于公元14世纪。

下午，楚煊又带妈妈乘车到市中心，参观中世纪城堡遗址。

南安普顿中世纪古城堡建筑遗址，是这座城市也是英国中世纪古城堡建筑的一抹亮色。

到南安的第二天，楚煊带妈妈观赏了英国南部最大、最著名的海港，观赏了中世纪城堡建筑。

赵楚煊喜欢历史，她给妈妈的安排，在此可见一斑。

<h1 style="text-align:center">三</h1>

赵楚煊和妈妈到南安普顿大学的第三天就是学姐夏美举行婚礼的日子。

楚煊到英国当天就收到学姐夏美的请柬，婚礼在圣米迦勒教堂（St Michael's Square）举行。这座教堂是南安普顿五大教堂之一，没有圣玛利亚教堂大，它位于老城区中心，是中世纪之前的古建筑。

吃过早饭，楚煊和妈妈坐公交直奔圣米迦勒教堂（St Michael's Square）。

学姐夏美见到楚煊，单手拥抱她：

"煊酱（日语亲昵的称呼），太高兴了。"

一身西装革履，神采奕奕，浑身上下洋溢着幸福的尼昂也紧随其后，接过夏美手中的鲜花和楚煊打招呼。

"这是我妈妈。"

妈妈一脸温和地微笑，用国语说："祝贺你们，新婚幸福。"

楚煊笑吟吟用英语给新娘新郎翻译妈妈的祝福。

楚煊从包里取出妈妈事先准备的贺礼1 000元红包，送给学姐夏美。

"非常感谢。"夏美接过贺礼给妈妈鞠躬致谢。

这位优雅善良、倔强又讲原则的日本博士学姐，是赵楚煊在留学时最信赖和最喜欢的人。

婚礼开始，夏美和尼昂携手幸福地从教堂入口，随着门德尔松昂扬深情的《婚礼进行曲》步入红地毯，走上鲜花簇拥的教堂礼台，接受身穿黑袍的牧师长者以上帝的名义为他们证婚祝福。

夏美和尼昂也在亲友的见证下发出新婚誓言。

"夏美和尼昂的婚姻不需要誓言。"楚煊悄悄给妈妈说：

"九年前夏美大三做交换生从日本来英国留学，在南安普顿大学与尼昂相遇。大学毕业夏美回到日本，在一所中学任教，尼昂追到日本。夏美是家里的长女，为了尼昂，夏美选择到英国南安普顿大学和他在一起，从教育学硕士读到博士。尼昂现在也是化学博士。"

妈妈说："真是好姻缘，郎才女貌。夏美高挑的个儿，大眼睛，高鼻梁多漂亮啊。"

"他们的跨国恋经历了九年的考验，感情依然如初，终成正果，美满吧。"楚煊为学姐的美满婚姻高兴地说。

夏美和尼昂的婚礼仪式，一切都是按照英国教堂的仪式进行的。

参加婚礼的人不多，却隆重庄严。夏美的爸爸、妈妈、弟弟、妹妹、叔叔、婶婶、姑姑、舅舅、舅妈有十来个人都是专程从日本赶来参加婚礼的。尼昂是独生子，但叔伯、姑舅家人丁兴旺，前三排两家亲属基本坐满。尼昂在英国长大，自然有同学朋友参加。夏美和尼昂的导师也到婚礼现场为他们祝福。

夏美和尼昂与家人合影后，夏美特意拉着楚煊给她爸妈介绍，夏美和她爸妈用日语对话，楚煊听不太懂，只见夏美的妈妈不断地点头微笑，她爸爸没有笑容，但很和善地用日语问楚煊："毕业了吗？是不是也留在英国工作？"夏美帮楚煊回答她爸爸：

"Yolanda硕士研究生已经毕业，回国任大学老师，这次来英国主要是参加毕业典礼和我的婚礼。"

"噢，对了，Yolanda已经申请到了南安普顿大学教育学博士资格，任教两年有教学经历后可回校再读。"

"Yolanda，两年后尽快回来好吗？"

夏美用日语回答了她爸爸的问题，又转过头用英语问楚煊。

楚煊笑着点头。

接着，夏美用英语问楚煊："你和你的妈妈，可不可以同我和尼昂合影留念？"

楚煊问妈妈，随和的妈妈欣然答应。

就这样，一张四人三国籍（楚煊和妈妈——中国人；尼昂——英籍华人；夏美——日本人）的合影在英国南安普顿圣米迦勒教堂诞生。

婚宴是丰盛的自助西餐。

夏美换上了漂亮得体的和服礼裙，举着半杯红葡萄酒来到楚煊和她妈妈身边，很礼貌地用蹩脚的中文称呼楚煊的妈妈"阿姨"，又用英语对妈妈参加婚礼表示感谢。然后拽着楚煊和她一道去见客人，留下孤单的妈妈。

楚煊不时回头看妈妈，妈妈一脸笑容示意她："去吧，不用管我，陪学姐。"

婚后第二天，夏美和尼昂便去北欧度蜜月。半个多月后，得知楚煊要回国，专程从挪威赶到伦敦送楚煊。

与君初相识，犹如故人归。

赵楚煊不会忘记夏美这位善良美丽有原则的日本博士学姐，学姐不但给了她在学业申博上的指导帮助，还在她最悲伤孤独时"雪中送炭"。只要有时间，夏美学姐就会带楚煊去她温馨的小家做好吃的饭菜，把她当小妹妹，给她化妆，送成套的化妆品让她开心。楚煊获准读博，学姐比她还高兴，曾拜托读博的台北女同学为楚煊找优秀的中国男生做朋友……

异国他乡，楚煊从学姐夏美那儿感受到"海内存知己，天涯若比邻"的友情。

赵楚煊认定这位在英国结缘的日本博士学姐夏美，在她心里注定像一棵开满鲜花的花树，美丽常青。在她回国任教的十年里，一直与学姐夏美保持着密切的联系。若不是2010年6月，楚煊的导师迈克教授突发心肌梗死离世，她和学姐夏美的友谊将在异国胜似手足，惺惺相惜。

四

距毕业典礼还有三天，楚煊早有计划，用两天时间分别带妈妈去巨石阵和朴次茅斯。毕业典礼前一天带妈妈见导师迈克教授，顺便参观她的校园。

巨石阵在英伦三岛家喻户晓。巨石阵神奇之谜和埃及金字塔一样令世界惊叹，所以楚煊一定要带妈妈看看。

南安普顿到巨石阵并不远，直线距离不到50公里。楚煊和妈妈坐火车先到索尔兹伯里（Salisbury），然后再乘公交车直达巨石阵。在火车上楚煊悄悄给妈妈讲了一些关于巨石阵之谜的背景。

赵楚煊喜欢历史，像巨石阵、金字塔这些建筑屹立世界千年不朽，人类迄今无法揭开它鬼斧神工的建筑之谜、历经风雨几千年岿然不动之谜；一代代科学达人探索其建筑、功能、作用都莫衷一是，说法不一。

她早在上中学的时候，就从《世界通史》上知道了巨石阵，一直怀揣好奇。英国留学之初，楚煊就首选到巨石阵探其貌、究其谜。她自诩历史"小通典"，在她看来巨石阵十有八九是外星人所为。

到了景区，楚煊给妈妈凭票领取了中文语音导航机，带着妈妈参观。人不是很多，但也络绎不绝。巨石阵还和她一年前来的时候一样，被栏杆围着，只能听着语音导航绕着栏杆走一圈。末了，妈妈点着楚煊的鼻子爱怜地说：

"小丫头，你给妈妈说了一路的巨石阵之谜，就是这几十吨的石头怎么从几百公里外搬到这原野上，如何在几千年前没有大吊车，没有重载工具下立起这些圆柱形的巨石，又为什么要摆成巨型马蹄形方阵。几千年风雨都屹立不倒，也不风化，到底是祭祀的神庙，还是用来观测四季天象的天文台，抑或是天降的神坛、外星人搬来地球的印迹……你给妈妈讲得比语音导游都扑朔迷离。"

"反正我让妈妈看了世界之谜英国巨石阵呀。我认为这巨石阵很有可能就是外星人来地球留下的作品，让地球上的人知道外星也有人类，而且他们比地球人巨大，力大无比呗。"楚煊调皮地对妈妈说。

离开巨石阵回到南安普顿，楚煊带妈妈径直去了她曾经打工的中介公司。

老板妮可拉和助手都在公司，见到楚煊高兴地张开双臂拥抱："噢，Yolanda，见到你真高兴。"

楚煊赶快给老板妮可拉和助手介绍妈妈。妈妈率先笑容满面地上前握手问好（中国文明的礼节）。楚煊赶紧当翻译。

老板妮可拉和助理，先后竖起大拇指比画夸赞楚煊：

"Yolanda，非常棒！"

妈妈会意听懂了，赶快用她有限的英语说："Thank you. Thank you."

妮可拉对楚煊说："你妈妈很美，能一起合影留念吗？"

楚煊对妈妈转达了妮可拉的意思，和妈妈一起宾主皆欢地合了影。

告别时，楚煊从双肩包里拿了一套奥运吉祥物福娃，送给中介老板妮可拉。

带妈妈见中介老板妮可拉是赵楚煊有意安排的。一是想让妈妈知道她的女儿是能吃苦的，是很受当地人喜欢的中国留学生，让妈妈骄傲；二是想把2008年中国奥运会吉祥物福娃，送给中介老板妮可拉，让她了解中国的美好。

　　按计划，到南安普顿的第五天，楚煊带妈妈乘坐渡船，一艘很漂亮的游轮到朴次茅斯。因为两个英格兰港口城市挨得很近，没有直达的游轮，楚煊就和妈妈乘游轮到怀特岛（Wight），再从怀特岛到朴次茅斯。这样的行程时间多一点儿，票价也贵一点儿。如果坐火车，两地往返只需十镑，往返时间也就一个多小时，而乘游轮往返需要三个多小时。楚煊这样安排，是想让妈妈领略大西洋的风光，留下美好的记忆。

　　朴次茅斯有对外开放的城市博物馆，可以直观了解英国家庭生活，直观英伦风格的家居、家具、建筑。这座城市博物馆是红砖建筑，有点儿特别。特别是，赵楚煊少年时代就喜欢的侦探小说"福尔摩斯"在朴次茅斯城市博物馆有一层楼的席位，用一层楼介绍福尔摩斯及小说、介绍小说作者柯南·道尔和影视作品、作者遗物，等等。据说世界著名的侦探小说"福尔摩斯"的灵感，就来自作者柯南·道尔从朴次茅斯回伦敦的火车上。

　　在朴次茅斯最值得观赏的要数英国皇家海军潜艇博物馆，这个博物馆目前是世界海军潜艇发展最早、最全、最先进豪华的博物馆。潜艇的雷舱、生活舱、轮机舱、逃生舱都别开洞天。可惜时间紧，楚煊和妈妈对军事潜艇知道甚少，可以说是一窍不通，只是在旅行攻略上了解了点儿皮毛。

　　赵楚煊带妈妈来朴次茅斯，除乘船轮渡大西洋，见识古老美丽又年轻现代的英国皇家海军军港外，还有一个重要目的，来这里购物。

　　朴次茅斯皇家军港的冈沃夫码头（Gunwharf Quays）有一个世界一流的购物与休闲中心。在这里可以用最便宜的价格买到大都是英国制作的品牌商品：服装、皮具、钱包、化妆品、钟表……英国时尚休闲防风衣、运动衫，轻便、耐穿的运动鞋，在这里也都能廉价买到。

　　这个开放通商的军港，既繁华又繁忙，全天24小时通航，通向欧洲的往来商船带来世界各大品牌的商品。这里有奥特莱斯折扣店，基本能满足物尽其有、物美价廉的购物需求。

赵楚煊留学的时候，只要有时间，购物必来朴次茅斯。这次带妈妈来她的购物之港，她要看看妈妈的购买力了。

不出所料，妈妈喜欢的物品真不少，除了给自己和楚煊买了四季的衣服，是的，7月盛夏，妈妈在这里给自己买了冬季的加绒防风衣和羽绒服，风衣、休闲运动衫、运动鞋也都没少买。

一不留神，妈妈就不见了。

在哪儿？

钟表店。

妈妈平时不喜欢金银首饰之类的饰品，却偏爱手表。

找到妈妈时，就一会儿工夫，你猜怎么着？英国出产的石英表妈妈就买了十块，有给自己的，有送家人和朋友的。楚煊一看，这十块手表还真是美观时尚。一问妈妈，快2 000镑出去了。什么概念？仅买手表，折合人民币花掉近3万元。

赵楚煊突然发现，妈妈语言不通，就靠打手势都能买下她想要的东西。唉，金钱这东西还真是神通，做语言媒介也是胜任有加。

"妈妈，你这样没有计划，到伦敦、苏格兰你还有没有要买的东西呀？"楚煊给购物兴致正高的妈妈浇了一盆"凉水"。

妈妈故作惊讶收住笑脸："是啊，女儿，不能再买了，还有伦敦和苏格兰呢。"就这样随着妈妈在朴次茅斯的购物收官，楚煊和妈妈准备返回南安普顿。

在朴次茅斯整整一天的旅行中，令妈妈感慨的是这个通商军港有一个上下两层楼非常大的自助中餐馆，喜欢吃中餐的人很多，而且大部分是外国人。在英国吃中餐比西餐昂贵，国内一元一碗的米饭，在英国要七镑，十年前这碗米饭折合人民币快90元。

这个军港码头的中餐馆算是楚煊在英国到过的中餐馆里最大的。一个人只需15镑就可以吃到中国的蔬菜、水果、米饭、面条，还有大西洋里几乎所有的海鲜。到英国五天了，楚煊一直带妈妈吃正宗的西餐、快餐。她知道朴次茅斯的这家自助中餐馆菜品丰富，价格便宜。她对妈妈说：

"不知道这家店的老板怎么算账的，其他中餐馆一碗米饭、一碗面条就要七到九镑不等，可这儿的中餐馆花15镑，米饭、面条和各种蔬菜、水果、大部分中国菜都能吃到。新鲜的海鱼、海虾、海带……都不要钱吗？我留学的时候，主要是自己做饭。如果在外面吃饭，大部分是西餐里的汉堡，吃中餐就到朴次茅斯购物时饱餐一顿。"

妈妈说："这个军港既开放又通商，海运商品便宜。这家自助中餐馆的老板的确有眼光、会经营。开放通商的军港城市，客流量很大的。"

说到算账，妈妈笑了："唉，英国买东西找钱不凑整，我嫌硬币不方便怕丢，总想在找钱时把零钱用硬币凑整，他们总是 NO NO 地摇头，还指着电脑让我看要找的零钱。"妈妈笑着摇头，接着说：

"他们只信电脑，一就一，二就二，你用零钱凑整，他们怕用脑子算账绝不答应。妈妈现在一兜子的硬币。"

楚煊笑着说："妈妈别怕零钱，我们到一镑店、二镑店、五镑店，都能花出去。"

赵楚煊和妈妈大包小裹地回到南安普顿已经是晚上九点多钟了，没想到曾尧已经在周丹阳的公寓等她。

一见面，曾尧先礼貌地跟楚煊妈妈打了招呼，马上雀跃地对楚煊说：

"我等你快两小时了，去朴次茅斯买了多少好东西呀？"

楚煊看看妈妈，然后兴奋地问："你哪天回来的，怎么不打电话告诉我？"说着赶快给曾尧拿了一块腊肉、两根香肠。

曾尧又高兴又有点儿不好意思地看了一眼楚煊妈妈说：

"楚煊你太够意思了，每次回来都给我带腊肉和香肠，这是秦浩的最爱。我昨晚来南安的，我知道你要提前回来参加你学姐的婚礼，我一大早给你打电话你关机，我问丹阳，她说你带阿姨去朴次茅斯了。我七点多就过来等你了，我和秦浩明天请你和阿姨吃西餐。"

楚煊知道曾尧也是回来参加毕业典礼的。她毕业没有回国，选择留英国陪伴秦浩，他还有一年博士毕业，已经和导师在做项目了。曾尧在没拿到硕士学位之前，去牛津一个服装店打工，拿到学位之后，她准备去语言培训机构工作或做家教。

楚煊说："谢谢你和秦浩请我和我妈妈吃西餐，毕业典礼后，我请你们吃中餐怎么样？"

"好，就这么定了。"曾尧和楚煊高兴地击掌为盟。

在送曾尧的时候，楚煊商量着问曾尧："参加毕业典礼后，我要带妈妈在英国旅行，如果我和妈妈到了牛津，住你那儿方便吗？"

曾尧立刻说："没问题，就是要在楼上打地铺，我们俩睡地铺，让阿姨睡我床上。4月份我爸妈来，我就睡地铺，挺好的。"

"好吧，等你回到牛津，我们再去。"

赵楚煊这个机灵鬼，给妈妈安排了一个有朋友接待，又是妈妈最想去的牛津大学。

赵楚煊觉得这一天收获极大，赶紧高兴地洗澡睡觉，明天要带妈妈见导师，去参观学校。

一大早，楚煊和妈妈喝了牛奶吃了面包，算是早点，就乘校车到了导师讲课的地方。

赵楚煊和导师迈克教授见面是事先约好的。

下了校车，还要走大约五分钟的校园大道才能到楚煊留学的研究生文学院。就五分钟的时间，赵楚煊也没有放过，她一路上给妈妈介绍学校的环境、介绍南安普顿大学的校训，还有她难忘的留学片段……

她说："妈妈，其实这些我以前都给你发邮件（Email）说过，你还记得吗？今天身临其境，觉得怎么样？"

妈妈说："怎么会忘记呢，你曾跟妈妈视频的时候，讲过你喜欢英国同学家的一个叫瑞克（Rick）的2岁多小男孩，见你就要你抱，爱玩你手机，小手拿不住就掉地上了。妈妈当时提醒你，手机会不会摔坏，你告诉我，你的校园里不是草坪就是地毯，不会摔坏的。随后你还抱着瑞克在绿茵草坪上拍了一张照片发到电脑上让我看。校园环境真不错。"

"你告诉我的校训是'勤出卓绝'，对不对？我还记得你上大学时，妈妈给你的话是'立德立志善学善行'对不对？"妈妈开心地问。

楚煊对妈妈如此细微地记着她不经意讲给她的点点滴滴，心里暖暖的。

本来导师是约楚煊在他办公室见面的，可赵楚煊心里的小算盘把时间计算得密无间隙。她还有一个小心愿，就是既见到导师又想再回到她留恋的课间休息中厅，让妈妈也感受一下她最在意的课间休息中厅，一举三得。

踩着松软的草坪到了教学楼。楚煊把妈妈带到课间休息中厅等导师下课。这是楚煊留学时最喜欢的一方处所，落地窗、大空间、红地毯、透亮的天窗、舒适的沙发椅、四周的绿植，使这里敞亮、现代、典雅！课间休息在这儿喝水、喝咖啡、吃零食、聊天、看书，放松精神。

"Yolanda，太高兴了。"迈克教授下课后来到中厅，如约见到赵楚煊，他特别高兴。

楚煊见到导师迈克教授，急忙和妈妈起身迎上去，用英语问候并给导师介绍妈妈。

妈妈上前礼貌地行握手礼并问好。

迈克教授问楚煊毕业后的工作，她给导师讲了回国通过考试竞聘，已经是一所大学的英语老师。

迈克教授知道楚煊要做大学教师了，非常兴奋，张开双臂用手扶住楚煊的双肩，高兴地说："That is great, Yolanda. I'll wait for you to come back in two years and get a full PHD. I'll retire when you graduate."（真是太好了，Yolanda，两年后你回来，我给你全奖读博士，带你毕业，我也就退休了。）

这位和善慈祥，治学严谨的英国迈克教授，比较喜欢亚洲学生，他觉得亚洲学生勤奋刻苦，这符合南安普顿大学的校训"勤出卓绝"。而他又格外喜欢赵楚煊这个阳光的中国女孩，不仅勤奋努力，单纯率真，又人缘极好，她是本届亚洲研究生课代表。

对迈克教授的期许，赵楚煊很感动。这是要把她收做关门弟子的愿望和许诺。一生中能遇见这样的导师真的很幸运。

"Thank you, professor. I will be your student in two years."（谢谢教授，两年后，我会继续做您的学生。）楚煊点着头，带着谢意坚定地说。她把导师的期望和自己的承诺记在了心里。

楚煊把教授和她的对话用汉语说给了妈妈。

"Thank you. Thank you."（谢谢，谢谢。）妈妈当时用有限的英语和汉语混搭着表示感谢。

妈妈的感谢是激动的，是真诚的，笑眼里闪着泪光。

临别，楚煊拿出事先准备的一套奥运吉祥物福娃送给教授。

迈克教授告诉楚煊，明天是校长爵士亲自为研究生授学位，他也会准时出席毕业典礼，让楚煊下午提前到礼堂前厅去领硕士服。

11点刚过，曾尧打来电话说她已经出发，就在学校附近的西餐厅等楚煊和妈妈。

楚煊本想见过导师后带妈妈参观一下南安普顿大学的几个主要校区，曾尧的催促电话打乱了计划。倒是妈妈，知儿莫过母：

"冲儿，妈妈知道你的心意，凡事求完美，你的校园真的很美，我都看到了。绿树成荫，花团锦簇，错落有序在绿荫中，既古典又现代的教学楼，关键是校园安静有序，很不错。"

"妈妈，下午有时间我带你走一下我经常从学校到公寓穿过的原始森林。"楚煊还是想让妈妈多一点别样的感受。

见到曾尧和她男朋友秦浩，大家用母语交流特别愉快。

秦浩这个海洋生物学博士，除了头发稀疏有点儿谢顶，戴一副深度近视眼镜外，什么都好，关键是暖男，见到楚煊妈妈很礼貌，这顿西餐吃得热气腾腾。

看得出，妈妈内心对楚煊没有交一个像秦浩这样的男朋友有些失落。

五

吃过午饭，曾尧和楚煊一同去领毕业典礼要穿的礼服，妈妈陪同前往。

礼堂前厅，毕业生已经排队开始领礼服了。明天要参加授予学位的毕业生大都是英国和欧洲学生，世界各国来南安普顿留学的毕业生也不少。

每年毕业授学位的学士居多，硕士次之，博士最少。

授予学位是毕业生最值得铭记的一天。无论什么样的大学，对已经完成学业即将奔赴社会的莘莘学子而言，学校的肯定、厚爱、期望，都浓缩在毕业典礼这一天。南安普顿大学这所世界前一百名的著名大学，自然也不例外，每年的毕业典礼是这所大学最隆重的事。

校园里郁郁葱葱，隐现在绿树花草中的礼堂周围自然花团锦簇，绿树成荫。

赵楚煊和曾尧领到了各自的硕士礼袍、学位帽、流苏。这个环节也是井然有序。到前台只要填报姓名，就会领到有南安普顿大学标志，有自己英文名的袋子，学位袍、学位帽、流苏都在里面。

领到礼袍，服务生再发给毕业典礼的议程及座号（包括亲友的座号），还告知了授学位的博士、硕士、学士的领队和负责人，以及注意事项。

参加毕业典礼的亲友，每人只限带两人入场。还好楚煊拿到的亲友座号是在西区第一排中间的两张，不知为什么曾尧拿到的亲友座号是西区第五排。曾尧要和楚煊换一张，楚煊不换，她邀请了学妹周丹阳参加她的毕业典礼，还安排了丹阳做妈妈的义务翻译，并给她拍照的光荣使命。

下午校园里，尤其是礼堂四周，学生和亲友一群一堆的，平日里安静有序的校园多了喧嚣和热闹。

能顺利毕业参加典礼的学生，个个兴高采烈，对未来有不同的憧憬。但每年也有个别因为种种原因不能如期毕业的学生，所以在喜悦的氛围里，也会看到被通知不能参加毕业典礼的学生。有一个欧洲男生在领取礼服时，被告知没有他的名字，立刻泪流满面，他的妈妈拥抱着儿子，一边抚摸一边安慰……那情景，妈妈说起就动容。

赵楚煊带着妈妈从礼堂绕道，要带妈妈走一趟她曾经无数次穿越的"原始森林"。

南安普顿本就是英国南部著名的港口城市，温带海洋性气候使这座城市森林覆盖率达70%以上。校园、街道、城市处处绿树花草，用妈妈的话说："不是公园就是花园。"

所谓的原始森林也就是大片参天古木，深邃幽静的小路，进入林中，森林里独有的林木清香，沁人心脾。

"妈妈，怎么样？我留学的时候经常一个人穿越这片原始森林。这条路走的人不多，刚开始走我也害怕，但习惯了，我觉得走这条路到学校不但近，而且幽静，空气极好，走过这片森林去上课，脑袋瓜儿都会清醒好多。"赵楚煊情不自禁倒着走，面对面地给妈妈讲。

妈妈说："一个人走多不安全，突然蹿出一个坏人怎么办？"

妈妈的职业病、疼儿病又犯了。

晚饭，楚煊叫上丹阳一起吃中餐。饭间楚煊对丹阳说：

"明天我把妈妈交给你。第一是给我妈妈当好翻译，特别是校长祝辞，尽可能把内容全翻译给我妈妈；第二要抓住我上台的每一个瞬间，特别是授予学位的时候多拍一些。两个特别记住了吗？"

"Yes, sir，保证完成任务。"丹阳调皮又干脆地保证。

到公寓门口，只见中介老板妮可拉的助理领着一个头发花白、个头很高的妇人，从公寓边的大树下快步走来。

"OH, Yolanda."高个妇人喊。

"你怎么会来？"楚煊惊喜地问。

"妮可拉告诉我，你回来参加毕业典礼，太想你了。"高个妇人名叫霍尼（Horney），她兴奋地拥抱楚煊。

霍尼是楚煊打工时的朋友。霍尼的丈夫病故了，有两个儿子，已经工作，都不在南安。霍尼有房，车开得极棒，她生活无忧无虑，出来打工主要是排遣寂寞。

霍尼开朗热情，快60岁了，干活利落，快言快语，雷厉风行地做事，雷厉风行地开车。霍尼打工的时候，有几次专门开车到学校接楚煊出去喝咖啡聊天，她喜欢楚煊。

"Yolanda，这个给你。"霍尼从车里抱来一个漂亮的大礼盒，从礼盒里搬出一个镶嵌着慈眉善目的圣诞老人和七个小矮人，捧着一个浅咖色的大头鞋，大头鞋底四周点缀着红的蘑菇和绿的草，造型极特别，精美得像是可以插花的漂亮花瓶，又像是可以存放心爱小饰品的收纳盒，更像圣诞老人的一个圣诞礼物，一个取之不尽珍藏温暖的宝盒。这个造型特别精美的礼物，就是一个圣诞老人送温暖的故事，好温馨。

"Thank you（谢谢）。"赵楚煊感动地接过礼盒。

霍尼的礼物一直放在楚煊中国卧室的书桌上。

"Yolanda, she gave it to you."（妮可拉给了你这个。）老板助理从另一辆车里拿出一个英伦风格的布袋，里面有一套护肤品送给楚煊。

这场景，楚煊感动，妈妈感动，周丹阳又惊又喜又羡慕，她更崇拜学姐了。

楚煊在回国前还特意见了霍尼，专门向她告别。楚煊告诉霍尼，她还会回南安读博士。霍尼欣喜地拥抱楚煊，等她再来南安。

毕业典礼这天，潇潇雨歇，好像老天知道这个非常的日子，天公作美，太阳早早地爬上天空，明媚的阳光使莘莘学子心里的天空更加晴朗。

赵楚煊穿上硕士礼服，从里到外都是自豪，立刻就要和妈妈合影。

"煊姐，校车来了。等拿上学位证我再给你拍。"丹阳拎着相机着急地说。

乘校车到了礼堂，拿着门票准备进礼堂。

"Yolanda!"只见一个中年英国男人，手捧鲜花和一大盒精美的巧克力，急匆匆地向楚煊走来。

"Keven（凯文），what are you doing here?"（你怎么在这里？）楚煊惊讶中带着惊喜。

凯文，也是楚煊打工时认识的朋友，他原是南安邮政局的职员，喜欢自由、不愿受约束，就辞职了。

有些西方人不喜欢稳定重复的工作，他们工作的理念和我们差的可不是一点。他们觉得在一个地方每天干一种工作很枯燥，故而喜欢不断地换地方、换工作。哪怕做清洁工，他们都觉得自在，无拘无束，唱着歌儿去做好。凯文就属于这种人，打工时很乐意帮助楚煊。他没上过大学，觉得赵楚煊一个外国女孩漂洋过海来南安普顿大学读研究生很了不起，而且他对中国很向往。楚煊回国后，他一直和楚煊保持联系，没想到凯文在毕业典礼这天捧着鲜花来祝贺她。

没有门票，凯文不能进去参加毕业典礼的盛况，楚煊觉得特别过意不去。

"Sorry, Keven. I can't let you in."（对不起，凯文，你进不去。）

"That's ok, Yolanda. I'll wait for you outside."（没事，我在外面等你。）凯文很友好地对楚煊说。

不到两天，来看赵楚煊的英国朋友让她欣喜感动，这份友谊弥足珍贵，她珍藏至今。

楚煊和妈妈、周丹阳一行三人，随服务生进入礼堂。礼堂内已经有按号入座的学生和亲友。

这个礼堂是南安普顿大学在本市四个校区里最大的礼堂，只在重大活动时开放。里面除了灯光、音响、桌椅是现代的，其他设计和建筑更像神圣的教堂。当然，它比教堂宽阔、敞亮，而且功能、建筑，表现的多元文化既古典又现代、既美观又庄严。身临其境，自觉美好而神圣。

进了礼堂，楚煊和妈妈、丹阳就按各自的座号分开了。

这是一个可容纳千人以上的礼堂，阶梯式上下两层。第一层是主会场，也就是授予学位的毕业生在礼堂中间的席位。阶梯排座有30排，分六个隔断，五排一隔断，一排10人。第一隔断，前五排是博士后、博士座席。第二、三隔断是硕士研究生座席，四个隔断后是学士座席。礼堂主区两侧为东、西区。东西两区也是各30排，六隔断，每五排一隔断，只是一排只坐五人。二层楼上只有面向礼台的三面排有座席，也是阶梯座，只有五排，每排五人。面向礼台有四个隔断，东西两边各有三个隔断，第二层能容纳两百多人。

楚煊按座号来到自己的方阵，第二隔断第二排。

"Yolanda." 一个男生小声招呼赵楚煊。

楚煊回头，在自己后排靠东边有两个英国男同学在给她招手。

她起身过去打招呼，热情地交谈自不用说。不一会儿，曾尧还有参加毕业典礼的同专业同学有二十多个都陆续到了，整个礼堂也慢慢地座无虚席。接着，领队和举旗的服务生也各就各位，来到各自的方队讲注意事项。礼堂中央穿毕业礼袍、戴方帽的三个方阵的毕业生也井然有序地各就各位。礼堂两边的亲友座也已满座。二楼前排也是座席满员。

秩序井然的大礼堂，弥漫着热情和喜悦。亲友们虽在指定的座位，但洋溢激动喜悦的笑脸，不断地张望寻找自己那即将被授予学位的爱子爱女或兄弟姐妹，妈妈和丹阳也不例外。她们的座位极好，在西区第一排，虽靠边，但无遮挡。

毕业典礼开始，校长威廉·威克汉姆（William Wickham）爵士，身着爵士校长袍，戴着方帽，所不同的是，南安普顿大学是英国皇家授宪大学，校长除了有博士学位或教授职位外，他还是受封的爵士。威廉·威克汉姆爵士是什么等级，是因为什么受封的不得而知，但有一点是肯定的，他是有特殊贡献的功勋。

校长威廉·威克汉姆爵士的礼袍是黑色的，而袍袖、肩下镶嵌三条金黄色绒皮布，类似海军衣领的方布也是金黄色绒皮布镶嵌，方帽下沿同样是金黄色绒皮布镶边。校长方帽下露出的银发和慈祥的面孔，在告诉大家，这是一位有深厚阅历且德高望重的长老。楚煊后来知道，他们是校长威廉·威克汉姆爵士最后一批授予学位的学子。

2009年后，这位爵士老校长光荣退休。

这所皇家授宪大学，毕业典礼多少带有宗教色彩，校长身着的礼袍就有点儿像罗马教皇的神袍。

上午九点，毕业典礼在常务副校长辛普森（Simpson）教授的主持下，准时开始，全体起立。

一首昂扬的英国国歌响彻大厅，穿着笔挺黑色西装的服务生，举着金黄色类似罗马教皇神棍走在最前面，随后是校长威廉·威克汉姆爵士带领教授一行九人，踩着昂扬国歌的旋律缓缓踏上红地毯走向礼台的阶梯。上台后各就各位落座。主持典礼的副校长辛普森一一介绍参加毕业典礼的校长和各位教授，然后是校长寄予希望的祝辞，威廉·威克汉姆校长有一句昂扬深情的祝辞：

"The future world is waiting for you to take on responsibilities, build and create with wisdom."（未来世界等待你们用担当、用智慧去建设、去创造。）

雷鸣般的掌声响彻礼堂。

接着宣布授予学位的学子名单、专业、成绩。

最后，校长威廉·威克汉姆爵士亲自为每一位学子颁发学位证书、拨苏正冠、握手祝贺。

校长颁发学位证书那一刻，每位踏上红地毯走上礼台的学子和台下的亲友都心潮澎湃、激动不已。

在楚煊走上台的那一刻，妈妈既激动又难过，激动的是她见证了女儿人生最重要的时刻，难过的是爸爸没有看到女儿学成的这一天。

周丹阳在听到宣布赵楚煊上台的瞬间就端好了相机，咔嚓咔嚓不停地为楚煊拍照，生怕漏掉校长给楚煊颁发学位证的合影。遗憾的是，丹阳拍的照片都不理想。不知是相机不给力，还是座位太靠边，或是丹阳摄影技术不到位，真是应了心愈切、果不佳。可怜丹阳捶胸顿足懊恼得快要哭了。

"没关系，丹阳，你看学校拍得多好啊。"楚煊拿着典礼刚结束就发来的照片安慰学妹。

妈妈看到楚煊与校长颁发学位证的合影高兴地问：

"学校是怎么拍得，这么清晰，多亲切，多好啊！能加洗吗？我要多洗一些。"

"妈妈，有四张，我们拿回国再洗吧。"楚煊说。

不能不由衷地感谢这所世界名校，不说毕业典礼的隆重庄严有序，就连给每一位授学位的学子留下清晰、亲切、庄严的校长合影，都做到细致入微，不留遗憾。

"煊儿，妈妈为你骄傲！"妈妈疼爱地说。

礼堂毕业典礼结束后，接下来是各专业院校的活动。导师、系主任、同学、好友在校园里合影、交谈，然后是香槟晚宴。

那一天，导师、教授、主任的祝福，同学好友心潮澎湃的喜悦、热烈的拥抱、难舍的告别、相互对未来的憧憬和祝福，楚煊至今历历在目。

最难忘的是导师迈克教授的叮嘱："Yolanda, with the teaching experience, it is very beneficial for you. I will take you to retire when you graduate from the doctor's degree."（有了教学经历，对你读博很有益，我带你博士毕业后就该退休了。）这位慈祥而又治学严谨的教授那年不到60岁。造化弄人，让赵楚煊始终不能释怀的是，她与导师迈克教授2009年7月的告别，竟是永诀。

2010年6月，在赵楚煊大学任教第11个月，她收到英国同学罗伯特的邮件，告诉她迈克教授于2010年6月11日因突发心肌梗死离世，他替楚煊送了花篮。

晴天霹雳、五雷轰顶。

楚煊面对这突如其来的噩耗，她懵得不知所措，而后泪如雨下，彻夜难眠。迈克教授的离世，让楚煊想起就哽咽，没能做迈克教授的博士关门弟子，成了赵楚煊终身的遗憾。

六

毕业典礼后，赵楚煊开始了寸草之心报春晖的英国之行。

楚煊这个小机灵鬼自己做的旅游攻略，既要省钱又要带妈妈把英国著名的名胜一览无遗。

英国北部，楚煊没有去过，她报了一个七日游的旅行团，对于伦敦、牛津、曼城这些她熟悉的城市，就自己带妈妈自由旅行。

赵楚煊以伦敦为中心，带妈妈随旅行团自北向南，从远到近，开始旅行。

首先去的是英国高地苏格兰。

说到苏格兰，它在英国的地位甚至在世界上的知名度都不可小觑。

三百多年前，苏格兰是大不列颠岛北部一个独立的王国，它有自己的民族凯尔特人，有自己的首都爱丁堡，有自己的国花蓟花，有自己的银行和货币，并与英镑等价通用。

温和湿润的气候，充沛的水资源，使苏格兰畜牧业很发达，一路上漫山遍野都是自在慵懒的牛和羊，绿草花卉随处可见，空气中弥漫着草和花的清香，延绵不断的高地风光让人心旷神怡。

大自然钟情于苏格兰。它的西部和北部有大西洋，东濒北海，南部有英格兰和爱尔兰海，高地有格兰扁山脉，中部低地有河谷，北海沿岸有平原。还有与北海相通，横贯苏格兰高地的大峡谷，终年绿水荡漾。神奇美丽的尼斯湖，苏格兰洛蒙得湖，著名的拉斯（Lass）小镇，保留完好的中世纪维多利亚建筑，都是大自然给苏格兰的馈赠。

说说苏格兰美丽神奇的尼斯湖。它不仅是苏格兰的一方圣水福地，更是英国内陆最大的淡水湖，而且尼斯湖水怪传奇吸引了来自全世界的友人。尼斯湖与北海相通，又终年绿水清澈，在苏格兰高地大峡谷的断层，高山郁郁森木，倒映湖中，水怪出没传奇，湖岸山地小花野草别有风情。

楚煊对尼斯湖好奇的情绪感染着妈妈，她和妈妈游览尼斯湖，坐游艇，玩湖水，与"水怪"合影，穿越了峡谷青山，买了水怪纪念品。

苏格兰独特的地理环境，温和湿润的气候，别样的民族风情，悠久的历史文化，成就了英国最美的高地风光。苏格兰风笛、格子裙、古城堡、威士忌、民族英雄、科学发明、文化艺术都令人向往。

楚煊带妈妈随旅行团去了世界知名的苏格兰逃婚小镇。参观了集苏格兰历史、文化、建筑、宗教于一体的爱丁堡，还有议会中心、市政府、苏格兰纪念碑、苏格兰国家湖区公园、格拉斯哥城。去了苏格兰北部邓罗宾城堡（Dun robin Castle），主要是去这座城堡的沿途风景很美，它是一条将东部、北部、西部海岸线连接起来的高速公路，一路可以观赏山地、城堡、湖泊等美景。

楚煊定的是中北部苏格兰七日游。本想用一周时间能把要看的景点都看到，不承想还是留了遗憾。不过楚煊当时想，读博的时候还有机会和妈妈再来，那时不用参加旅行团，可以带妈妈自由旅行，妈妈喜欢苏格兰滨海小镇阿勒浦（Ullapool），可以在那儿住上一星期。高地景色之美，让人流连忘返。

苏格兰的风土人情也是别具一格，不分老幼，穿鲜亮格子裙的男士是苏格兰人区别其他民族的一个特征。欢快悦耳的风笛，更显苏格兰人的热情、奔放、豪迈、友善。在曼城通往苏格兰途中，独具浪漫情调的边境小镇，如世外桃源，穿着苏格兰服饰的风笛手，吹着风笛与楚煊和妈妈合影，游客纷纷效仿。

苏格兰男士的花格裙装是很讲究的，没有裸露的肢体，鲜亮的花格裙也是精细羊毛织品，白色针织的长筒袜配羊绒坎肩背心和鲜亮的方格裙，高帮式皮靴，头顶的礼帽也是个性鲜明，佩戴得体，不分老幼都是男子的一种俊美。妈妈在苏格兰街头，情不自禁地让楚煊给她和一位80多岁，穿着标准苏格兰服饰，挎着漂亮的苏格兰包，红光满面、慈祥和蔼的老人合了影。

妈妈感慨："80多岁的老人精神容貌如此俊美，不仅是生存环境好，也与穿戴别致的苏格兰服饰有关，人靠衣装马靠鞍，很有道理。看来，苏格兰独特的男子服饰，让这里的男人多了一份特别的英俊之美。"

苏格兰城堡也是景中精华。最具代表性的就是闻名遐迩的爱丁堡，它是苏格兰首府。

象征苏格兰独立、自由、勇敢的民族性格的爱丁堡城堡，就建在花岗岩顶上，一面斜坡，三面悬崖，能攻能守，固若金汤。峭壁、尖塔、石柱，古典的城堡建筑彰显着它厚重的历史和建筑特色的不同凡响。

爱丁堡城堡一直是皇家堡垒，城堡内宫殿珍藏有苏格兰王室王冠、王杖、宝剑等。里面还有苏格兰国家战争、历史文化等城堡博物馆，从外到里风雨不朽，千年屹立。

爱丁堡城堡下的王子街，虽不大但也值得游览，若要买苏格兰特产，这里会让你称心满意。

楚煊看妈妈又是各色的羊毛格子围巾、头巾、带有苏格兰标志的格子衬衫、苏格兰饼干、不同年代的威士忌买个不停，不过聪明的妈妈只买最小瓶的威士忌作留念。

你还别说，妈妈买的这些苏格兰特产送给亲友还真受欢迎。

当然，最特别的要数王子街花园绿地上伫立的苏格兰钟，它是世界上最大、最独特的一座花钟，它由上万种鲜花组成，每一分钟就有一朵杜鹃花跳出来，很奇妙。到王子街不仅能购物、吃美食，而且观景赏花也有不一样的风情。7月的王子街，花园里鲜花盛开，品种齐全的杜鹃花争奇斗艳，绿地草木，景色如画，风笛手随处可见。

苏格兰七天之旅中，还有几座难忘的城市。

格拉斯哥，苏格兰第一大城市，楚煊和妈妈的苏格兰之旅，除在美丽古典的小镇居住外，还下榻了格拉斯哥市，非常有意思的是下午到格拉斯哥还是绵绵阴雨，到酒店洗漱不到一个小时，天空竟然用太阳彩虹来欢迎游客了。

7月的格拉斯哥，晚上11点了还如白昼，黑夜时间短，妈妈说好像到了北极。这座城市还有一点不同，一些漂亮的中世纪古建筑被海风侵蚀成深灰色或黑色，和现代建筑反差很大。而被海风侵蚀的古建筑反倒多了一份沧桑般厚重之美。

格拉斯哥之美，还在于这里产生过很多著名的科学家和发明者。如人类蒸汽机发明者詹姆斯·瓦特，经济学之父亚当·斯密，抗菌药之父青霉素发明者约瑟夫·李斯特，热力学发明者开尔文，苏格兰哲学之父弗兰西斯·哈奇森，近代地质学之父丁文江都产生于此。七位诺贝尔奖获得者、两位英国首相也毕业于此。格拉斯哥的杰出人物之多、科学发明之多，使它无愧为科学之城。

中北部七日游，巴斯、曼城、伯明翰、约克都在之列，本来还有牛津，但楚煊和曾尧约好要带妈妈单刀赴会，专此一游。

先说伯明翰。这个有"工业之城"的重工业之地，一个重要的特征是少了维多利亚时期的古建筑，据说这些美丽的建筑毁于"二战"，新建的工业之城展示了不一样的活力。最值得回味的是这里的人们喜欢辛辣，源自克什米尔侨民的口味。如同"川菜"以麻辣为标志，这里聚集了70%以上的克什米尔侨民，被称为"巴帝之都"，辛辣咖喱很够味。伯明翰的运河船舻也是一种特别的旅游景观，运河上密集的船舻层层叠叠，很是壮观。游运河，逛船舻，这座重工业之城，因城市运河更添逶迤风光。伯明翰"工业之城"和中国的长春、广州、南京是缔结的友好城市，楚煊和妈妈倍感亲切。

曼彻斯特值得记述的，便是这里有英国最大的唐人街，有英国北部集中度最高的华人社区。在唐人街超市，中国商品琳琅满目，祖国东西南北的土特产在这里都能买到，包括花椒、大料、老干妈、涪陵榨菜、龙须面等等，一应俱全。

唐人街的中餐馆、中药店也是亮点，到唐人街如同回家，熟悉又亲切。曼城还有一个亮点就是市内的公交巴士免费乘坐，乘免费公交巴士游览曼城是这个城市便民交通的一个福利，游客也可享受。当然曼城的足球盛名远扬，曼联经常代表英国出征世界足球赛事。足球是曼城文化的重要组成部分，曼联足球俱乐部、足球博物馆也是这个工业城市的标志。

拜谒莎士比亚，楚煊知道这是妈妈一个热切的愿望。

从曼城南行不到一个小时，就到了莎士比亚故乡斯特拉福德（Stratford）小镇。

这个古老的小镇，因诞生了闻名世界的文学巨匠、千古奇才而显得神奇无比。莎士比亚故居位于布仑河边的镇中心，是一栋古朴的两层木制小楼，门楼铁牌上标明的建筑时间距今有四百多年。莎翁故居的一楼是客厅和厨房，尽管是7月，一楼壁炉中的火依然殷红，餐桌上的咖啡壶和杯子是旧式的，面包、牛排和刀叉给人以家的温馨。二楼是卧室和书房，书房里有莎士比亚的蜡塑雕像。莎翁靠着座椅神情凝思，书桌上堆放着字迹密集的稿纸。故居一楼的温馨和二楼的清冷给人无限遐想。

莎翁这位文学巨匠，最杰出的戏剧家、伟大的诗人就是在这座楼里为世界留下《哈姆雷特》《罗密欧与朱丽叶》《仲夏夜之梦》等脍炙人口的作品。楚煊和妈妈都是莎士比亚忠实的读者和粉丝。

莎士比亚故事通天地、通人心，是浪漫主义和现实主义最完美结合的作品，它是楚煊最喜爱的读本。中国武侠小说泰斗金庸曾说："如果离开人世只能带走一样东西，那便是《莎士比亚全集》。"

楚煊和妈妈对斯特拉福德小镇赞不绝口，因为莎士比亚而"不虚此行"！

赵楚煊和妈妈还陶醉在莎士比亚故居意犹未尽的赞叹里，第七天随旅行团到最后一个景点约克。

约克对楚煊来说并不陌生。最初选择英国留学也曾收到约克大学的录取通知书，她研究生选修应用语言学，希望口语纯正，约克大学也是英国的一流大学，只是约克地处英国东海岸，属中部偏北地区，所以她放弃了约克大学的录取通知书，选择了距离伦敦近，又处英国南部的口语纯正的南安普顿大学读研。曾与约克大学心里有过交往，楚煊对约克还是有点儿说不上来的感情，是亲近吧！

约克是一个风景如画，被古城墙围绕的城市。它有风格不同、建筑多样、商铺各异的步行街，还有门面和口味截然不同的咖啡屋，密集分布随处可见。特色美食——约克布丁在咖啡屋每店必有。约克古老的石头街也是一景，走在石头铺成的石头路上，观赏建筑风格迥异的商铺，还有依稀可见的古城围墙，处处彰显着城市深厚的历史和文化。约克是连接英国南北的枢纽要地。闻名世界的约克大教堂让这座城市吸引了来自世界各国的游客。

　　楚煊对约克大教堂的了解最早是听信奉基督教的医生姥姥说的，有比较深的印象。

　　当楚煊和妈妈置身于约克大教堂，真的被它的建筑和恢宏震撼。

　　约克大教堂宏伟精致，是典型的中世纪哥特式建筑，集欧洲所有教堂的文化、建筑、艺术、绚丽于一身，是欧洲中世纪以来最大最精美的教堂。这所教堂仅修建就用了二百多年，外观恢宏高大，神圣肃穆，尽展哥特式建筑的艺术魅力，教堂内有世界面积最大的中世纪彩绘玻璃和世界最古老的侧廊，有直通七百多米高的教堂塔顶楼梯。楚煊和妈妈拾级而上直奔塔顶，一览约克全貌，千年古城墙尽收眼底。约克大教堂的建筑艺术、宗教文化和悠久历史堪称欧洲之最。

　　楚煊和妈妈随旅行团的中北部七日游里，还去了一座颇具英伦田园风情的美丽城市巴斯。在这座不喧闹却优雅，还有点儿异国情调的巴斯小城，住了一晚皇家新月楼旅馆，这也是巴斯城的一个标志。它由一百多根圆柱把道路和房屋都排列成月牙弧形，美名新月楼，这个古建筑群享有"英国最高贵街道"头衔。

　　巴斯不光建筑整齐，色调温暖，还有横跨在亚温河上的普特尼桥。这座桥的建筑兼有意大利风格，桥上有各种小商店，有威尼斯水上商街的味道。

　　巴斯城市虽小，但功能齐全，历史文化底蕴深厚，世界名著《傲慢与偏见》就诞生于此。巴斯的独特风格在于恬静、古老而不失现代文明的精致。

　　中北部之游，楚煊还带妈妈去了英国17世纪最负盛名的北海沿岸海滨小镇斯卡布罗。

　　斯卡布罗海滨小镇的自然风光和人文之美，来源于它曾经是17世纪欧洲商旅云集、名震欧洲海边的重镇。北海沿岸遍布着自然生长的欧芹、鼠尾草、迷迭香和百里香，把它点缀得风情万种。而流传世界的经典名曲《斯卡布罗集市》更使斯卡布罗小镇笼罩着浓郁的浪漫色彩。

　　当然，楚煊和妈妈在斯卡布罗海滨小镇，领略了飘散世界经典《斯卡布罗集市》音乐的美妙和浪漫。与游人一道，在海边犹如世外桃源的海岸石阶上，席地而坐观赏了一曲电子钢琴、大小提琴等组成的乐团和一位美丽女歌手演唱的《斯卡布罗集市》，悠扬如梦幻的旋律，委婉动人的歌声与海风、岸柳、花木，令无数游人陶醉。

赵楚煊和妈妈结束了一周的随团旅行，如约来到牛津。曾尧非常友好地接待，把自己舒适的双人床给楚煊和妈妈，自己打地铺，请假三天全程陪同。本打算在牛津最多玩两天的旅行多了一天，变了计划，长了见识。

牛津最特别的就是享誉全球的牛津大学。

牛津大学建于12世纪末，是英国建校最早的大学，有九个世纪的辉煌历史，培养了40多位诺贝尔奖科学家，来自七个国家的11位国王，六位英国国王，19个国家的53位总统和首相，其中包括美国总统克林顿。宇宙黑洞学理论之父霍金就毕业于牛津和剑桥两所大学。同时牛津基督学院是世界顶级宗教学院，它培养了许多杰出的宗教大师。牛津的校训就出自圣经诗篇："耶和华是我的亮光。"校训精神追求救世。

牛津大学没有校门，没有围墙，38所学院与城市融为一体。它的教学和科研涉及专业之全、门类之广在全欧洲乃至世界都堪称一流。

在牛津，博物馆、书店和图书馆之多令人惊叹。曾尧介绍牛津大小书店和图书馆有100多家，也是集世界图书之全，无论社会科学、自然科学还是文学艺术的书，各国语言译本在牛津书店基本都可以找到。

曾尧做向导，楚煊和妈妈逛了牛津最著名的布莱克韦尔（Blackwell）书店，这是世界上最大的学术性书店之一，门面不大，里面空间很开阔，只走马观花地光顾一圈也要耗时几刻钟，这也只是牛津学术氛围的冰山一角。

参观牛津博物馆是必须的，楚煊对博物馆的兴趣很浓。

牛津博物馆的建筑很特别，它既不像古老的哥特式建筑，也不同典雅的维多利亚建筑。比如皮特·里弗斯自然史博物馆，它在哥特式建筑的外墙有很多世界杰出科学家的雕像。

牛津博物馆中最具历史文化性的代表阿什莫尔博物馆（The Ashmolean

Museum）就坐落在牛津大学，距今有三百多年的历史，是英国第一座博物馆，比大英博物馆早半个多世纪，目前是英国第二大博物馆。

这座博物馆最值得观赏的就是自然史和科学史展厅。自然史展厅各种动物化石、标本小到昆虫，大到暴龙。而且在许多标本或动物模型前立有"请触摸"的牌子，鼓励参观者用身体体验。据说博物馆地下有恐龙化石。

科学史展厅引人瞩目的除了科学试验时期用的各种工具外，还有一块挂在墙高处的黑板。这是一块十分不起眼的小黑板，但它却是著名的科学家爱因斯坦1931年应邀在牛津讲学时，用过的黑板和留下的板书，非常珍贵！

比特河流人种史展厅，牛津故事展厅，现代艺术展厅，没有时间参观，叹息！参观这样的博物馆至少需要两天时间。

牛津大学图书馆是英国第二大图书馆，不仅藏书多，而且藏书全。据说，英国所有的出版社，凡出新书都要免费给牛津大学图书馆赠送一套。楚煊和妈妈、曾尧一行三人慕名浏览了一下外馆，没有时间入内感受浓郁书香，小有遗憾。

牛津大学文化科学的内涵不仅显现在博物馆、图书馆、书店上，牛津大学的奖学金制度和丰厚的奖学金保障，也吸引全世界出类拔萃的优秀学子来此学习，献身科学。中国内地和香港与牛津大学设有专门的奖学金制度，每年都按条件和名额，选送特别优秀的、有科研能力的研究生、博士生来牛津大学深造。这些正是牛津践行追求卓越、追求奉献科学的精神内涵。

牛津就是"牛人"汇聚的地方，很牛吧！

在牛津，楚煊和妈妈、曾尧还去了牛津大学的叹息桥，它是仿威尼斯风格的拱桥。这是一座有故事的桥，无须赘言。牛津圣玛丽大学教堂，是一座非常漂亮的大学教堂，为了参观圣玛丽教堂在牛津多耽误了一天，因为它只在周日开放。这座教堂有近千年的历史，哥特式建筑宏伟而华丽。上到教堂的塔顶可以俯瞰牛津全貌。

牛津这个千年古城，如今被牛津大学的文化之美环绕。在牛津，赵楚煊一行三人，三天的参观游览全是免费的，这座文化古老而顶级的现代科学之城，其文化气质无处不在。学院包围着的文化之城，浓厚的科学气息，学术气质，融成了一座不同凡响的世界科学明星的"牛城"。

赵楚煊在想，在她即将赴任的大学教师生涯里，如果有一天她的学生能来到牛津深造，会是一种多么期待的追求，她心潮澎湃。

赵楚煊和曾尧再约回国相聚，便暂别牛津，赶到伦敦见学姐夏美。

楚煊一路心中默念"牛津，我还会来。我读博的时候，送我的学生深造的时候，到时候再叫上曾尧，回请她再吃牛津腾皇阁的中餐"。

告别了曾尧，楚煊和妈妈乘火车离开牛津回到南安。

"煊姐，你带阿姨去了多少地方，不是说七日游吗？怎么去了有十几天？"学妹周丹阳见到楚煊又高兴又有点儿不解地问。

"是啊，超计划了。大概去了12天，在牛津多待了几天。夏美从北欧度蜜月提前回伦敦了，约我回国前见一面，原计划去剑桥，时间太紧都没去成，只能以后再去。"楚煊一边给学妹解释，一边收拾东西。

她拿出一盒苏格兰奶糖和几条苏格兰细羊绒精纺格子围巾，让丹阳选两条喜欢的花色，一条给自己，一条送瑞典同学。

"谢谢煊姐。"丹阳接过礼物，兴奋地说，"煊姐，给我讲讲你带阿姨去的地方，哪些最好玩、最值得去，我毕业的时候也带我爸妈去一趟。"

"没问题，你看我一路拍的风景，大概心里就有数了。"楚煊答应着，把相机给了丹阳。

第二天，赵楚煊带着妈妈乘大巴赶往伦敦。

伦敦值得观赏的景点很多，楚煊原计划给伦敦留五天时间，带妈妈从容地游览这座闻名世界、沉淀着工业革命推动人类文明进步、有着悠久历史文化的英国首都。只因回国机票往返时间是年初定好的，楚煊这个做计划很会留有余地的机灵鬼失算了，她怎么也没想到，27天的英国之旅，时间不够用。

"哎呀妈妈，时间为什么这么紧张？往返要用四天时间，我订机票时只算了两天，把时差忘了，妈妈有的地方去不了了。"

"很好了，煊儿，妈妈百分之二百满意。"妈妈怜爱地抚拍着楚煊的脸说。

原计划大英博物馆一天，游泰晤士河一天，参观大本钟、购物一天。

如果还有时间，楚煊还想请凯文在南安吃顿饭以示谢意。可现在楚煊要见学姐夏美，回国的时间只剩三天。

楚煊对妈妈说："我必须见学姐夏美，哪怕用半天时间。然后大英博物馆必须去，其他景点可以压缩，购物就算了。"

妈妈说："行，只是见夏美，我就不去了，我可以去购物，在商场等你。"

"哈哈哈……"楚煊笑弯了腰，"妈妈，还要购物，伊丽莎白女王该给你颁发'友好使节勋章'了，你把银行信用卡是不是都刷透支了？"

楚煊对妈妈来英国走一路买一路，吃的、穿的、用的、纪念品买得停不下来，给点儿幽默的嘲讽。

到了伦敦，楚煊把妈妈带到伦敦比较大的综合商场韦斯特菲尔德（Westfield），然后去见学姐夏美。临别，楚煊告诉妈妈，先在商场转转，等她来了有需要的再买，她不放心，因为妈妈语言不通。

"煊儿放心，安心见学姐，妈妈在商场等你。"

楚煊叮咛妈妈："听到我的电话就在这个商场的正门等我。"

告别了妈妈，楚煊去和学姐夏美在约好的、距离妈妈所逛的商场不远的咖啡厅见面。

"Yolanda，好想你哟。"夏美见到楚煊，高兴地迎上去拥抱她。

楚煊觉得晚到了，让学姐等自己，连忙道歉："对不起，学姐，我来晚了。"

楚煊拿出在苏格兰专门为学姐和尼昂选的格子羊绒情侣围巾送给她。

"谢谢你，Yolanda，我太喜欢了。"接过围巾，夏美和楚煊面对面坐下，点了两杯不加糖的咖啡奶茶，还有黑布丁、肉肠、炸薯条、茄汁黄豆、炸面包片。

夏美的北欧蜜月之旅，显然瘦了。原本就很瘦的身材愈发苗条了，虽然因太瘦显出脸颊上的颧骨，但新婚的幸福写在脸上，一双炯炯有神的眼睛更大、更亮了。在楚煊眼里，学姐东方女子之美是艳压群芳、独一无二的。这不仅缘于外表，更缘于学姐对楚煊的在乎和喜欢，在异国他乡，她把楚煊当小妹妹一样爱护，给予帮助，还有学姐的学识、修养都让楚煊感到亲切。

"Yolanda，我赶在你回国前约你见面，有两件事：第一件事是最重要的，我希望你工作两年后，一定回来把博士学业继续完成，不留遗憾好吗？而且两年之后你读的是全奖教育学博士，不会有后顾之忧。"

夏美对楚煊的在乎和关爱，让楚煊喉咙发热，泪盈于睫。

第二件事，夏美把楚煊和妈妈参加她和尼昂婚礼的合影，还有她和尼昂的结婚照都装好放在相夹里送给楚煊。

楚煊沉浸在感动里，小心收好相夹，装进自己的双肩包里。

赵楚煊对学姐叮咛的第一件事，也是夏美认为最重要的事，答应得很坚决：

"工作两年，我一定回来把博士读下来，不让学姐失望，不让迈克教授失望。放心吧，迈克教授还等着我做他的关门弟子呢。"

楚煊和夏美都知道，这位迈克教授喜欢亚洲学生，他喜欢亚洲学生的刻苦向学。

楚煊惦记着妈妈，告别了学姐夏美。在挥手告别的瞬间，楚煊心里掠过不舍的酸楚。她匆匆赶往商场，在指定地点与妈妈会合。

妈妈手里拎着两个新添的衣袋等着女儿。

"妈妈，你又买衣服了？"楚煊笑着问。

"对呀，我觉得这儿的休闲运动衣质量和款式都不错。关键呀，服务生不厌其烦的态度让我不好意思，我就买了两件，一件是你的号，你试试，本来想等你来试了以后再买，S码就剩一件了。也为了省时间。你不是说如果有时间去泰晤士河，还要看大本钟吗？你先看衣服喜欢吗？"

"妈妈买的衣服是温暖牌的，能不喜欢吗？妈妈你还逛吗？"楚煊想抓紧时间带妈妈多看几处景点。

"商场不逛了，你安排吧。"妈妈说。

"饿了吧，妈妈想吃点儿啥？"

楚煊给妈妈买了牛奶和面包当作午饭，就乘地铁直奔泰晤士河。

泰晤士河被称作英国的"母亲河"，与德国的"莱茵河"，中国的长江、黄河一样闻名世界。

泰晤士河穿过伦敦市中心，它流经英国十多个重要城市，如牛津、温莎等，最后在诺尔岛北海流归大西洋。泰晤士河两岸集中了伦敦许多标志性建筑：伦敦眼、大本钟、碎片大厦、伦敦塔桥、白金汉宫、国会大厦、威斯敏斯特大教堂等等。

泰晤士河两岸，哥特式城堡建筑和碎片大厦等现代建筑交相辉映，河岸花木草坪，鸟、鱼、天鹅，鸣叫嬉水，不负这条英国"母亲河"在世界河流享誉的美名。

赵楚煊原计划用一天的时间带妈妈乘坐游船，观赏泰晤士河两岸风景，无奈回国机票无法更改，况且楚煊上班报到和妈妈的假期时间都不能延误，现在只能走马观花，不能将这世界名胜一览无余。楚煊想，这次时间紧，妈妈只要对这世界名河有点儿印象，等两年后再返英国读博时，有机会让妈妈坐上游轮再细细观赏。

楚煊在伦敦最想带妈妈去的就是大英博物馆。尽管时间已经很紧，尽管原计划在伦敦五天的时间最后只剩两天，她也要留出一整天参观大英博物馆。

伦敦大英博物馆，楚煊留学时自己来过两次，感觉没有尽兴。她喜欢历史，大英博物馆收藏展出的文物、文物故事、历史故事不仅是英国的，更是世界的。

大英博物馆有70个常年对外开放的展馆，藏有展品800多万件，是迄今全球展出展品最多的博物馆。很多文物属绝品或孤品，已是稀世珍宝，对于研究人类历史、科学发展史都是无与伦比的无价之宝。

楚煊带妈妈走进大英博物馆，自觉担当起妈妈的向导，她自封"历史小通典"，给妈妈讲解大英博物馆稀世珍宝的来历、渊源、历史故事、现代价值等等。她娓娓道来，如数家珍，特别是讲中国馆和埃及馆。

在中国馆，楚煊引领妈妈鉴赏精美绝伦的中国唐三彩、光彩精美的中国铜鼎、六七米高的巨型佛像，还有中国最著名的人物画始祖顾恺之的真迹《女史箴图》等等，一些世界级的孤本绝代文物。

这些文物大英博物馆以专馆，每件文物都是以专柜独立的大空间，用很专业的文物保护方法来布展。鉴赏中国馆的游客中集聚了全球五大洲不同肤色的朋友。

楚煊对妈妈说："中国了不起吧！看咱们的文物世界都为之惊叹。中国是世界文明古国，文物讲述得多生动壮观。"赵楚煊一脸自豪。这个喜欢历史的古灵精怪，给妈妈讲了一个关于中国皇帝珍惜文物的故事。

她说："妈妈你知道宋徽宗赵佶吗？他是宋朝第八位皇帝，是一位书画造诣极高，自成一派的书画天子，宋徽宗对书画艺术的专情胜过宋代江山。他本无心做皇帝，一心只爱书画，可他前面的宗亲立一个死一个，就天意般把皇位传给赵佶了。"楚煊讲起历史故事兴致勃勃，在大英博物馆，她虽微声细语，但专注的神情把妈妈牢牢吸引。她喝了口水，接着讲：

"宋徽宗虽没有像秦皇汉武那样的雄才伟略，甚至让宋朝走向衰亡，但就是从这位书画艺术天子开始，在他继任皇位的11世纪，便亲自将著名的书画、瓷器、铜鼎、青铜器等等，象征中华文明的有关文物开始造册，给自他之后各朝代天子像移交皇权玉玺一样往下传承。比如大英博物馆珍藏的中国顾恺之的《女史箴图》，就曾是康熙年间的文物镇馆之宝，后因英法联军火烧圆明园时失踪，现存于大英博物馆。宋徽宗造册的书画除《女史箴图》，还有《洛神赋》《清明上河图》等等，这些对研究中国文化艺术和历史是特别有价值的。"

"妈妈你知道吗，宋徽宗开始记录文物造册的时间，比迄今世界建造最早的法国罗浮宫还早差不多一个世纪，就文物保存的历史和文化艺术价值方面，宋徽宗也算对历史有点贡献的皇帝。"

楚煊讲得津津乐道，妈妈听得喜笑颜开："快喝点儿水，宝贝女儿，怪不得你高考文综几乎满分，没让你学历史有点可惜。"妈妈疼爱的眼神里有自豪也有惋惜。

"不可惜，妈妈，文史不分家，我现在的应用语言学专业也挺好的。"楚煊善解人意地劝慰妈妈。

最后，楚煊对妈妈说："大英博物馆虽然很多珍贵的文物都是从东方文明古国掠取来的，不得不承认当时的大英帝国，对文物虽有豪取掠夺甚至不择手段的野心，但从另一个角度说明他们对文物和人类文明成果的重视，对文物与人类历史发展的关系和文物的社会与科学价值，他们的认识是不是先知先觉？同时还反映了他们所处时代社会的文明程度。"

"妈妈，你知道吗，有历史学家评价：19世纪是属于英国的历史，20世纪是属于美国的历史，而21世纪则是属于中国的历史。我们文明古国的历史会继续辉煌，那是崭新的，更加璀璨的文明载入史册，势不可挡。"楚煊说这句话时神情自豪中带着骄傲。

大英博物馆还有一个特征，参观全程免费，说明英国的历史文物来源于世界，将文物展示于世界，与全人类共享文明。

大英博物馆的建筑也是世界一流的，它的可贵在于对特别文物进行特别保护，使一些世界珍贵的文物千年弥新不衰。英国对文物的重视、爱护、保护、珍藏的资金投入也是世界一流的。

"大英博物馆是英国的，更是世界的。这说法很贴切。"楚煊兴致勃勃地对妈妈说。

"我还会来的。妈妈，再带你来，若要好好参观，最少需要三天。"楚煊意犹未尽。

回到南安普顿已是晚上九点，收拾行李，第二天下午六点的飞机，乘汉莎航班回国。

还有半天时间，赵楚煊没有忘记毕业典礼那天凯文专程赶来，没法儿进礼堂目睹她毕业典礼的盛况，一直在外等候，因为忙着和导师、同学参加学校活动，怠慢了凯文。

楚煊在最后半天，用中餐招待了凯文，答谢了学妹周丹阳和她的瑞典同学。

27天的英国之旅，紧锣密鼓，有收获，也有遗憾。

妈妈最想去的剑桥，最想拜见的霍金，还有写《简·爱》和《呼啸山庄》的作者夏洛蒂·勃朗特、艾米莉·勃朗特两姐妹的故居，都没有成行。

楚煊当时觉得妈妈的心愿两年后她一定能实现。现在想来，可能成终身遗憾。

赵楚煊带妈妈英国之行，她在日记里是这样写的：

> 我要带妈妈参加我的硕士学位毕业典礼，带妈妈拜见获准我读博的导师，见证我学业的光荣。我要给妈妈全程做导游，为她安排行程，照顾生活，陪妈妈游遍大不列颠岛，让妈妈见证我生活能力的强大。我要成为妈妈的骄傲。英国之旅，是我寸草之心报春晖的小小心愿，这心愿是我的，也是爸爸的……

第十章　教书　大学园里花匠梦

一

当老师是赵楚煊喜欢的职业，她如愿以偿。

从学生到先生，年轻的赵楚煊对学生生活的眷恋，对做大学教师的憧憬都一往情深。她心潮澎湃。

回国到家，距上班报到不到一周时间，倒时差、会亲友、做上班准备。当然，大学教师是楚煊热爱的职业，因为热爱，她很投入。

18年校园读书求学的生活要暂别了，等待楚煊的校园生活是从学生一跃成为老师。而她授课的学生与她同属一个时代，年龄相差无几。

楚煊庆幸有一段在大学代课的实习经历。

可她知道要真正成为名副其实的大学老师，她要做的功课还有很多。楚煊感觉自己好像还是个学生。

老师开学的时间比学生早一周，而新教师还要早一周，岗前培训，准备高校教师资格考试。

赵楚煊绷紧了弦。还没有放开踏入新生活、新岗位的兴奋激情，便开始了白天听课记笔记、晚上啃书做习题到半夜的紧张生活。

　　还好，教师资格考试，她以总成绩优秀等次，成为本届学校参加教师资格考试的第一名，为自己迎来走上工作岗位的开门大吉，为自己实现做一名优秀教师的理想平添了自信的翅膀。

　　赵楚煊被分配到CJ大学公共外语部第一教研室。

　　CJ大学，是一所以经济学、管理学为主干，凸显统计学、财政学、金融学、会计学等学科的优势和特色，以文学、法学、理工学、艺术学为支撑的多学科综合性大学。CJ大学有四个校区，下设13个教学院部，47个本科专业；拥有2个国家级专业综合改革试点项目、3个国家级特色专业；5个一级学科硕士学位授权点、6个专业硕士学位授权点；4个省级重点学科、1个省级特色学科、1个省级"国内一流学科建设高校"建设学科；专职教师1 000余人；在校全日制学生近20 000人。公共外语教学部兼授除外语系以外，所有其他专业本科和研究生英语课程。2014年公共外语教学部和外语系合并成CJ大学外国语学院。

　　赵楚煊去公共外语教学部报到的同时，接到学校人事处的借调通知。

　　"借调？"赵楚煊一头雾水。她一心只想当老师。

　　"我以优异成绩取得教师资格，而且是教师序列的正式在编教师，怎么会借调人事处工作？"楚煊疑惑。

　　这一年，考进CJ大学的新教师29名，进入教师序列的12名，大部分是博士、博士后，硕士研究生只有两名进入教师序列，赵楚煊是其中之一。她猜想自己能顺利进入教师序列，不单凭教师资格考试，可能与她已经获准到南安普顿大学读博士有关。

　　本来是如愿以偿走上讲台，怎奈借调人事处，那是学校行政部门，与教学不沾边。楚煊眼看着一同进来的伙伴都奔赴讲台，自己却被借调去与教学无关的人事部门，对刚参加工作的赵楚煊来说，不知是祸是福。

　　"唉，只能服从借调。"楚煊对一同进校的伙伴可怜巴巴地说。

　　她不知道自己去人事处能干什么，去多长时间，什么时候才能名副其实做老师？

　　伙伴们你一言我一语地调侃：

"去人事处多好啊，那儿可是管我们的部门。"

"人事处看上你了，年纪小，又是海归。"

"对了，教师资格考试你是唯一的优秀呀。"

"开心吧，楚煊，有好事别忘了我们。"

七嘴八舌一番玩笑，楚煊扑哧笑了。单纯的她给点儿阳光就灿烂。

赵楚煊到人事处报到上班了，她表面上精神饱满，礼貌热情，心里却像揣着小鼓上下敲得有点儿紧张。还好人事处的领导和同事都和蔼亲切，融洽的气氛让楚煊忐忑的心平静了许多。

"小赵，借调你来人事处，主要是参与今年的教师职称评定工作。你是青年党员，一直是学生干部，留学回国，资格考试综合素质都很好。"人事处长停顿一下，接着说，"职称评定是一项非常重要的工作，关系到教师队伍和教师本人的发展，职称评定政策性和原则性都很强，每一项工作都必须细致认真，坚持原则，严格执行政策和标准，参与职称评定工作的人员，要有高度的责任心，每个环节都要严格遵守保密和各项纪律。具体工作由曾老师给你安排。"

曾老师是人事处副处长。

"小赵，时间紧，工作具体繁杂，这段时间你和外界联系暂时中断，吃住都由处里安排。当然，这项工作对你是一个锻炼机会。"人事处长对赵楚煊一番谈话，既语重心长又严肃认真。

楚煊点头应对，平静的心又提起来了，是紧张还是压力，她分不清楚。

接下来的时间里，楚煊每天紧张有序地按照曾老师安排的具体工作：表格、论文、著作、课时量等一项项审核，将评分汇总、填表、排名，等等，每天加班。因为在宾馆封闭工作，没有干扰，可以专心致志。职称评定工作在规定的时间有条不紊地顺利结束。

赵楚煊在人事处的工作算不上出色，却也得到了处里领导和同事们的好评：

"小赵，好样的，工作细致认真，又踏实聪慧，文字好，字像刻出来的，端正漂亮。干脆不回公外部了，留人事处得了。"

赵楚煊听到夸奖，脸绯红，心灿烂。

留人事处她可不愿意，她知道那只是玩笑。

要说人事处的工作，只要不出差错，楚煊就心满意足了，得到了表扬，她只当是鞭策。

借调人事处参与职称评审工作，对楚煊综合能力的锻炼是前所未有的。她从心里感谢这次机会，而真正让她感恩的是遇见。

楚煊遇见了她人生中又一个值得学习和崇敬的良师曾红。她温良、娴雅、谦逊，睿智的文化修养深深影响了楚煊。工作中手把手地耐心指导，让她受益匪浅，她是楚煊的良师，亦是榜样。

赵楚煊结束了人事处职称评审工作，终于到公外部上班了。

二

"主任，我回来了。"

那时，公共外语教学部最高领导是主任。几年后与外语系合并成本校外国语学院。主任自然就成了院长。

主任姓汪，四十多岁，中等个儿，戴眼镜，教授，硕士生导师，见到楚煊，很是高兴。

"好，好，年轻有为的新生力量，公外部很期待呀。"

"小赵，噢，应该称赵老师，你先在我办公室做助手，熟悉一下部门行政工作，你具体的教学任务要到期末安排。"主任说到这儿，楚煊的心又像浇了凉水，她急切地问：

"主任，我一学期就这样不务正业地浪费了。我和一起进来的老师教学时间不就差了一学期吗？"认真的赵楚煊不想和一起进来的同伴有差距。

楚煊的正业就是教书，就是上讲台给学生上课。

"小赵老师，别急，一般排课都是在学期末，安排下一学期的课，这学期的课上学期就已经安排好了，教书讲课有你忙的、烦的时候。对了，周一下午例会，大家都知道公外部分来一名从英国留学回来的老师，等着见面呢，你要很快和部门的老师相互认识，融进我们的团队。"

"还有，你回来得正好，学校安排了第二届青年教师师德演讲比赛，你代表公外部参加。时间比较紧，只有不到三天的准备时间，你要努力给咱取得好成绩。"主任的开场白，内容太多，楚煊来不及消化，一时大脑懵得不知怎么应对。

在赵楚煊的意识里，当老师是一件单纯的事情，备课、讲课、出题、解惑、考试、出成绩。

"我做过实习老师。怎么在这儿，一会儿要做主任助理，熟悉教学行政工作，一会儿又是例会，融入团队？第一天报到，就要代表部门去参加师德演讲。"

"我什么时候才能实至名归当我的大学老师啊？"楚煊一根筋地想。

演讲，对担任过大学学生会宣传部长、学生会副主席的赵楚煊来说不难。

她文章好、口才好、端庄又大气。

只是教师演讲，大学教师个个学富五车，满腹经纶，好文章、好口才，是他们的看家本领，谁弱呀？

刚上班的赵楚煊，在这所大学还没上一天讲台，就要代表部门上百名教师去演讲，25岁的赵楚煊顿时觉得有压力：

"主任，我在这所大学还没做一天老师，我能代表部门那么多老师吗？只有不到三天的时间准备，我怕拿不到好成绩，让您和大家失望。"

"你行，一定能取得好成绩。你年轻有实力，更有活力，我相信你。"儒雅的汪主任语气不容商量。

赵楚煊只好接受这意外的任务，而且她在主任说相信她的一瞬间就感动了。

"好吧，主任，那我现在可不可以不受干扰地开始准备，争取不让您失望。"

"行，去准备，我全力支持，有什么问题，我全力解决。"

主任的两个"全力"，让楚煊有压力也有感动，她准备全力以赴。

回到公寓，这是赵楚煊自己独立的空间，一室一厅一厨一卫，功能齐全，最主要是她办的高网速宽带，很给力。

她迅速上网搜寻各类演讲视频，博采众长，让自己进入角色。

演讲内容，赵楚煊胸有成竹，18年求学生涯，她知道学生渴望什么样的老师，她喜欢的老师模样已鲜活在心。

学校演讲的主题是"师德"。赵楚煊演讲的主题是"爱"，她列提纲，收集资料，打腹稿，忙到深夜，两千多字的演讲稿"爱的使命"诞生。

第二天上班，赵楚煊出现在主任办公室。

"主任，我写的演讲初稿，您看行吗？"楚煊把演讲稿交给了主任。

主任接过演讲稿："好，我马上看，你先坐。"

"非常好，小赵老师，不愧是高才生，效率高，内容好，演讲一定出彩。"汪主任是真高兴，马上拿起座机打了一个电话。

大概5分钟，一个戴着漂亮眼镜、四十多岁、中等个儿、皮肤白净的女老师来到汪主任办公室。

"小赵，这是咱公外部副主任舒老师。"

"舒老师好。"楚煊马上站起来打招呼。

"这是小赵，赵楚煊老师。"汪主任介绍双方认识。

"知道，从英国留学回来，分到咱公外部的新生力量，高才生。知其名，今天才见，真好。"舒老师一口京腔，慢语速又和蔼的态度，让楚煊感到亲切。

接着，汪主任给舒主任说楚煊已经写好了演讲稿，他看了非常满意，让她再看一下，如无意见，让财务室拿300元给赵楚煊买演讲服。他告诉楚煊买自己觉得适合的服装，体现庄重大方就行，获奖后再重奖。

赵楚煊只想完成任务，什么服装费、重奖费，她压根儿没想过。

再后来，舒老师从财务那儿领了300元交给楚煊，让她去买服装。楚煊推辞不过，只好拿上300元叫上好友，一同进校的经济学院辅导员老师竹婵，一起去买服装。

300元的服装费让赵楚煊还真有了压力。

"唉，我穿自己的衣服多轻松呀，不就是庄重大方吗？我会的。拿着部门的钱买衣服，演讲失败了，我怎么交代呀。"楚煊忧心忡忡地对竹婵说。

"呀，你真傻，这算什么。你刚上班就给你这么头疼的活儿，300块钱不算啥，开心点儿！"善良的竹婵挽着楚煊笑着进了百盛商场。

300元在当时买条差不多的连衣裙还可以，但楚煊觉得要庄重大方，还是穿正装比较好。挑来选去，花了500多元选了一身竹婵认为既庄重大方还不失活泼的正装。

"不行，外面是新的，衬衣也必须是新的，再选一件相搭的衬衣。"

"哎呀，就一个演讲，回家找一件搭配的衬衣就行了。非要新的，正装你又不常穿。"两个小姐妹纠结着。

最后，还是又花了100多元配了件相搭的新衬衣。

"对了，还要配正装的鞋。"赵楚煊拽着竹婵，又买了双还算满意的皮鞋。

"楚煊啊楚煊，我真服了你，为了一个演讲不惜搭钱赔血本，从上到下全要新的。唉，你太求完美，要不把马尾也剪了，做头发换发型，这样从头到脚焕然一新。你若不得第一，我都替你亏。"

"你说什么呢，马尾我是不会剪的。服装很重要，演讲内容再好，没有好包装，顶多给50%的分，形式和内容要绝对统一，不能因服装逊色功亏一篑，知道吗？"楚煊知道竹婵是替她着想。

她清楚自己坚持执念又倔强的个性，谁让她是金牛座呢。

两个人买好服装，匆忙吃点儿快餐解决了午饭。

只剩半天时间，楚煊让竹婵赶快回学校，怕耽误时间多了影响工作，而她要专心准备明天的演讲。

"我知道你怕我干扰，有需要随叫随到。"竹婵善解人意地挥手，"拜拜。"

"演讲结束，请你喝咖啡，我亲自给你磨。"楚煊说完，急匆匆打车回公寓。

一边默记演讲稿，一边心里模拟语言的抑扬顿挫、语气语调。

全身心投入的赵楚煊，把演讲稿烂熟于心后，又打开电脑搜寻成功演讲范例，进行海纳百川、取长补短。

穿好正装，对着镜子"考试"。她觉得能及格了，看看时间，竹婵已经下班，马上打电话让竹婵过来，当评委提意见。

竹婵接到电话不含糊，立刻打车赶来。

一见楚煊"正装"迎接，竹婵心里发热，是小激动，还是小感动，一双大眼睛更亮了。

"快点，你先看看行不行。"楚煊让竹婵坐下，递给她一罐可乐，便很"庄严"地开始了她的"师德演讲"演练。

赵楚煊深情真挚的演讲使竹婵陶醉、感动，她情不自禁地鼓掌："太棒了，楚煊，夺冠板上钉钉，绝对的。"

"你不能拍马屁，快提意见。"楚煊迫不及待地回应竹婵。

"真的好！演讲稿内容绝对一流，加上好听的声音。关键是情真意切，无可挑剔。美中不足像学生，没有老师成熟的范儿。"竹婵一边竖起大拇指点赞，一边找了个确凿的差距。

赵楚煊清纯白皙的脸，一副学生模样，上到讲台，每届新生都猜她的年龄。清纯的学生模样给她带来过自豪，也让她错失过良机。

"明天一早我给你化化妆，化成熟点儿。幸亏没听我的买连衣裙，正装还能显成熟点儿。"竹婵为楚煊尽心尽力。

说到竹婵，赵楚煊莫名地喜欢这个小她几个月，又同属相的小姐妹，大概这就是缘分吧。

首先，楚煊喜欢竹婵的名字。竹姓，稀缺，寓意虚心有节；名婵，美好的女子，美好的月色。"但愿人长久，千里共婵娟。"多美妙的寓意，仅名字就让楚煊对竹婵真心地喜欢。

其次，楚煊喜欢竹婵颜值高长得好看，一双水灵的大眼睛，一头乌黑浓密的齐耳短发，整齐洁白的牙齿，丹唇未开笑先闻的恬静，美中不足皮肤有点儿黑，那她也喜欢。

最后，竹婵随和，善解人意好相处。关键呀，她对楚煊言听计从到崇拜。还有竹婵又快又准的心算本领，购物、算账交给她，分文不差。这让数学缺腿的赵楚煊惊叹佩服。

当然，两人相互欣赏。竹婵佩服楚煊凡考皆优秀，古今中外的历史故事、世界经典、名人传记，楚煊都会讲得风生水起、扑朔迷离，风趣如书虫。两人颇有"相逢何必曾相识"、如故交知音一样的情感。

后来的岁月，无论春夏秋冬、无论喜怒哀乐、无论酸甜苦辣、无论秋风甘露、无论酷暑严寒、无论幸福病痛，赵楚煊和竹婵都情同手足，亲如姐妹，不离不弃。

第二天演讲，在校阶梯礼堂，会场座无虚席。全院、系的领导和教师代表，二级学院的院长、副院长、书记、副书记，人事处、宣传部、党团、工会等部门的负责人都在前排就座，场面隆重。

九位评委，12名演讲老师，新教师占多数，12名参赛教师，大都是女教师，男教师只有三名，都是新进的。

赵楚煊抽的是5号签。

这场比赛的主持人也是参赛选手，是文法学院一位漂亮的青年女教师，也是学校大型活动的主要主持人。她身着V领红色、蕾丝花边、做工精良的礼裙，是主持人专用的礼服。她靓丽，有气质。不用说，主持人是内定的第一名，果然，赵楚煊以0.1分之差位居第二。

位居第二名的师德演讲人赵楚煊，此时让很多人认识了她，让很多人记住了她，让有关部门的领导关注到了她。

她像讲故事一样，用和暖细语娓娓讲述了一个让她感动的师生故事。

楚煊的演讲发于心、动以情，浅浅微笑的双眸里闪着泪光。她感动着自己，也感动着台下的师生，雷鸣般热烈的掌声给她的支持认可，很鲜明！

虽以0.1分之差获得第二名的赵楚煊，颁奖刚结束，就有两位女老师到颁奖后台找到她：

"小赵老师，能把你的演讲稿让我们复印两份行吗？"一位三十出头年轻点儿的女老师谦和地问。

"你演讲得太好了，想把你的演讲稿带回去让孩子学习。"还没等楚煊答话，年龄稍大一点儿的女老师同样和蔼地说。

"可以。"赵楚煊爽快地答应，马上将演讲稿从包里取出，毫不犹豫地给了年轻点儿的女老师，并说不用还了，她电脑里有备份。

"太谢谢了。"两位老师同时道谢。

赵楚煊位居第二的成绩，让很多人记住了这位清纯如学生，用爱作使命的青年教师。

演讲结束，竹婵见到楚煊既为她高兴，又为她打抱不平。

"你演讲得特别感人，给你的掌声此起彼伏，比谁的都热烈，明摆的第一名，非要少0.1分，把第一名给内定的主持人，咋哪儿都少净土呀！"

"我已经很满足了，不给部门丢份儿，不让主任失望就行了。"

"楚煊，我要做你最好的朋友。"

"走，到我那儿，给你现磨纯正的英式咖啡。"楚煊没有忘记给竹婵的许诺。

三

第二天上班，赵楚煊见到主任的第一句话：

"主任，我只得了第二名，您不会失望吧。"

"小赵老师，我没看错，实力小将，今天下班咱们集体聚餐为你庆贺。"汪主任高兴地说。

"还有，校宣传部郝部长昨天来电话，让你今天上午到宣传部找他，有事和你谈，你现在就去吧。"

"好吧，宣传部在哪儿？"楚煊问。

汪主任告诉她宣传部在校行政楼三楼。

楚煊疑惑，不知道宣传部长找她什么事。

郝部长，四十多岁的教授，楚煊在新教师入职会上与校领导会见时见过。昨天在师德演讲会上，宣传部长致辞，并给获奖者颁奖，楚煊与他握过手，有印象。

楚煊来到行政楼三楼部长办公室，很礼貌地说：

"郝部长，我是赵楚煊，汪主任说您找我有事。"

"是的，快坐。"郝部长和蔼地说。

接下来，郝部长先是夸赞，祝贺她演讲非常成功，是好苗子。然后直奔主题，让赵楚煊考虑来宣传部工作，并兼任校团委宣传委员职务。还说看了她的档案，她大学时就担任过班长、校学生会宣传部长、校学生会副主席，19岁入党，根正苗红，很有培养前途……最后说：

"我今天找你来，先听听你的意见，你若同意，我们就汇报校长，调你来宣传部工作。"

部长语气和蔼但态度认真。

"部长，太意外了，来宣传部工作我从来没想过，我只想讲课当老师。"楚煊有点儿紧张地说。

"先别拒绝，考虑一下，明天答复我。"郝部长说。

"好吧，我考虑好了明天给部长回话。"

说完，楚煊离开行政楼就给妈妈打电话，把郝部长谈话的内容一五一十地告诉妈妈。妈妈问："你想去吗？"

"我只想当老师，别的我不会考虑。但又怕驳了部长的好意。"

"不用怕孩子，遵从你的内心，做你喜欢的。你可以听听衡校长的意见，他对你这个英国留学的小校友，还是比较赏识的呀。"

"真的耶，谢谢妈妈提醒。"

赵楚煊迅速整理情绪，给衡校长发了一条想拜见的短信，半小时后收到回复。楚煊又迅速整理情绪，怀着一份忐忑和纠结，在衡校长办公室腼腆地汇报了郝部长想调她去宣传部工作的事情，还有自己只想当老师的想法，想听衡校长的意见。

衡校长听完后说："就在一线做老师，别的先不考虑。"这明确的意见，让赵楚煊的心如拨云见日般敞亮。

接着，衡校长给楚煊讲述了他青年时期在一线从教快二十年，现在依然带博士生的经历。赵楚煊受益匪浅，她告诉自己：

"这就是榜样，我要做一线最好的老师。"

机会多不一定是好事。有时候选择带来的困顿、纠结，会使人心绪紊乱，迷失方向，不知所措，甚至会丢掉初心。

简单又一根筋的赵楚煊又经历了一次选择的困惑。

好在，有妈妈提醒、衡校长指点迷津。

赵楚煊在坚持初心做一线教师，抑或去前途无量的行政部门工作之间的选择，就这样尘埃落定。她放弃后者，不改初心。

赵楚煊第二天一上班，便当面给郝部长回复了自己的决定。

郝部长有些惋惜地说："我认为校宣传部有利于你施展才华，看了你的档案，听了你的演讲，我们有责任发现人才、培养人才，学校里最不缺的就是老师，但有文采，又有内涵和功底，还能表达通透，有感染力的人，还是需要发现，需要培养的。你只有25岁，行政岗位对你而言，前景不可估量。

"小赵啊，你既然做了决定，我也不能勉强。不过，根据你的素质，校团委增补你为青工委员，兼职的，不影响教学，你可以间接地发挥一些才干，这个可以考虑吧？"

"好吧。"楚煊答应。

郝部长惜才，赵楚煊遇到"伯乐"，一次演讲让她成了青工委员。只是后来楚煊一根筋只顾教学，青工委员给了她荣誉，她却有名无实，没做什么贡献。

回到公外部，楚煊想总该言归正传上讲台教书了吧，哪怕替其他老师代课也行。还真应了她的愿望，一边给主任打下手做一些部门表格，课时统计，工作小结之类的政务琐事；一边替主任带少部分课，帮主任审核毕业论文。每天要做的事情，在主任那儿都是头等重要的，但对楚煊来说，除了上课教学，其余都不重要。她不喜欢无头绪的事务工作，心心念念就是盼着自己上讲台，讲自己想讲的课。尽管主任告诉她，就一学期做这样的工作，她也不想让自己虚度。

一个休息日，赵楚煊到商业、文化、游客密集的闹市区，看见有几家知名培训机构，如新东方、环球雅思、新航道等设点招聘英语培训教师。

醒目的招聘广告牌上，一是介绍自己培训机构优秀的师资，强大的培训阵容，涉及从高中到大学到考研到留学各个阶段关于英语听、说、读、写的全部内容，英语提升的斐然成果，在全国培训机构知名品牌效应。二是招聘培训师的条件，有一条让赵楚煊动心、动念："有英美留学经历的优先。"三是培训教师试用期合格留用后，待遇丰厚。

楚煊先来到新东方，她英国留学，纯正的应用语言学硕士专业，经历不用说，马上通知她写20篇100词以上的英语作文，以备考核。

楚煊又来到知名度较高的环球雅思。她英国留学全科7分的雅思成绩，被环球直接录用，试用期一个月，给出的待遇高出大学教师两倍还多，并告诉她，若被聘用签正式合同，待遇更为优厚。楚煊马上说：

"不行，我是大学在编的正式老师，不能在外代课，我只是报名试试。"

"你在大学肯定是英语老师，这不冲突呀，你没课的时候在环球做兼职，只要入聘我们机构，我们可以根据你的时间给你排课。我们有好几位大学老师在这儿兼职呢。"一个比楚煊大点儿的女孩中肯地说。

"你周六、周日、寒暑假不都有时间吗？不会影响你大学工作的。我们的课大部分安排在节假日，寒暑假最集中。"不知什么时候来了位三十多岁，像是有职务的女领导微笑着说。

环球诚挚地一再挽留，让楚煊想答应又不敢答应。

"噢，是这样，让我想想吧。"赵楚煊没有马上答应。她想回去找竹婵商量，再打听一下在职老师有没有在培训机构兼职的，会不会影响工作。

赵楚煊赶快离开招聘点，没想到"小试牛刀"的应聘，两家知名培训机构都像伯乐识"骏马"一样，"稀罕"她。

有一种开心叫自信。

这一天，楚煊非常开心，她马上打电话给竹婵，让最好的朋友分享她的快乐，告诉她在新东方和环球雅思应聘的事。

"本是无心育柳想报名试试，没想到两家培训机构都要录用，特别是环球看到我填的履历表，知道我是以7分的雅思成绩留学英国，有应用语言学硕士学位，马上让我试讲，还以优厚的待遇诱惑，而且授课时间由我定，态度诚恳，信任有加，保证不耽误我的工作，让我挺感动的。你帮我打听一下，只在双休日、节假日和寒暑假代课，做兼职老师行不行？咱们学校允许不？"楚煊既兴奋又担心地对竹婵说。

"楚煊，太诱人了，你想去谁家？新东方、环球雅思都是最厉害的培训机构，谁给的工资高就去谁家，听你的口气你被环球感动了，不用考虑，就跟环球签合同吧。"

"你把重点忘了，帮我打听，在不耽误正常工作的前提下，只在节假日做兼职老师行不行？签合同没那么简单。"

"咋不行，有很多教授、副教授、工程师、建筑师、审计师，只要有一技之长的专业人才，业余时间做兼职，利国、利民，有啥不行的。"

"真的，你还是帮我打听好了再说。"

"好吧。"竹婵爽快地答应了。

和竹婵的通话让楚煊更加开心。她从书柜里找出考雅思时做的训练笔记和作文练习，挑选了20篇百词以上的雅思作文，仔细看了一遍，对十几篇进行了增减修改，第二天送到了新东方。

周一上午，新东方电话通知赵楚煊去面试，她马上意识到新东方要求的时间和自己工作的时间不能兼顾，于是毫不犹豫地谢绝了。与此同时，环球给了一个让她自主选择周六或周日来环球试讲的通知，而且电话里的语气，真有点儿"求贤若渴"般的恳切。

不用赘言，环球对赵楚煊的欣赏与信任让她感动，她唯一的要求是只在双休日和寒暑假代课。

环球答复："没问题，保证不耽误学校的正常工作。"

就这样，25岁的赵楚煊除了有大学教师身份外，又多了一个环球雅思主讲培训师的身份。

赵楚煊与环球签约后，就推辞了新东方的再次邀约。同时她要求退还她写的20篇百词英语作文，当时收她作文的年轻女老师说，作文交上去了，没退回来。

她告诉楚煊自己也在创办培训机构，特别希望楚煊跟她干，并说若楚煊答应去她那里代课，按小时付费，不用缴税，她生源多，不愁没课，若楚煊愿意，等她的培训机构批下来还可以给楚煊股份。

赵楚煊觉得已经和环球签约，不能这山望着那山高，而且她只想在正规的培训机构兼职，就谢绝了。

为避免纠缠，赵楚煊20篇百词英语作文只能牺牲了。

这件事，楚煊告诉了妈妈，妈妈肯定了她的选择，但对牺牲20篇作文的"壮举"很心疼。妈妈说：

"你应当坚持拿回自己的作文，20篇百词英语作文，又不是一两篇小作文，不能随便给人，你享有著作权的，傻孩子。"

"没事妈妈，我若再去要作文，怕那女老师再纠缠，她一直给我打电话让我到她那里代课。算了，她可能会用我的作文讲课，说明我的作文好呗。"楚煊大度地说。

其实，她心里也舍不得，没办法，人家想扣下自己用。楚煊脸皮薄，不忍心再要。

"唉，我的傻女儿。"妈妈怜爱地嗔怪。

对在培训机构兼职代课，妈妈不赞成。担心在外面代课影响工作，也怕累坏身体。楚煊很坚持，说她只是节假日和寒暑假在外代课，自己年轻不要紧。她喜欢和学生在一起，上课充实、开心。妈妈叮嘱她一定要爱惜身体，不能影响工作。

环球很有信誉，每次都事先征求她的意见，只在节假日和两个假期为她安排课时。

楚煊在环球只带雅思，对她来说，雅思无论听力、阅读、口语、写作她都游刃有余。她考雅思的经历以及留学英国应用语言学专业的功底，都让她的课充满魅力。

她注重学习方法，最注重启发学生学习兴趣，调动主观能动性，触动学生有兴趣地主动学习。她有自己独特的教学方法。

她会因材施教，灵活多样，不拘泥于教材。英语国家的文化背景、新闻故事、有趣的段子，掌握必需的知识点都是楚煊授课的内容。

她要求学生对知识点的掌握不能只满足举一反三，她要求举一反四、反五、反六。在环球讲雅思，她深入浅出，独创了单词记忆九步法、阅读写作联想法、听力口语互补法等等。

差不多半年时间，她便小有名气。因为她授课的一对一学生，雅思考试一次通过率高达90%以上，而且有考平均7分的学生。这个学生成了赵楚煊的崇拜者，本打算去澳大利亚，后因为7分去了美国学计算机专业。还有去英国并申请到牛津Offer的学生，赵楚煊的实力不言而喻。

环球年轻的校长更是把赵楚煊当成宝贝，广告效应自不用说。

这些考7分的学生也是赵楚煊的骄傲，慕名而来的学生不计其数，她在这里虽然很累，几乎没有休息日，但她很开心。不说优厚的待遇，仅天南地北的学生，一个个考往世界各地，就令她觉得自己特别有价值。

赵楚煊出色的教学和成果，自然会招来"羡慕嫉妒恨"。

她最恼火的是两次讲义被盗。

窃取讲义的人，不知是想研究她的讲义有什么特别之处，还是想让赵楚煊抓瞎上不了课，导致学生投诉。第一次丢讲义，毫无防备的赵楚煊四处寻找讲义，结果误了上课时间，被学生投诉，正让嫉妒者达到了目的。

好吧，这下正撞上单纯、率直、认真、较真皆齐备的赵楚煊。

她认为知名培训机构的老师，都应该是学术有专攻、教学有特点的高素质的人，怎么可能因嫉妒不择手段。她讲课的内容都在心里，没有讲义，她照样"瞎子数豆，心里有数"。

　　楚煊是个给点儿阳光就灿烂，只要信任即便肝脑涂地也在所不惜的人，最不能忍受背后使坏的人。她把面子、名声看得比天大。

　　学生投诉，对赵楚煊来说如奇耻大辱，说不清的委屈。对品质低下的卑鄙小人，厌恶、憋屈让她愤怒，她不干了。她对培训机构的校长说：

　　"我两次莫名其妙丢失讲义，都是在学生休息离开教室吃饭的间隙，学生拿我的讲义没有用，谁拿的不用明说了。我没有讲义并没有影响到授课，如果有该讲授的内容我没讲到是我的责任。本来我该及时对你说丢讲义的事，我怕老师之间相互猜疑，影响团结，就自己消化。没想到别有用心的人如此下流，指使学生反咬我一口，如此不洁净的地方我不干了。"

　　"赵老师不生气。投诉的事情我已经了解清楚了，一会儿投诉的学生会向你道歉。你不能走，刚放假，慕名报你一对一上课的学生数量，会让你惊讶的。你是我最欣赏的年轻老师，人漂亮，课讲得棒，学生喜欢，雅思通过率名声在外，我不会放你走的。"

　　"代课费我不要了，招人嫉妒，不知道还会发生什么事情。"

　　"不会了，我以后多提醒，你把自己的讲稿教材看紧。不防人的小姑娘，受委屈了。"

　　校长不到四十岁，这个培训机构是她从父亲手里接管的，她有两个特别可爱的女儿。也许因为是妈妈，她成熟，有母爱，赵楚煊被她说服了。

　　晚上，校长特意安排办公室颜主任请楚煊吃饭，还送她一支法国防水口红。

　　楚煊推辞。一是她不愿意接受馈赠，她想保持一尘不染、不欠人情的形象；二是她不喜欢口红之类的化妆品。颜主任讲是校长让她转送，不能驳面子。

　　校长和主任的温情与信任，让赵楚煊在环球一干就是七年。她在这里有过快乐，有过骄傲，有过郁闷，有温情，有愤怒，也有成长。

　　最大的收获是个人价值在这儿得到充分体现。

　　最大损失是消耗了些许青春最宝贵的时间，在对的时间没有谈对的恋爱。得与失是否匹配，是否平衡，她不后悔。

她说："学有所用，学有所爱，学有所得，忙碌着，快乐着，累着充实着，肥了绿瘦了红，是我喜欢的状态。"

她喜欢一句格言，记不清是谁说过，"你从没见过一个忙碌的人不快乐"。

若不是赵楚煊准备读博，无暇兼顾，这份她分外喜欢的雅思主讲培训师工作，她有可能还会继续"肥绿瘦红"地站在主讲培训师的讲台上坚持干下去。

楚煊不会忘记，在她决定辞去环球口语与写作主讲职位的时候，校长、主任挽留不舍的情景。校长对她说：

"完成博士学习后，环球给你更优厚的待遇等你，主讲师的位子给你留着。"这份信任与期待一直令赵楚煊备感温情与鼓舞。

四

偶然的无心育柳，初识伯乐，最初在培训机构的兼职，正发生在赵楚煊刚进校被人事处借调，做主任助理这个自己不喜欢的工作的时候，如遇"英雄用武"的一个契机。双休日和节假日她给学生上课，填补她一心从教的失落，满足她教学授课的渴望，说是契机，倒不如说是插曲。

插曲有插曲的韵味，而主旋律的壮阔才是安身立命之本。

工作之余的兼职，只是赵楚煊从25岁到32岁青春岁月里一道闪亮的彩虹。

赵楚煊的主业是大学老师，大学校园里五彩斑斓、风雨磨砺、授业解惑，与学生切磋知识与成长的教书生涯，才是赵楚煊的终极目标。

她热爱教学，热爱讲台，热爱大学校园，她把青春澎湃的热情全部倾注在大学校园。

其实，就在楚煊不喜欢做行政的这个学期，她收获了很多。

学期末，她被吸纳进了省教学科研项目组，成为省英语教学改革与实践项目组"三剑客"之一。

项目组的领军人，自然是集学识、经历、经验于一身的汪主任。另一位是教学科研成果斐然的一线教师邬教授。赵楚煊这个还没有真正在这所大学里授课的"生瓜蛋"，竟然成了科研项目组成员，她心里像揣了只小兔蹿上蹿下的忐忑，说不清是压力还是激动。

汪主任的话给她吃了定心丸：

"楚煊啊，科研项目需要有作为的年轻人，你的专业、实力应该是我们这个科研项目的不二人选。年轻人思维活跃，能创新。我看好你是好苗子，衡校长叮嘱，有机会多锻炼你。"主任语重心长，寄予厚望。

赵楚煊点着头在心里对自己说：

"不负期望，虚心学习，做好项目。"

主任接着说："记着，兼做科研项目，下学期你教学任务很重，两者兼顾，不能厚此薄彼，都要出色完成，你要充分做好准备。"

"主任放心，科研教学两不误。"

在兼职做科研项目的一年里，楚煊在两位教授身上学到了很多书本上没有的东西，比如英语教学改革的方向，英语传统教学与现实应用之间的缺陷，理论与实践怎样契合等等。

两位教授深厚的理论素养、丰富的教学经验让她很受启发。两位教授各有所长，见解独到，对科研孜孜探究的认真态度，都让楚煊受益匪浅。当然，楚煊也是出色的，她将自己硕士研究生阶段搜集、整理、分析的有关中国高校英语学习者普遍存在的问题，以及语言文化背景在教学中的地位作用，结合自己教学实践的感悟，融进"大学英语课程建设与教学法研究"的课题中。

一年后，赵楚煊参与的科研项目获奖，这对她鼓舞极大。接下来，她每年都会在国内外核心刊物独立发表一至两篇学术论文。2011年，她独立完成的学术论文被国际核心刊物《价值工程》选用。

2010年新学期，赵楚煊迎来她教书生涯的正式年轮。以前上讲台，她只是见习的，代理的，用她的话说是"热身"。

赵楚煊对讲台的热爱怎么说呢，她觉得只要走上讲台，心就会澎湃，情就会四溢。终于有了自己的学生、自己的讲台。她的青春、热情、智慧属于三尺讲台，属于和她一样活力四射的莘莘学子，她爱他们如爱自己，因为她并没有褪尽学生本色。

每一届每一班的第一节新生课，学生在见赵楚煊的第一面都会猜测，她是老师还是学生？直到她走上讲台自我介绍的前一刻，还有学生怀疑、惊愕，这位赵老师行吗？

学生怀疑的目光、惊愕的表情，都会在赵楚煊纯正利落的英语自我介绍中消除。接下来轮到学生要像老师一样用英语自报家门，参差不齐的英语自我介绍，课堂气氛顿时聚焦而热烈。

人人有份，谁敢懈怠。口语好的自信，口语弱点儿的紧张，不善口语的暴露弱项。而讲台上的赵楚煊，就在这宝贵的第一节课，记住全班每一个学生的名字。同时，对这个班学生的英语程度，也能初步心中有数，还有对学生学习英语的兴趣、短板等等，她都在用眼用心观察判断。

还是这第一节课，赵楚煊会把她的授课方式、教学任务、对学生的要求、学生要达到的目标都做具体的交代，并让班长架起她和学生友谊的桥梁。她对学生说：

> 我和你们在英语桥的两端，通过班长转达你们学习上的困难和问题，再将我解决的办法转达给你们，让我们共同在英语桥上风雨无阻，彩虹同享。让英语桥成为你们起飞的翼、远航的桨，帮助你们成长、成功，我们乐在其中。

第一堂课，在赵楚煊满怀深情寄予希望、富有诗意的话语，加上纯正利落的英语，清亮干净柔美的嗓音，还有饱含热情和希冀的双眸中结束。

"这个赵老师太棒了，不愧是英国名牌大学留学回来的，那一口纯正流利的英语够咱们学的。"

"遇到这样才貌双全优雅的老师，不好好学习对不住自己。"

"幸运，赵老师清纯得和咱们一样，可她的一堂课没有重复的话语，内容量大饱满，要下功夫消化，佩服！"

……

赵楚煊听到各班班长反馈的溢美之词，心里美滋滋的。她追求兼容并包、开放自由的学风。她喜欢自己像学生模样，又有老师是娃娃王的明星感觉。

说起楚煊班里的班长，个顶个聪慧可爱。本就是学校最好专业的学霸，楚煊爱他们还有一个重要因素，自己和学生大都是80年代后出生的独生子女，都是爸爸妈妈甚至是这个时代的幸福宝贝。楚煊对自己的学生更像知心姐姐。他们亦师亦友地相处，每个班长在她这儿都有昵称：小云霄、小葵花、小甜美、小真爱、小太阳……对男班长，楚煊矜持而有分寸，称他们：小帅男、小帅哥、小勇敢……对班长，她厚爱一份，也严管一格。她最爱讲的一句话：

"你们超越老师，就是我最开心的自豪。"

她还把自己喜欢的格言分享给自己的学生："如果你不能飞，那就奔跑。如果不能奔跑，那就行走。如果不能行走，那就爬行。但无论做什么，都要保持前行的方向。"

第一年她带四个班的大学英语，别小看这四个班，他们可是CJ大学王牌专业的金融、国贸班，每个班的学生比普通专业学生多一倍，学生出类拔萃，藏龙卧虎，在楚煊眼里都是能展翅高飞的雄鹰，所以，她把给他们带好英语课当作自己神圣的使命。

随后几届，赵楚煊基本带金融、国贸、保险等这些CJ大学最强专业的大学英语。

她对英语教学的投入是百分之百的，她的目标是在教与学的结果上，就是按本科和考研必须通过的四、六级，努力不落下一个自己的学生，力争全部通过。

为了心中的目标，她把启发学生热爱英语学习的兴趣放在重中之重。

怎么让学生对她的课能热爱有加，兴趣欣然，赵楚煊有自己的方法：把英国传统文化故事、中国传统文化故事，用英语讲，比较两个传统故事的异同；通过播放励志片、神话片、恐怖片结合必须掌握的知识点、单词、语法、汉语与英语两种不同语言的逻辑思维，让学生在故事里寻找，各抒己见，相互交流。

放影片，她不局限在听力课，看似放影视，赵楚煊在选片时做足了功课。

在选片上她第一讲原则，所选影片会让学生掌握有关单词、口语、语法，故事情节在写作上的表达，片中人物的会话交流、语气语调等等；第二，片子里的故事要有时代代表性；第三，片子的内容要充满趣味。而先放哪部片子，后放哪部片子，她既讲原则又讲灵活，用她的话讲：

"不管放励志片、恐怖片还是神话片，目的就是让学生在课堂上用有画面感的视听，用新、奇、怪的故事'聚神'。把片中的单词、语法、口语、会话交流、故事表达在写作上的逻辑思维，通过眼睛、耳朵，把新鲜、离奇、古怪的故事撞进心里，'安营扎寨'。每部视听片里要掌握的知识点，都要多于书本上每个章节要掌握的内容。"

而日积月累呢，对知识点既集中又能励志，比如影片《花木兰》；对光怪陆离的片子，比如《死寂》，赵楚煊会要求学生下去反复看，最好烂熟于心。这叫"外力聚神"启发兴趣，用外力让知识住进心里。"安营扎寨"的教学方法是赵楚煊的独创。

她的"外力聚神""安营扎寨"教学法效果好吗？

楚煊学生的大学英语成绩以及四、六级的通过率，给了赵楚煊自信和喜悦。

她每届带的四个班，两百多名学生英语成绩通过率可达90%以上。还有啊，赵楚煊的课从不点名，她的点名都是请学生到讲台交流自己所学心得、所思感悟、见闻、兴趣等等。把这门工具课真正把握在手，融化于心。

赵楚煊的教学不仅仅是"视听聚神"，让英语在心里"安营扎寨"。她用自己研究的"中国高校英语学习者听力与口语互补"理论，结合自己英语学习的有效方法总结独创了一套自己的教学方法，比如：

单词记忆九步法，

听力口语互补法，

阅读写作联想法，

文化背景比较法，

互动强化检阅法，

书本实践生活化等等。

这一套教与学的方法，赵楚煊把它们贯穿在整个教学过程中。

每节课堂里，她的教学如"排兵布阵"，传授给学生的是破阵的武器和方法。

她教得用心，学生学得有趣。

她的愿望就是在有限的时间里，让自己的学生和自己一样，把对英语的喜欢成为自然、成为自觉，最终掌握一个本领，去敲开世界更广阔的大门，走进未知世界，多一件利器，多一副铠甲。

赵楚煊的教学方法，兼容包纳，学风开放自由，不墨守成规，既吃透课本，又超越课本，突破僵化。

她的功夫在于给学生一杯水，自己先装满一桶水。这桶水的积累在读书，在观察，在旅行，在收集，在吐故纳新，在去弃糟粕的学习进取中。

赵楚煊的阅读，涉猎广泛，教材里的内容对她只是沧海一粟。她的触角涉猎新闻热点、体育明星、娱乐八卦、幽默段子、社会关注、报纸杂志、文学经典，包括中国的、世界的，都是她浏览的阵地，是能开花儿的土地。她自勉：

"在学业有专攻的前提下，向'杂学家'靠近。"

她沉浸在书里，却不是书呆子。她每天所有的阅读都会为她授课所用，课堂上最新的时政要闻、社会关注的焦点、明星的八卦等等，凡是学生关注的，她都会用英语像讲故事一样风趣地娓娓道来；看到学生兴奋的、聚精会神的、惊喜的眼神，她都会感到喜悦和满足，与学生一起心旌荡漾。

五

人的精力时间都是有限的。赵楚煊累的时候，觉得知识要枯竭的时候，她选择旅行。当然，这只能在节假日，而且也只能忙中偷闲。

"读万卷书，行万里路。"不同的地方，不同的民族，不同的语言，还有不同的饮食，都会让赵楚煊剪取她感兴趣的人和事。这些都是灵动的，新鲜的，好奇的。旅行不仅能放松身心，最重要的是汲取书本以外的天空、海洋、蓝天、白云、青山绿水、鸟鸣花香、乡土风情、饮食习惯、历史文化……都是她带进课堂与学生分享的新的知识给养。

听听赵楚煊自创的单词记忆九步法。

单词是英语大厦的砖石，学到一个单词，从音到意，从意到用，从用辐射到听、读、写，从听读写不同的语境，不同的语法，单词在其间的不同表达，一词多用，放射性地记忆，事半功倍，砖石聚集多了，大厦就不愁，信手拈来，得心应手，平地起高楼。

互动交流检阅法，是赵楚煊教与学的利器。

每堂课前三分之一的时间，她用快速利落的全英讲述本节课必须掌握的要点，然后回顾上节课的重点，这个环节通常是学生来完成。学生给老师讲上节课理解消化的知识点。别轻看这个环节，每个学生自然会全神贯注，因为回答问题的学生面临自己、老师和全班同学的检阅。她通过学生回答问题，检阅自己授课存在的不足和预期的效果，最重要的是学生间的差距。然后根据不同层次不同特点的学生，有的放矢地教与学，力争不落下一个学生，洞悉每个学生的优势是否达到。还有学生通过讲述，相互发现自己的优劣、差距。这个互动交流检阅教与学的方法，触动的是主观自觉性，而且是积极的、主动的、相互促进的。

再看书本实践生活化的教与学。

赵楚煊对教学的热爱源于对学生的关爱，她爱学生就像她在学生时代被老师关爱一样，非常希望自己的学生能感受到她的关切、鼓励，自信快乐地成长。

书本实践生活化这一独创教与学方法，是赵楚煊教书育人的一个追求。她深知大学阶段是学生成长最关键、最宝贵、最重要的人生节点，所谓青春和生命不可复制的珍贵和美好。课本课堂的学习目的是为创造美好生活而学习。

赵楚煊独具匠心，自诩花匠，要让自己花园里的花儿，在她精心浇灌培育下，健康而舒展地吸取阳光雨露。

她给出的作业："以每个宿舍的同学为一个自然学习组，制作不少于10分钟的视频短片，短片中每个学生都要有自己的表现，是表现友谊，是表现相互学习，还是关注文体、娱乐、时政利弊，还是分析社会关注热点，还是讨论未来理想等等。短片题目自拟，但里面一定要用学过的单词，会话口语，相关的语法……"这个作业全班师生观看评分，比出优胜。完成这个作业是凝聚集体智慧，凝聚团队力量。

每个宿舍的同学人人参与，摩拳擦掌，谁甘落后？

短短的视频，要展示个人才华，谁愿逊色？

要反映宿舍风貌，能不友谊第一？

要看制作内容，能不群策群力、集思广益？

要比优胜，能不追求卓越，博览群书，善思善学？

书本实践生活化的教与学，学生从中学到的远远超出书本，最重要的是成长，懂得个人力量渺小与集体力量之强大、友谊之快乐与团结之美好。赵楚煊也同自己的学生一样，在书本实践生活化的教与学中快乐前行。

听力口语互补法，阅读写作联想法，不用多言，这是赵楚煊的经验。

她用视听片示范解析后，要求学生在看过每个视听片后，总结适合自己的内容，各取所需。当然，在选择视听片上她不仅是先睹，最关键是精选，从五光十色、缤彩纷呈、种类繁杂的视听片里，选择与课件契合的连接和依存，还要有励志进取的、光怪陆离的、惊心动魄的。一句话，她选的视听片要效益最大化，让学生从中得到举一反三，举一反五、反八、反十的效果。

赵楚煊自创的这套教学法，是这个聪慧又真性情的小赵先生先行大胆使用，且收效甚佳的经验。她不局限课本，灵动活泼，包容兼纳，每堂课的吸引力在于新、在于奇、在于出其不意。

她认为教与学应该是高度统一，不可分割的。她大胆突破"你教你的、我学我的，两张皮错位"的教学模式，这种教学只能消耗了时间，教的（得）无趣，学的（得）无味，收效难佳。

赵楚煊的教学法既有创新的成分，也有优秀的传承。不拘泥课本，是她从自己的老师那里学来的理念。她的英语引领老师唐燕教授曾经对她讲："嚼过的馍馍不香。""老师传授的必须是来源于书本，更重要的是超越书本更广阔的知识。"

课本人手一册，学生可以随时去学去读去悟，开启学生读与悟的思维和方法，这是老师的功课，是书本之外的功力。如今，赵楚煊做了老师，当年老师的理念对她影响深刻，她把老师的理念发展到每天的新闻热点、社会关注、娱乐体育、励志进取，甚至明星八卦等都是英语课堂的内容。

互动交流检阅法，书本实践生活化，则是赵楚煊读研究生时，接受完全开放式教育所受启发的创新。开放式教育最显著的特点是倡导自主性，且又是团队性，并使两者你中有我、我中有你。

这种教育理念源自"一人为大家，大家为一人"的人生信念。比如赵楚煊读研是应用语言学，研究方向，论文课题，是中国高校英语学习者听力与口语的互补。她的导师当年带的研究生中有两名亚洲学生，做这个课题的只有赵楚煊一人。她在研究完成课题过程中，除了把导师给她开的书单一本不落读懂、理解、消化外，其中一个重要环节就是广泛听取异国同学的观点，并融进自己的课题里。而自己母国高校学者的调研数据、实践分析等，又是不可或缺的部分，还有导师的观点，也是课题的重要内容，完全体现兼容并包的学风和研究态度。

一个课题的研究不是一家之言，最终完成的课题是八方之言融为一体，有骨有肉，有血有魂的整体。这里的教与学注入了鲜活的人生哲理，个性的生命彰显，离不开群体智慧的支撑。

听力口语互补法、阅读写作联想法纯属赵楚煊自己的感悟。她也是毫无保留，如数家珍地传授给自己的学生。是否好用，她自信地让学生向她学习。

"要向老师学习，当年，老师留学读研雅思考试，口语考试，考官当场给了7分的好成绩。一位像圣诞老人般慈祥的英国考官，他送我出考场时，拥抱了我说：'去吧，去你理想的大学，那儿很美。'老师希望有一天，看到你们取得优异成绩也说：'去吧，去实现你们向往的理想。'"

赵楚煊热爱讲台，热爱教学，更关爱她的学生。她自喻花匠，英文名Yolanda，走上讲台，她心潮澎湃，面对学生，她一往情深。

对学生，她更新了"师道尊严"该有的模样，师道里的"尊"是双向的，老师授道应该受到学生的尊重，学生学道亦应受到老师的尊重，最重要的是教与学两者，彼此人格的尊重。

"严"也是双向的，不再把"严"单独用于接受教育的学生，而老师治学之严，师范之严，解惑之严，更为重要。而对学生的"严"又应当是以爱护、呵护、尊重为阳光雨露。楚煊面对和自己年龄相差无几的学生，就像曾经的自己，她当年渴望老师做的，她的学生对她也是一样的期待。

"我立志做一个好老师，像花匠一样爱护珍惜自己花园里的每一枝、每一朵含苞待放的花儿。给他们和风微雨、暖阳和滋养的沃土，让他们积蓄盛开的力量。我要求自己不光是蜡烛只燃烧自己，我要让自己更像火种，点燃学生心中光明澎湃的青春之火、希望之火。"

这是赵楚煊在走上这所大学讲台前一天晚上，在日记里对自己说的话。她写下这段文字的时候，心如大海翻涌的波涛澎湃起伏，像是要干一场轰轰烈烈的事业。

思想的力量就是路标，想到了，做就有方向。

"桃李不言，下自成蹊。"赵楚煊这个80后的"小先生"和她80后、90后的学生彼此在教与学中，在相互热爱中成长。

六

赵楚煊的课从不点名，却座无虚席，外系慕名听课的学生要提前预约。她的课，洋溢着生动活泼，洋溢着热烈友好，洋溢着知识趣味与饱满精神的和谐。如若有学生因病、因事缺了哪节课，他们会想办法查到这节课在哪个班还会有，便给楚煊预约要补上。

赵楚煊是感动的，她感动于学生的尊重，感动于学生自觉学习的态度，更让她感动的是学生优异的成绩，这是对她教学方法最好的证明，是对她最高的褒奖。

纤细弱小的脖子上顶着一个硕大的脑袋，一副几乎占了半张脸的时尚眼镜后面，一双又圆又大的眼睛与浓黑俏丽的双眉，炯炯有神，嘴角上扬，唇红齿白。身着改良了刻板又恰到好处不失庄重休闲的新潮西装，淡绿色立领衬衣与酒红色外套西装，搭配得优雅而俏丽。脚小如拳头与裤脚一体，左手拎时尚精美的红色皮包，齐刘海与深棕色光泽美丽的齐耳短发，整齐地贴在漂亮招风的大耳朵上，摆开双臂，阔步前行的姿态。大脑袋与苗条身材的比例大概三分之一比三分之二，大眼睛与大脑袋的比例大概也是三分之一比三分之二。这幅漫画从神态夸张到色泽搭配之用心，淋漓尽致地展现了学生心中的赵楚煊浑身上下溢满智慧、优雅和俏丽、可爱又精神饱满的知识分子气息。

漫画的背面写着"优雅的Yolanda，我的英语老师"。这是赵楚煊带的第一届学生中，一位颇有漫画天赋的学生毕业离校时给她画的漫画。学生对楚煊的热爱，漫画告诉了她，这幅漫画楚煊珍藏于心于册，在接受的那一刻，她晶莹的泪水模糊了双眼。

她把这幅漫画发给妈妈，分享学生的才华与对她的爱戴，还把这幅漫画做成了妈妈的手机屏保，让妈妈随时看到她在学生心目中的模样。

说到画像，赵楚煊的学生多才多艺，有艺术天赋的学生不在少数。还有一幅难忘的油彩画，这幅油画出自她的一名已经毕业，工作于外省的女学生。学生在微博里看见楚煊患癌症治疗间隙，西行养病，途经察尔汗盐湖自拍的一张手捧盐粒的照片。她用画笔为老师画了一幅与照片惟妙惟肖的肖像，并装裱得如艺术品一样珍贵漂亮。楚煊将这幅画挂在客厅醒目的位置，举头便入眼帘。凡有亲朋、客人来访，无不赞叹学生画艺，每逢此时，赵楚煊都为自己的学生感到自豪。

在装裱好的相框背后有一行端正娟秀的楷书："想念恩师，加油。"赵楚煊收到的不仅仅是画，更是学生深深的爱与鼓励。

一张赵楚煊的英语课表，全班学生无一缺席写上自己的姓名。中文名、英文名，红色的、黑色的、蓝色的，横着、竖着、斜着，反正要写在课表上，挤满学生姓名的课表成了一幅美轮美奂的艺术品。每一个名字，仿佛学生青春的笑脸和跳动的心脏，学生对楚煊的热爱，表达得特别而质朴。这张深情的课表是赵楚煊带过的2013级金融5班学生结课时，由班长转交的。楚煊珍藏这张课表，就如第一节课记住自己每个学生的名字一样，镌刻在心。

厚厚的相册，装满一个班学生青春最美的笑靥，一页一学生，一字一深情：

"亲爱的DA DA（楚煊英文名Yolanda的简称，也是学生的爱称），你是我最最喜欢的老师，不敢想象大三没有了你的课，失落难过该怎么办……"

"恩师，多想大学四年一直有你陪伴，上你的课，是我大学生活最难忘的记忆。"

"亲爱的Yolanda，你是我们人生的导师，你的学识、才华、风趣、幽默棒棒的，我外校的好朋友、我妈妈都知道我有一个超级好的英语老师，就是你。"

"最亲爱的恩师，我们是有多么幸运才能遇见你啊，我因为参加足球比赛，缺了你的课，很愧疚，你没有批评而是鼓励我：'对喜欢的事情要努力做好。'"

"DA DA，舍不得你，我们不说再见，我把你永远放在心里，无论什么时候见面，我都会扑上去拥抱你。"

"亲爱的恩师，不会忘记你的美丽，不会忘记你的教诲，我要成为你的模样，善良、睿智、风趣、幽默，最重要优雅美丽如你。"

"最亲爱的DA DA，恩师小卷，遇见你是我一辈子的幸运，我不是你出色的学生，你却是我最最喜欢的老师，我不会忘记你，你一定要永远记住我。"

"亲爱的小卷，我的恩师，我不知道谁给你起的绰号，不是因为头发，只是觉得这是个洋气的爱称，我工作了，也要叫小卷。"

"恩师，下一届的学弟学妹真是幸福，因为他们会遇见最好的老师，大一大二收获最大的财富就是遇见你，毕业时能请你和我们照张毕业照好吗？爱你，Yolanda，恩师，未来我们成为你的骄傲，你一定要幸福。"

"恩师，纸太小，话很多，情很真，就是爱你，祝幸福。"

……

读着一页页画着笑脸、眼泪、爱心图，一页页写满不舍、热爱、难忘、铭记、拥抱、祝福的话语；看着一张张清纯、美丽、英俊、活泼、洋溢青春朝气的照片，楚煊双眼一遍遍湿润。厚厚的相册，浓浓的深情，装满了几百名学生的爱，这份爱就像一粒粒最美的花种，在赵楚煊心田里开放。

白色T恤衫上印着赵楚煊英文名"Yolanda"的特制班服，是楚煊在与金融5班如约毕业合影时收到的一份特别的礼物。

　　小卷，亲爱的恩师，2013年9月陕西，西安，雁塔区，翠华南路105号综合楼一楼的角落，我们初次相遇。

　　西财湖还有两只叫土豪和元宝的猫见证了我们曾一起走过。

校区很破旧，没有标准化的操场，甚至没有高中的校园大；宿舍很简陋，原本住六人的房间里却塞了七个人，整个宿舍楼就像是塞满鱼罐头的货车；城区里的空气很差，霾很重，天空总是灰蒙蒙的……

然而这些所有的负能量在遇见你后就怦然崩塌了，该怎么去形容你，最贴切，拿什么和你做比较，才算特别？

和学校有关的能让我们感到骄傲的，不是国贸专业，也不是经济学院，而是你——小卷！

在你的课上总会感到前所未有的放松，你教给我们的不仅仅是书本，还有积极的人生态度。

大一大二，我们在青春最美好的年纪，遇到了最美的你，这可以说是我们三生有幸吧。

小卷，我们有多舍不得你，你知道吗？

在未来的日子里，我们可能真的再也不会遇见，能叫出全班每一个同学名字的老师了。

我们再也不会遇见会和我们聊端午妞妞的老师了。

再也不会遇见，每逢长假，就让我们提前回家的老师了。

都再也不会有了，小卷，不会再有第二个。

小卷，为什么你带我们走过最难忘的旅行，然后留下最痛的纪念。

……

两年，四个学期，72个教学周，我们共同走过288个课时，课本由大红变为橘色，再变成蓝色最后变成绿色。

你说你最喜欢绿色，因为那是生命的颜色。

而我们却并不是，因为绿色的尽头便是分离。

你曾说你是我们的二妈，你还说过你也舍不得我们，但你希望我们可以感受不同老师的教学风格。

龙应台也说过，所谓父女母子一场，只不过意味着，你和他的缘分，就是今生今世不断地在目送他的背影渐行渐远。

你站在小路的这一端，看着他逐渐消失在小路转弯的地方。而他用背影默默告诉你，不必追。

二妈，你是不是也想用背影默默地告诉我们，不必追？

可是，我们还有那么多遗憾，那么多期盼，你知道吗？

我们一直叫你小卷，却从未见过你的小卷。

两年了，我们也从未见过你穿裙子的样子。

学校后面的终南山，在雨后很美呢，二教楼下的玉兰花在初春亭亭玉立，小树林里桃花灼灼，西门外的老碗鱼分量依旧很足，可是我们都还没来得及一起去感受，却已来到离别的渡口。

小卷，这个夏天我们不说再见。

长路漫漫，我们定会再相见。

谨以此片献给陪伴我们两年的小卷和她的2013级国贸2班的所有朋友。

这是一段让赵楚煊无数次感动的视频文字。

这段文字在怀旧钢琴曲"我再也看不到你的微笑"（A smile that I would never see again.）和电影《千与千寻》主题曲、"那些花儿"的背景音乐中，学生深情感人的画外朗诵，以深沉快速流畅键盘击打出画面文字，开场厚重深情，如诗如歌的文字和画外朗诵，浸透心扉。然后，是全班每个学生大一、大二上百张学生最青春的动感画面，一遍遍在"那些花儿"既活泼悠扬、又沧桑凝重的歌声中循环播放。

楚煊看着视频里那一张张熟悉的面孔和自己深爱的学生，正如歌里唱的"那片笑声让我想起我的那些花儿，在我生命每个角落静静为我开着"，花匠Yolanda觉得自己花园里的苗圃、花树，经过阳光滋养、风雨磨砺，定能开出芳香四溢的花儿，结出丰硕的果实。想到此，她的热血和热泪一起奔涌。

学生给予赵楚煊太多太多的感动，这些感动成了她青春岁月和青春生命中最澎湃的力量。

　　每学期的教学考评，学生考评打出的分，平均分都在90分以上，楚煊保留了一份学生给她的评语：

　　"最喜欢英语老师，讲课有自己的特色，富有激情，感染力强；老师很棒，很喜欢赵老师，很喜欢赵老师的课；教学方法独特，是我们求学中最难忘的一段记忆，希望我们的大学英语一直让赵老师带下去……"

　　每年教学评估，赵楚煊均为优秀，综合评价：

　　"教学内容系统完整，信息量大，重点和难点突出，教学成绩A。"

　　赵楚煊和学生教与学的默契水乳交融，相互尊重与热爱水乳交融。学生从喜欢赵楚煊到喜欢她的课，教与学在快乐中融会贯通，带给赵楚煊前所未有的喜悦。

　　赵楚煊自创教学法，使问道与解惑珠联璧合，相得益彰。学生优异的成绩让楚煊站到了大学首届实验教学、创新教学的示范讲台。在这个讲台，示范授课者来自各学院、各专业技压群芳的八仙才俊。28岁的一级讲师赵楚煊，独创的母语文化与英语文化介入比较法、单词记忆九步法、听力口语互补法、阅读写作联想法、互动强化检阅法，以她纯正利落优雅的全英式授课脱颖而出，获首届实验创新教学优胜奖。

　　因为独特新颖的教学，学生好评的呼声，还有学生成绩整体突出的实证，赵楚煊被举荐到研究生部。

　　28岁的赵楚煊下了讲台，没有了老师身份的外衣，一脸清纯稚气，俨然学生一般。研究生院领导一见，对举荐的教授疑虑地说："太年轻，怕压不住。研究生个个是天之骄子，讲不好下不了台哭鼻子都有可能。"

　　意外的举荐对楚煊而言就是个插曲，但那一刻，她对自己放弃已经获准读博的机会，有了失落和后悔，心里特别难过。她对好友竹婵说：

　　"若不是导师因病突然离世，我现在已经在南安读博了。"

　　"你已经很棒了，才工作三年你拿了多少奖了，发表了那么多论文，学生又那么喜欢你，我都羡慕死了。我也替你惋惜，要是你导师还在，你去年就返校读博了。啊呀，凭你的实力读博士是早晚的事，别难过了，你该为自己高兴才对。"善良开朗的竹婵一番话，让楚煊放下了那一刻不是滋味的失落。

赵楚煊没有去成研究生部，高兴坏了她正带的新一届学生。

"真怕赵老师调走，那损失就惨重了。"

"真想让 Yolanda 一直教我们到大四毕业……"楚煊看到这些课表上的留言，眼里溢满晶莹的泪水。

七

2014年，赵楚煊被选定代表 CJ 大学参加教育部和外研社联合举办的全国高等院校英语"教学之星"大赛。

参赛选手均需经过各省高校初赛，前三名再参加行政区复赛，复赛的前两名参加全国决赛。这样的全国竞技大赛真是天外有天，人上有人。

赵楚煊第一次参加全国教学大赛，压力大于荣誉，她是个极认真极要强的女教师。从学校决定让她代表本校参赛开始，楚煊便全力以赴。

她一头扎进书柜，收集资料，列提纲，脑袋忙得像过山车。

在参赛课件选题上，楚煊秉持课题新颖，内容秉持大容量、小重点，且富有时代性。授课方式，她一如既往选择轻松活泼互动。

因为是全国教学比赛，视荣誉如生命又极端认真的赵楚煊为参赛新买了一台容量大、功能多、速度快、携带方便的最新苹果电脑，购置了打印机等等。

兵马未动，粮草先行，她为这次比赛铆足了劲，准备背水一战，精神与物质双备战。打有准备之战，赵楚煊一路过关斩将，直达全国赛区。

预赛、决赛、再决赛，站在全国决赛的讲台，每个选手不仅代表学校，更有一份代表省（区）的光荣使命。

赵楚煊从接到任务开始准备，到跨校、跨省、跨区直到决赛，历时半年多。其间，教学、比赛两兼顾。

她不仅没有耽误教学，不让自己的学生因她参赛而缺课影响成绩，甚至有意识地将自己准备参赛的一些内容与学生分享，观其反响，及时修正完善参赛课件。

半年多，她像闹钟一样上满了发条，聚精会神，用洪荒之力，要漂亮地完成任务。

一路优胜劣汰而胜出的赵楚煊，她是自信的，对负责领队的尚教授而言是欣慰的。一路看好这个聪慧兼美丽，充满青春活力的CJ大学青年女教师，她信心满满地对楚煊说：

"小赵老师，如果不出意外，决赛拿一等奖没有问题。"

"我一定努力，不让您失望。"楚煊说。

老规矩抽签排序，赵楚煊抽二号，一号是来自上海一所著名大学的女教师，实力不用说，超强！

参加全国决赛选手一共16名，设一等奖一名，二等奖两名，三等奖三名，优秀奖10名。这种带演讲成分的教学比赛，抽签序号靠前的选手，特别是在前三分之一的选手，因后面选手的综合实力无法预测，评委一般开始给分都比较严且保守。

当然，决赛中评委即兴发问，这是最能检验选手综合素质的试金石。

决赛选手都是一路过关斩将的优胜者，个个身手不凡，决赛场面精彩纷呈。

赵楚煊以"汉语文化与英语文化背景比较"为题，所做的英语教学PPT课件，扩充大量信息与知识点，不限于教材，而融入教材，生动、鲜活、新颖。

楚煊的课件，内容丰富、层次清晰、重点突出、信息量多元。而她利落纯正优雅的口语与轻松风趣的授课方式，与评委流畅愉快的互动，迎来阵阵不同凡响的热烈掌声。

领队尚教授，判断赵楚煊获一等奖十拿九稳。

结果出人意料，获一等奖的是一名快40岁，并没有太出色表现的北京某大学的男老师。

该不是应了天时地利人和的缘故，入决赛的男教师少，又是来自北京，占优势吧。

决赛宣布结果，各位选手分值咬得很紧，赵楚煊综合排名第四，获三等奖。

对此，领队尚教授疑惑地找到大赛总负责人问：

"赵楚煊的成绩是不是有误，无论她的课件，还是她的讲授，评委评价、综合考评一直都名列前茅，怎么会只获三等奖呢？"

总负责人是一所著名师范大学的校长，他说：

"入围决赛的选手都很出色，选手间分值不差上下，综合评分参照了预赛成绩。赵楚煊很出色，我印象特别深。第一次参加全国高规格的教学比赛，她那么年轻，排名第四，成绩很不错了。"

最后综合评分，参照预赛成绩，这一规则，可能是组委会掌握主动、留有余地的一种方式，也就不奇怪了。

楚煊的领队尚教授把她找组委会负责人询问的情况告诉了楚煊，并对她说：

"预赛算成绩，我们忽视了，都掉以轻心了，凭实力我们该拿一等奖的，只得了三等奖，有点儿亏了，特别亏了我们楚煊。责任在我，是我的疏忽。"尚教授很自责。

"没关系，这次没经验，下次一等奖肯定是我们的。"楚煊嘴上看似不在乎又善解人意地对尚教授说。

其实，她内心对获三等奖是失落的。要强的赵楚煊内心五味杂陈，难过委屈得想赶快回家。

全国大赛在2014年的暑假落下帷幕。

16名选手来自六大行政区，16个省（区）。

16名决赛选手都有奖，除前6名，一、二、三等奖外，其余10名均获优秀奖。本该如此，走进全国总决赛的也都是翘楚、伯仲难分。

告别宴也算庆功宴。宴席间，大赛组委会负责人，一位儒雅的师范大学校长举着香槟和大家一一话别，走到楚煊跟前，和善又亲切地说：

"祝贺你，小赵老师。你的课讲得特别出色，后生可畏呀，如有机会，我能邀请你来我们大学讲学吗？"

"谢谢校长，我不够出色。"楚煊率直地说完，马上意识到自己情绪不对。

"你的名字叫赵楚煊，不会错吧。我记住你了，是好苗子。"还是那样温和儒雅如长者。

"没得一等奖，你很年轻，机会对你还有很多。"

校长就是校长，楚煊心里内疚起来，比赛重在参与，不该看重名次，更不该有情绪。

赵楚煊全国大赛努力了，获奖了。不如意，也无悔。

这一年，她刚过而立之年。

八

全国英语教学大赛一结束，赵楚煊马不停蹄赶赴培训机构上课。她的课排得满满的，基本是慕名而来，等待上她"一对一"的课，准备考雅思的学生。

她不顾身心劳累，开始了一天从早晨九点到晚上九点的"一对一"上课。除了间隙两餐，工作时间每天都在八小时以上。

楚煊太累了，可她不忍心辜负等她上课的学生。

"人无过头力呀，煊儿，你不能再这样不爱惜身体，当老师是最辛苦的工作，假期就是休息，恢复身体的，你这样连轴转是在透支健康。把培训机构的课辞掉，不然这样下去身体会受大亏的。"妈妈忧心忡忡地在电话里提醒楚煊。

"放心，妈妈。我只要给学生上课就很开心，学生慕名上我的课，那是多大的信任，我年轻没事的。妈妈不用担心，最后一个假期了，我已经和培训机构的校长说好了，等我完成博士学位后再回来，下个假期好好休息。"楚煊安慰妈妈。

"煊儿呀，女孩子像花儿一样，身体要精心地爱护，不能太累，你的脸色没有以前水灵了，而且很不好，妈妈真担心。"

楚煊不让自己浪费光阴。她有自己的目标，她要勤奋努力地工作，让每一天充实的工作填满对爸爸的思念，让每一天充实的工作不落下每一个成长进步的机会，实现她心中一个个小理想，成为妈妈的骄傲……

在不舍中，赵楚煊辞掉了培训机构主讲培训师工作。

她在学校工作之余，又全力以赴投入到冲刺博士学位的各种考试、申博中。

又是"碧海青天夜夜心"的备战。赵楚煊一万多字关于"母语文化介入英语语言教学应用研究"的博士论文申请，收到澳德兰（Odelan）大学迪克森（Dixon）教授的回复，愿意为赵楚煊提供为期三年的博士全额奖学金，做他应用语言学博士研究生。希望她尽快通过雅思考试，争取下一年1月入学。

赵楚煊新一轮备战雅思考试，幸运的曙光向她召唤的同时，病魔的恶爪也伸向了她。

厄运如洪水猛兽向她袭来。

赵楚煊病了，她被确诊为乳腺癌III期。

第十一章　勇气　生命最挺秀的气魄

一

回到开头第一章，赵楚煊迎来了32岁生日，迎来了她的又一届新生。

隐隐病痛，她只是遵从体检妇科大夫诊断："乳腺增生，口服乳癖康胶囊，外用乳块消膏，保持心情愉快，定期复查。"

她不会想到如针刺的疼痛是癌细胞已经在疯狂肆虐吞噬健康的肌体，威胁着她的生命。

她不知道，也根本不会想到她会遭遇癌症，她宁可相信增生。

"乳腺癌"，怎么可能？

爸爸妈妈三代以内家族血亲里没有一个患这类带有DNA遗传基因的女性，楚煊内心的理由她自认为是科学的。更何况医生的诊断是"乳腺增生"，并且告诉她："年轻女孩结婚生子，哺乳孩子后，疼痛会减轻。"

2015年10月8日，依然精神饱满的赵楚煊给结束了一个月军训的大一新生上了四节课，她被心急如焚的妈妈叫下讲台。

这是赵楚煊生病前最后的四节课，也许这也是她人生最后站在讲台上的四节课。

这是她接的新一届新生四个班，都只上了第一节课。

她有太多的不舍，有太多的遗憾。

乳腺癌三期，已是中晚期。而且还是"红颜杀手"三阴性乳腺癌，无靶向药。赵楚煊住进医院接受新辅助根治术，化疗、手术、放疗、再放疗。

一张张化验单，一份份检查报告，都是担忧的数据，都是危及生命的结论。

一个充满活力，年轻的女孩，一个鲜活澎湃着无限朝气和希望的生命，面对突如其来的人类目前尚无法医治的疾病，肉体、精神面临双重的威胁和打击。

一个海归硕士研究生，一个年轻的大学讲师，一个即将再度重洋完成博士学业，前途璀璨的学者，壮志未酬重病袭来，内心的生命光亮在癌症这样的病魔面前黯然失色，她的内心经历着前所未有的惊悚、恐慌、无助和不知所措，没有言语能说清楚。

赵楚煊在日记中写道：

我为什么能遭遇癌症？几乎百万分之一的"三阴性"乳腺癌怎么会找到我？人生的旅途我才刚刚起步，癌症来袭，面临人类医学对癌症的无奈，生命的灯塔随时熄灭，我该怎么办？

妈妈憔悴的面容，红肿的双眼，哀求医生想办法救治我的无助，四处奔波求医找药的焦灼身影，望着我强忍泪水的深情……让我揪心地疼。

我是妈妈唯一的女儿，爸爸意外离去，已经让妈妈悲痛万分，我不能让妈妈雪上加霜，我必须咬紧牙关，用微笑给妈妈力量。

海明威《老人与海》里有一句话："人不是生来被打败的。"赵楚煊记住了吗？你要坚强，不能被癌症击垮。改变生活方式，加强锻炼，接受配合最痛苦的治疗，创造生命奇迹，与癌症抗争，活出生命的力量。

她把自己特别喜欢的一段人生格言写进日记里，拍在手机里：

人生难得四境界：一是痛而不言。不言不是不痛，而是直面悲痛、疼痛和惨痛。二是笑而不语。微笑具有移山的力量，淡然一笑，有时胜过千军万马。三是迷而不失。淡定是人生修炼，痴迷和失态会伤及自身。四是惊而不乱。宠辱很难不惊，心惊则心动，而动中有静，惊而不乱则具有别致之美。

这段人生格言一直鼓励着楚煊，她用坦然、淡定、坚忍和微笑的勇气直面病痛和灾难。

2017年7月16日，赵楚煊带着病痛，如约来和她的学生照毕业照。这时她已经第11次住院，接受抗癌治疗快两年的时间。

她穿上连衣裙，戴着假发，假发上戴着时尚的太阳帽，从里到外依然是学生喜欢的优雅、朝气、阳光、温暖的模样。

"亲爱的Yolanda，你怎么这么瘦，是在减肥吗？不过更漂亮了。"

"小卷，好想你，快两年了，我们怎么联系不到你呢？"

"恩师，你调走了吗？学弟学妹可损失大了。"

……

楚煊爱她的学生，尽管得了最重最重的随时有生命危险的疾病，她不能让学生失望。

她完成了这一届金融和国贸四个班的两年大学英语授课，他们都以优异成绩通过了四、六级考试。她曾承诺与学生拍毕业合影，如今她如约而来，她没有告诉学生自己得了癌症，一脸微笑灿烂如初地与学生一一合影。

2017年毕业季，与学生的相约合影，成了赵楚煊生命中最珍贵的记忆。

二

2017年9月10日，教师节。赵楚煊开通微博，发了她人生中的第一条微博，向她深爱的学生公布了病情。

2015年10月，我被确诊为乳腺癌。那个时候，你们刚上大三。

我一共做过2次手术，7次化疗，25次放疗。我一直努力恢复，计划在大家毕业典礼的时候，坦然说出这些，也在你们即将进入社会的时候给予力量。

可是治疗并不理想。我的类型是愈后最差的三阴性乳腺癌，这个类型其中一个特点是没有针对性的药物。所以术后五个月我就出现右肺转移。当时一位医生看着我的眼睛说："不瞒你了，你已经到四期了，也就是晚期。"我其实接受不了，速度太快，我还有那么多没有完成的理想。

我没有放弃。虽然一年多来如履薄冰，却依然每况愈下。在我发第一条微博的前一天，CT报告结果是"双肺转移瘤"。当时我犹豫是否告诉你们，甚至毕业前还要不要见你们。我最终面对并选择隐瞒。我想在你们人生刚刚开始，压力很大也充满期待的时候，带去的还是朝气和希望。

王小波说过："一个人只拥有此生此世是不够的，他还应该拥有诗意的世界。"哪怕短暂，也要精彩纷呈。我不惧怕死亡，但希望留下我来过一世的痕迹。也给我的大学学生、雅思学生，以及看到我经历的人一个提醒——灾难本可以不发生，我本可以不得绝症。

生病以来的23个月，我每天记录，现在有41万字的日记；出院后每天保持运动800卡路里；每天睡前看一集美剧。另外，一本近20万字的半自传体小说初稿即将完成，同时自驾8万公里，全部编辑成图文游记。如果时间还够，我想把自创"单词记忆九步法"的雅思、四级、六级、考研词汇也整理出来。如果我还有时间……

近两年来，我的医生全力以赴，我的领导和同事分担了我的工作，我的家人挚友对我悉心照顾。我遇到过许许多多的善意，我想把这些也传递给你们。

我开这个微博，想告诉大家，无论以后遇到什么样的大风大浪，都别忘记四个字：勇气、坚持。无论以后我是否还在，这个微博都是老师留给你们的一片温暖。

人生不易，轻履者行远。

三

"轻履者行远"，赵楚煊对这五个字有太多的喜欢，有太多的感悟。

轻，相对于重，分量小。《周礼·车仆》有记载：轻车之萃，谓驰敌致师之车也;《战国策·齐策》里有：使轻车锐骑冲雍门;《孟子》里有：权然后知轻重，度然后知长短；李白《早发白帝城》中有：两岸猿声啼不住，轻舟已过万重山。

"轻"在人生中其寓意何其重，因为分量小，便成了利器、锐器，轻装上阵，才可无往而不胜。

"履"的字面含义指鞋，而其真正含义是动词，为担任职务践行。"履者"，"行"核心含义便是肩负使命的行者。

"远"指长距离、深远、久远、高远……

人生就是一趟旅行。我们无须背负太重的行囊，无须要求太多，不做加载欲望的行者。只要带着灵魂一路前行。这趟唯一的旅行，尽管旅途不只是朝阳满天，会有风雨雷电；尽管旅途不只是繁花锦绣，会有雾霾泥淖；尽管旅途不只是康庄坦途，会有崎岖坎坷……

我们无须在意通向终点的旅途，享有的是当空皓月、山花灿烂、海阔鱼跃，还是经历风餐露宿、披荆斩棘、一路跋涉。前进的路上每一刻、每一秒都带着灵魂或快乐幸福，或苦涩艰辛，只要留下足印，即使没有到达终点又有何妨，这种遗憾谁能说不是一趟有滋有味而真实的远行。

人性的光辉，恰恰在于通往终点的人生旅途，尽管无常难测、徒劳艰辛，尽管残缺遗憾，还是要义无反顾，百转千回，看星途璀璨、大漠落日，乘大风破急浪、跋崇山越峻岭，只管风雨兼程，一路向前。这正是人生最绚烂最厚重的美丽。

年轻的赵楚煊，遭遇癌症，感知到生命在癌症面前的脆弱。

年轻的生命，不会想到死亡，也不相信死亡。死亡对于热血澎湃的青年那是一个遥不可及与自己无关的名词。

32岁的赵楚煊，还没有好好地恋爱，还没有遇到相爱的伴侣，还没有结婚生子，人生该有的旅程还没有完全经历……

癌症这人类的杀手，不会顾及年轻的生命还有很长的人生路没有走而等待你，也不会因为年轻的生命有旺盛的血脉而畏惧你，更不会因为生命年轻有充足的活力抵抗力而放过你……癌症不会。

它对年轻的生命更加疯狂，更加凶残，更加肆无忌惮。它会把年青生命旺盛的鲜血、旺盛的细胞变成美食，像饿狼一样吞食，然后让它强大到吞食你的生命，直至和你年轻的生命同归于尽。

轻履者行远，轻装上阵，人生旅途才可以走得长久，行得高远。

年轻的赵楚煊与癌症抗争，手术切掉肿瘤，为了根除它，清扫了腋窝下13个防御功能的淋巴结，清扫了还没有被侵犯的胸大肌。

人类医学强大到未雨绸缪，也没能把癌细胞斩草除根。

癌细胞逃逸了，手术后化疗，全身高浓度一轮又一轮的化疗，试图将癌细胞赶尽杀绝。逃逸的癌细胞不怕高浓度化疗的毒性，继续吞食好细胞，摧毁人体免疫系统，医疗手段对它无可奈何，癌细胞再次疯狂反扑，乘机无孔不入，肝、肾、脾、肺、大脑都是它逃逸生长的温床。

化疗无效。

放疗，对恶性肿瘤大剂量放射以杀死癌细胞。所谓"射线所到之处寸草不生"，又错了。

射线是什么？核武器。寸草不生的地方好细胞也不生。

生命在癌细胞面前很无助，现代医学在癌症面前很无奈。

年轻的赵楚煊没有迎来鲜活生命应有的生活，反而见识了遭遇癌症病魔的残酷。

　　年轻的赵楚煊亲历癌症与医治的病痛和无奈。她想告诉和自己一样的病友，认清癌症的狰狞面目，乐观坚强地珍惜活着的每一天。她最想告诉自己的学生，还有和她一样年轻朝气蓬勃、无忧无虑的姑娘，对健康要有忧患，要防患于未然。万不可像她一样认为年轻无所畏惧，不怕熬夜，不怕辛辣刺激的美食，不怕负重透支健康，不怕隐忍藏匿悲伤……这些不利于身心健康的种种切切要自觉警惕、防御。

　　生活需要简单，生活需要规律，情绪需要疏泄，压力需要放下。轻舟才过万重山，"使轻车锐骑冲雍门"；"权，然后知轻重，度，然后知长短"。不做苦行僧，只做轻履者。人生旅途，行高远路，做长久人。

四

　　命运给赵楚煊的残忍，让她感悟生命的珍贵、人生的美好。面对死神步步紧逼，她为自己寻找一个又一个人生的榜样。

　　姚贝娜，赵楚煊的偶像。不仅因为她的病和姚贝娜同属"红色杀手、粉红色癌王——三阴性乳腺癌"，而且因为姚贝娜被查出癌症接受治疗后，依然唱着最动人心弦的歌，光彩照人地站在舞台上的那份淡定、从容。死神来临时她将自己唯一健康的器官"眼角膜"捐出，帮助了四个需要角膜的人。

　　高尚的品格与无私的灵魂相伴。她的音容歌声永存人间。姚贝娜无疑是赵楚煊心中无愧人生的榜样。

　　熊顿，淋巴癌患者。她用漫画乐观地与癌症对话。《滚蛋吧，肿瘤君》喊出无数癌症病友的心声，她的墓志铭是"我用微笑为你扫除人间的阴霾"。这份坚强乐观是生命最强的光亮。赵楚煊在无数次被难挨的病痛和放化疗副作用同时折磨身心时，心里默念最多的就是"滚蛋吧肿瘤君"。对医生、对妈妈、对亲人、对病友、对所有关爱她和认识她的人，咬紧牙关的微笑，便是来自熊顿姐姐榜样的力量。

于娟博士，赵楚煊的同行。相同的求学经历，同为海归学子，高校教师，所不同的是于娟姐姐已经结婚生子，为人妻，为人母。青春盛年也被乳腺癌侵蚀。她写下《生命日记》《此生未完成》，用生命向千千万万人掷地有声地呼唤，"蜗居也温暖"，"活着就是王道"。

赵楚煊感同身受这位70后姐姐对健康、对生命、对人生价值的思考。

赵楚煊在心中发出深深的感慨："人只有接近死亡的时候，才会意识到生命的无价与珍贵，年轻的我们本该早一些，再早一些觉醒，爱健康才是真正的爱生命。"

史铁生，赵楚煊心中的英雄。他的故事、他的思索、他的人生，堪称一个时代甚至几代人的典范。在苦难中坚强、在苦难中自强、在苦难中前行、在苦难中思索悟透人生、在苦难中笑对日月星辰。他将自己肉体残疾的切身体会写成小说，面对疾病伤残的生活困境和精神困境上升为对普遍性生存，特别是精神"伤残"现象的深切关注，给予病残者生活的勇气和力量。他在苦难中把没有双腿的命运改写，让思想的丰碑站成一个巨人。

赵楚煊心里装着史铁生的故事，记着史铁生闪耀的人生哲理，人性光芒的话语："就命运而言，休论公道。"他叩问生命：

"每个人的一生中，都不会是一帆风顺的。人生八苦：生、老、病、死、爱别离、怨长久、求不得、放不下。我们或多或少的都会经历。""只有人才会把怎样活着看得比活着本身更要紧，只有人在顽强地追问并要求着生命的意义，因而只有人创造了灿烂的文明和壮丽的生活。"

赵楚煊患病以后，她叩问生命：怎样活着，生命才有意义。她在日记中写道："生命的价值，在于做对社会有用的人。""我不能为活着而活着，我一定要做些什么。"

赵楚煊没有辜负她的生命，在病痛中，用文字记录生命的感悟。她甚至对妈妈说："人类医学对癌症的无奈，总要有千千万万个生命为后来人作出探寻救治的牺牲，我赶上了，但愿我的努力能探寻战胜癌症的一个途径，那么即便没有了生命，也是值得的。"

赵楚煊患癌症后，被病痛和治疗带来的副作用折磨，在身体受到双重摧残打击的每一天，她都咬紧牙关，不呻吟，不垮掉，不被摧毁，始终用微笑面对。她读铁生大哥《病隙碎笔》与她心灵共鸣，产生勇气、乐观、坚强，惺惺相惜。

姚贝娜、熊顿、于娟、史铁生，在赵楚煊心里都是了不起的英雄，他（她）们对于生命的意义，人生价值的无畏、无惧、坚强和大爱给了赵楚煊莫大的鼓舞和精神力量。

她在日记中写道：

> 姚贝娜、熊顿、于娟、史铁生这些哥哥姐姐的生命虽然短暂，却把人生浓缩成无限壮阔。我和他（她）们命运相似，是否能和他（她）们一样，坦然面对生死，意志坚不可摧，灵魂美丽高远，做到人生无悔？我是教师，我爱我的学生，爱我的讲台，爱我从事的教育事业；我是妈妈唯一的女儿，我要成为妈妈的骄傲；我爱这个世界，我知道我该做什么，那就是做对社会有价值的人，让我的人生像他（她）们一样有光有热有力量。

五

病情一经公布，赵楚煊与学生在教师节这一天用微博、邮箱、短信互动到凌晨。

学生的震惊、担忧、关切……持续了整整两周。很多学生要看望她，被她劝阻。

为了不惊扰学生，楚煊隐瞒病情两年多，而病情的恶化和治疗状况的不容乐观，让她考虑再三，选择在教师节学生给她发贺词时告诉学生。其实，她很想念自己的学生，也有很多话想对他们说，关于健康、关于生活、关于工作、关于未来。她最想给自己的学生叮嘱的是健康。

"没有健康的身体，就没有工作的力量，就没有生活的支撑，就没有未来和理想。把爱惜身体、保证健康放在首位。"这是赵楚煊给学生最多最真切的叮嘱。

为了不让学生担心，她开通了"小卷每日报平安"，楚煊和学生亦师亦友的情谊，都在每天的问候、祈祷、祝福、关心、互动中相互陪伴。这份温暖的陪伴弥足珍贵。

2017年11月23日开始，赵楚煊出现脑转移瘤，双肺多发转移瘤，再次住进医院，开始一轮又一轮大剂量的放疗。

先是头部全脑放射治疗，随之带来的副作用，嗜睡、昏迷、记忆力减退、口吃、食道灼伤、喝水吃饭吞咽困难。所幸，这些副作用在停止放疗后消失，楚煊用反复重复地讲故事，讲幽默笑话，并要求妈妈、舅舅、妹妹配合她纠正口吃来恢复记忆。

她的信念："我要活下去，但不能呆傻，不能口吃结巴，我要给学生讲课，呆傻结巴还能当老师吗？绝不！"

凭着这样的信念，医生制定全脑放射治疗前，楚煊就和主治教授讨价还价地争取：

"我是老师。如果全脑放疗按常规治疗，脑部受损，呆傻健忘口吃不可避免，我做不了老师，这种治疗对我还有什么意义。"

"你们可以选择既能控制肿瘤发展，又能将副作用控制在不呆傻的范围，把我当作一个病例，在放疗次数和剂量上做一个调整，一个精准的度。若控制不了癌细胞，再增加次数和加大剂量，但我一定不要呆呆傻傻的后来……"

也许是楚煊对教育职业的炽热情怀，也许是楚煊对教师身份的虔诚，也许是楚煊对生命尊严的敬重，她的主治医生最终参考了她的请求，减少了近乎一半的次数和剂量。

庆幸的是赵楚煊被肿瘤占据左脑挤偏的中轴线回位了，左脑在反复的话语、故事、笑话段子中恢复记忆，她不再结巴口吃，又可以"小卷每日报平安"和她的爱徒们私信、微博、微信交流"人生不易,轻履者行远"的心得。

这不,赵楚煊又拿起笔继续她"轻履者行远"自传小说的记叙了。

一个差不多拳头大的脑转移瘤,把中轴线挤偏至头疼昏睡、健忘、口吃、走路就摔倒的患者赵楚煊,竟然在自己"活下去,但不能呆傻,不能影响我讲课……"信念的坚持下,奇迹般地能表达,能走路,能记录文字了,而头部转移瘤三个月后有了显著缩小。

赵楚煊与癌症抗争还有一个奇迹,那就是在头部全脑放疗中,舌苔发黑,这在中医里意味着"九死一生"。

她当时的舌苔,被医学院一位中医教授、博士生导师带着博士研究生作为病案视频记录。放疗结束一个月后,赵楚煊的舌苔由黑变红,变白,变粉,变正常了。

赵楚煊靠着信念、靠着榜样、靠着精神的力量,在医生、医学就她"三阴性"晚期、粉红癌王的病况和她年轻癌细胞活跃的特征下,从一开始判定的只能活三个月,她坚持着、坚持着,在肿瘤脑转移前25个月,坚持了八个三个月还多。

在发现脑转移前,一位从美国留学回来的肿瘤博士看了赵楚煊的CT片子,询问了她的治疗过程,目睹了她的精神状况,惊讶地说:

"我很好奇,你的病情,目前全世界都没有有效的靶向药,你没有针对性地治疗,竟然坚持了两年多,还有这样的精神状态,真是奇迹!"

在被医生宣判只能活三个月,在没有靶向药治疗"三阴性"乳腺癌,只能靠广谱化疗药和放疗控制的间隙,赵楚煊还在妹妹的陪同下自驾八万多公里,自东向西,湖南、四川、云南、甘肃、青海、宁夏、西藏、新疆,沿途领略祖国疆域的辽阔、民族的融合、神圣的佛教文化……旅行路上,她把美丽祖国的锦绣河山、万种风情装进相机,写成图文游记——"方寸间的美丽祖国"。

一个经历了2次手术、7次化疗、65次放疗的年轻姑娘与癌症抗争,用不屈的勇气书写抗癌经历,创造生命奇迹。

六

创造生命奇迹，是赵楚煊患病以后始终追求的目标。可是，这个向往生命、坚不可摧的女孩，经受种种病痛的磨难和治疗无奈的挫败之后，命运还要给她更残酷的磨难和考验。

击退癌细胞在头部的阵地，双肺又成了癌细胞转移的新家，双肺化疗方案一变再变。先是左右肺各放疗20次，后又变为先左肺20次，右肺做伽马刀或 X 刀，再变为次数减少，以双倍或三倍大剂量先对左肺进行10次放疗。结果，左肺控制，转移瘤比原来缩小了三分之二还多。但是，不定的右肺方案，又是从大剂量放疗，改为局部伽马刀，再改为 X 刀。

一变再变的方案，坚强乐观的赵楚煊自嘲已经是小白鼠，其实自嘲的内心有太多的失望。这失望来自太可恶、太疯狂、太强大的癌细胞，来自医生心中无数的善变，来自医疗对癌症治疗的无力。

被癌症侵害的生命，在当下，是人类在这个世界最弱最弱的生命个体。在强大的癌细胞面前，医学是无奈的，癌症患者生命弱小得不如刚出生的婴孩。癌症患者太需要救死扶伤的医者仁心。

"癌症是绝症"的医学理念比癌症本身对患者的摧残更致命，它给无力的医学一个借口，给无能的医生一个借口。是的，医生无能不怕，只要他们有救死扶伤的医德，就会加倍给癌症患者以支持生命活下去的关爱，给予支持生命的养分。救死扶伤的医生的治疗就会是积极的、努力的、用心的、温暖的，而不是无助无奈、听天由命的放任，所谓的"尽人事，听天命"的放任。

"癌症是绝症"让太多的患者和他们的亲人在惊恐无助中绝望，让身体接受手术、化疗、放疗这种雪上加霜的治疗后，精神和肉体受到双重的摧残。

面对穷凶极恶、吃人的癌症病魔，还有"绝症"这个摧毁精神家园的杀手，癌症患者以及亲人每天挣扎在肉体和精神遭遇"绝望"无助的痛苦之中。"绝症"这毛骨悚然、冰冷残酷的字眼，足以使每个癌症患者和亲人不寒而栗，如临绝境。

赵楚煊身心的疼痛使她知道癌症患者和亲人最渴望什么。她在放疗期间遇到比她还小的病友，她都会心疼地流泪。有一个只有16岁的小弟弟患脑癌，放疗期间说不出话，吃不下饭，她每天都会关切地去他的病房鼓励他：

"没事，弟弟，放疗结束，肿瘤消了，病就好了。"她送去自己喝的补品，为病友弟弟买漂亮的T恤。她知道关怀和温暖对癌症病人那是一份需要，一份温暖。这温暖会变成希望，变成战胜癌症的力量。

2018年3月，对赵楚煊右肺放疗方案，医生汪教授一变再变，最后确定下来的方案不是伽马刀，不是X刀，不是大剂量放疗右肺，而是声东击西以放疗纵隔为主，辐射右肺结节。

治疗方案，突然变成要以放射治疗纵隔为中心，辐射右肺结节。一次放疗三个点，放疗主治医师汪教授定好方案后，通知楚煊的妈妈到他办公室，他说：

"赵楚煊必须先做纵隔的放射治疗，纵隔的结节不做掉，长大后压迫气管、血管、食道，会影响生活质量。右肺尖的结节，一直很稳定，在做纵隔放疗时一并放掉。"他还说：

"这次做更先进的小调强，就是多花一些钱。"

妈妈为了救治女儿，花钱不惜代价，但担忧疑虑的是，原定X刀做掉右肺尖上的结节，怎么又变成以纵隔为主，顺带放掉右肺尖上的结节。就这个方案她反复问汪教授，纵隔和右肺一次都能放疗好吗？汪教授说：

"没问题，有三个点一次放掉。做小调强，剂量可适当小一点，不会有问题。"

汪教授在给楚煊做定位时，不知什么原因，在放疗模具上定的放疗点多出一个，导致放疗医生惊讶地发问怎么会多出一个放疗点，赶快派人追回下班路上的汪教授，回到放疗室，确定放疗的三个点，去掉了一个点。

做放疗的是一个四十岁左右的女医生，个子高高的，面目清秀和善，但在那一刻，她急红了眼说："怎么会犯这样的错误，太危险了。"

当时放疗科医生去追汪教授的一幕，情形特别紧张。汪教授有些惊慌失色，但最紧张的是赵楚煊的妈妈。她担心多出一个点再确定会不会抹掉的是应该放疗的点，而留错的点损害身体好的器官。忧心忡忡的妈妈反复不停地追问楚煊：

"会不会弄错，这对身体是双重的损害啊。"

楚煊安慰妈妈：

"不会的，妈妈，当时在场的有四个医生，汪教授擦掉的肯定是不需要放疗的点，放心吧。"

对这次放疗，妈妈心里一直有阴影。

纵隔放疗一周后，食道开始疼痛，喝水、吃饭非常困难。每喝一口水，吃一口饭，赵楚煊都是伸长脖子，挺起背，疼得满脸通红，3月天，大汗淋漓。每见此情景，妈妈总是为楚煊轻抚后背，眼里聚满强忍的泪水。此时楚煊都会对妈妈说：

"妈妈等我一周时间，我一定会好起来。"楚煊知道妈妈心疼她，坚定的话语，充满信心和鼓励，鼓励是给妈妈的安慰，信心是给自己的勇气。

七

2018年4月，纵隔右肺放疗在身体极度虚弱中结束。在配合放疗中，汪教授开了一种叫特尔立的药并让同时服用吲哚美辛肠溶片，说是增强化疗效果。

赵楚煊第一次用药就出现过敏反应：发烧、发冷、抽搐、呼吸困难。情形危急，不得不停药。过敏反应危及生命，楚煊一想起过敏反应心里就发怵，身体会不由自主地颤抖。

放疗纵隔和右肺，用的是比较先进的小调强。所谓小调强，是放射更精准，杀伤力更强，副作用较小的一种放射治疗。其后果是，楚煊除被严重伤害食道外，吃不下饭菜，喝不了药，让身体弱上加弱。

放疗结束半个月后，她开始咳嗽、胸闷、呼吸困难、不能吃不能睡，何谈生活质量。后来到日夜咳嗽，什么止咳药都无效，真正影响到不能吃不能睡不能写作，每天靠不间断地吸氧维持呼吸。

渐行渐弱的身体，不能支持思想，支撑写作，再强大的生命在病魔面前，在无奈的医疗面前是那么脆弱、无助。楚煊想到了史铁生大哥、熊顿、于娟和姚贝娜姐姐，她觉得他们伟大的生命被病魔摧残，人格精神却活在人们心里，虽死犹生。

2017年12月5日17点59分，楚煊给妈妈发了一条微信：

"死亡不是最后的终点，被所爱的人遗忘才是。妈妈，有家人的爱和陪伴，我就是真正地活着。"

妈妈回复："我心爱的女儿，你是妈妈的生命，无论何时何地，无论你在哪里，你永远在妈妈心里。妈妈爱你。"

2017年12月9日，脑转移双肺转移后，楚煊明白自己生命的后果与姚贝娜姐姐相似，"三阴性"乳腺癌一旦转移到脑部，凶多吉少。她把平时用以给妈妈做心理建设的玩笑用文字写下来，楚煊写了四条，她不想把这四条文字叫遗书，写这四条的时候，头部的肿瘤让她头疼欲裂，但她咬紧牙关强忍泪水，字写得很大，因为脑瘤压迫视神经，眼睛已经无法戴隐形眼镜，框镜度数不够，靠意志写下她怕脑昏迷再也醒不来的话。其实，她想说的很多，头欲裂地疼痛，只写了四条，楚煊已泪流满面。她觉得这不能叫遗书的遗言已经对可怜无依的妈妈很残忍，世上最大的伤痛和遗憾是"子欲养而亲不待"，而楚煊多想永远陪伴在妈妈身边，"你养我长大，我陪你到老"。

2017年12月23日，圣诞节，平安前夜，经过脑部放疗，楚煊在信念的坚持下又拿起笔，把深藏心底十年对爸爸的思念与哀恸倾吐于笔端，写了饱含深情的《十年祭》：

爸爸，我终于下决心为你写一篇祭文。而下这个决心我用了整整十年……

十年，我让自己在哀恸和悔恨中肆意放逐，却始终没敢写一个字。爸爸，我太疼了。一想到这辈子再也见不到你，再也无法触碰到你，我就无助得快要窒息。我反复徘徊在两个"如果"里。如果，十年前我没有出国留学，是不是还能跪在你身下送你远行？如果，那天妈妈不去南京开会，我也在你身边，是不是意外就不会发生？可是人生没有如果，于是十年生死两茫茫……

2007年8月的机场，我过安检。妈妈舍不得我所以泣不成声。而你一边搂着妈妈，一边朝我爽朗地笑着，冲我挥手。这便是我记忆中你最后的样子。起飞前你悄悄发来短信。"煊儿，祝你一路顺利，照顾好自己，把随身的东西看好。"短短23个字，我看了成千上万遍。每一个字都斩钉截铁扎在我心上，字字泣血。因为这是你对我的最后一次叮嘱，因为这是你在这世上留给我最后的文字，因为这就是你一直疼爱我的方式：不华丽却有种令人心安的温暖。而这一切，都在你猝然离开后，我才懂得。爸爸，我不能释怀与你只有24年的缘分，我不能释怀只是出国读个书就再也没有了父亲，我不能释怀在你离去的那天我还毫不知情地庆祝圣诞，我不能释怀你没有享过我一天福就匆匆离开……我不知不觉也带着对你的思念走了十年。爸爸，自从你走后，我学会了孤独地咀嚼失去你的苦难。这仿佛是我弥足珍贵的一个秘密，也是我固执与你拉扯的一次涅槃。我不愿分享，更不会诉说。多少个夜晚，我彻夜无眠，声泪俱下。每到这个时候，我会庄严地坐在书桌前，放着钢琴曲《雨的印记》（"Kiss the Rain"），朗读台湾女作家简媜《渔父》的最后一部分。尤其是后记，我一遍又一遍地读，然后泪流满面。正如电影《驱魔》里Emily的墓志铭，我是在"小心翼翼地完成自己的救赎"。然而每个阳光升起的早晨，我又不动声色地恢复了意气风发。

爸爸，我不知道你留给我的算不算精神财富。但我知道，从得知你离开的那一刻我就有了"今天就长大"的责任。十年来,我不允许自己浪费时间,我不允许自己不上进,我不允许自己不自律,我不允许自己不坚强。我是你的女儿,无论背后有怎样和血吞齿的艰辛,我都会做一个温和的人,不卑不亢,清澈生活。

古人说"人间别久不成悲",可是为什么你离开我已经十年,我还是这么伤心。爸爸,我好想你。我一到英国就买了当时最流行的手机,诺基亚N95,准备回国就送给你。你总是舍不得换掉你的旧手机。爸爸,你担心妈妈把我惯坏,只会读书不能吃苦,所以在你离开后,我开始打工。不仅得到当地人的尊重和认可,还用挣的英镑带妈妈去英国参加了我的毕业典礼。爸爸,在你离开后,我申请上了教育学博士,那年我刚刚25岁。爸爸,我现在的职业是大学英语老师,我继承了妈妈的严谨还有你的幽默,你应该喜欢我上课的模样。爸爸,我还是一名挺受欢迎的雅思主讲,分享我出国的经历和雅思考试的经验,早已有了上万学生。爸爸,我研究单词记忆方法的书也即将付梓……爸爸,我还有好多好多的话想跟你说,你为什么不等等我?

只可惜我把达观柔和的姿态给了别人,对自己缺少了拥抱悲剧的胸襟,所以受尽折磨。也许我的生命也即将结束,我鼓足勇气为你写下这篇十年祭。终于,我也有了"天空虽不曾留下痕迹,但我已飞过"的坦然。因为我知道,在生命的尽头,便是我与父亲的下一场轮回。爸爸,你是否还眉目如初?

……

千字祭文终于让楚煊有了"天空虽不曾留下痕迹,但我已飞过"的坦然。

2018年5月7日,赵楚煊在微博上发了一条暂别微博的消息给她深爱的学生:

#小卷每日报平安# 这是我犹豫了一段时间做的决定——暂别微博。

我想每天分享的是开心和勇气，尤其给我的学生。但治疗到这个阶段，依然危机四伏。说实话，我筋疲力尽，手边的计划也一团乱麻。我不知道传输给大家真正乐观有趣的东西还有多少。但让我以弱者的姿态出现或表达负面情绪，我可能永远都不会。

我有那么多的不舍得。不舍得我的妈妈，不舍得我的家人，不舍得我的好友，不舍得我的学生。可现实就是生命的长度难以预测，所以我想尽快记录和整理好这段经历，变成更长久的陪伴；也兑现我曾在那棵百年树下给自己的诺言，做一个对社会有价值的人。

等我专心完成我的小理想，如果身体还好，我一定回来继续和大家嬉笑玩耍，切磋成长。

希望大家心中的我始终是灿烂和温暖的。

后会有期……

2018年6月25日，楚煊被转移扩散的癌细胞侵袭的右肺，因放疗导致放射性肺炎恶化而日夜咳嗽。

妈妈心疼女儿日夜咳嗽而无医可治、无药可救，她无助哀恸，用微信写了如下文字：

夜闻儿咳声不断，声声揪心声声叹，若有灵丹复儿康，俯地叩首谢上苍。

吾儿抗癌历磨难，志如磐石气如虹，天若有情怜弱女，降病除魔吉泰宁。

肿瘤如妖魔，祸人似鬼怪，谁能除恶魔，功高超华佗。

吾儿抗癌千百日，手术放化几番轮。若无天使丹心志，怎奈病痛苦蹂躏。恳请天公赐祥医，祛黜病魔肿瘤君。

赵楚煊回复妈妈：

妈妈别难受，我其实挺好的，就是咳嗽累人，打扰我做事，影响我心情。我能好，你看我舌头下午就比中午黑色褪掉很多，可见我的好细胞很强大，我本人很顽强。妈妈你写给我的诗，我看了许多许多遍，这就是我的力量。我是一个珍惜生命心怀希望的人，妈妈你给我加油，我也是你的主心骨，我带着你走出灾难，你看着我的涅槃重生！

后　记（一）

《轻履者行远》书中的主人公赵楚煊，即是本书作者的原型。

作者用自传体纪实小说讲述了她自幼年记事，到青春最好的年纪遭遇癌症的抗癌经历、成长经历，以及心路历程和生命体验。很遗憾她的文字记录到二〇一八年六月二十五日便戛然而止。

书中的人物，事件基本是作者成长过程以及身患癌症以后的所见、所闻、所遇、所为、所思、所悟的一段平凡又不平凡，普通又有个性，年轻的生命体验过程。

这段年轻的生命过程，历经快乐童年、青涩少年、昂扬青年。一路欢歌、一路跌撞、一路成长、一路奋进直到与癌症相遇。

一个鲜活的年轻生命，一路走来，承载的故事，有欢乐、有烦恼、有心潮澎湃、也有慌恐无助。无忧无虑与不知所措不期而遇，无知好奇与发现求知相携相伴，幸福快乐与灾难苦痛相携同行。

一个鲜活的年轻生命，相遇最爱的亲人、老师、朋友、学生、医生、病友等等，带给她无数浓浓的关爱，厚厚的深情，如春风、如暖阳、如甘霖，给予生命蓬勃的滋养。也遭遇背叛、无信、恶意等人与事的中伤、打击、挫败。有对挚爱的事业注入无限的智慧和活力，也有现实不如意的烦恼；有最幸福时刻带来的欢愉，也有最伤心的哀恸深埋心底。成长中有收获，有失落，有健康给予的热血澎湃，也有病痛折磨的无助无奈。

作者年轻生命眼里的阳光风雨、蓝天白云，脚踩的厚土大地、泥泞荆棘，生命的体验更多的是纯粹。仰望星空五彩斑斓，感知生命波澜起伏。路漫漫兮修远兮，上下求索诗和远方。

《轻履者行远》寻找榜样的力量，寻找信念的坚持，寻找生命价值的意义，寻找创造生命奇迹的意志，寻找英雄主义理想的光芒与悲壮，寻找生死过程的清澈与坦荡，发出生命诚可贵，且行且珍惜的召唤。

《轻履者行远》正是作者通过自己年轻生命对生活、工作、亲情、友谊、病痛的体验，讲述找寻生命生死过程的清澈与坦荡，就在成长的岁月里、成长的故事里，在美好幸福与最痛的死别共存的人生里。

洋洋洒洒万千字，作者想写的太多。她太想用自己年轻生命体验爱与成长，勤奋与收获，经历幸福与灾难、病痛与生死来感悟生命意义的价值所在。一个年轻纯粹鲜活的生命个体，发出人生不易，《轻履者行远》的心声。

遗憾的是作者想说的、想写的、想做的还有很多来不及。二〇一八年七月九日，因癌细胞扩散转移，还有放疗导致放射性肺炎恶化，她再次住进医院，就再也没能出院。于二〇一八年七月十九日凌晨一点零九分永远地离开了她深深眷恋的亲人、老师、朋友、学生、讲台和这个深爱她的世界。

非常疼惜，疼惜作者此生未完成；疼惜她勇敢乐观与癌症抗争，试图探索出意志的力量可以战胜人类大敌癌症，创造生命奇迹那份纯洁的坚韧；疼惜她只有青春岁月播洒了爱与智慧、勇敢与纯洁的种子，却不能收获夏秋冬的丰硕圆满。厚积薄发待有时，这个时对作者是永远的遗憾，对所有爱她的亲人、老师、朋友、学生则是最疼惜最疼惜的哀恸。

所幸，她要实现的小理想："为贫困山区的孩子建一所希望小学，让那儿的孩子从小有书读，让那儿的孩子知道书中的世界、知道外面的世界，让他们在知识的环境中成长！"妈妈按照她的心愿已经实现。美丽的丽江玉龙陇巴"高煜希望小学"已经建成。

万卷园丁书满腹，千盘桃李智夺魁。她编写的英语写作指导《英语写作高分突破120篇》一书在她的老师唐燕教授帮助下已整理完成，由北京第二外国语大学旅游教育出版社（于2019年9月）出版发行。第一次稿酬，用于"高煜奖学金"启动资金也已实现。

她留下的文字会一一整理出版，稿酬将用于资助品学兼优的贫困学生，实现她"生命的价值在于做对社会有用的人"的诺言。

她在大学从教十年，自诩花匠Yolanda，她的学生亦是桃李满园。在她生前生后为她写的文字，为她作的漫画，为她画的肖像，毕业留念的相册，为她制作的视频，写满学生姓名的课表，追忆信件，回忆文章……，图、文、声、像盛满学生对他们深爱的恩师花匠Yolanda的绵绵深情。

2018年9月10日，教师节，在她离开的第54天，有900多条微博，50多封邮件、私信，从国内外发来，纪念、追忆他们的恩师花匠Yolanda：

"亲爱的高老师，您定是误入凡间的美丽天使，我们是有多么幸运才能遇见您这位美丽的天使。"

"高老师，三生有幸才能成为您的学生，来生还做您的学生，您一定要更幸福丰盛。"

"亲爱的高老师，我们在青春最好的年纪遇到了最美的你，这可以说是我们三生有幸吧。"

"亲爱的高老师她虽然在这人世间短暂停留，但是她播撒了太多的爱，她用她满满的正能量给予我们力量和感动，期待上她的英语课是我学生生涯最美丽的存在。"

"恩师Yolanda，教师节快乐，以后每一个教师节都属于您。"

"你没有雄健的体魄，却给我们撑起了一片无雨的天空；你没有建筑师的双手，却给学生奠定了最坚实的基石；你没有艺术家的眼光，却给我们建起一座座雄伟的大厦；你那渊博的知识，让学生感受文明与希望；你那高远的胸怀，让学生懂得宽容与忍让；你那高尚的人格，深深影响着学生的心灵，学生真诚地感谢你。你就像默默的蜡烛，燃烧自己却照亮别人；有你光明的指引，学生不会在黑暗中迷失方向；学生由衷地感激你。学生不会忘记你的言传身教，还有你的谆谆教诲。你那用你的全部心血来支撑的守望，会永远激励着学生在人生路上不断前行。"

……

有一位认识作者妈妈的才俊院长无意中在中国网国际在线、凤凰网、西安发布等媒体读到有关作者的报导。发微信"大姐：看到女儿的倩影，我控制不了自己，潜然泪下，女儿是世界上最优秀的女儿，她的言行感动了你我他、感动了社会，永远活在人们的心里。每个人来到这世上其实都只是在找属于自己的东西，女儿先走了，那是因为她先寻到。她的人生虽短，但她完成了人生的所有。大姐培养出了优秀的女儿，令人敬仰！冰清玉洁的女儿，德才兼备的人师。"并赋诗："胸怀万里世界，放眼无限未来。挥洒旷世奇才，重上瑶台，天地为之惊骇。"

作者小姑娘文弱清澈。她的《轻履者行远》，文如其人，如绢绢细流，又如汩汩甘泉；如缕缕春风，又如暖暖春阳。文中的故事平凡而普通，没有跌宕起伏的故事情节，没有波澜壮阔的生活场景，没有豪言壮语与华丽词藻的修饰。有的只是主人公年轻岁月里，高一步低一脚留下的记忆；有的只是主人公遭遇癌症后，对生命意义的所思所悟，以及怎样活着才算真正活着的人生；有的只是主人公来到这个世界看到的五彩斑斓，尝到的甘甜苦涩，遇到的爱与被爱，欢乐与哀恸，幸福与死别……真实的人、真实的事，都来自作者生命真实的体验。

作者小姑娘文弱的生命，抵御了病魔癌症的千般摧残，万般蹂躏，她用文弱身躯留下了几多感叹。所幸，遇见过她的人都感受过她的纯真善良；感受过她的勇敢坚韧；感受过她的聪慧；感受过她的挚爱；感受过她的美丽；感受过她的饱满精神。走进《轻履者行远》，便能认识走近这位年轻美丽姑娘对人世间浓浓的热忱和深情、风趣睿智的情愫和鲜活生命的美好。

作者小姑娘文弱的生命，来到这个世界，三十多个冬去春来，有过光、有过热、有过温暖。她纯洁善良是德；她奉教、建校、育桃李是功；她用文字著书回报社会而立言。

2018年7月20日，西安财经大学外国语学院近2000字的"高煜同志生平简介"一文，最后有这样的文字："高煜同志的逝世，使我们失去了一位忠诚党的教育事业，热爱生活，热爱本职工作，热爱教育事业的好党员、好教师、好同志；使我们失去了一位心地善良、品质高尚、坚强勇敢、才华横溢、乐观向上的美丽天使。"

2018年8月23日，微信公众号"爱在阳光下之筑梦天使"发文《有些笑容的背后是咬紧牙关的灵魂》中有这样的文字写给作者："2018年8月23日，再一次被一个人触动了自己内心深处的灵魂。她32岁，有着年轻漂亮的外表；海归硕士，有着优秀的教育背景；西安财经大学的一名英语老师，有着良好的工作。然而触动我的不是她的美貌，也不是她海归的光环，更不是她大学老师的身份，而是她内心深处的善良与坚强！……32岁的她是这个社会的标杆，更是如今社会的楷模。"

2018年11月18日凌晨，微信公众号"Coursenergy课能"发文《高风亮节，温润如玉》，文中有这样的文字回忆作者："2011年秋，天气热烈，桂花飘香，西安财经学院校园里的新生，蓬勃朝气，蓄势待发，也就是在这样的季节和环境里，我遇到了高老师，现在想想，很是应景，也着实幸运。她是个极为幽默的人，我没想过，教英语也可以幽默。而且，她的幽默，是高级的幽默，带着力量感和信念感的幽默，会令人开怀，能引人深思，但她却常常可以收放自如。她的课，令人十分舒适，并非散漫的舒适，是乐在其中的舒适。这需要深入浅出的精湛学识，也需要厚积薄发的修炼时日，但她可以展现得非常自然洒脱。她带好多个班的学生，却能在每节自己的课堂里，精神饱满，温润如玉。她浓厚鲜明的个人风格，以及温和乐观的个人形象，非常吸引人，几乎所有学生的评价，都是一致好评，所以常常在学年末的学生打分环节上，她可以位列各科教师第一，有时候她会骄傲自豪开心不已，有时候也会自我要求更上层楼。传道授业解惑之外，她也会教一些我们生活上的细节，比如，冬日里掀开学校餐厅的厚重门帘，慢慢放下，不要打到后面进来的学生，我印象十分深刻，这个习惯，我从冬日开始到四季保持。后来我自己也从事了教育，才明白，真正的教育，不分书里书外，也不分道理大小，入人心，便为佳。她始终都展现着一种乐观，幽默，积极，健康，周全，得体，负责，有原则的态度，从未将自己心中的伤痕流露一丝一毫，若不是她走后从家人口中得知，谁也不会想到她就像宇宙星辰，发光的另一面，是黑暗。身为教师，她幽默而认真负责；身为病友，她坚强却不失本色；生而为人，她光辉且时时温热。身为她的学生，她带来过光、带来过热，我感受过，已是幸运……。如果她还有时间，她一定更加出色。她生前的诸多苦楚，鲜有人知，走后的几桩心愿，余晖灿烂。……所以我从她这里，找到了答案。北能攀山，南可见海，死不能还，生，当有声。"

2018年11月18日，西安财经大学商学院微信公众号：《生命如歌——

缅怀恩师高煜》一文中有这样的一段文字给作者：

"我们的恩师高煜走了……

她却留下了授业解惑的最高境界：做对社会有用的人；

我们的恩师高煜走了……

她却留下了教书育人的最好师范：阳光、善良；

我们的恩师高煜走了……

她却留下了生活前行的人生态度：勇气、坚持；

我们的恩师高煜走了……

她却留下了心系教育的信念理想：高煜希望小学；

我们的恩师高煜走了……

她却留下了生命最灿烂的微笑与温暖。"

2019年5月10日，西安财经大学经济学院微信公众号先后发文《遇见阳光，爱若星芒》《斯人已逝，风骨犹存——纪念高煜老师》，有这样的文字纪念作者："2018年7月19日，高煜老师离开了她深深眷恋的亲人、学生、讲台……高煜老师虽然只是一个普通的大学老师，但她在生命中留下了太多的不平凡。我们注定不会忘记这位善良美丽、才华横溢、传道授业、无私奉献和坚强勇敢的恩师！"

作者小姑娘"病魔摧身志如虹，玉存丹心熠辉生，书生报国何计成，不忘奉教育李桃"。

2019年9月10日，第三十五个教师节，作者高煜被授予西安财经大学"最美教师"。

"……80后海归大学女教师高煜的生命虽然短暂，但是她对学生、讲台的热爱和对生命价值的崇高追求熠熠生辉，在教育事业的长河中亮起了一束微弱但长久的星辉。"中央广电总台国际在线2018年12月23日西安发布。

《轻履者行远》是作者高煜年轻生命在这个世界的印迹。她燃烧青春生命的光亮一直闪烁在星空、在路上、在诗和远方的晨曦……

本书作者高煜是我的女儿，在我心里，女儿永远是妈妈最怜爱的小姑娘。女儿正直、勇敢、独立的品格，善良、纯洁、诚恳、有为的人生，是我存在的力量和榜样！

马　琳

2019 年 10 月写于西安

后记（二）

女儿高煜的书《轻履者行远》就要和读者见面了，这是一部未完的纪实小说。对于女儿高煜和她的作品我想说的很多，只是每次提笔，疼惜的潮水就汹涌而至，更有针刺般心痛让我不得不一次次停顿下来，断断续续写下这篇文字。我想说，读者读到这部以高煜自己为原型，讲述的亲历成长、磨砺，幸福与欢愉，亲情与友谊，灾难与病痛，向往与追求，以及成长时代里的人和事写成的小说，书里主人公的故事，或许就有我们自己的故事。

这部小说，是女儿离世以后由她的好朋友从电脑里打印给我的（女儿知道我不熟悉电脑操作），生前这些文字她是不让我看的。那时，女儿转移瘤不仅在肝肾，肺部转移瘤压迫到气管，呼吸只能靠氧机呼吸机，用静脉滴注营养液，从用杜冷丁到吗啡，从开始六个小时到后来坚持不到一个小时止疼……

我经常见她靠在沙发睡床上一会儿在手机上打着什么，一会儿在电脑上忙，一会儿安静地靠在沙发床背上沉思，我见状就找话跟她说让她歇歇，提醒她养病不能耗神，可女儿总是一句："妈妈我在工作，我不累，这样我开心，待会儿忙完了，我跟你说话。"

直到最后一次住院，她预感自己凶多吉少，在用止疼针后她才告诉我，她写的自传体小说可能完成不了了，她想还有五六万字要写，但是

432

来不及了。两次手术，70多次（7次化疗，65次放疗）放化疗，造成罕见（医学博士们纷纷拍照留做医案）的右耳轮缺损，视力下降，切除左胸肿瘤后左臂水肿，即使这样，女儿还是不停歇地在写。左撇子的女儿在日记里这样写道："左臂水肿让我上下翻飞打字的左手不再灵活，大概是要残疾了。"

她的小说《轻履者行远》，游记《方寸间美丽的祖国》，英语写作教与学的范文指导（相继出版的英语写作教学著作）应该都是那段时间写的。她是在用生命与时间赛跑，以命博文。而那段时间，本该是她生命最意气风发的时候。

她说："我不想让妈妈现在看我写的小说，不想让妈妈知道我现在在做什么，妈妈没有了我，太残忍……"

我无法言语心中的疼。女儿在日记里写道"我看见妈妈扶墙踉跄的背影……"

面对我的女儿，特别在她被确诊患恶性肿瘤晚期以后，我脆弱心痛到毫无主张，懂事善解人意的女儿，生病以后，想的最多的是妈妈。她对好朋友说，她是妈妈唯一的女儿，她若不在了，妈妈怎么办？

在我陪伴女儿治病的那段时间，我还没有退休，我辞去了当时负责部门以及审判委员会专职委员的职务，没有告诉女儿，她知道妈妈的工作性质，总是在单位一有电话，便不顾自己放化疗身体的各种难受，催促妈妈赶快回单位，并让好朋友马上在手机上给我买好高铁票。治疗间隙只要不住院，她就安排旅行，还告诉妈妈她去的地方不仅阳光充足空气好，还是她上班没有时间都梦想去的地方，让妈妈回去安心工作，不要落下意见。

女儿一直在为我坚持，每一次住院生死关头，她一边给我说："妈妈我能好，给我时间，一星期，十天，一个月，我又是你满血复活的女儿。"又一边悄悄地给她的主治教授说："我没有办法救治的时候，你告诉我妈妈放手。"救治她的教授几次把她让我放手的信息借着机会就渗透给我。

女儿离世以后，保存她书稿的好朋友告诉我："高煜不想让妈妈人财两空。"

女儿离开快六年了，她的生命之作《轻履者行远》得以出版。生前她在用药止疼的间隙，给我叮嘱她要做而来不及做的几件事，有的写进了书里，有的是来不及写完文字给妈妈的嘱托。我一件件按照女儿的心愿去做。

出版女儿高煜的这本生命之作，是女儿的心愿之一，更是我余生最重要的一件事。我小心翼翼，又心急如焚，忐忑的心生怕遗漏了女儿叮嘱的每一个细节。

从前的我自信果敢，无论生活还是工作，无论处于什么样的境况，总能保持清醒的头脑，"办法总比困难多"会让我从容面对和妥善处理好生活、工作中所遇到的问题和困难。自女儿确诊患恶性肿瘤晚期到现在，我悲伤到失魂落魄。在完成女儿心愿的路上，我走出的每一步，都是踽踽蹒跚挣扎的，是捂住滴血的心前行的。其间我几次住院服用美国、丹麦等国抗抑郁药而撞破头脸……

我没有倒下，是女儿留给我的事情还没有做好，这是用心良苦的女儿留给妈妈活下去的使命。失去孩子的妈妈，像是丢了魂的人，今非昔比的我，越是想做好女儿嘱托的事，越是手忙脚乱心不达意，对自己常常陷入自责愧疚中。

现在想想，我不是一个坚强果断的妈妈，在女儿身患恶性肿瘤救治过程里，我有太多的遗憾，想不惜一切代价让女儿得到最好的医疗，可是我每一次的提议，甚至联系到北京、上海、天津最好的肿瘤医院的床位，都被女儿："妈妈，给我治病的朱教授是从美国访学回来的，他的助手、学生都是医学博士，对癌症的治疗，世界医学都是互通共享的，不用舍近求远的……"这样的话而打断。用女儿书中的话："我说服了妈妈，不如说我充足的理由绑架了犹豫的妈妈。"

女儿离开后，我总在想，如果当初我坚持带女儿去世界上最好的肿瘤医院医治，是不是能救了女儿……我无法原谅自己身为母亲而没有强大果断的能力救治女儿，这是我痛彻心扉遗憾终身的过错。

当我拿到女儿书稿看到扉页写着"在癌症面前，所有幸福的家庭都如坠深渊，独生子女的家庭更是遭遇万劫不复的灾难。但你不能怕，要咬紧牙关，泪如泉涌，也要微笑，因为亲人的爱弥足珍贵……"滚落的泪水无法自抑。

第一遍看女儿的书稿我用了一年多的时间，太难过，心疼到窒息的难过。后来，我反复阅读女儿的书稿，书中讲述的每一个片段，每一个故事让我沉浸其中：女儿回望童年与爸爸妈妈在一起的时光；女儿青春飞扬的纯真自信；女儿经历挫败、伤害，遭遇病痛始终保留人性美好的坚持；女儿从学生到老师的蜕变，与学生亦师亦友的情谊；对教育的热爱和追求理想的情怀……欢欣幸福的女儿、懵懂率真的女儿、困顿失落的女儿、深情忘我的女儿、乐观坚韧的女儿、正义担当的女儿、风趣幽默的女儿跃然纸上，活生生满满灵气地浮现在我眼前。

我在完成女儿嘱托的心愿和她的理想追求中，在替女儿完成要做的事情里，我得到来自女儿从教的大学领导、师生，以及社会各方给予高煜的爱护，给予我的关心，她执教的大学领导与同事的认可和纪念，她教过的学生表达的追忆和爱戴，她的同学朋友分享的过往和思念，甚至女儿留下来的东西和出现在我梦里的高煜都带着温暖和光亮，我从中了解了更多关于女儿高煜的事情。她的学生说："我们在最好的年纪遇到最美的你，所有的负面情绪在你微笑开口讲课的瞬间全都坍塌"；"上高煜老师的英语课，是我学生生涯最美丽的存在"；"做高煜老师的学生短短的两年，足够让我用一生去复习"。她任教的大学党委书记在一篇70周年校庆一等奖征文《高煜老师，我一生铭记的恩师》留言："一个好老师，就像一座灯塔，照亮学子，温暖他人，永远的怀念。"

我仿佛从更大的世界里了解了自己的女儿，她不仅仅是我洁净率真聪慧可爱的小女儿，她对人对事对疾病灾难，对自己的学生和教学，对朋友、医生及病友，她心中的向往和追求无不体现真诚悲悯、坚韧乐观有为的品格，让我从悲伤抑郁到震撼感动，骨肉的力量，爱的力量给了我鼓舞和支撑，我想人性的光辉正在于此。很多时候，我觉得女儿不仅依旧活在我的生命里，还活在很多个思念她爱戴她关心她的人的心里。女儿高煜（花匠Yolanda）微博的私信里，我收到无数个让我感动落泪的文字，社会各界人士传递的声音还原着女儿高煜的人格精神。

我叹胃造化，一边给你美好的：幸福、希望；一边摧毁你最好的，世上没有比母亲失去孩子更惨烈的悲伤！"世上好物不坚牢，彩云易散琉璃脆。"上天给了我最好的女儿，又带走了我最好的女儿，我该感谢呢，还是该诅咒呢？也许这就是人生！

生命给高煜的时间太短，32年，32岁，她只做了女儿，做了教师，而妻子、母亲两个幸福的角色却成了女儿高煜今生的遗憾。人生本残缺，女儿的遗憾是妈妈今生无法修合的痛，但女儿的一件件遗愿，又将她理想成为现实地活着。

我认真地做着女儿嘱托的每一件事，她知道妈妈明白她的用意，让妈妈觉得她还活着，还在工作：她为贫困山区捐建的"高煜希望小学"，每年都有学生入学接受教育，改变命运；用教学著作指导学生掌握英语技能；用稿酬设立的"高煜奖学金"鼓励有志大学生成为社会有用的人；她的小说会让人们认识多彩的世界，幸福生活中的灾难折射无常无序无奈的生活，重要的是面对灾难降临的人生态度。

《陕西日报》"最美教师的最后党费"里这样写道："高煜同志以自己平凡而伟大的行动践行着一名共产党员的责任担当，她让青春在奉献社会中闪耀光彩，让生命在坚守初心使命中熠熠生辉。"

一部《轻履者行远》记录的生活，认识的世界，执教的工作，追求的理想——率真，多彩，赤诚，浪漫。"人生不易，轻履者行远"是女儿高煜思想、行动感知的世界。

我无法想象不足月出生、文弱漂亮的小女儿，身患癌症后觉醒的心灵清澈丰盈而坚韧。 一个只有32岁，在妈妈眼里还是个巧笑嫣然文质彬彬的柔弱姑娘，何以在身患癌症与病魔死神遭遇时对生命拷问，写成这部远超出她人生阅历的书。我是震撼的，震撼心灵高远而产生的热烈、坚韧和赤诚的沧桑力量。

《轻履者行远》一气呵成的文字，未经修饰打磨，也许文字不精巧，不华丽，却也更贴近作者内心真实的表达，天然去雕饰的文字，也许更具内心爱恨悲欣情感的真实和真诚。她让我们会读到至真至善而生美的文字。

读《轻履者行远》，你会读到一个活泼可爱小女孩的童年趣事；一个懵懂少女喜欢好奇的人和事；你会读到大学女班长的正义和担当；读到男女青年相遇的奇妙，爱情中的忘我，异国爱恋不能周全的伤感，零容忍分手的果敢；你会读到大学老师和学生亦师亦友相互成长中的鼓舞；你会读到第一代独生子女父母、祖辈"望子成龙，望女成凤"的热切疼爱的期盼和小心翼翼的呵护，因爱纷争赌气的画面，有舍己深情，也有亲情嫉妒的伤害……

这是一个女孩的故事，也是八十年代后一群人的故事，一部有情有爱的故事。"人世间本就没有什么值钱的东西，有爱有情义才有价值"，《轻履者行远》让我感知到人生价值的真义所在。

这部小说最鲜明的地方，是作者崇尚"真情真义"。她浓郁的精神情感在于率真、友善，在于纯净、坦诚。她黑白分明，常常因自己只知道真心换真心，而不懂得利益周全、等价交换等等一些世故常情而迷茫挫败。率真、务实、低调、风趣、幽默、浪漫、纯净的高煜在她的书里，在爱她和她爱的学生的世界里，在妈妈活着的每时每刻里……

我一遍遍读女儿的书，便常常看到记忆深处慢慢成长的女儿，将我的思绪拉回到那些荡漾波澜暖意和伤痛的时光；一边又仿佛听到远在天边的女儿轻轻地呼唤、安慰妈妈别担心……我看着哭，看着笑，从笑到哭，又从哭到笑，我的心几乎没有在这部作品里平静过，那些波涛汹涌的情绪诉说着思念。我多想跟女儿说：妈妈只希望你活着，健康快乐地活着。爸爸意外离世，等待她返校完成博士学业的导师心脏骤停，她隐忍悲痛十年被恶性肿瘤缠身，这种种不幸的悲伤没有让她赤子丹心的火焰熄灭。"十年饮冰难凉热血"的文弱小女儿，书中想的，行动做的，女儿高煜活过的世界又何止一个？

"妈妈你给我加油，我也是你的主心骨，我带着你走出灾难，你看看我的涅槃重生"是女儿书中戛然而止的结尾。

　　我想《轻履者行远》一定可以走得更远。很多人，都在默默地帮助我。其中就有我受女儿之托，希望帮她找到为她的小说写序的她特别崇敬的陈思和教授（为此，女儿特别给我讲了有关别的爸爸妈妈为完成孩子心愿而寻找孩子心中偶像的事例）。女儿的嘱托我不能懈怠，尽全力一件件落实。在此，我非常感谢陈教授，正如女儿告诉我的，陈思和教授不仅是文学大师，而且非常关注培养扶持青年一代文学成长。高煜《轻履者行远》如她所愿，得到了心中崇敬的文学导师为书作序。最后，我还要感谢孙晶副院长受陈教授委托为此书顺利出版而给予的帮助。以及为此书出版付出关心支持的每一位同道人。

　　高煜是平凡的姑娘，平凡的大学老师，妈妈漂亮的小女儿，她写的故事，幸与不幸都是我们千千万万普通人的故事。烟火人间，万千气象，高煜的故事只是无常人间烟火中的一粟。但愿书中主人公的故事能让我们生于天地间的凡人，无论爱恨悲欣、生离死别，或是在遭遇人生挫败与灾难的至暗时刻，都能保持内心向阳的温暖光亮，保持乐观的勇气，不抱怨不气馁，不放弃心中的向往，保持纯真本色。

　　我也希望读者，能在《轻履者行远》里获得温暖，伴你走过人生暗夜，并从中获得一点无惧灾难、昂扬向前的勇气，对于我，便深感欣慰。

马　琳

2024 年 6 月

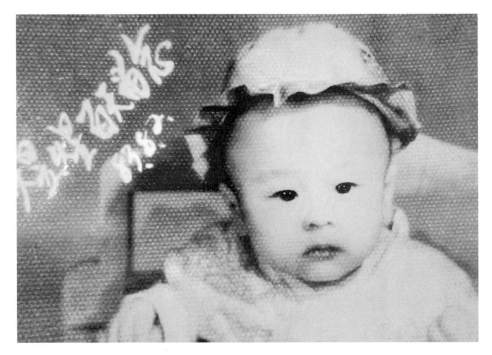

作者百天照

作者6岁留念

作者童年

作者童年时期与奶奶和爸爸

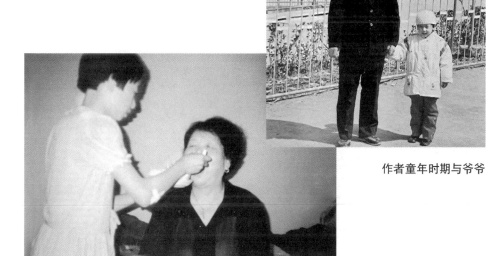

作者童年时期与爷爷

作者童年时期与姥姥

作者少年时期

作者少年时期写的词

作者少年时期钢琴汇演

作者（中）少年时期春游留念

作者大学时期

作者大学时期（2）

作者大学时期（3）

作者大学时期（4）

作者英国留学时期

作者英国留学时期（2）

作者留学期间与系主任、代课教授

作者留学期间与导师

作者与妈妈参加作者硕士毕业典礼

作者与妈妈在爱丁堡

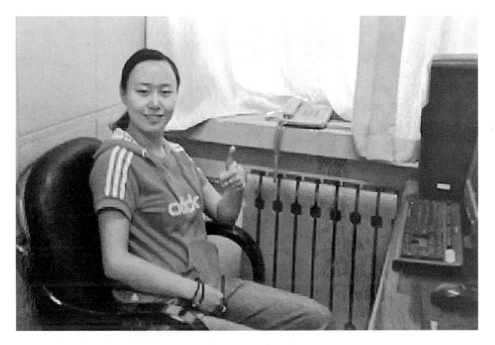

作者在大学任教时期

作者在大学任教时期（2）

作者在大学任教时期（3）

作者抗癌创作时期 抗癌时期永远面带微笑

高煜希望小学建成典礼

作者与爸爸

作者与妈妈

作者与爸爸妈妈

作者与妈妈

作者与妈妈（2）

作者与妈妈（3）

微笑面对生活，勇敢光明与善良正义并肩

未来世界用担当和智慧去建设、去创造

"天空之镜"下放逐自由和热爱

真实灿烂地用心拥抱世界

附录　作者格言摘录

● 因为患癌症已经让生命质量大打折扣，希望复活后能把这段经历和对生命意义的思考留给后来人。雁过留痕，完整自己的生命，也贡献社会。我喜欢这样的格言"生为飞蛾，若是不敢扑火，这宿命凭什么壮阔"。

● 当下人类医学对癌症的治疗很无奈，无数个鲜活的生命都因征服不了癌细胞而被无辜地吞食。如果有一天我的生命也面临这样的无奈，恳请妈妈支持我捐献器官以帮助需要的人，如果器官被癌细胞侵害，一定帮我捐献角膜，我还能继续看这美好的世界……

● ……大病一场，我更愿意从此勇敢而坚韧地为社会为学生做点贡献，而不是为了活着而活着。

● ……记得你有一个细腻而内敛的灵魂，不要让世俗和欲望玷污了她。

● 我喜欢真实和善良，我应该返璞归真。妈妈对我的教育没有错，我可以形式上变通，但不能丢的是干净的灵魂。

● 生命的意义在于做对社会有用的人，我曾在一棵百年树下许下诺言，一定要做一个对社会有价值的人！

● 王小波说过："一个人只拥有此生此世是不够的，他还应该拥有诗

452

意的世界"。哪怕短暂，也要精彩纷呈。我不惧怕死亡，但希望留下我来过一世的痕迹。也给我的大学学生，雅思学生，以及看到我经历的人，一个提醒——灾难本可以不发生，我本可以不得癌症。

● ……我想和我的学生说，我们在人生成长的旅途中，无论遇到什么样的大风大浪、无论遇到什么样的困难都别忘记四个字："勇气、坚持"！

● 我有很多小小的理想和心愿想去实现，可病魔和命运太不友好，我无法控制和预测生命的长度，我写下了20多万字的抗癌经历和成长经历，还写了近20万字的图文游记，我还整理了部分近10年来英语教学方面的写作方法和技巧，想给我的学生和所有爱我的和我爱的人留下长久的陪伴！

● 米兰昆德拉说，小的不朽是指一个人在认识他的人心中留下了回忆；大的不朽是指一个人在不认识他的人心中留下了回忆。如果我能给社会多做一点贡献，在更多不认识我的人心中留下回忆，做一个大不朽的人，这样的人生才算是真正有意义的。

● 我的小理想是为贫困山区的孩子建一所希望小学，让那儿的孩子从小就有书读，让那儿的孩子知道书中的世界、知道外面的世界，让他（她）们在知识的环境中成长！

● 生命的奇迹不仅需要顽强的意志，更需要坚定的信念！

● 如果我的生命是短暂的，我愿做天上的一颗星星，眷顾所有爱我的和我爱的人，让他们的心里永远闪烁着光亮。

● 我有那么多的不舍得。不舍得我的妈妈，不舍得我的家人，不舍得我的好友，不舍得我的学生。可现实就是生命的长度难以预测，所以我想尽快记录和整理好这段经历，变成更长久的陪伴；也兑现我曾在那棵树下给自己的诺言，做一个对社会有价值的人！